W0209464

DANIEL EASTERMAN

Né à Belfast en 1949, spécialiste du monde arabe et de l'Islam, Daniel Easterman a enseigné à l'université de Newcastle. Il est l'auteur de nombreux romans parmi lesquels *K* (1999), *Incarnation* (2000), *Minuit en plein jour* (2002) et *Morocco* (paru initialement chez Belfond sous le titre *Maroc* en 2004). Il se consacre désormais à la littérature avec un succès qui se confirme de roman en roman et lui vaut d'être reconnu comme un maître du thriller international.

LA NUIT DU 7e JOUR

DU MÊME AUTEUR
CHEZ POCKET

LE NOM DE LA BÊTE
LE TESTAMENT DE JUDAS
LA NUIT DE L'APOCALYPSE
LE JUGEMENT FINAL
K
INCARNATION
LE MASQUE DU JAGUAR
MINUIT EN PLEIN JOUR
MOROCCO

DANIEL EASTERMAN

LA NUIT DU 7e JOUR

Presses de la Cité

Titre original :
Night of the Seventh Darkness

Traduit par Arlette Stroumza

ISBN 978-2-266-08862-6

Pour Betty — qui d'autre ?

REMERCIEMENTS

La liste des gens qui m'ont apporté leur aide est si longue que je sais à peine par où commencer. Mon agent, Jeffrey Simmons, et mes éditeurs de Londres et New York, Patricia Parkin et Ed Breslin, ont lu, et abondamment commenté, le manuscrit — je ne saurais exprimer à quel point leurs remarques m'ont permis d'améliorer le dernier état de mon texte. Leur meilleur atout, mon épouse Beth, a joué les critiques à domicile : une tâche ardue, et qui vaut bien trois années de nouvelles de P. G. Wodehouse lues au moment de se coucher.

Merci à Claudia Caruana pour son aide inestimable, son intelligence et ses connaissances concernant New York. A Eddie Bell, de chez HarperCollins, mille fois merci pour avoir arrangé notre séjour à New York — et en avoir permis l'agréable déroulement. Merci aussi au sergent Raymond O'Donnell du Département de police de la ville de New York ; à Phil Petrie, directeur-adjoint des relations publiques au King's County Hospital de Brooklyn ; à Jonathan Arden, médecin légiste au King's County ; à Mr. Barrone de l'Entreprise Funéraire Barrone, à Brooklyn ; et, surtout, merci à Ritchie Horowitz, notre chauffeur intrépide, distrayant et bien informé, qui nous a guidés dans le meilleur et le pire de Brooklyn.

Pour l'Angleterre, merci à Ian et Margaret Tarbitt pour leurs idées sur le dépistage du sida ; à Roderick Richards de Tracking Line ; à Elizabeth Murray ; à Tim Levett pour ses connaissances navales ; à Fred et Christine Hardy pour m'avoir fait partager leur expérience de la plongée aux Caraïbes.

Un dernier merci, enfin, à tous ceux dont les ouvrages concernant Haïti m'ont été utiles, et en particulier Wade Davis, dont les deux études intelligentes et vivantes sur le zombi sont des modèles de clarté et de sérieux.

PREMIÈRE PARTIE

LE CERCLE INCOMPLET

Brooklyn

« Brille, brille, dans les cieux,
Petite étoile au fond de mes yeux. »

1

Fort Greene, Brooklyn
*Vendredi 18 septembre 199**
Fin d'après-midi.

L'appartement sentait le renfermé. Angelina fronça le nez en y entrant. Le renfermé, ou peut-être bien autre chose. Ils n'étaient partis que trois mois, et Filius y avait habité la plupart du temps. Sans doute avec des amis. Ou avec une fille. Filius prétendait qu'il n'y avait pas de femme dans sa vie, mais elle avait peine à le croire. Il était séduisant, dégourdi, et, vu les regards qu'il lui lançait parfois, Angelina doutait fort qu'il fût homosexuel.

— Enfin chez nous ! claironna Richard en posant ses deux valises sur le sol.

Ces paroles n'avaient guère de valeur, elles étaient aussi étriquées que leur pas de porte. Angelina se figea sur place et laissa cette pensée l'imprégner. Ils étaient chez eux, et c'est bien tout ce qu'il y avait à dire. Quand repartiraient-ils en voyage à l'étranger ? Dans combien de temps ? Impossible à dire. Mais qu'est-ce que c'était que cette odeur ?

— Tu ne sens rien ? demanda-t-elle sans se retourner.

Richard posa les mains sur ses épaules. La pression, dure, possessive, lui déplut.

— Non. (Il se pencha sur son cou et renifla.) Un nouveau parfum ? murmura-t-il. C'est ça ?

Elle avait acheté un flacon de Fendi à l'aéroport de Genève, où ils avaient fait escale en revenant de Kinshasa. Dans le taxi, subrepticement, elle en avait mis quelques gouttes à des endroits stratégiques. Pendant les trois mois qu'ils avaient passés au Zaïre, elle avait soigneusement évité de se parfumer. La chaleur dénaturait les odeurs. A moins que ce ne soit dû à sa peau.

— Non, je ne parle pas de ça, dit-elle en se retournant enfin. Tu ne remarques rien d'autre ? Comme une odeur de renfermé. A croire que personne n'a vécu ici pendant tout ce temps. (Elle haussa les épaules.) Après tout, je me fais peut-être des idées, j'ai dû oublier l'odeur de notre appartement.

C'était peut-être l'Afrique, se dit-elle. A Brooklyn, elle n'avait jamais éprouvé aussi fortement les odeurs : celles des fruits, des fleurs, des gens, les arômes écœurants de décomposition, la jungle pourrissante, dangereuse.

Il renifla à nouveau et lui lança un regard perplexe.

— Tu as trop d'imagination. Ça ne sent rien. Attends un jour ou deux, il n'y paraîtra plus. Oublie l'Afrique. (Il transporta le reste des bagages dans l'entrée.) Tu veux bien faire un peu de café, Angelina ? Je suis crevé !

Elle prépara deux tasses de café instantané pendant que Richard déposait les valises dans la chambre à coucher et commençait à les défaire. Elle dénicha une boîte de biscuits qu'elle avait achetée chez Abraham & Straus une semaine avant leur départ. Ils étaient encore bons, et elle en disposa quelques-uns sur une assiette. Rick la rejoignit dans la cuisine. Il a vraiment l'air fatigué, songea-t-elle. Et pas seulement physiquement.

Le séjour s'était révélé catastrophique. Ils étaient restés presque tout le temps à Kisangani et avaient perdu des semaines entières à Lokutu. Rick était vite devenu un de ces ethnologues qui préfèrent travailler dans un bureau climatisé plutôt que de partager une tente avec des moustiques et des serpents. Et elle, sa femme et son assistante, il la cantonnait désormais aux rôles de secrétaire et d'intendante.

Ils burent en silence, absorbés dans leurs pensées. Les cours reprenaient dans moins d'une semaine. Les autorités de tutelle avaient choisi de reculer la date de la rentrée, afin de pouvoir inscrire les étudiants imprévoyants.

Richard enseignait à l'université de Long Island depuis vingt ans, mais il était resté une sorte de marginal. Parmi ses collègues, ceux qui habitaient encore à Fort Greene s'étaient installés dans les immeubles de la Towers, ou sur Willoughby. Les autres vivaient depuis longtemps à Brooklyn Heights ou à Cobble Hill. Mais les Hammel n'avaient pas quitté leur miteuse maison de brique de Clermont Avenue, entre Myrtle et Atlantic, ils n'avaient pas suivi le mouvement qui consistait à s'installer plus au nord.

Ils avaient emménagé dix ans auparavant. Richard attendait alors beaucoup de la réhabilitation de ces vieux quartiers. Ils avaient considérablement investi dans leur appartement, attendant patiemment que la situation évolue. Ils attendaient toujours. La peinture s'écaillait sur leur porte d'entrée, les marches du perron étaient en général encombrées de rebuts divers, et, dans la rue, des ados haïtiens et portoricains rêvaient, le regard triste, d'un soleil dont seuls se souvenaient leurs parents. Les filles promenaient des bébés dans des poussettes bon marché ; les bébés fermaient obstinément les yeux, hiver comme été. Au fond de leur appartement, dans la chambre d'enfant qui n'avait jamais servi, des lapins blancs bondissaient comme des fantômes dans des champs mouchetés de vert.

L'automne grignotait les abords de la ville. Il traversait le fleuve depuis Manhattan et s'insinuait jusqu'à Coney Island et la mer. Par la fenêtre, Angelina regardait un mur de briques grises. Brooklyn était une folie à laquelle elle avait essayé d'échapper, mais elle y revenait à chaque fois, contrainte, échevelée, les yeux brillants, une chanson ou une protestation sur les lèvres. Rick s'en moquait bien.

Jamais l'été ne reviendrait. L'hiver qui s'annonçait serait non seulement inévitable, mais définitif, Angelina en était certaine. Elle but son café en frissonnant, le regard rivé sur le crépuscule automnal que laissaient filtrer les vitres sales.

Ils finirent de ranger les vêtements qu'ils ne portaient jamais à New York, qu'ils ne porteraient peut-être plus jamais. Angelina les caressait au passage : chemises de coton léger, maillot de bain rayé, pantalons qu'elle mettait pour aller à la campagne. Cela lui rappelait son voyage en Suisse, à l'occasion de la mort de sa mère, et le dégoût qu'elle avait éprouvé en emballant les vêtements destinés aux bonnes œuvres. La mort était pernicieuse, elle imprégnait les jupes et les draps, elle contaminait les meubles et les livres. Ce pantalon de Rick, par exemple, elle avait l'impression, rien qu'en le touchant, qu'il avait appartenu à un mort. Elle le suspendit sur un cintre en bois et l'accrocha tout au fond du placard, hors d'atteinte.

Rick avait envie de faire l'amour. Brooklyn le revigorait d'un seul coup. C'était pour cette raison qu'ils restaient ici, que cet appartement était devenu pour elle une prison. Brooklyn rendait la vie à Rick, et volait celle d'Angelina. Il l'entraîna au lit, avide, surexcité, plus vivant qu'il ne l'était jamais en Afrique. Elle le laissa la déshabiller, pétrir son corps du haut en bas, comme s'il voulait vérifier qu'elle était indemne. A nouveau possessif, impérieux.

Elle le calma d'un baiser et entreprit de le caresser, doucement, sans émotion ni remords, avec l'habileté que donne une longue pratique. Il jouit très vite, indifférent, souillant les draps, les draps de Filius, qu'elle avait oublié de changer.

Rick s'endormit d'un seul coup, nu, en lui offrant son dos d'homme d'un certain âge. Il y avait une sorte de répulsion dans le regard qu'elle lui jetait : avec sa peau tannée, sa bedaine et son pénis flasque, il n'était plus désormais à ses yeux qu'un objet dénué de charme. Sur son front têtu aux sourcils broussailleux, ses cheveux roux viraient au jaune. Il avait les lèvres molles, les joues couperosées. Qu'aimait-elle en lui ? Avait-elle jamais aimé quelque chose en lui ? Vraiment aimé ?

Se redressant, elle fixa le mur d'en face et se réhabitua lentement à la pièce pendant que la nuit tombait sur Brooklyn avec son cortège de malheurs. En Afrique, la soudaineté de la nuit l'avait toujours impressionnée, effrayée : le soleil disparaissait dans un éclair et la nuit s'emparait brusquement de toutes choses. Ici, la lumière prenait son temps pour céder la place à l'obscurité qui envahissait subrepticement la terre. On avait le temps de se blinder contre sa venue.

Angelina inspecta son visage dans le miroir accroché au mur, sa peau de métis, ses yeux craintifs, les épais sourcils qu'elle épilait quand elle était jeune. Elle lâcha le drap qui couvrait ses seins : ils lui parurent moins fermes que dans le temps. Quarante-deux ans, était-ce vieux ? Ses cheveux tombaient toujours aussi dru sur ses épaules étroites, sa taille n'avait pas épaissi, elle se rasait scrupuleusement les jambes un jour sur deux et se parfumait même à la maison. Pourquoi ? se demanda-t-elle. Quelle différence cela faisait-il ? Quelle différence cela avait-il jamais fait ?

Immobile, elle écoutait battre la ville sous ses fenêtres, immense, dangereuse. Le souffle de son mari était rauque, il lui écorchait les oreilles. Les secondes clignotaient sur le réveil lumineux. Elle était à New York, pas en Afrique. Ce n'était plus la même jungle qui s'aiguisait les dents sous la lune impavide.

A onze heures, elle se leva pour se préparer quelque chose à manger. Rick dormait profondément. Dans la pénombre, elle inspecta les placards et le congélateur de la cuisine, resserrant frileusement les pans de sa robe de chambre. Ça lui rappelait les nuits d'alerte de son enfance, l'excitation de ces repas tardifs, le goût du poulet froid. Filius n'avait pas oublié de remplir le congélateur. Avant de partir, Angelina lui avait laissé cent dollars à cet effet.

Il en avait même trop fait. Il avait dû se rendre plusieurs fois de suite au Finast de Myrtle Avenue, où il se fournissait toujours. Les tiroirs inférieurs du congélateur regorgeaient de viande.

Dans le compartiment du haut, elle trouva un plat tout préparé qu'elle mit à chauffer dans le four à micro-ondes. En Afrique, ils avaient un boy qui se chargeait de toute leur intendance, pour un salaire de misère. Il l'avait considérée comme une Blanche, l'épouse d'un Blanc, une étrangère au même titre que Rick. Comment s'appelait-il déjà ? Elle avait oublié. La sonnerie du four retentit et elle sortit le plat, miraculeusement chaud.

Elle emporta son repas dans le séjour et se laissa tomber dans un fauteuil. Le riz au poulet n'avait aucun goût. La nourriture actuelle était si fade. Les plantes vertes n'avaient pas survécu à l'été. C'était prévisible, avec ou sans Filius. L'été les tuait toujours.

La même odeur. De renfermé ou de moisi, au choix. Moins forte. A moins qu'elle ne s'y fût habituée. Ni douceâtre ni aigrelette, partout et nulle part en particulier. Pour une raison qu'elle ne comprenait pas, cette odeur la mettait mal à l'aise, comme si elle lui rappelait quelque chose qu'elle ne parvenait pas à identifier. Un souvenir ? Un signe annonciateur ?

Elle avala la dernière cuillerée de poulet reconstitué. Merci infiniment, grommela son estomac, c'est exactement le genre de bouffe pourrie qu'il me faut à mon âge. Elle retourna dans la cuisine, prit un pot de crème glacée à la noix de pécan et une cuiller et alla manger son dessert au salon, devant la télévision.

Elle zappa sans s'arrêter sur aucune émission.

Débats divers, sitcoms rebattus, concerts de rock, films démodés le jour de leur sortie. Rires en boîte, applaudissements en conserve, émotions surgelées. Elle éteignit la télé.

Filius avait promis d'enregistrer quelques films pendant leur absence. Il y en avait une douzaine sur l'étagère, proprement étiquetés de son écriture malhabile d'Haïtien. Channel 13 avait diffusé pendant l'été une série de films français récents. Angelina passa les étiquettes en revue : *Les Ripoux* de Claude Zidi — Filius savait qu'elle voulait le voir —, *Coup de torchon* de Tavernier, ça se passait en Afrique, ça pouvait attendre ; *Diva* ; *Subway* ; *37, 2 le matin.* Voilà. Parfait, *37, 2 le matin.*

Elle glissa la cassette dans le magnétoscope et appuya sur le bouton Lecture. Des images envahirent l'écran. Béatrice Dalle et Jean-Hugues Anglade, faisant l'amour. Angelina se détendit. Elle s'installa confortablement au milieu des coussins et se laissa entraîner dans le monde sombre et chaotique de Betty et Zorg. Elle connaissait la fin du film, la folie, la mort, le désarroi de l'amant éploré, mais, avant le tragique épilogue, l'espoir renaissait. La fatigue du voyage s'estompait, l'Afrique s'estompait, Rick et son corps de marsouin, luisant de sueur, s'estompaient. Avec un profond soupir, Angelina porta une cuillerée de glace à ses lèvres.

Soudain, le film s'interrompit. Des bandes défilantes sautèrent à l'écran, bientôt suivies de neige. Angelina, furieuse, se pencha en avant. Elle avait oublié de dire à Filius de faire réparer l'appareil par l'électricien de Fulton Street.

Le poste avait commencé à donner des signes de fatigue deux semaines avant leur départ. Pendant les enregistrements, il décrochait toutes les dix minutes et passait en lecture ; il y avait des blancs sur les bandes neuves et d'anciennes images sur les bandes usagées.

Elle tendait la main vers la télécommande lorsque la neige qui défilait sur l'écran s'éclaircit. Une image apparaissait à nouveau. Mais ce n'était pas *37, 2 le matin.* Bizarre. Angelina se rappelait fort bien qu'elle avait laissé à Filius des cassettes vierges. Il avait dû enregistrer autre chose sur celle-ci, avant le film.

Il n'y avait pas de son, on entendait seulement le faible sifflement du déroulement de la bande. L'image était de mauvaise qualité, l'éclairage aléatoire : des zones de lumière contrastaient vivement avec des ombres immenses, évoquant un travail expressionniste. Des silhouettes sombres se déplaçaient au ralenti sur le petit écran, on aurait dit des tortues dans une mer verte, ou de lourds poissons nageant dans des eaux stagnantes et glauques, indifférents à la caméra qui les filmait à travers la vitre d'un aquarium. Pas de son, image instable, pénombre bordée de lumière, lumière bordée de pénombre, silhouettes grotesques qui se déplacent, hésitent, se figent.

Fascinée, Angelina regardait le spectacle. Des hommes et des femmes étaient assis sur une rangée de chaises hautes disposées en demi-cercle. On aurait juré qu'ils la surveillaient. La lumière balayait leurs visages, ondulait, les abandonnait aux ténèbres, mais ils ne bougeaient pas. Aussi immobiles que des statues, leurs visages blêmes dépourvus de toute expression, ils semblaient cloués sur leurs sièges. Il y avait des Blancs et des Noirs, mais il émanait d'eux quelque chose qui transcendait les races. Quelque chose qu'Angelina n'aimait pas du tout.

Un homme nu jusqu'à la ceinture, sa peau noire luisant dans la lumière incertaine, se tenait au centre du demi-cercle. A sa gauche, des flammes mouraient et se ravivaient dans un plat posé sur un trépied en fer. Des gouttes de sueur, fines et translucides, perlaient sur son buste sombre. La lumière s'arrêta sur une des ombres. L'homme se tourna lentement vers la caméra. C'était Filius.

Et en même temps ce n'était pas lui. Angelina sentit sa nuque se couvrir de fines aiguilles de glace. Ce visage grimaçant, étranger, n'était pas celui qu'elle connaissait. Ses lèvres étaient pincées, ses narines dilatées, ses yeux écarquillés, exorbités, rouges, son regard celui d'un dément. Elle avait déjà vu des yeux comme les siens, chez des hommes et des femmes dans les transes de la *loa,* au pic des cérémonies vaudou, lorsque leurs corps semblaient se vider, comme s'ils étaient possédés par des dieux.

C'était Filius, et ce n'était pas lui. Un homme, mais habité par une puissance qui le dépassait. Le personnage tournait sur lui-même, dansait en silence, comme s'il obéissait à un rythme qu'il était seul à entendre. Il serrait sur sa poitrine une coupe en terre cuite. La lumière jouait à la surface de son contenu, qui scintillait comme une étoile à chaque tour.

On entendit un craquement. L'image sauta et se stabilisa. Les craquements s'évanouirent et des sons indistincts les remplacèrent. Peu à peu, ils devinrent plus précis. La respiration de Filius, irrégulière, pénible, un battement sourd, comme celui d'un cœur, différent de tous les rythmes vaudou qu'elle avait précédemment entendus, une voix inconnue, qui s'élevait parmi les ombres. Au début, elle ne comprit pas les paroles ; puis elles lui parvinrent avec une effrayante clarté ; c'était une prière des morts créole, qu'elle n'avait plus entendue depuis Port-au-Prince, bien des années auparavant.

Prié pou' tou les morts
pou' les morts 'bandonné nan gran bois
pou' les morts 'bandonné nan gran dlo
pou' les morts 'bandonné nan gran plaine
pou' les morts tué pa' couteau
pou' les morts tué pa' épée...

Le danseur qui avait le visage de Filius s'arrêta. Le battement persista, régulier, insistant, légèrement décalé. Un sanglot éclata quelque part, aussitôt interrompu. Filius leva la coupe dans ses deux mains et se tourna vers les ombres silencieuses qui n'avaient pas quitté leurs sièges. Il avança vers elles et la caméra le suivit, pas à pas. Angelina comprit alors que la scène avait été filmée dans la pièce même où elle se trouvait.

pou' tou les morts, au nom de Mait' Cafou et de
[Legba ;
pou' tou generation paternelle et maternelle...

Filius plongea la main dans la coupe, la ressortit, et tendit ses doigts vers le premier des personnages assis. Sa main était mouillée, rouge de sang. Il traça lentement le signe de croix sur le front de l'homme, qui ne bougea pas.

... ancêtre et ancetère, Afrique et Afrique ;
au nom de Mait' Cafou, Legba, Baltaza, Miroi...

Aucune des personnes présentes ne bougea. La lumière les éclairait plus crûment, désormais ; Filius allait de l'une à l'autre, dessinant des croix d'un épais trait de sang. Angelina fixait l'écran, la gorge serrée, les entrailles nouées. La lumière vacilla. Son regard abandonna le dos nu du danseur pour se poser sur la peau froide et sèche des personnes assises, toujours immobiles.

Angelina comprit enfin pourquoi elles ne bougeaient pas, pourquoi elles ne cillaient pas, pourquoi elles laissaient le sang couler sur leurs joues livides. Elles étaient mortes.

La caméra se rapprochait d'elles, comme irrésistiblement attirée vers leur chair blême. Angelina se pencha en avant, éperdue. Certaines d'entre elles avaient passé au moins deux semaines sous terre, d'autres quelques heures. On décelait encore le fard de l'embaumeur sur la joue d'une des femmes. Telles de grotesques figures de cire, ou des effigies de papier, elles recevaient la bénédiction de la croix. Une messe pour les morts, du sang à la place de vin.

La caméra recula, Filius entra dans le champ. Le battement se tut. A la manière d'un prêtre, Filius leva la coupe et renversa le reste de sang en une libation écarlate. Mais Angelina regardait ailleurs : l'image n'était pas nette, mais on ne pouvait s'y tromper. Dans un coin de l'écran, la deuxième personne en partant de la droite relevait lentement la tête.

2

Dimanche 27 septembre.

Rick était perpétuellement fatigué. Jamais elle ne l'avait trouvé aussi épuisé, aussi amorphe. L'entrain qu'il avait montré aussitôt après leur retour s'était évanoui. L'Afrique l'avait détruit. Travailler là-bas l'avait affaibli et la maladie contractée à Lokutu n'avait rien arrangé. Et s'il s'agissait d'autre chose ? Si ses anciennes angoisses étaient remontées à la surface ? Il ne lui disait plus jamais rien. Elle s'était habituée à le voir chaque jour arpenter l'appartement, morose, de mauvaise humeur, mal à l'aise.

Il avait visionné la cassette vidéo avec elle et avait balayé ses craintes d'un revers de main méprisant. Une farce, un jeu, du sang de poulet et un bon maquillage, rien qui valût la peine de piquer une crise de nerfs. Regarde autour de toi, lui avait-il dit, il n'y a pas la moindre trace de sang, aucun meuble n'a été bougé.

Mais lui-même avait les nerfs à fleur de peau. Angelina redoutait une confrontation, une crise qui les séparerait irrévocablement. Tel un navigateur observant le ciel qui s'obscurcit, elle tremblait en attendant l'orage.

Plus d'une semaine s'était écoulée. Les cours avaient repris et les signes annonciateurs de l'automne abondaient. Les feuilles jaunissaient, le vent qui balayait les eaux grises du fleuve était chaque jour plus froid. Angelina marchait dans des rues à moitié désertes en attendant l'hiver, hantée par les images des gestes saccadés des morts vivants.

De vieux souvenirs la poursuivaient : les histoires qu'on lui racontait quand elle était enfant, à Port-au-Prince, les *zombis,* les *diabs,* les loups-garous, les morts qui se relevaient, las de leurs tombeaux. La nuit, elle tremblait dans son lit et égrenait son rosaire à l'aube, comme une adolescente s'éveillant du long et pénible rêve de l'enfance. Le second jour, elle avait jeté tous les paquets de viande du congélateur, une viande rose, veinée de gras et constellée de sang gelé. Filius n'était toujours pas revenu.

Rick allait tous les jours à l'université. Il rentrait, le soir, les sourcils froncés, silencieux. Elle n'essayait pas de l'amadouer. A quoi bon ? Quels que fussent ses soucis, il ne s'en libérerait pas, il ne les partagerait pas avec elle en échange d'un baiser. Mais elle savait qu'il y avait un problème, un problème inhabituel, qui la paralysait de craintes impuissantes.

Le matin, elle peignait, dans la pièce qu'elle appelait son atelier. De grands tableaux aux couleurs éteintes, sans vie, lugubres et maladroits échos d'images venues de son passé. Après déjeuner, elle poussait jusqu'à Fort Greene ou Prospect Park, mais aussi loin qu'elle marchât elle ne parvenait pas à se libérer de la sensation de désastre imminent qui lui collait à la peau et bruissait à ses oreilles au rythme des feuilles mortes qu'elle écrasait à chaque pas.

D'ordinaire, à la rentrée, Rick s'ébrouait joyeusement, ravi de se lancer dans une nouvelle année de cours et de séminaires. Qu'ils fussent thésards ou frais émoulus du lycée, tous les étudiants subissaient sa fringale : il définissait des projets, affinait les horaires et se dépensait sans compter pour leur prouver à tous qu'il était un type formidable. Chaque année, avec une régularité qui stupéfiait Angelina, Rick renaissait au début des froidures.

S'il était vivant avec ses étudiants, avec elle, en revanche, il devenait chaque automne plus distant. Pas franchement désagréable, du moins pas souvent, jamais violent, mais plus distant. Elle avait parfois envie de crier en s'adressant à lui tant il semblait lointain. Il avait pris l'habitude de se masturber furtivement, dans la salle de bains. Désemparée, Angelina se rendit compte qu'elle préférait ça.

D'ordinaire, à la rentrée, Rick se réjouissait de disposer d'une nouvelle fournée de jeunes étudiantes ; sur le lot, il y en avait toujours une ou deux prêtes à lui céder avant Noël.

Il n'avait jamais pris la peine de lui dissimuler ses aventures. Au début, elle avait vu dans son attitude une espèce de provocation, un appel à l'aide. Comme une idiote, elle y avait répondu en ne l'aimant que davantage, en s'offrant à lui sans compter, jusqu'à ce que la hideuse vérité éclatât enfin : il ne cherchait qu'à la faire souffrir, et plus elle récompensait son infidélité par le don de son corps, plus il jouissait de la douleur qu'il lui infligeait. Elle avait donc cessé tout rapport avec lui, mais il ne semblait ni s'en désoler ni même le remarquer.

Cette année, cependant, le renouveau attendu ne se produisit pas. Ses joues ne reprirent pas leurs couleurs, sa démarche ne s'allégea pas. Il avait quarante-neuf ans, il était vulnérable, morose, dénué de grâce. Lorsqu'il se regardait dans le miroir de la salle de bains, il ne s'aimait pas.

Elle entendit sa clé tourner dans la serrure. Il était huit heures passées. Depuis un an, il avait pris l'habitude de s'arrêter à La Belle Créole pour boire du *clairin* pur, jouissant de son statut de seul homme blanc dans une rhumerie haïtienne. Il ne se soûlait jamais, non, il tirait trop de fierté de son contrôle sur lui-même. Rick était capable de boire sans se soûler et d'aimer sans amour. Pourtant, il l'avait aimée, autrefois.

— Tu as mangé ?

Il secoua la tête.

— Tu veux manger ?

— Si tu as quelque chose. Tu as quelque chose ?

Il posa sa serviette par terre, une nouvelle serviette achetée en juin.

— Je vais voir. (Angelina hésitait. Il n'avait pas l'air trop soûl.) Tu as vu Filius ?

— Non, pas encore.

Il évitait son regard. Il semblait fatigué, mais également nerveux, prêt à exploser à la moindre sollicitation. Ses colères étaient toujours froides, d'une froideur qu'elle craignait plus que les cris : mots choisis, voix blanche, ton glacé, yeux implacables.

— Comment, pas encore ? Ça fait plus d'une semaine, Rick. Et apparemment personne ne l'a vu depuis le début du mois dernier. Je veux savoir ce qui se passe. Je veux savoir si ça a un rapport avec... avec le reste.

Ce soir, elle n'avait pas peur de le pousser à bout. La disparition de Filius la bouleversait. La dernière fois qu'un de leurs amis avait aperçu Filius, c'était deux jours avant que Channel 13 ne diffuse *37,2 le matin.*

— Il ne se passe rien du tout. J'ai vu Ti-Jouet à La Créole. Il dit que Filius envisageait d'aller à Haïti, où il a encore de la famille. Ti-Jouet suppose qu'il a un petit *bien avec* du côté de Jacmel. Une jolie fille, paraît-il. Dix-sept ans, un tempérament de feu. Il l'a connue l'année dernière, quand il est allé à Marigot. Ti-Jouet pense qu'elle a eu un bébé, un garçon.

Rick s'interrompit, sourit. Un mince sourire, qui semblait dire : Tu vois, il y a des Haïtiennes qui sont capables de faire des enfants.

— C'est là que Filius est allé, tu verras. Il reviendra avec sa *maman petite,* en la faisant transiter par Miami, et il la ramènera ici avant Noël.

— Nous devrions prévenir la police.

— Nous avons déjà discuté de cela. L'affaire est close, Angelina.

Sa paupière gauche palpitait. Une veine sombre, gorgée de sang, battait à sa tempe. Ce soir, se dit-elle, il risquait de perdre son contrôle, pour une fois.

— Pour moi, elle ne l'est pas. Si tu ne veux pas téléphoner au commissariat, je le ferai.

— Tu ne téléphoneras nulle part. Filius est à Haïti, point à la ligne. Si tu appelles la police, tu ne réussiras qu'à lui causer des ennuis, surtout s'il essaye de faire entrer clandestinement sa petite amie dans le pays.

— Ce que tu crains, c'est d'avoir des ennuis, toi personnellement. N'est-ce pas, Rick? N'est-ce pas?

Il savait de quoi elle parlait, ce n'était pas un imbécile. Il grommela et se dirigea vers la salle de bains. Angelina haussa les épaules et se laissa tomber sur la chaise la plus proche. A quoi bon discuter? Elle savait pourquoi Rick refusait de s'adresser à la police.

La moitié des Haïtiens de New York étaient des émigrés clandestins. Ils débarquaient à Miami sur de vieux bateaux qui prenaient l'eau; les passeurs leur prenaient toutes leurs économies. Certains se noyaient pendant la traversée, d'autres étaient interceptés dès leur arrivée et envoyés au centre de détention de Krome Avenue. Les plus chanceux entraient en contact avec des amis ou des parents et se fondaient dans la nature le plus vite possible. Ils restaient à Miami ou montaient plus au nord — ceux qui avaient un peu d'argent s'installaient dans le Queens ou à Manhattan, les autres à Brooklyn.

Ils vivaient à dix dans une pièce, dans des immeubles en ruine, et s'enfermaient à double tour dans leurs appartements. Ils travaillaient au noir, un dollar de l'heure, seize heures par jour, sept jours par semaine, cinquante-deux semaines par an. Leurs rues étaient crasseuses, leurs voisins alcooliques ou drogués, leurs taudis n'étaient pas chauffés et ils partageaient leur nourriture avec les rats et les cafards.

Mais c'était mieux qu'à Haïti, et personne ne voulait d'ennuis avec la police.

Pour Rick, en revanche, qu'on les renvoie chez eux ou qu'ils restent avec les rats, cela n'avait pas la moindre importance. Dix ans avant, pourtant,

Angelina aurait certifié le contraire. Il militait dans des associations pour les droits des réfugiés haïtiens, il abreuvait son député de lettres dénonçant telle ou telle violation de la loi sur l'immigration, il collectait des fonds pour les futurs réfugiés de Jeremie et Cap-Haïtien. Dix ans avant, Angelina aurait dit qu'il faisait tout cela par amour. Mais maintenant, Angelina voyait plus clair. Elle savait qu'il le faisait dans son propre intérêt, depuis le début.

Une vraie bénédiction divine, voilà ce que les Haïtiens avaient représenté pour Rick. Une communauté ethnique malléable sur le pas de sa porte, à sa disposition, qu'il pouvait orienter, aiguillonner, tisonner. Il était le grand docteur blanc et ils étaient ses patients. Depuis l'avènement de Baby Doc, en 1972, ils n'avaient cessé de venir frapper à sa porte et Rick s'était fait une réputation sur leurs larges dos noirs. Une « légende », aussi fragile que toutes les bonnes intentions dont l'enfer est pavé. Il arpentait avec méfiance les rues de Fort Greene, Flatbush et Bedford Stuyvesant, non qu'il craignît les voleurs, mais de peur qu'on ne vît un jour clair dans son jeu et qu'on changeât de trottoir en l'apercevant.

Sans ses Noirs apprivoisés, Rick ne valait plus tripette. Si sa crédibilité était mise en cause, ne fût-ce qu'une fois, il savait que rien ne la restaurerait jamais, même s'il en appelait à toutes les *loas* de Guinée. Ils avaient confiance en lui, car il était un *neg'* d'honneur dans la peau d'un Blanc. Mais qu'il les trahît, qu'il mêlât la police, ou, pis encore, les gens de l'Immigration à leurs modes de vie complexes, et ils se dresseraient en rangs serrés contre lui. Or cela, Angelina le savait, pouvait le démolir à jamais.

A moins, bien entendu, que quelque chose d'autre ne le démolît avant. Elle pensait savoir de quoi il s'agissait. Et que Filius y était impliqué.

Le pas lourd de Rick retentit à nouveau dans le couloir. La porte d'entrée claqua, son unique panneau vitré tinta. Le silence régnait à nouveau dans l'appartement sinistre. Angelina soupira et s'appuya au dossier de sa chaise. Peut-être Rick était-il simplement jaloux de Filius. Peut-être lui enviait-il sa petite amie de dix-sept ans, au tempérament de feu. Une petite *bien avec* capable de donner des enfants à un homme.

Jaloux ou pas, il ne reviendrait sans doute pas de la soirée. Elle dînerait donc seule. Et si elle se faisait réchauffer un plat congelé, qu'elle mangerait devant la télé ? La cassette était toujours dans le magnétoscope, mais pour rien au monde elle ne la visionnerait à nouveau.

Elle fronça le nez. Cette odeur bizarre ne s'était pas dissipée. Le lendemain matin, elle s'attaquerait au ménage.

Lundi 28 septembre, neuf heures du matin.

Rick n'était pas rentré. Allongée sur son lit, Angelina contemplait une tache d'humidité sur le plafond gris. Un soleil pâle, blême, filtrait dans la pièce par les interstices irréguliers des volets. Si différent du soleil brillant et chaud qui l'éveillait dès l'aube à Cap-Haïtien, ou lors de ses étés à Ibo Beach. Mais une autre image s'incrustait sur sa rétine avec ce souvenir : celle des Tontons Macoutes aux yeux cruels dissimulés derrière des lunettes de soleil bon marché, et qui les observaient inlassablement, elle et son père, en attendant leur heure.

En guise de petit déjeuner, elle se contenta d'un café noir et sans sucre, qu'elle but lentement. Chaud et amer, comme ses souvenirs de Port-au-Prince, comme sa vie à Brooklyn. Elle vida la cafetière. Rick ne rentrait toujours pas.

Elle se mit à faire le ménage dans la chambre à coucher. Le lit d'abord, puis les deux placards, le tapis et son coin atelier. Elle avait cru mettre rapidement un peu d'ordre mais l'opération se transforma en une guerre totale contre des années de saleté accumulée. Elle frotta et astiqua chaque recoin de l'appartement, une pièce après l'autre, comme si l'acte même de nettoyer était un exorcisme. Elle chassait les fantômes, les créatures pâles abritées derrière des lunettes noires, Baron-Samedi et Baron-la-Croix, Madame Brigitte et Marinette, tous les *guédés,* tous les esprits des morts : ses morts, ceux de Rick, tous les enfants non nés qui frissonnaient dans le vide glacé qui les séparait.

A midi, elle en avait fini avec les deux chambres et la salle de bains. Après un rapide déjeuner, elle décida de s'attaquer au séjour. Au début, cela se passa normalement. Elle avait pris le rythme, et chacun de ses gestes transformait ces corvées en actions de grâces.

Filius avait un peu déplacé les meubles, ce qui l'agaça. Elle aimait que chaque chose fût à sa place. Elle se pencha pour repousser le canapé contre le mur. Il était lourd, encombrant. Pourquoi Filius l'avait-il donc changé de place ?

Essoufflée, elle s'affala dans le canapé. Il y avait quelque chose d'anormal ; elle inspecta la pièce familière pour repérer un éventuel changement. Une chaise était trop à gauche, mais ce n'était pas cela. Le vase chinois était du mauvais côté de la cheminée, mais ce n'était pas cela non plus. Le tapis marocain, environ cinquante centimètres plus loin du canapé que d'habitude. Mais non. Sauf que...

C'était à ses pieds qu'il y avait un problème, elle s'en était avisée en bougeant le canapé. Il n'y avait plus de tache de vin sur la moquette. Une vilaine tache indélébile, qui était là depuis des années, cachée sous le tapis marocain.

Elle s'agenouilla et inspecta attentivement la moquette. Pas la moindre trace de tache. Elle poussa le canapé à gauche, puis à droite. Rien. Elle souleva le tapis. Rien.

Plus elle regardait, plus elle était certaine que cette moquette n'était pas celle qu'ils avaient achetée à bas prix six ans plus tôt et qui était déjà usée. Celle-ci était de la même couleur beige, mais en bien meilleur état.

Pourquoi Filius aurait-il changé la moquette ? Elle écarta le canapé du mur. La moquette avait été clouée sans beaucoup de soins. Il lui suffit de tirer pour qu'elle se soulève sans résistance. Elle continua tout autour de la pièce, et roula un pan de moquette.

Le plancher était à nu. Un simple plancher, à première vue. Et puis...

Angelina sentit la terreur s'insinuer dans ses veines comme un venin qui la paralysait. Les images qu'elle avait vues la semaine dernière remontèrent en un éclair à sa conscience. Elle entendit le tambour *petro* battre dans la nuit, vit le ruisseau de sang couler dans la lumière glauque.

Le plancher de bois était rouge, écarlate. Ça partait du mur et s'étendait partout, sous la moquette : une large étendue de bois rougi. L'envers de la moquette était taché de rouge par endroits, là où le bois saturé n'avait pas bu tout le sang versé. L'odeur de renfermé, de plus en plus violente, assaillait ses narines.

Elle n'éprouvait pas le moindre doute : c'était du sang. Elle avait vu les images de Filius avec la coupe, et sa sombre libation à de vieux et indicibles dieux. Et elle reconnaissait l'odeur douceâtre, cette odeur de décomposition qui s'infiltrait entre la chair et les os. Elle la connaissait, cette odeur rance, envahissante, elle l'avait sentie dans les cellules souterraines du quartier général de la police, à Port-au-Prince.

On avait touché aux lattes du plancher. Quelqu'un les avait arrachées et maladroitement reclouées. Dans le bois, des entailles récentes laissaient apparaître de clairs sillons, des clous tordus trahissaient la hâte de l'ouvrier.

Angelina alla chercher dans la cuisine le grand tournevis qui se trouvait dans la boîte à outils. Sa tige plate pénétra facilement entre les lattes. S'en servant comme d'un levier, elle souleva une latte, se brisant un ongle contre le bois rêche et gorgé de sang.

La puanteur devint intolérable. Angelina suffoquait; elle se cacha la bouche derrière la main. Vacillante, elle se précipita à la fenêtre pour l'ouvrir en grand. Seuls des relents de la circulation et des fumées industrielles polluaient l'air venu de l'extérieur. Dans la pièce, en revanche, il était croupi par de plus anciens, de plus pernicieux poisons.

Avant de retourner se pencher sur le plancher rougi, elle noua un foulard sur sa bouche et sur son nez. Bandant ses muscles pour résister à son envie de fuir, elle introduisit le tournevis entre les deux lattes suivantes. Les clous cédèrent en grinçant, le trou s'élargit. L'appartement était au rez-de-chaussée, et reposait directement sur les fondations de l'immeuble.

Deux ans auparavant, les ouvriers qui avaient installé un nouveau chauffage au gaz avaient enlevé quelques lattes du plancher, dans cette même pièce. Angelina se souvenait d'une sorte de cavité, plus petite qu'une cave, au sol recouvert de gravats. Les ouvriers y avaient trouvé un tuyau cassé et deux journaux datant de 1890.

Il n'y avait pas assez de lumière pour voir le fond de l'excavation. Elle tremblait ; elle ne voulait pas regarder. Mais elle n'avait pas le choix.

La pile de la lampe électrique posée près de l'évier était presque à plat et elle n'en avait pas de rechange. Mais Rick avait une torche près de son lit. Parfois, la nuit, il s'en servait pour lire. Elle était petite, mais diffusait une forte lumière.

Elle alla la chercher et s'agenouilla au bord du trou qu'elle avait ménagé. La puanteur nauséabonde emplissait maintenant la pièce. Retenant son souffle, elle braqua le rayon lumineux dans l'obscurité.

D'abord, elle ne vit qu'un fouillis informe, comme des pièces d'un puzzle en cours d'assemblage. Le mélange de couleurs et de formes aux contours indécis prit lentement l'allure d'un cauchemar. Une chaussure, un revers de pantalon, une main se précisèrent dans la lumière mouvante, à quelques centimètres sous les lattes. Encore des mains, un visage décomposé, des dents crispées en une ultime grimace, des membres dénudés, d'autres vêtus, des visages, d'autres mains, d'autres pieds, un abominable et mortel étalage, des corps entassés comme des rêves oubliés. Sa main s'ouvrit, et la lampe tomba dans le trou.

En se relevant, les jambes tremblantes, Angelina sentit l'âcre goût du vomi dans sa gorge. Elle s'écarta en trébuchant, arracha le foulard qui lui couvrait la bouche, puis vomit longtemps à quatre pattes en sanglotant. Son cerveau se révoltait contre la dernière image qu'il avait enregistrée avant qu'elle ne lâche sa lampe : un visage, tout près du sien, des joues striées de sang, des yeux grands ouverts, fixés sur elle. Les joues de Filius, les yeux de Filius, déformés, mais reconnaissables entre mille.

Dans la pénombre, elle avança une main, pour le toucher. Sa peau était sèche et froide comme un vieux parchemin. Du bout de son doigt, Angelina effleura ses lèvres. Elle sursauta, ôta sa main. Il respirait, imperceptiblement, si faiblement qu'on hésitait à y croire. Mais c'était bien un souffle. Sa raison lui hurla que ce ne pouvait pas être. Mais elle avait senti un souffle glacé sur sa peau.

Alors, soit la raison mentait, soit la vérité était au-delà de toute raison, connue ou inconnue.

3

Filius était dans un coma profond. La police l'emmena directement à l'hôpital de Cumberland, où on le laissa deux heures aux urgences, allongé sur un brancard, avant de s'occuper de lui. Une fois les formalités d'admission accomplies, on le soumit à une batterie de tests divers, on lui fit un scanner et ses échantillons sanguins furent envoyés au laboratoire pour analyse immédiate.

En début de soirée, la situation n'avait pas évolué. Rythme cardiaque, respiration et température étaient anormalement bas. On décelait des signes d'urémie et d'œdème pulmonaire. Ses lèvres et ses extrémités étaient cyanosées. L'activité cérébrale était quasi nulle. Sa vie tenait à un cheveu.

Angelina, qui l'avait accompagné à l'hôpital, resta à son chevet en permanence. Elle attribuait un pouvoir magique à son éventuelle survie. Elle lui parlait en créole, comme sa vieille nourrice lui avait parlé durant les longues nuits d'été, là-bas, chez elle. Mais il ne réagissait pas. La police l'avait autorisée à rester, sachant que s'il se réveillait il s'exprimerait sans doute en créole plutôt qu'en anglais.

Vers minuit, son état devint critique. Le médecin

ordonna qu'on le mît sous assistance respiratoire, puis quitta l'hôpital. L'infirmière qui aurait dû s'en charger fut appelée en urgence. Le temps qu'on branche l'oxygène dans sa chambre, il était mort depuis vingt minutes.

L'infirmière lui couvrit le visage d'un drap blanc portant le nom de l'hôpital. Angelina s'attarda quelques instants, le regardant, silencieuse, en attendant qu'on l'appelât pour les formalités d'identification. Elle se sentait atrocement seule. C'était la première fois qu'elle réalisait qu'elle aussi risquait de mourir à Brooklyn.

On l'emmena au commissariat de quartier, un immeuble délabré au coin de Classon et De Kalb, juste en dessous de l'église baptiste de St Emanuel. De l'extérieur, on aurait dit une forteresse, un lieu protégé et cependant menacé. C'était une affreuse bâtisse carrée, surmontée d'une tour ronde qui désignait le ciel d'un doigt vengeur. Angelina ne connaissait pas l'endroit, mais, avec ses murs de brique rouge et ses fenêtres en pierre d'un gris sale, ses odeurs, ses cris et ses silences soudains et effrayants, il lui parut familier. A une époque, elle avait beaucoup fréquenté les postes de police.

Elle était épuisée, mais dès qu'elle fermait les yeux le spectacle recommençait, un étrange film d'horreur se déroulait dans sa tête. On lui donna un calmant, qui n'eut pour effet que de rendre les images floues. Elle avait envie de vomir, et la simple idée de manger lui soulevait le cœur. Elle se rendait vaguement compte qu'on lui parlait, qu'on essayait d'attirer son attention, mais elle avait l'impression d'être enfermée dans un bloc de glace qui l'isolait du monde.

Un policier en civil, qui déclara s'appeler lieutenant Abrams, lui expliqua qu'elle ne pouvait pas rentrer chez elle. L'appartement était sous scellés, la police enquêtait sur place, enlevait les corps, prenait des photos, recueillait des indices et relevait des empreintes. Angelina n'était pas en état d'arrestation, mais ils souhaitaient l'interroger dès que possible. Avait-elle des parents chez qui elle pouvait aller passer la nuit ? Elle secoua la tête. Des amis ? Non, fit-elle à nouveau.

Abrams demanda au sergent de service de lui trouver un endroit où dormir. Les sergents de police ne sont pas des assistants sociaux. Le policier en question n'aurait pas admis qu'il était raciste, mais il avait une piètre opinion des Noirs en général. Ce que venait de subir Angelina ne l'intéressait pas. Ce n'était qu'une pute noire de plus. Il lui réserva une chambre au Regal, un hôtel bon marché de Myrtle Avenue.

Au Regal, il y avait des cafards et des familles monoparentales vivant d'allocations. Les travailleurs sociaux appelaient ce genre d'endroit une « maison à mi-chemin » — à mi-chemin entre la misère et la pauvreté. Les longs couloirs sonores étaient éclairés par des ampoules nues, disposées exagérément loin les unes des autres et protégées par des petites cages en fer poussiéreuses. Le carrelage rouge et blanc des parties communes luisait de crasse. A la vue et à l'odeur, on aurait juré des toilettes publiques. C'était le genre d'endroit où on accueillait une métisse à une heure du matin sans poser de questions.

Quelqu'un appela le médecin de la police, qui faisait des prises de sang à des ivrognes, au fond du commissariat. Il l'accompagna à l'hôtel et lui fit une piqûre pour la calmer. Le sommeil la submergea comme une vague lancée à l'assaut d'une barrière de corail. Le sommeil, et les cauchemars, indistincts les uns des autres. Tantôt elle se trouvait dans la cellule de son père, et écoutait les Tontons Macoutes murmurer dans le couloir, tantôt elle suffoquait, enterrée vive dans un cercueil de lattes en bois, on la sortait de sa tombe, des hommes aux lunettes de soleil bon marché la forçaient à manger une purée de patates douces, de sirop de canne et de *concombre-zombi* et la baptisaient avec de l'huile devant une croix en bois de *sablier*.

Au réveil, un rêve s'imposa à son souvenir. Elle marchait dans une jungle sombre et touffue, entre des arbres hauts comme des immeubles, dans une lumière d'éternel crépuscule. Ce n'était pas Haïti, c'était l'Afrique, où retournaient les esprits de tous les morts. Elle entendait des grondements, des feulements, des glissements furtifs, mais quand elle se retournait elle ne voyait rien, rien que les arbres et les lianes. Elle savait qu'elle marchait ainsi depuis des semaines, mais sans jamais sortir de la forêt, laquelle devenait de plus en plus dense. Rick était devant elle, quelque part. Filius rampait lentement derrière eux, à quatre pattes, aveugle, sourd et muet, reniflant leur piste.

Un haut mur de pierres, si haut qu'elle n'en voyait pas le sommet, se dressait soudain devant elle. Elle essayait de le contourner, mais il semblait interminable. Elle arrivait enfin devant une porte en or, encastrée dans les pierres. Au toucher, elle semblait lourde, mais elle s'ouvrit doucement sous sa poussée. Elle se préparait à en franchir le seuil lorsqu'elle se réveilla d'un coup, dans un lit inconnu, avec au-dessus d'elle des ombres qui palpitaient sur le plafond.

Le lieutenant Abrams l'attendait dans le hall. Il avait vu son appartement, il avait senti l'odeur de décomposition : il aurait attendu plus longtemps encore.

— J'ai besoin de vous parler. Voulez-vous qu'on reste ici ?

Angelina laissa son regard errer sur le carrelage cassé, les chaises dures. Une Portoricaine passait, un bébé hurlant dans les bras, quatre autres enfants accrochés à ses jupes.

— Je me disais qu'un endroit comme le Waldorf Astoria serait plus approprié, dit Angelina. Non, non, ce n'est pas du sarcasme. Je pensais simplement que ce serait davantage à votre goût.

— Je suis désolé. J'ai passé un savon au sergent Moscowitz. Il est plus habitué aux...

Abrams s'interrompit, l'air gêné.

— Aux call-girls ?

— Aux gens qui ont des ennuis.

— J'ai des ennuis.

Il hocha la tête.

— C'est vrai. Regardez, juste en face il y a un bar qui sert du vrai café.

— Quelle heure est-il ?

— Midi passé. Vous avez bien dormi ?

— Non. J'ai fait d'horribles cauchemars. Me direz-vous enfin ce qui se passe ?

— Détendez-vous. Le toubib vous a fait une piqûre. Vous avez eu une rude journée, hier. Comment vous sentez-vous, maintenant ?

— Abrutie. On est obligé de boire du café ?

— Non. Vous préférez un milk-shake ?

Elle sourit. Faiblement, mais un sourire tout de même.

— Je me disais qu'un verre de Jack Daniels, peut-être...

Il lui sourit à son tour.

— Je sais, mais le toubib...

— Qu'il aille se faire foutre !

Il fit semblant d'être choqué.

— D'accord ! Tout ce que vous voudrez. Un Jack Daniels, donc. Je connais un endroit, sur De Kalb. Ma voiture est devant la porte.

Il se leva et la regarda tranquillement. Elle avait dû être jolie, elle l'était toujours, d'ailleurs, à sa façon un peu fanée. Jolie et triste. Les coins de sa petite bouche descendaient, et on aurait dit qu'une main invisible avait dessiné des ombres furtives sur les calmes fenêtres de ses yeux. Son accent lui plaisait : français, avec quelque chose en plus, quelque chose de plus obscur.

De quoi avait-elle bien pu rêver ? A l'école de police, on ne vous apprenait pas à interpréter les rêves. Il jeta un coup d'œil au hall miteux de la maison à mi-chemin. Personne n'en parlait jamais, mais dans un endroit comme celui-ci, les gens ne possédaient que leurs rêves. Deux sortes de rêves : ceux dont ils avaient besoin pour rester en vie, et ceux qu'ils passaient leur vie à fuir.

Elle le suivit dans sa voiture. Une pluie glacée tombait sans relâche du ciel plombé, venue du nord-est par le détroit de Long Island. Les rues étaient grises, désertes. Aussi loin que se portât le regard, de la pluie et du béton. Un chat affamé se faufila entre ses jambes, en quête d'un abri.

Elle l'avait vu la regarder, elle avait deviné ce qu'il pensait. Il était mince, juif, et trop intellectuel pour un flic. Elle lui donnait trente-quatre ou trente-cinq ans. Ses cheveux noir de jais commençaient à se clairsemer sur les tempes, son menton s'ornait d'une barbe naissante. En fait, il avait l'air désemparé.

Ils firent le trajet en silence. Abrams se méfiait d'elle. Droite sur son siège, Angelina fixait le pare-brise balayé par la pluie, les rues sordides avec leur lot habituel de boîtes en fer et de bouteilles cassées, de crottes de chiens et de vieilles seringues. Le déluge se déversait sur cet univers de peur et de haine où la rage montait de rue en rue, où l'amour n'était qu'un sentiment amer et inutile.

En quelques heures, tout était devenu glacé et étranger. Elle comprit pour la première fois à quel point elle détestait cet environnement. Elle détourna le visage, en quête de soleil, mais la pluie seule lui répondit, la pluie, le béton, et les drogués qui se bousculaient aux portes du centre de distribution de méthadone de Kingsview.

Ils prirent à droite dans Classon, dépassèrent le poste de police et tournèrent dans De Kalb. Il s'arrêta en double file. Et elle s'aperçut qu'il n'avait pas prononcé un seul mot depuis qu'il était monté dans la voiture.

4

Un bar, mi-italien, mi portoricain, et que, sans doute pour cette raison, on avait appelé Chez Murphy. Presque vide. Quelques étudiants en arts graphiques échappés de l'Institut Pratt, un flic qui avait fini son service, deux prostituées noires prenant leur pause, un vieux Sicilien qui bavardait doucement avec le barman dans un italien incompréhensible. Lumières tamisées, boxes étroits aux banquettes recouvertes de skaï, inscriptions diverses, à l'encre passée, en italien et en espagnol, une odeur aigrelette de whisky. Derrière le bar, des miroirs baroques et ternis réfléchissaient les bouteilles bigarrées.

— Vous aimez cet endroit ? demanda-t-elle.

— Non. Mais c'est calme. Pas de musique, pas de télé. Nous avons à parler.

Elle commanda un Jack Daniels. Il alla chercher une bouteille et deux verres, qu'il posa entre eux, sur la table.

— Comment se fait-il qu'une fille bien comme vous boive ce machin ?

— Je ne suis pas une fille bien.

— Non ?

— Non.

Leur box, en partie dissimulé derrière le bar, éclairé par un globe poussiéreux, baignait dans la pénombre. Il lui remplit son verre et se servit plus modérément. Angelina porta le liquide à sa bouche d'une main tremblante ; le verre tinta contre ses dents. Il l'observait sans mot dire : elle affermit sa prise, mais un peu de liquide coula néanmoins sur son menton. Ses yeux étaient brillants de larmes, ses cheveux mouillés par la pluie.

— Quand avez-vous vu votre mari pour la dernière fois ?

— Je ne comprends pas...

— Hier, quand on vous a interrogée, vous avez déclaré que vous étiez mariée.

— C'est vrai ? Je ne me rappelle pas.

— Vous avez dit qu'il s'appelait Rick, qu'il enseignait à l'université de Long Island.

— En effet. Il est anthropologue. C'est un professeur réputé, spécialiste des religions africaines et caraïbes. Et qui baise avec ses étudiantes.

Elle posa son verre ; elle s'était débrouillée pour en boire la moitié, alors qu'il n'avait pas touché au sien.

Des paillettes dorées brillaient dans ses pupilles vertes, donnant une étrange vivacité à ses yeux fatigués que le sommeil avait obscurcis. Un sommeil dont Angelina ne s'était pas réveillée depuis plus de quarante ans. Elle le fixait sans ciller, mais c'était bien au-delà de lui qu'elle regardait, bien au-delà de la simple réalité.

Lui, il paraissait triste.

— Vous vous êtes disputés, avant-hier soir, c'est bien ça ?

— C'est bien possible. Il est parti. Ce n'est pas la première fois.

— A quel sujet, cette dispute ? A cause d'une étudiante ?

Angelina but une longue gorgée d'alcool.

— Non. Je ne sais plus. Les étudiantes, on n'en parle plus. A quoi bon ? Je le menacerais de le quitter ? Il me répondrait : Rentre chez toi, à Haïti. Vous appelez ça un choix ?

Pourquoi lui parlait-elle ainsi ? Pourquoi faisait-elle étalage de sa faiblesse dans ce bar minable ?

— Il me semble que c'était à propos de Filius.

— L'homme qui est mort la nuit dernière ? Celui qu'on a trouvé dans votre appartement ? Filius Narcisse ?

Elle acquiesça. Elle ne voulait plus penser à l'appartement. Au bar, un étudiant éclata d'un rire sans joie. Un Jamaïcain engagea la conversation avec les deux prostituées noires. Angelina frissonna.

— Oui, dit-elle. (Se lever et sortir de cet endroit, laisser tous ces cauchemars derrière elle, tout oublier, voilà ce dont Angelina avait envie.) On s'est disputés à cause de Filius. Il avait disparu, je voulais appeler la police et Rick refusait.

— Pourquoi ?

Elle haussa les épaules.

— Quelle importance ? Il avait peur d'attirer des ennuis à des gens.

— Qui ça ?

Elle hésita, haussa de nouveau les épaules.

— Des Haïtiens, des pauvres gens. Il pensait que si vous fourriez votre nez dans leurs affaires, ça risquait de leur attirer des ennuis.

— Quel genre d'ennuis ?

— Je n'en sais rien.

— Il était soucieux ?

— Peut-être. Oui, il l'était sans doute.

Bien sûr qu'il l'était, pourquoi était-il si difficile de dire la vérité ?

— A quel sujet ?

— Il ne me l'a pas dit.

Les mensonges, eux, venaient facilement, comme la colère. Elle remplit son verre à ras bord, d'une main qui ne tremblait plus.

— Il était arrivé quelque chose ?

— De quoi parlez-vous ?

Angelina avait peur, elle sentait le piège se refermer sur elle.

— Hier, vous avez parlé d'une vidéo. Et de cet homme, Filius. Vous étiez effrayée, incohérente. (Il s'interrompit, hésita à poursuivre, choisit ses mots avec soin.) Je vous comprends. En fait, vous étiez bouleversée.

Il jouait avec son verre, dont il n'avait pas bu la moindre goutte.

— Parlez-moi de cette vidéo.

Angelina lui fit un récit aussi fidèle que possible, mais les mots lui manquaient souvent. Il écoutait attentivement ; sa voix disait l'horreur, ses yeux le cauchemar.

— Qu'est-ce que vous avez trouvé ? lui demanda-t-elle enfin.

— Trouvé où ?

Angelina retenait son souffle, son cœur battait la chamade, si fort qu'il devait l'entendre.

— Dans mon appartement. Dans mon salon.

Sous le plancher, voilà les mots qu'elle aurait voulu prononcer, mais elle ne pouvait s'y résoudre, dans le fol espoir que ce n'était qu'un rêve abominable.

— Vous le savez. (Il hésita.) Vous le savez bien, puisque c'est vous qui la première...

— Combien ? demanda-t-elle d'une voix si faible qu'on l'entendit à peine.

Il prit son temps.

— J'ai parlé avec le docteur Taylor, en fin de matinée. Ils ont sorti neuf cadavres en tout. Quatre étaient morts récemment, dans les deux mois écoulés, les autres depuis beaucoup plus longtemps. Taylor pense qu'on les a exhumés de cimetières locaux. Certains étaient toujours dans leur cercueil.

Elle croyait encore sentir l'odeur de décomposition, cette odeur qui la suivait depuis l'Afrique, accompagnait tous ses pas, jusque dans ce bar.

— Rick est au courant ? Le lui avez-vous dit ?

Abrams lui lança un regard pénétrant. Il était épuisé, il avait passé presque toute la nuit debout, dormi quelques heures, et rejoint très tôt son bureau. Son instinct lui soufflait que cette affaire ne serait pas facile.

— Madame Hammel, j'ai de mauvaises nouvelles à vous annoncer.

Elle ne réagit pas.

— De mauvaises nouvelles, au sujet de votre mari.

— Au sujet de Rick ?

Il hocha la tête.

— Il... On a retrouvé son corps ce matin. Vous dormiez encore, nous n'avons pas voulu vous imposer cette nouvelle épreuve. Les papiers contenus dans son portefeuille nous ont permis de l'identifier. Les photos correspondaient. Il faudra cependant que vous veniez à la morgue, pour l'identifier formellement. Mais cela peut attendre.

Angelina ne dit rien. Elle fixait la table, son verre.

Il détestait cet aspect de son métier, cette sorte de voyeurisme obligé devant l'affliction.

— Où ?

— Pardon ?

— Où l'a-t-on trouvé ?

— Dans le parc de Fort Greene. Sous un arbre. On l'a... (Il s'interrompit. Il n'y avait pas de mots pour dire des choses pareilles.) On l'a tué. Un type qui courait l'a découvert. Le corps n'était pas loin du sentier, on n'avait pas vraiment essayé de le dissimuler. Il... (A nouveau, il hésitait devant les paroles qu'il lui fallait prononcer. Il avait vu, lui.) On lui a tranché la gorge, et... on lui a arraché la langue.

Quelqu'un tira la chasse dans les toilettes, juste derrière eux. Une porte claqua au premier étage. Une voix gémit en espagnol.

Angelina leva les yeux. Il s'attendait à des larmes, à de la stupéfaction, à tout sauf à cela. Elle le regardait en face. Et elle souriait.

5

Il plut toute la journée. Un interminable déluge noya les rues sous des torrents d'eau, dans une étrange lumière de fin du monde. Des gouttières s'écoulait un flot incessant de saletés accumulées. Sous les trottoirs uniformément gris, les égouts grondaient.

Angelina accompagna Reuben Abrams à la morgue du Kings County Hospital pour identifier officiellement le corps de Rick. Ils se garèrent près de l'entrée des urgences et affrontèrent la pluie battante avant de s'engouffrer dans le bâtiment.

La mort, ici, demeurait invisible, il n'y avait aucune odeur de formol. Un simple hall d'entrée, avec des portes. L'une d'elles, à leur gauche, portait l'inscription « Médecin-Chef. Horaire des identifications : 9 h-16 h ». Reuben l'ouvrit et s'effaça pour laisser passer Angelina, qui se demanda ce qu'il advenait des gens qui mouraient en dehors des heures de bureau. Sur une autre porte on pouvait lire : « Police criminelle de Brooklyn. Réservé au personnel ». Sur les murs, des affiches dispensaient des conseils pratiques aux parents des décédés. Il y avait des tracts sur une table basse en bois. Un employé survint, qui salua Abrams avec familiarité.

Le petit homme aux yeux tristes derrière ses lunettes se tourna vers Angelina.

— Madame Hammel ?

Elle hocha la tête.

L'employé l'observa d'un air morose.

— Voulez-vous entrer dans mon bureau, je vous prie ?

La stérilité du décor, l'absence de tout signe tangible de la mort lui donnèrent des palpitations. L'air, ici, était trop aseptisé pour qu'elle y respirât à son aise.

On lui demanda de signer un registre et de prouver son identité. L'employé remplit un formulaire intitulé « Identification personnelle du corps », en trois exemplaires : un pour le dossier, un pour le Bureau des Personnes Disparues, un pour le procureur. Jamais Angelina n'aurait pu supposer que la mort était si compliquée.

— Madame Hammel, je vais vous montrer la photo d'un homme dont on a découvert le corps ce matin, à Fort Greene. Prenez votre temps. Si vous l'identifiez formellement comme étant votre mari, vous n'aurez qu'à signer ce formulaire. Et les formalités seront terminées.

— Non, dit Angelina d'une voix qui ne tremblait pas. Pas une photo. Je veux le voir.

— Madame Hammel, je ne saurais vous conseiller...

Le lieutenant Abrams posa sa main sur le bras de l'employé, qui soupira.

— Parfait. Il y a une pièce vitrée, au sous-sol, vous pourrez voir le corps à travers la vitre. Je vais demander qu'on le prépare.

Cinq longues minutes s'écoulèrent. L'employé guida Angelina, la fit asseoir, et tira un rideau qui occultait la fenêtre derrière laquelle, dans une minuscule chambre carrelée de blanc et éclairée au néon, l'homme qui avait partagé la moitié de sa vie était allongé, nu, sur une sorte de banc de pierre.

On avait repeigné Rick. Ses cheveux plaqués en arrière découvraient des tempes constellées de pellicules. Une barbe naissante bleuissait son menton. On avait recouvert son buste d'un drap blanc et posé sa tête sur un oreiller en caoutchouc. Il avait beau avoir les yeux fermés, sa position ne semblait pas confortable. Ses lèvres portaient la trace des coupures que lui avait infligées l'assassin pour lui arracher la langue. Une de ses joues était barrée d'un coup de couteau ; la blessure était à vif, mais il n'y avait pas de sang sur les bords.

Il était blême, différent, mais c'était bien Rick, l'homme qu'elle avait un jour aimé, un jour si lointain que cela faisait mal de s'en souvenir, l'homme pour qui elle n'éprouvait plus, depuis plusieurs années, aucun sentiment. Cela ne faisait aucune différence, désormais. Absolument aucune. Angelina hocha la tête une fois et se dirigea vers la porte.

Abrams la prit par le bras pour la soutenir. Ses jambes ne la portaient plus. L'employé au regard triste lui montra où signer le formulaire et, pour la première fois depuis son mariage, Angelina eut l'impression de signer d'un nom qui n'était pas le sien. Lorsque le bureaucrate se pencha pour ramasser les feuillets, elle remarqua qu'il avait le mot Dieu tatoué sur la main droite, et le mot Jésus tatoué sur la main gauche. Il quitta l'abri de son bureau pour lui serrer la main et lui présenter ses condoléances d'une voix morne. Il avait mauvaise haleine.

Devant la porte, il lui reprit la main et y glissa un

petit morceau de papier plié, qu'elle ouvrit dès qu'elle fut dans le hall d'entrée. « La vie éternelle avec Notre Seigneur Jésus », lut-elle avant de froisser le feuillet et de le jeter par terre sur le linoléum défraîchi.

— Il a le droit de faire ça ?

Angelina était en colère, une colère sans objet, sans signification, impuissante.

— Ça ne peut pas faire de mal, dit Abrams en haussant les épaules.

— Mais si on...

— Je ne pense pas à ce genre de choses, dit-il brusquement.

Puis il lui prit le bras et ils sortirent sous la pluie.

Angelina n'avait pas envie d'aller dans un autre bar. Ils prirent la voiture et parcoururent les rues ruisselantes d'eau, tels des amants privés de toit, insouciants des orages. Il pensait à son sourire lorsqu'il lui avait annoncé que son mari avait été découvert dans le parc, la gorge tranchée, la langue arrachée. Elle avait l'air si fatiguée. Il décida que cela expliquait sa réaction.

La nuit tombait, calme et terne. La pluie, aveuglante et glacée, se teintait parfois d'éclairs bleutés ou dorés. Sa cascade régulière s'abattait sur les gratte-ciel étincelants de Manhattan, sur les bars, les théâtres, les galeries d'art à la mode, le verre et le marbre, le béton et le bronze, sur les mensonges, les impostures, les simulacres. Elle s'abattait sans états d'âme sur les taudis de Harlem, sur les rageuses tours de Babel de Brooklyn et du Bronx, sur les lotissements et les rails du métro, sur le bois et la rouille, sur le verre brisé et bien d'autres mensonges, impostures et simulacres encore.

Les rues étaient désertes. Les lumières et la pluie rivalisaient pour rendre la misère magique. Mais rien ici ne pouvait dissiper les ténèbres. La réalité du monde dans lequel ils se débattaient était trop violente pour qu'un sort quelconque le transformât en un pays de contes de fées. La pluie tambourinait sur le toit métallique de la voiture et brouillait la vision à travers le pare-brise.

— Savez-vous qui peut l'avoir tué ? demanda Abrams sans la regarder.

Elle garda le silence, se contentant de fixer les gouttes de pluie qui éclataient sur le pare-brise. Comment un policier juif pourrait-il comprendre les raisons de la mort de Rick ?

— Non, dit-elle enfin. Personne ne le haïssait au point de vouloir sa mort.

— Vous pensez que c'est par haine, qu'on a fait ça ?

— Mais non, je viens de vous dire que je ne croyais pas qu'on le haïssait à ce point. A mon avis, il est tombé sur un malade mental.

Il tendit la main et frotta le pare-brise embué pour se ménager une zone de visibilité.

— Parmi les corps qu'on a trouvés dans votre appartement, poursuivit Abrams, certains étaient mutilés. On leur avait coupé les oreilles, ou la langue, coupé ou arraché, je ne sais pas, ça revient au même.

Elle ne répondit pas. Ils roulaient sur Atlantic Avenue, sous les rails surélevés du chemin de fer de Long Island.

— Prenez à droite dans Portland, dit-elle.

Il n'eut pas à lui demander où elle voulait aller. Portland menait droit à Fort Greene Park.

— Il n'y a rien, là-bas.

— Je veux voir.

— Il fait nuit, il pleut des cordes. Il n'y a rien à voir.

Son service était terminé depuis deux heures. Que faisait-il, à errer dans les rues sous la pluie avec cette femme au lieu de rechercher l'assassin de son mari ? Il était persuadé qu'elle savait quelque chose : un nom, un motif, un incident, un détail qu'il ne pouvait même pas imaginer. Il ne pouvait pas oublier son sourire dans ce bar.

Elle se tourna vers lui, lui offrant le reflet de ses yeux dans le pare-brise embué.

— Je vous en prie, dit-elle.

Les phares d'un camion venant en sens inverse balayèrent le reflet. Il acquiesça.

Le parc n'était pas grillagé ; ivrognes et drogués y passaient la nuit à boire et à se piquer. Ce soir, ce serait vide. Ce soir, la pluie avait tout nettoyé, provisoirement.

Le temps qu'il retrouve le sentier, ils étaient trempés jusqu'aux os. Abrams avait en main la torche électrique qui était toujours dans sa voiture ; son Browning 38, niché contre sa poitrine, lui battait le flanc.

— C'était ici, dit-il, près du monument.

Une rangée de réverbères éclairait l'allée, dispensant une fallacieuse promesse de chaleur qui accentua encore l'impression de désolation que ressentait Reuben. Il n'avait vraiment aucune envie d'être ici.

Ils longèrent lentement le sentier. Reuben ouvrait la marche en clignant des yeux pour ne pas être aveuglé par la pluie ; il s'efforçait de retrouver son chemin dans ce labyrinthe de lumières, de mort et d'obscurité. Angelina le suivait d'un pas mal assuré, en s'interrogeant sur son désir de venir en ces lieux. La mort de Rick était récente, trop récente, comme la neige sur un champ flétri. Elle ne savait toujours pas comment elle réagirait. Pour l'enterrement, les parents de Rick viendraient de Boston, son frère de Sag Harbor. Collègues de la faculté et étudiants afflueraient, certains auraient plus de chagrin qu'elle. Elle était le champ flétri : pendant quelques jours, la mort de Rick la recouvrirait d'un étincelant manteau. Pendant quelques jours seulement.

Reuben trouva enfin l'endroit, un arbre à environ trois mètres du sentier. La pluie avait effacé toutes traces de l'activité du matin. Empreintes de pieds, coups de bêche, trous creusés par les photographes pour planter leurs trépieds.

— C'est ici qu'on l'a découvert, dit-il en braquant le faisceau de sa lampe électrique sur le sol détrempé, où des mottes d'herbe sale flottaient sur un océan de boue.

Le désespoir s'insinua jusque dans le cœur d'Angelina. Elle le combattit, en respirant profondément. Elle ne l'aimait plus, depuis des années. Ils n'avaient aucun avenir, même pas dans la trahison. Alors, pourquoi cette blessure ? Pourquoi cette envie de pleurer ? Pas sur lui, non. Mais sur elle-même. Elle n'avait pas désiré ce genre de fin, mais c'était mieux que rien. Non ?

— Vous voyez, il n'y a plus rien.

Elle ne répondit pas. Elle voyait, elle. Elle en voyait assez : de la boue et un tas de souvenirs salis. Demain, il n'y aurait plus rien. Elle crut qu'elle pleurait, mais, portant la main à son visage, elle comprit que c'étaient des gouttes de pluie et non des larmes qui coulaient sur ses joues.

— Laissez-moi seule, dit-elle d'un ton brusque qui la surprit elle-même. Il faut que je réfléchisse.

Il ne dit rien et s'éloigna après lui avoir tendu la lampe électrique. Le faisceau lumineux luisait comme une lame à travers l'épais rideau de pluie. Il aurait dû y avoir autre chose, se disait Angelina. Un sens à tout cela. Rick n'aurait pas choisi de mourir en un tel lieu, trop banal, trop anonyme.

Elle allait partir, tourna les talons. A cet instant, la torche éclaira un objet, à la limite de son champ de vision. Elle se pencha, le ramassa. Il était à moitié enterré dans la terre meuble, mais ne résista pas. Elle le tint pendant plus d'une minute dans sa paume ouverte, l'offrant à la pluie qui le lavait. Elle savait ce que c'était, mais elle n'avait pas imaginé le découvrir ici.

Angelina jeta un coup d'œil autour d'elle. Abrams n'était pas en vue. Il ne saurait rien de sa trouvaille. Elle était certaine que la chose avait été déposée ici après le départ de la police, à son intention exclusive. Elle la glissa dans sa poche en frissonnant.

6

Dans la voiture, Angelina ne parvint plus à réprimer ses tremblements. Abrams brancha le chauffage à fond et fit demi-tour en direction de De Kalb.

— Ramenez-moi à l'hôtel, dit Angelina. Je suis désolée pour tout ça. Vous êtes trempé. Vous aviez raison, il n'y avait rien à voir.

— Je n'ai pas l'impression que l'hôtel soit une bonne solution. Pas dans votre état. Vous avez eu une dure journée. Et les prochains jours risquent de ne pas être plus faciles.

— Je peux déjà rentrer chez moi ?

Reuben s'engagea dans Flatbush Avenue.

— Non. Les experts n'ont pas terminé. Ils remettront tout en état, ne vous inquiétez pas de ça. (Il s'interrompit, hésita un instant.) Vous êtes certaine d'avoir envie d'y retourner ?

Angelina se pencha pour enlever ses chaussures imprégnées d'eau. Elle se demanda si elle sécherait un jour.

— Non, murmura-t-elle. Non. Jamais.

— Vous avez des amis ? De la famille ?

Elle avait des amis, mais personne qu'elle eût

envie de voir maintenant. Quant à la famille... Elle secoua la tête.

Il la regarda. On dirait un rat noyé, se dit-il. Puis il se vit lui-même. De la vapeur montait de sa jambe de pantalon la plus proche du chauffage. Il éclata de rire. Elle suivit son regard, vit la vapeur, baissa les yeux sur ses jambes. De la vapeur d'eau s'en échappait, montait doucement dans l'air confiné de la voiture. Elle renversa la tête en arrière et partit d'un rire strident. Elle n'avait jamais ri aussi fort de sa vie.

Son rire grimpa les octaves, atteignit les limites de l'hystérie. Et tout d'un coup les sanglots le remplacèrent, incontrôlables, incoercibles, son corps se tordit de douleur. Reuben ralentit et s'arrêta. Il ne savait pas quoi faire pour la consoler. La voiture se remplissait doucement de vapeur, on aurait dit un bain turc, mais cela n'était plus drôle du tout. Il tendit la main et éteignit le chauffage.

Les sanglots d'Angelina se calmèrent peu à peu ; elle s'essuya le visage, mais en vain.

— Allons chez moi, décida Reuben, en s'engageant dans West Flatbush. Ce n'est pas réglo, mais on s'en fiche ! Je vais avoir besoin de vous voir souvent, ces prochains jours, autant vous avoir sous la main, quelque part où je puisse vous garder à l'œil. Vous savez faire la cuisine ?

Angelina haussa les épaules.

— Comme ci comme ça. Je suis plus douée pour la peinture. J'aime peindre.

— Vous aimez peindre ? On verra ça plus tard. Pour le moment, concentrez-vous sur la cuisine, même comme ci comme ça. Dites-vous que ça vous assurera le gîte. De quoi aurez-vous besoin ?

— Pour faire la cuisine ?

— Non, pour vous. Toutes vos affaires sont restées dans l'appartement.

— Une bonne douche, je ne dirais pas non. Et des vêtements de rechange.

— Je vais appeler ma sœur dès que je me serai changé, moi aussi. Elle est grosse, maintenant, mais avant elle était mince, un peu comme vous, et elle ne jette jamais rien. L'espoir fait vivre !

Pourquoi se conduisait-il ainsi ? Pourquoi se mêlait-il personnellement de son sort ? Certes, elle avait perdu son mari, mais elle n'était pas la première veuve séduisante qu'il eût rencontrée au cours de ses enquêtes. Elle semblait si seule, plus seule que tous les gens qu'il avait eu l'occasion de connaître. Et elle lui avait dédié ce mystérieux sourire. Il devait bien se l'avouer : elle le fascinait. Il s'en expliquerait avec son chef le lendemain.

Nue dans la salle de bains du policier, frissonnante, elle éprouva une sensation d'étrangeté. Son corps mince et brillant de gouttelettes d'eau se réfléchissait dans les nombreux miroirs. Tout ce qui était là appartenait à Reuben : un rasoir électrique, une brosse à dents, un flacon de lotion après-rasage, des sous-vêtements masculins qui séchaient sur une corde tendue au-dessus de la baignoire. Rien de féminin. Pas la moindre trace d'une épouse, ou d'une petite amie. Que faisait-elle là ? Pourquoi s'intéressait-il de si près à elle ? N'avait-il rien d'autre à faire ? Pas d'autres enquêtes en cours ? La soupçonnait-il de complicité dans l'assassinat de Rick ? Savait-il quelque chose ?

Elle sortit une nouvelle serviette de l'armoire à

linge au-dessus du ballon d'eau chaude et entreprit de se frotter vigoureusement une deuxième fois. Sècherait-elle jamais ? Ses vêtements formaient un misérable petit tas trempé à ses pieds. Elle les prit et les disposa sur le radiateur.

Le petit cercueil en bois tomba de la poche de son manteau. Peint en blanc, il mesurait environ dix centimètres sur trois. Sur ses flancs droit et gauche étaient écrits les noms de différents dieux du rite congolais. Le couvercle portait celui de Rick, en lettres noires et maladroites, et un dessin de Papa Nebo, l'oracle *vodoun* des morts. Ce dernier, un hermaphrodite, était vêtu d'une jupe en mousseline blanche, d'une queue-de-pie et d'un chapeau haut de forme. Des lunettes noires encadraient son visage peint en blanc.

Le cercueil était petit. Le prochain serait plus grand, et celui d'après un peu plus grand encore. Le vrai viendrait en dernier.

Angelina frissonna et força le couvercle, s'y brisant un ongle. Comme elle l'avait supposé, la petite boîte contenait des cendres : la langue de Rick, ou du moins ce qu'il en restait. Elle jeta les cendres dans la cuvette des toilettes puis cassa le cercueil en petits morceaux qu'elle enveloppa dans du papier hygiénique avant de le laisser tomber sur les cendres. Elle tira la chasse.

— Le vaudou, dit-il.

— Pardon ?

— Le vaudou. Vous vous y connaissez ?

Assis dans la cuisine, ils terminaient le curry d'agneau qu'avait préparé Angelina. Reuben l'avait arrêtée au moment où elle allait ajouter de la crème fraîche dans la sauce. Il avait gardé l'habitude de manger casher. Et se demandait souvent à quoi cela rimait.

Ses parents avaient quitté Williamsburg pour Boro Park après que les Noirs et les Portoricains eurent commencé à s'installer dans le quartier. Il avait cinq ans à l'époque et il était asthmatique. Il n'avait qu'un seul souvenir du déménagement : son oncle Avrum avait fait tomber son chapeau en aidant son père à soulever une lourde armoire, il avait éclaté de rire et on l'avait giflé.

L'oncle Avrum était mort deux semaines plus tard et Reuben avait pleuré à son enterrement. Et si son éclat de rire avait, d'une manière ou d'une autre, poussé le vieillard dans la tombe ? Cette pensée le torturait. Mais l'oncle Avrum était vieux, et malade. Ce n'était pas un éclat de rire qui l'avait tué. On l'avait simplement déraciné une fois de trop.

Reuben l'avait compris plus tard. Au fond de lui se cachait toujours l'oncle Avrum, son énorme toque en fourrure de travers sur la tête, serrant les objets du passé contre son cœur comme des reliques sacrées. Même après s'être enrôlé dans la police, et avoir été nommé au 88e District trois ans auparavant, Reuben n'avait jamais accepté de quitter son appartement de Flatbush Avenue. Il habitait à une quinzaine de rues de la maison de ses parents, à Boro Park. Et il ne voulait pas renoncer au privilège de pouvoir rejoindre son enfance à pied.

Sa vieille yeshiva était tout près de chez ses parents, ainsi que la synagogue en sous-sol où son père l'emmenait prier quand il était enfant. Aucun des membres de la famille ne vivait à plus d'un quart d'heure de là. Et les rues familières remontaient le temps sous ses pas.

En service, il était un flic. Grande gueule, Budweiser à volonté, éclats de rire gras aux plaisanteries salaces de McMenemy, et travail pendant le shabbat si nécessaire. Il avait accepté ces contraintes pour avoir le droit d'exercer ce métier. Mais en privé il portait la kippa et passait la plupart des soirs de shabbat chez ses parents.

C'était compliqué de mener cette double vie, mais entre deux maux il faut choisir le moindre. Or, chaque assassinat, chaque viol, chaque atteinte à l'intégrité physique d'un individu le bouleversait dans sa chair. Il y a des flics qui boivent, d'autres qui battent leur femme. Lui, pour se défouler, il rentrait à Flatbush. Introduire Angelina chez lui était la première entorse à son code personnel qu'il se fût jamais permise. Il espérait ne pas avoir à le regretter un jour.

— Pourquoi me demandez-vous ça ?

— Vous savez parfaitement pourquoi. Ces meurtres, le meurtre de votre mari, tout cela est lié au vaudou, non ?

Angelina l'observa attentivement : il l'avait ramenée chez lui, il l'avait nourrie, désaltérée avec une demi-bouteille de bon vin. Qu'attendait-il d'elle ?

— Vous croyez ?

— Ecoutez-moi bien. Dans notre Babylone, il y a des milliers de meurtres rituels tous les ans. Ça vous paraît incroyable ? A moi aussi. Mais il se trouve que c'est vrai. A New York, nous avons vraiment la lie ; des cinglés de tout poil, satanistes, vaudou, tout ce que vous voudrez. Et parmi ces malades il y en a pas mal qui considèrent les sacrifices humains comme un passe-temps particulièrement agréable. Vous avez visionné cette bande. Vous avez vu ce qui se passait. Alors, je vous demande ce que vous savez du vaudou. Parce que j'en ai besoin.

Il était à côté de la plaque. Mais il l'ignorait et elle n'avait pas le courage de le détromper.

— Qu'est-ce qui vous fait croire que ce que vous avez vu sur cette cassette est lié au vaudou ?

— Je ne sais pas. Ça avait l'air si...

— Si quoi ? Si barbare ?

— Reconnaissez-le !

— Et les gens qui dansaient étaient tous des Noirs ?

Il hocha la tête.

— Si je vous suis bien, barbare, plus Noir, plus meurtre, plus rituel religieux égalent vaudou ?

Reuben commençait à se sentir mal à l'aise.

— Pas forcément. Je sais bien que les Noirs ont plusieurs religions. Il y a la santeria, le...

— Mais vous, vous pensez au vaudou. D'emblée.

— Votre mari a consacré beaucoup de son temps à la communauté haïtienne. Vous êtes haïtienne. Le mort, Filius, était haïtien.

— Chez nous, on dit *vodoun*.

Il haussa les épaules.

— Ça revient au même.

— Non, lieutenant. Non, ça ne revient pas au même. Votre vaudou, c'est Hollywood : les zombis, les épingles plantées dans les poupées, et tout ce cirque. Le *vodoun* est la religion de la majorité du peuple haïtien.

— Je les croyais catholiques.

— Ils vont à l'église. Mais ils croient au *vodoun*.

— Selon vous, ces meurtres n'ont donc rien à voir avec le *vodoun.*

Elle hésita.

— Ce n'est pas ce que j'ai dit. Il me semble simplement que le rapport, s'il existe, n'est pas aussi évident que vous paraissez le penser.

Reuben but une longue gorgée. Il était désemparé. Après avoir travaillé à Fort Greene pendant trois ans, il ne comprenait toujours pas les Haïtiens.

— Et vous ? Vous êtes une... ?

— Une *vodouniste* ? Non. Mes parents... Nous faisions partie de ce qu'on appelle l'élite. Haïti a beau être la plus ancienne des Républiques noires, les métis ont toujours eu le pouvoir. L'argent, l'éducation, les liens avec la France. Nous sommes plus français qu'haïtiens. Plus européens qu'africains. Ma famille allait tous les dimanches à la messe. Nous n'avons jamais éprouvé le besoin de danser devant Dieu.

— Mais, votre mari... Si vous me permettez de vous poser la question.

Elle ferma un instant les yeux ; le nom de Rick lui imposait désormais les images d'un corps livide sur un banc de pierre, d'herbe et de boue, d'un petit cercueil blanc.

— Ça ne me dérange pas. Rick était un spécialiste du *vodoun.* Lisez ses livres et ses articles. On ne l'a pas tué à cause de ça.

— Peut-être pas. Mais j'aimerais rencontrer quelques personnes, des amis de votre mari, des amis de Filius, et leur demander leur avis. Vous pouvez m'y aider, si vous le voulez. M'aiguiller.

Oui, se dit-elle, je pourrais, en effet. Mais ça ne servirait à rien. Il faut que ça se termine avec Filius et avec Rick. Son cœur battait à tout rompre. A nouveau, elle avait peur.

— Je ne peux pas vous aider, dit-elle. Je ne sais rien du tout.

En prononçant ces paroles, elle détourna le regard et pour la première fois il fut certain qu'elle mentait.

Le téléphone sonna. Perplexe, il la regarda longuement. Se moquait-elle de lui, ou avait-elle peur ? Il alla répondre dans la pièce voisine.

Lorsqu'il revint, son visage reflétait une totale incompréhension.

— C'était au sujet de votre ami Filius, dit-il. Il s'est passé quelque chose de bizarre. (Il prit le temps de s'asseoir avant de poursuivre.) Des gens sont venus réclamer son corps, ce matin. Ils ont prétendu qu'ils étaient de sa famille. Ils l'ont enterré dans l'après-midi. Je ne comprends pas, on aurait dû pratiquer une autopsie.

Angelina fronça les sourcils.

— Il n'avait pas de parents ici. Ces gens ont-ils donné leur nom ?

Il secoua la tête.

— Je ne sais pas. Sans doute. Ce doit être consigné sur le registre de l'hôpital. Mais pourquoi l'avoir enterré si vite ? Et comment ont-ils réussi à échapper à l'autopsie ?

— C'est la coutume dans tous les pays tropicaux.

Il hocha la tête.

— Il y a autre chose.

— Quoi ?

— Le rapport du labo. Personne ne les avait prévenus, donc ils ont continué les analyses de sang. Et il y a quelque chose de bizarre. Quelque chose d'extraordinaire, même.

Il s'interrompit. Elle le fixait d'un regard intense, comme si elle devinait ce qu'il allait dire.

— Ils veulent qu'on l'exhume. Le médecin légiste a déposé sa demande officielle au procureur.

7

Et ce fut l'aube d'un mercredi blême, que la pluie de la veille rendait faussement attrayant. Angelina, pour sa part, n'avait jamais vu se lever un jour aussi terne. Elle ne savait que faire d'elle-même. Reuben était parti tôt pour étudier le rapport du labo et accélérer les procédures d'exhumation.

En vérité, elle aurait dû s'occuper des formalités de l'enterrement de Rick, mais elle n'en avait pas la force. Reuben lui avait suggéré de s'en remettre à la secrétaire de Rick et elle avait accueilli favorablement sa proposition. Mary-Jo s'occuperait de tout : prévenir les gens, insérer une notice nécrologique dans la presse, négocier avec les pompes funèbres. Angelina n'était pas encore entrée en contact avec la famille de Rick. Elle n'en avait aucune envie. Que la secrétaire s'en charge.

Elle finit par sortir péniblement de son lit, vers dix heures. Ses vêtements étaient encore un peu humides, mais les effets que lui avait apportés Reuben étaient hideux, et trop grands pour elle. Grâce à eux, elle s'était forgé une image peu flatteuse de la sœur de Reuben : une grosse matrone juive au visage lunaire, dix gosses attachés à ses basques, commandant ses robes et ses produits de beauté par correspondance.

Il y avait des photos partout dans l'appartement. Ses grands-parents en tenue hassidique, ses parents, ses frères, sa sœur en mariée, des oncles, des tantes, des neveux, les vivants et les morts. Il lui avait parlé d'eux, la veille. « Ce sont mes grands-parents. Je ne les ai pas connus. Ils sont morts à Auschwitz. Et voici mon oncle Avrum. Il est mort ici, à Brooklyn. Cette dame à l'air bizarre est ma tante Rivke, et voici son fils, mon cousin Irving. Il est à l'université hébraïque.

Une litanie de noms, de visages, de souvenirs. Il ne se lassait pas de la réciter. C'était son passé, la chose la plus importante de sa vie. Sans eux, il ne serait rien, il ne serait de nulle part. C'était en leur nom à tous qu'il avait trouvé intolérable la solitude d'Angelina.

Sur une petite table, un peu à l'écart, Angelina avait aperçu une série de photographies d'enfant, en couleurs.

— Qui est-ce ?

Reuben hésita avant de répondre.

— Ce sont des photos de ma fille, Davita. Elle a dix ans. Voilà la plus récente, celle avec le cheval. Elle a été prise il y a un mois.

C'était une petite fille élancée, aux grands yeux, à la chevelure sombre. Elle tenait les rênes d'un poney et souriait en clignant des yeux sous le soleil.

— Je ne savais pas que vous aviez des enfants.

— Je n'ai qu'une fille. Davita.

— Vous êtes marié ?

— Je l'ai été, dit-il d'une voix qui lui parut soudain lointaine. Il n'y a pas de photos. Excusez-moi...

Il s'était alors levé pour aller préparer du café à la cuisine. Angelina prit les photos et les reposa. Elles ne signifiaient rien pour elle : de vieilles images fanées, recroquevillées dans leurs cadres dorés ou argentés. Mais une vague de jalousie la submergea tout d'un coup, si dévorante qu'elle dut fermer les yeux et serrer les dents pour ne pas éclater en sanglots. L'intimité d'une famille, la certitude de ses origines — ces échardes lui perceraient les chairs si elle s'en approchait de trop près.

Elle prépara le petit déjeuner et fit la vaisselle, puis alla se laver le visage à l'eau et au savon dans la salle de bains. Il lui fallait du tonique, une crème hydratante, du maquillage. Elle irait faire des courses plus tard, peut-être. Elle se lava les cheveux avec le shampooing de Reuben, une sorte de détergent qu'il avait sans doute acheté dans un supermarché ouvert la nuit, qui rendit ses cheveux rêches. Il n'y avait pas de sèche-cheveux.

A onze heures dix, elle était à nouveau dans le séjour. Dans leurs cadres, les photographies la dévisageaient, leurs regards de salamandre transperçaient sa chair. Elle les tourna face contre le mur. Sur une étagère, il y avait une série de romans policiers d'un certain Robert B. Parker. Elle essaya d'en lire un. Un tueur en série assassinait des femmes noires à Boston, et déposait une rose rouge sur les lieux de chacun de ses meurtres. Ce n'était que des mots, elle ne parvint pas à s'y intéresser.

Les photographies l'observaient toujours de leurs yeux de basilic, capables de voir à travers l'or et l'argent. Elle posa son livre et parcourut les différentes pièces pour rassembler toutes les photos, qu'elle enfouit dans un tiroir de la cuisine.

Des poissons tropicaux nageaient dans un aquarium ; ils allaient et venaient, d'un même mouvement, miroitant de leurs vives couleurs. Pour obéir aux instructions de Reuben, elle versa un peu de nourriture dans l'eau, et la regarda s'éparpiller en de fines particules solides jusqu'au fond de l'aquarium. Les poissons lui ressemblaient, se dit-elle : hôtes des tropiques, condamnés à nager éternellement dans un bocal en verre, à des milliers de kilomètres de chez eux. Elle rêva de s'enfoncer dans l'aquarium, et de fermer les yeux pour toujours. Plus personne ne l'obligerait jamais à nager.

A midi, elle se fit un sandwich au pastrami. Elle ne se rappelait pas si elle avait ou non parlé à la police des paquets de viande que Filius avait laissés dans son congélateur. Elle ne termina pas son sandwich.

A midi et demi elle sortit les photographies du tiroir où elle les avait rangées. Elle les retira une par une de leur cadre et les étala sur la table. Vieux portraits d'ancêtres morts ou disparus, quel droit avaient-ils de la dévisager ainsi ? Armée d'une paire de ciseaux qu'elle dénicha dans un autre tiroir, elle les découpa toutes, en fines lamelles. A bout de patience, elle finit par les lacérer, les réduisit en miettes : la tante Rivke et l'oncle Avrum, le cousin Irving et la petite Davita. Quand elle eut terminé, le passé de Reuben était mort une seconde fois, et ses débris jonchaient le sol.

Dans une armoire du salon, Angelina trouva une bouteille de Fine Napoléon. Elle s'installa et but en admirant les circonvolutions des poissons multicolores. Combien de tours d'aquarium, pour une seule vie ? Au bas de l'aquarium, il y avait une valve. Elle l'ouvrit et regarda l'eau s'écouler sur le tapis. Les poissons nageaient de plus en plus bas, affolés, luttant contre ce courant inconnu qui les entraînait par le fond. Peu de temps après, ils se posèrent sur les algues et le sable qui couvraient le fond de l'aquarium, et leurs corps lumineux se tordirent en un dernier combat pour la vie.

A une heure et quart, elle prit le téléphone et composa un numéro à Brooklyn. Une voix familière lui répondit.

— Aubin ? C'est toi ? Il faut que je te voie immédiatement. Oui. Tout de suite. Je vais venir chez toi. Attends-moi.

8

— Votre Haïtien était séropositif.

Le docteur Pablo Rivera se cala dans son fauteuil en fixant sur Reuben ses yeux de myope. Le médecin avait dans les trente-cinq ans, un âge critique dans cette profession : assez jeune encore pour éprouver de la compassion, assez expérimenté pour savoir que ses efforts n'auraient que bien peu de résultats. Au Cumberland Hospital, on était en première ligne : en guerre, mais contre un ennemi mal identifié.

— Il avait le sida ? demanda Reuben.

Rivera remonta ses lunettes sur son nez et secoua la tête.

— Ce n'est pas aussi simple que ça, murmura-t-il d'un ton las.

Les deux hommes étaient dans le bureau de Rivera, au quatrième étage de l'hôpital. Reuben s'y sentait très mal à l'aise. Pourtant, le médecin et lui avaient beaucoup en commun, mais il ne le savait pas. Tous deux fils d'immigrants, ils avaient opté pour des professions qui leur permettaient d'aider les autres. Au début de leur carrière, tous deux étaient idéalistes. Aujourd'hui, ils devenaient cyniques et en souffraient.

L'hôpital cristallisait leurs déceptions communes. Rivera apprenait à ses dépens que la médecine est relativement impuissante contre la pauvreté et l'ignorance. Il vaccinait les enfants, bourrait leurs parents d'antibiotiques : les vieilles maladies disparaissaient, mais d'autres survenaient pour les remplacer. Et dans les couloirs stériles, derrière ces murs d'acier poli, Reuben voyait les plaies et les blessures qui prouvaient la vanité de ses efforts. Rivera recousait les plaies et Reuben arrêtait les agresseurs ; pendant ce temps, les meurtriers de demain aiguisaient leurs couteaux dans une douzaine de préaux d'école.

— Mais vous venez de me dire qu'il était séropositif.

— Je précise, lieutenant. M. Narcisse présentait les anticorps au virus. Peut-être quelques symptômes s'étaient-ils manifestés, mais ce n'est pas certain. Si je mets la main sur son dossier médical, je pourrai répondre à cette question. Tous les séropositifs ne développent pas la maladie. Tous les malades du sida n'ont pas été en contact avec le virus. Il y a même de beaux esprits pour douter que le virus HIV soit la cause effective du sida. Rien ne prouve qu'ils aient raison, mais pour l'instant rien ne prouve qu'ils aient tort.

« Quoi qu'il en soit, la question n'est pas de savoir si votre client avait ou non le sida.

Rivera se renversa dans son fauteuil. Il avait l'air épuisé. La plupart des médecins aiment à se donner cet air-là, mais chez lui, cela semblait authentique.

— Le moment venu, j'espère que je disposerai des informations nécessaires pour prononcer un diagnostic. Cependant je puis d'ores et déjà supposer que M. Narcisse n'est pas mort du sida. Si je fais état de sa séropositivité, c'est pour vous expliquer comment je suis entré en possession du rapport du labo.

Le médecin s'interrompit et sourit un peu tristement.

— Lieutenant, puis-je compter sur votre discrétion ?

— Absolument, dans la mesure où ce que vous allez m'apprendre n'interfère pas avec mon enquête.

Rivera eut un instant d'hésitation.

— Non, dit-il. Cela n'aura rien à voir. Bon. Au début de l'épidémie de sida, on a beaucoup parlé des quatre H. Il s'agissait de quatre groupes sociaux particulièrement exposés à la maladie. En premier, les homosexuels. Puis les hémophiles, et les hypodermiques, c'est-à-dire, dans notre jargon, les drogués qui se piquent. Le quatrième groupe, ce sont les Haïtiens.

« Un Haïtien sur vingt mille est malade du sida. C'est une proportion importante. Les Haïtiens étaient considérés comme l'un des groupes à risque les plus exposés du pays, jusqu'au jour où le gouvernement a pris le mors aux dents, et a supprimé cette catégorie. Je ne suis pas censé traiter les Haïtiens autrement que le reste de la population. Mais je le fais.

Le médecin prit un paquet de cigarettes sur son bureau et le tendit à Reuben.

— Vous fumez ?

Le policier hocha la tête et se servit. Rivera lui offrit du feu, puis alluma sa propre cigarette.

— A votre avis, lieutenant, où, dans notre beau pays, trouve-t-on la plus forte proportion de cas de sida ?

Reuben tira pensivement une longue bouffée et souffla un mince filet de fumée.

— Je ne sais pas. San Francisco, sans doute. A moins que ce ne soit ici, à New York ?

— Faux. Il s'agit d'un bled qui s'appelle Belle Glade, en Floride. Et qu'est-ce qui différencie Belle Glade de tous les autres bleds du coin ? D'abord, les rats. Puis des conditions sanitaires déplorables. Les taudis. Un taux de tuberculose anormalement élevé. La malnutrition. Et une population majoritairement haïtienne.

« Le problème n'est évidemment pas qu'ils soient haïtiens. Mais il se trouve que les réfugiés haïtiens font partie des populations le plus pauvres du pays. Haïti même est le pays le plus pauvre de l'hémisphère occidental. Et il y a un lien évident entre la pauvreté et le sida, comme il y en a entre les drogues dures et le sida, entre l'hyperactivité sexuelle et le sida. Toutes ces causes détruisent radicalement le système immunitaire.

Rivera se leva, marcha jusqu'à la fenêtre. Son bureau donnait sur les lotissements de Fort Greene. La majorité de ses malades y habitaient. Lui-même, fils d'émigrants portoricains, était né à un kilomètre de là. Avec un tout petit peu moins de chance, il y végéterait lui aussi, et se battrait dans la rue pour survivre.

— Dans cet hôpital, nous soignons beaucoup d'Haïtiens. Officiellement, je ne suis pas censé le remarquer. Officieusement, je leur fais une prise de sang, à tous, et j'expédie ça au labo. C'est rapide, maintenant, les tests HIV. Deux heures après leur visite, je sais contre quoi j'ai à me battre. Voilà comment j'ai appris que Filius Narcisse était séropositif.

Il fit volte-face.

— Et voici quelque chose qui risque de ne pas vous plaire, lieutenant. C'est la raison pour laquelle on n'a pas pratiqué d'autopsie. Personne n'aime autopsier un séropositif. Tout le monde a peur d'être contaminé. Nous avons donc gardé M. Narcisse au frais jusqu'à ce que ses plus proches parents viennent le réclamer pour l'enterrer.

— A ma connaissance, docteur, il n'avait pas de famille. Nous ignorons qui est venu réclamer son corps.

Rivera n'eut pas l'air excessivement étonné.

— En tout cas, quels que soient ces gens, ils ont satisfait aux critères de l'administration de l'hôpital. Je ne me mêle pas de ce genre de choses. Si vous constatez des irrégularités, voyez ça avec eux.

Le médecin tira avidement sur sa cigarette.

— Mais ce n'est pas terminé, en ce qui concerne ce cas. Avant qu'il ne meure, je lui ai fait plusieurs prises de sang. Depuis un certain temps, j'envoie des échantillons de sang séropositif à un de mes confrères de College Hospital, sur Atlantic Avenue. Il s'appelle Joe Spinelli. Il recherche tous les facteurs annexes du virus et dispose d'un équipement sophistiqué qui lui permet d'étudier les structures moléculaires pour identifier des substances généralement non détectées. Il a mélangé le sang de M. Narcisse avec de l'éther, et lorsque le sang et l'éther se sont séparés, il a découvert des traces de substances très inhabituelles.

— Par exemple ?

— J'ai fait une liste, je vous la donnerai. Et j'en enverrai un double au bureau du procureur.

— Donnez-moi une vague idée. Narcisse se droguait ?

Rivera haussa les épaules.

— Pas les drogues habituelles, non. Joe a identifié un certain nombre de substances chimiques qui ne courent pas les rues. La source la plus probable de certaines d'entre elles est l'ingestion, ou l'injection sous-cutanée, de végétaux ou de produits animaux, dont, sans doute, plusieurs sortes d'insectes, des crapauds, et du poisson.

Le médecin baissa les yeux sur la feuille de papier posée sur son bureau.

— Voyons. Joe a détecté des traces de saponines, qui font partie des glucoses. Extrêmement toxiques à haute dose. Une des variétés, connue sous le nom de sapotoxines, est administrée par la bouche dans certaines régions d'Afrique : elle fait office de sérum de vérité. En grande quantité, elles bloquent le processus respiratoire et provoquent la mort. Joe ne pense pas que la dose détectée chez votre client ait été mortelle.

« Il a aussi découvert des tanins et des alcaloïdes, sécrétés par des plantes tropicales. Certaines combinaisons provoquent des hallucinations. Mais Joe ne pense pas, ici non plus, que les doses aient pu provoquer la mort, pas davantage que les végétaux divers et la plupart des produits élaborés par des organismes vivants. A une exception près.

« On a trouvé des quantités significatives de tétradotoxine dans le sang de votre homme. C'est une neurotoxine, en d'autres termes un poison qui agit sur le système nerveux. Il s'agit d'une substance non protéique, à l'encontre de la majorité des neurotoxines, et d'une extrême toxicité. Pour être clair, c'est l'un des poisons les plus violents que l'on connaisse. A titre d'exemple, elle est soixante fois plus active que la strychnine, mille fois plus que le cyanure. Un demi-milligramme de tétradotoxine suffit à tuer un être humain adulte, par paralysie neuromusculaire. Votre client a été empoisonné, lieutenant. L'unique chose qui m'intrigue, c'est qu'il était encore en vie quand vous l'avez découvert.

Rivera enleva ses lunettes. Ses yeux étaient fatigués, injectés de sang. Reuben comprit que la fatigue du médecin n'était pas simplement physique. Il connaissait bien cette expression, pour l'avoir souvent constatée dans son miroir.

— Si vous voulez vraiment savoir ce qui est arrivé à votre Haïtien, lieutenant, faites-le exhumer. Le plus vite possible.

9

Après avoir vu Aubin, Angelina se sentit très désemparée. Elle arpenta les rues pendant près d'une heure, sans but. Ses talons cliquetaient sur les trottoirs, à un rythme qui évoquait celui des tambours *rada*. Elle marchait, sans entendre la musique qui accompagnait ses pas.

Vers quatre heures et demie, elle s'aperçut qu'elle avait inconsciemment rejoint Clermont Avenue, la rue où elle habitait. Quelque chose l'y avait poussée, une impulsion qu'elle était incapable de définir. Elle scruta les alentours, sans voir personne de sa connaissance, ni la moindre trace de voitures de police.

L'appartement était sous scellés. Une affiche noir et blanc au sigle du Département de Police de New York barrait la porte et son épais encadrement : « Entrée interdite. Enquête criminelle en cours. » Angelina arracha la bande et inséra sa clé dans la serrure.

Les experts avaient quitté les lieux, mais les signes de leur passage étaient visibles partout : poudre pour recueillir les empreintes, inscriptions sur les meubles et les objets, étiquettes indiquant que tel ou tel objet avait été emporté. Que cherchaient-ils donc ? La porte du séjour était fermée ; elle n'y toucha pas, et se rendit dans sa chambre à coucher.

Dans le placard, elle trouva une valise de taille moyenne dans laquelle elle rangea ses plus beaux vêtements, deux paires de chaussures, du linge, une tenue noire pour l'enterrement. Fallait-il qu'elle prenne aussi des sous-vêtements noirs ? se demanda-t-elle avant de balayer cette question qu'elle estima morbide. Quant au lit, elle ne lui jeta pas un coup d'œil.

Dans la salle de bains, elle remplit un grand sac de coûteuses crèmes et lotions. Rick ne s'était jamais montré mesquin sur ce point. Il aimait qu'elle se soigne, disait-il toujours. Et elle rétorquait : Qui d'autre me soignerait ?

Il y avait des traces de Rick partout : son rasoir, avec des poils minuscules collés sur la lame, un tube de crème à raser, un shampooing antipelliculaire, deux caleçons non lavés, accrochés au panier à linge. Elle fit mine de ne rien voir.

En levant les yeux, elle croisa son image dans le grand miroir au-dessus de la baignoire. Les yeux gonflés, les joues creuses, cheveux ternes et plats. Elle se souvint des poissons aux vives couleurs qui mouraient hors de l'eau, de leurs yeux désespérés, qui roulaient en tous sens, puis s'immobilisaient. De leurs queues qui battaient l'air. Elle se regarda encore dans le miroir. La lumière crue des tubes au néon n'arrangeait rien.

Ses vêtements étaient dans un état indescriptible. Il faudrait les donner à nettoyer, à repasser. A moins qu'elle ne les remette plus jamais. Elle s'en dépouilla rapidement, et, tremblante de froid, décida de prendre une douche brûlante.

La veilleuse du chauffe-eau était allumée. Elle prit une brosse dans l'armoire, entra dans la cabine et tira le rideau de douche. Elle régla le mélangeur et ouvrit le robinet. Un flot d'eau glacée s'abattit sur elle. Elle hoqueta sous la surprise. Presque immédiatement, le torrent devint brûlant, et Angelina se tourna pour le laisser s'écouler sur ses épaules et son dos. Puis elle s'habitua à la bienfaisante chaleur, ferma les yeux et inclina la tête en arrière afin d'y exposer son visage, ses seins, son ventre, que vinrent aiguillonner des milliers de petites piqûres. Le sang à fleur de peau, elle ouvrit soudain les yeux et s'essuya le visage du revers de la main.

Quelque chose l'effrayait, sans aucune raison. On aurait dit que l'appartement s'était réveillé.

Des ombres bougeaient derrière le rideau tout éclaboussé de gouttes d'eau. Le jet puissant abolissait tous les autres sons. Le cœur battant, Angelina tira le rideau, et l'eau tomba par terre. La salle de bains était remplie de vapeur, la buée recouvrait le miroir d'un film opaque.

D'un geste brusque, elle ferma les robinets. Le fracas se tut, remplacé par un silence de mort. Immobile, elle tendit l'oreille avec une attention douloureuse. Mais seul lui parvint le bruit régulier des gouttes d'eau tombant sur le carrelage mouillé.

Angelina sortit lentement de la cabine. Une voix intérieure lui soufflait que tout allait bien. De quoi avait-elle peur ? Il n'y avait pas le moindre bruit. Mais elle savait de quoi elle avait peur.

Elle s'enveloppa dans un drap de bain, qu'elle noua au-dessus de ses seins. Elle avait l'estomac noué. Ce n'est rien, se morigéna-t-elle, rien que des gouttes d'eau qui tombent sur le sol, comme de la glace qui fond. Elle se remémora son rêve, sa longue errance dans la jungle, l'humidité poisseuse qui s'écoulait des feuilles géantes. Elle savait de quoi elle avait peur.

Sur la pointe des pieds, elle entra dans sa chambre. Vide. Son cœur battait follement dans sa poitrine ; elle ne pouvait s'empêcher de regarder de tous côtés. Une voix lui criait pourtant : « Sors d'ici, file pendant qu'il est encore temps ! »

Elle saisit un chandail et un jean, une paire de baskets, enfila le tout. Voilà. Elle prit sa valise.

Et tout d'un coup elle se rappela pourquoi elle était venue. L'impulsion à laquelle elle n'avait pu résister avait sa source dans le bureau de Rick. A condition que la police ne l'ait pas découverte et emportée. Elle posa sa valise.

Habillée, elle se sentait moins vulnérable que nue. Il n'y a rien, là-dedans, se dit-elle. Elle avait vu l'affiche sur la porte, l'avait déchirée de ses propres mains, avait brisé les scellés. Mais ils avaient d'autres moyens d'entrer. Oui, elle savait de quoi elle avait peur.

A pas de loup, elle s'engagea dans le couloir. A sa droite, la porte massive du salon. Il lui suffisait de baisser la poignée et d'entrer. Il ne restait rien sous le plancher ; ils avaient tout emporté, jusqu'à la dernière dent, le dernier lambeau de chair ou fragment d'os. Mais ce n'était pas cela qui l'effrayait.

Elle traversa le séjour en frissonnant involontairement et entra dans le bureau de Rick, dont la porte était entrebâillée. Après y avoir allumé la lumière, elle s'arrêta un instant sur le seuil. Il était essentiel qu'elle récupère ce qu'elle était venue chercher. Mais l'envie de s'enfuir en courant prédominait.

La police avait certes fouillé partout, mais cela n'avait aucune importance. Ils ne savaient pas quoi chercher, ni où le trouver.

Accrochés aux murs, les masques grimaçants de dieux africains la suivaient des yeux, à côté des reproductions haïtiennes de saint Georges et de saint Patrick, et d'un crucifix au Christ noir. Sur une étagère étaient disposées des figurines congolaises de Logane — de petites poupées grasses, habillées de satin rouge et bleu —, qui répondirent au regard d'Angelina par une expression de colère devant son intrusion.

Le bureau avait été fouillé, et pas seulement par la police. Dossiers, courrier, stylos et crayons, tout était répandu sur le sol en un indescriptible désordre. On avait sorti les tiroirs et déversé leur contenu par terre. La précieuse lampe italienne de Rick était brisée en mille morceaux. Ses deux armoires à dossiers suspendus béaient, vides. Les livres avaient été sortis de leurs étagères, feuilletés et entassés dans un coin.

De précieux documents étaient intacts, comme le vérifia Angelina en ouvrant les dossiers éparpillés : copies de documents haïtiens datant de la fin de la période coloniale, correspondance privée de la même époque ainsi que des règnes de Dessalines, Christophe et Petion, tout y était, à un dossier près. Les gens qui avaient fouillé savaient ce qu'ils cherchaient.

Un haut cabinet de bois précieux, portes ouvertes, trônait contre un mur. Il avait contenu les pièces majeures des collections de Rick, celles dont il était le plus fier : *livres de commerce,* de 1735 à 1788 ; plusieurs *livres de comptes* des principaux négriers français : Montaudoin, Bouteiller, Michel et d'Havelooze; *journaux* et autres index, registres de commerçants de Nantes, La Rochelle et Le Havre, détaillant les cargaisons d'esclaves transportées par leurs navires, le nombre de morts par voyage, les routes maritimes suivies.

C'était un meuble en bois de rose, de style Empire, surchargé d'ornementations. Rick l'avait acheté dix ans auparavant, chez un antiquaire des Heights. Si le marchand n'avait pas menti, le cabinet avait été fabriqué par Phyfe, durant sa dernière période. Pour un meuble signé de l'artiste, le prix était modéré et Rick n'avait pas résisté à la tentation. C'était l'une des rares envies qu'Angelina l'eût jamais vu manifester.

Le marchand avait oublié, ou négligé, un détail, qu'ils découvrirent des années plus tard, par hasard, en changeant le meuble de place. Si l'on appuyait sur une des feuilles d'acanthe, au-dessus des portes, l'un des panneaux latéraux s'ouvrait. Angelina actionna l'ouverture secrète et le panneau révéla son secret.

Dans la cache béante, se trouvait un grand cahier, dont elle s'empara, et qu'elle feuilleta rapidement. Apparemment, personne n'y avait touché. Elle poussa un profond soupir et se dirigea vers la porte, sous l'œil impassible des dieux accrochés aux murs. L'appartement, lui aussi, montait la garde : Angelina sentait sa lente et régulière respiration, patiente, vigilante.

Dans le couloir, l'impression s'accentua. Des milliers de fourmis rampaient entre sa peau et sa chair. Elle était incapable de détourner le regard de la porte du séjour, malgré son désir de fuir en courant; ses pieds, lestés de plomb comme ceux d'un scaphandrier, enracinés, la retenaient, la conduisaient contre son gré vers d'insondables profondeurs. Pas à pas, elle se rapprochait de cette porte. Son cœur battait si fort qu'elle avait la sensation que les murs tremblaient. Elle avançait, dénuée de toute volonté, de tout libre arbitre.

Elle n'entendait que le vacarme de son cœur, qui battait sur un rythme de tambour *kata,* bruit blanc pour affronter les ténèbres, initiant la cérémonie, ouvrant les portes aux dieux. *Ouvri barrié pou mon, Legba...* Les ténèbres se fendaient. *Ouvri barrié...*

Elle leva la main, appuya sur la poignée de la porte qui s'ouvrit silencieusement.

La pièce était plongée dans l'obscurité. Angelina manœuvra l'interrupteur électrique mais rien ne se produisit. Lentement, ses yeux s'accoutumèrent au manque de lumière.

Sur une chaise, en plein milieu de la pièce, dans le noir, quelqu'un était assis, ses traits indistincts brouillés par la pénombre. Angelina fit halte sur le pas de la porte, tendue, apeurée, scrutant l'obscurité. Elle fit un pas en avant. Un bruit sur sa droite, un mouvement : un deuxième personnage sortait de la pénombre. Il s'arrêta, la regarda. La respiration d'Angelina se fit saccadée.

— Vous, murmura-t-elle d'une voix douce comme le lait.

La tête lui tournait, sa vision se brouilla, l'air vicié oppressait ses poumons. Le personnage s'approcha. Angelina voulut faire volte-face mais les murs tournoyèrent et ses jambes refusèrent de la porter.

10

Le temps que le permis d'exhumer fût délivré, il faisait nuit. Au bureau du procureur, on aurait souhaité attendre jusqu'au lendemain. Les fonctionnaires préfèrent travailler pendant les heures de bureau, dans la mesure du possible. « Les morts ne sont pas pressés », avait dit l'employé à Reuben lorsque ce dernier s'était présenté pour obtenir le document. « Moi, je le suis », avait rétorqué Reuben.

Il voulait qu'on sorte Filius de terre, et il voulait que cela se fasse tout de suite. Si on l'y laissait trop longtemps, le sang se détériorerait. Le médecin légiste lui avait expliqué le processus : la biodégradation des protéines des enzymes produisait de nouvelles enzymes et de nouvelles protéines, susceptibles d'annihiler des substances contenues dans l'organisme du mort.

Il avait précédemment demandé des permis d'exhumer pour les quatre morts les plus récents découverts dans l'appartement d'Angelina. Leur identification avait été facile : il avait suffi de faire circuler des photographies chez les entrepreneurs de pompes funèbres. Les défunts avaient ensuite retrouvé la tranquillité de leurs tombes.

C'est au cours de ces démarches que Reuben comprit que des pressions s'exerçaient pour que l'on ne donnât pas une publicité excessive à ce qui avait été découvert sous le plancher de l'appartement des Hammel.

Les croque-morts avaient été priés de ne pas souffler mot aux parents. Soi-disant pour ne pas heurter leur sensibilité, ce qui pouvait s'admettre. Mais l'un d'entre eux s'était mis à poser des questions : où avait-on trouvé les corps ? La police avait-elle une idée de l'identité des profanateurs de sépultures ? S'agissait-il de cas isolés ?

Une déclaration officielle avait alors surgi des profondeurs, comme un ectoplasme. Il y avait quatre corps en tout. Il s'agissait d'une farce de mauvais goût, perpétrée par des étudiants en médecine du College Hospital. Inutile de bouleverser les familles. Inutile de gâcher à tout jamais les carrières prometteuses de brillants jeunes gens. Le doyen leur avait passé un sacré savon, ça suffisait comme ça. Les familles des étudiants en question payeraient les frais, cercueils et enterrements. Tout se passerait dans la plus grande discrétion.

Reuben s'était précipité dans le bureau du capitaine Connelly.

— Qu'est-ce que c'est que cette histoire d'étudiants en médecine ?

Connelly avait haussé les épaules, et conseillé à Reuben d'ignorer la déclaration officielle.

— Ça fait plaisir à des gens, Reuben. Alors, sois gentil, tu veux, joue le jeu. Tu peux continuer ton enquête tout à fait librement, je te le promets. Il s'agit de relations publiques, un point c'est tout.

Pire encore, Doug Lamont, du service de presse de la police, avait été dépêché sur place séance tenante. Vingt-cinq ans et déjà le grade de lieutenant, c'était un vrai petit génie, qui aurait dû faire carrière dans la publicité. Il habitait Manhattan, dans un loft de TriBeCa. Ses complets étaient signés Issey Miyake, ses chemises Umberto Ginochietti, ses chaussures Gucci. Reuben se rappelait la maxime favorite de son oncle Nathan : « Ne porte jamais de vêtements dont tu ne peux pas prononcer le nom ! »

Lamont avait pour mission de répondre à toutes les questions qui se présenteraient. Deux reporters locaux flairèrent quelque chose. Un employé d'une entreprise de pompes funèbres avait peut-être été trop bavard. L'un d'eux travaillait pour le *Haïti Observateur*. Lamont s'en était débarrassé en leur offrant l'exclusivité sur deux juteuses affaires de viol, après les avoir sermonnés : Allons, pensez un peu aux malheureuses veuves ! Ces vieilles dames risquent une attaque, si elles apprennent qu'on a arraché leur cher et tendre au repos éternel qui lui est dû ! Il avait terminé par l'habituel couplet libéral : le fameux renvoi d'ascenseur.

Plumitifs ou jeunes loups carriéristes, tous avaient gobé Lamont et son sourire à cent dollars comme un plat de sushi : tout cru. Ils auraient gobé n'importe quel discours, tenu par n'importe qui. Pourquoi avait-on envoyé sur place le Prince Charmant de Manhattan ?

Aucun des autres corps n'avait été identifié, et il y avait fort peu de chances que cela se produise, à moins que leurs dents ne révèlent quelque chose. Reuben avait chargé un nouveau, un certain Johnson, de vérifier toutes les plaintes pour vandalisme dans les cimetières. Les corps étaient au frais. C'est alors que le labo avait envoyé son rapport sur

Filius. On avait sorti les cadavres du frigo pour les aligner sur des tables d'examen, à la morgue. Ce ne serait pas long. Les experts savaient ce qu'ils cherchaient : des traces d'empoisonnement à la tétradotoxine.

Reuben et son coéquipier, Danny Cohen, longeaient en voiture les parcs et les cimetières entre Brooklyn et Queens. Même morts, les New-Yorkais préféraient la ségrégation à l'intégration. De hauts murs de pierres et des grilles en fer séparaient les juifs des catholiques, les Portoricains des Chinois. Même leurs paradis devaient être clos et grillagés.

— Je déteste cet endroit, dit Cohen. Quand j'étais gosse, mon père m'y amenait. Toutes ces petites maisons avec écrit Cohen dessus ! J'en faisais des cauchemars ! J'étais sûr qu'il suffisait de s'appeler Cohen pour qu'on vous y enferme ! Comme dans des prisons.

Après Stony Road, ils entrèrent dans Cypress Hills. Beaucoup de Haïtiens y étaient enterrés, bien qu'ils n'eussent pas encore droit à un enclos séparé. Ici, les athées côtoyaient les croyants, et les Noirs, les Blancs.

Les autres membres de l'équipe chargée de l'exhumation étaient arrivés au bureau du cimetière : Steve Koresky, du bureau du procureur, le légiste qui pratiquerait l'autopsie, un médecin libanais, le docteur Chamoun, un employé de l'entreprise de pompes funèbres qui avait organisé l'enterrement et deux ouvriers aux cheveux longs, armés de pelles. Reuben s'aperçut avec étonnement de la présence de Sally Peale, une avocate astucieuse rattachée à la mairie de New York, avec qui il avait eu une liaison.

— Toujours aussi ponctuel, Reuben, fit remarquer Sally, une petite blonde dure comme l'acier.

Reuben et elle s'étaient beaucoup vus, à une époque. Mais c'était la première fois qu'ils se rencontraient dans un cimetière. Malgré les trois ans qui s'étaient écoulés depuis leur rupture, Reuben était encore sensible à Sally : c'était une femme qu'on n'oubliait pas facilement. Il lui sourit. Ils étaient restés bons amis, sortaient ensemble de temps en temps, et s'offraient des cadeaux pour Noël ou Hanoukka.

— Qu'est-ce que tu fabriques ici, Sally ? Je ne vois pas en quoi cette histoire intéresse la Mairie.

— Je te surveille, Reuben. Comment vas-tu ?

— Bien. Toi aussi, apparemment.

— Je meurs de faim. J'avais un dîner, ce soir.

— Avec quelqu'un que je connais ?

— C'est peu probable. Nous ne fréquentons pas les mêmes cercles ! Bon. Si tu donnais le permis à Steve, qu'on sorte ce type de sa tombe ?

Narcisse était enterré dans la section de Parkside, à la limite est du cimetière. L'équipe s'y rendit en voiture. Les phares illuminèrent brièvement de vieilles tombes juives, sur leur droite, avant de braquer leurs faisceaux sur la vaste zone chinoise, aux pierres tombales basses, surmontées de petits rochers où étaient accrochés des morceaux de papier.

Ils firent le reste du chemin à pied, en file indienne, serpentant entre des pierres tombales gris et rose blotties les unes contre les autres. Les noms étaient presque tous espagnols. Et les morts ne devaient être ni des gens riches ni des gens importants.

Narcisse reposait derrière Abbey Monument. En

regardant au nord-ouest, Reuben aperçut les lumières des tours de Manhattan, qui se détachaient sur le ciel bas. A ses pieds, des couronnes détrempées recouvraient presque entièrement la terre fraîchement retournée de la tombe.

Les deux ouvriers prirent deux lampes à arc dans leur camion, garé à proximité. Ils travaillaient souvent de nuit, surtout en cette saison. Ils allumèrent leurs lampes, qui déchirèrent l'obscurité. Avant de se mettre au travail, ils écartèrent les fleurs et les couronnes. Une carte plastifiée vint s'échouer aux pieds de Reuben, qui la ramassa et lut : « *Dormi pa'fumé, Filius* ». Sans signature. Il la glissa dans sa poche. Reuben n'avait pas vu Sally s'approcher de lui. Il sursauta lorsqu'elle posa sa main sur son bras.

— Glauque, non ?

Il hocha la tête.

— Tu as déjà assisté à ce genre de spectacle ? lui demanda-t-il, ses mots ponctués par le son lourd des bêches frappant la terre meuble.

— Oui, cinq ou six fois. Mais jamais la nuit. Où est l'urgence ?

Il lui expliqua.

— N'empêche ! Tu aurais pu attendre jusqu'à demain. A moins que tu n'aies un penchant pour le macabre.

Les ouvriers poursuivaient leur tâche, petites silhouettes courbées sur leurs bêches, se découpant dans le faisceau de lumière crue. Autour d'eux, les gens parlaient tout bas en les observant. Quelqu'un partit d'un rire nerveux.

— A propos de macabre, poursuivit Sally, qu'est-ce que c'est que cette histoire farfelue d'étudiants en médecine qui jouent les profanateurs de sépultures ?

Il haussa les épaules.

— Ça s'appelle des relations publiques.

— Sur ordre de qui ?

— Je pensais que toi, tu le saurais, et que tu me le dirais.

Elle secoua la tête. De son visage nimbé par la pénombre, il ne distinguait que le blanc de ses yeux. Une sorte de souvenir.

— Ce que j'ai entendu dire, Reuben, c'est que tu as trouvé... combien, déjà ? neuf morts, ne portant aucun signe visible de violence. On en a conclu qu'on les avait exhumés d'un cimetière. En vingt-quatre heures certains sont identifiés, et rendus à la terre. C'est du rapide, tu ne trouves pas ? Qui avait intérêt à ce qu'ils disparaissent aussi vite ?

Il haussa les épaules, un geste familier, hérité de son père qui lui-même l'avait hérité du sien. Un geste qui avait un passé.

— Je n'en sais rien. Tout se précipite, depuis le début de cette affaire. On dirait qu'un type haut placé veut calmer le jeu.

— Tu continues l'enquête ?

— Oui. Grâce au type qu'on exhume en ce moment. Sur les autres corps, je n'ai pas la moindre preuve d'un délit quelconque. Les quatre qu'on a réenterrés avaient des certificats de décès parfaitement en règle. Pour causes naturelles.

Le trou que creusaient les ouvriers était déjà profond. La terre était meuble et leur tâche s'en trouvait facilitée.

— Qu'est-ce qui se trame, Reuben ? Il y a des gens qui posent des questions, à mon bureau.

— Qui ?

— Je ne sais pas. Ce ne sont pas des types de

chez nous. Du cabinet du maire, peut-être. L'administration, comme dit Jack. Que ceci reste entre nous, bien entendu.

— Quel genre de questions ?

— Ils veulent des détails. Combien de corps ? Sont-ils identifiés ? Qu'est-ce qu'on fait ? Et apparemment, on s'intéresse à toi. Jack m'a demandé ce que je savais à ton sujet.

— J'espère que tu as fait un portrait flatteur.

Elle sourit, et son sourire lui rappela un passé qu'il s'empressa de refouler.

— Je lui ai dit que tu étais un *gonif.* Qu'est-ce que j'aurais pu lui raconter d'autre ?

— Il parle yiddish ?

— Depuis quand faut-il parler yiddish pour reconnaître un *gonif* quand on en voit un ?

Reprenant son sérieux, elle l'interrogea avec une certaine anxiété :

— Qu'est-ce qu'il y a de spécial, dans cette affaire, Reuben ?

Il ne répondit pas tout de suite. Les ouvriers avaient sorti le cercueil de la tombe et ôtaient la terre et la poussière qui s'étaient accumulées dessus.

— Je n'en sais rien, Sally. Et j'aimerais bien le découvrir. Si tu apprends quoi que ce soit, dis-le-moi, d'accord ?

— D'accord. A charge de revanche.

— Fouille un peu de ton côté, essaye de savoir qui pose ces questions. Entendu ?

Elle hocha la tête. Leurs regards se croisèrent, une certaine gêne s'installa. Il suffirait de si peu, un mot, un geste...

— Voilà Dracula, dit Sally.

L'un des ouvriers était sorti du trou et installait

un treuil au-dessus du cercueil. Une sangle entourait les quatre poignées; l'ouvrier l'accrocha à la corde du treuil. Son équipier sortit à son tour du trou pour l'aider à manœuvrer le treuil. Le cercueil s'éleva lentement, heurtant les parois de terre pendant son ascension.

Tous les regards étaient fixés sur la boîte oblongue. Reuben fut soudain frappé par le ridicule de la scène, qui prenait l'allure d'une attraction : tout le monde semblait attendre le moment où le magicien, muscles bandés, se libérerait de ses chaînes dans un effort surhumain. Le treuil oscillait, le cercueil se balançait, quelque chose cognait à l'intérieur.

Reuben aida les ouvriers à le poser sur le côté. La plaque de bronze portant le nom du mort brillait encore, son bref séjour dans les entrailles de la terre n'ayant pas suffi à la ternir. La lumière électrique jetait comme un reflet maudit sur le bois. L'employé des pompes funèbres se détacha du groupe un long tournevis à la main. Ses gestes étaient maladroits, il semblait nerveux. Il fit le tour du cercueil, libérant les vis une à une.

Les ouvriers saisirent le couvercle et le firent glisser d'un côté. Reuben s'interposa entre la lumière et le cercueil, jetant une ombre sur le bois massif. Il fit un geste aux ouvriers, qui écartèrent alors complètement le couvercle. Reuben se pencha en avant.

Le cercueil était vide. Sur l'oreiller de dentelle où avait reposé la tête de Filius Narcisse, il y avait un petit cercueil en bois blanc, recouvert d'inscriptions.

11

Elle était brisée en mille morceaux, fragmentée, hantée par des images de décomposition ; elle marchait sans fin dans des rues désincarnées, comme si l'Apocalypse avait déjà eu lieu et qu'elle était restée seule ici-bas, chargée du poids d'un deuil universel, avec pour mission d'arpenter le vaste cimetière qu'était devenue la planète.

Ses pas la menèrent devant la petite église haïtienne de Lafayette Street où il lui était déjà arrivé de se réfugier en cas de crise. Mais elle se surprit à reculer devant la bâtisse aux murs blancs, sépulcre plutôt que balise de détresse. Ce que ses yeux avaient vu depuis une semaine, et surtout cet après-midi, l'avait profondément perturbée. Elle redoutait la démence, certes, mais plus encore qu'un cerveau sain se cachât derrière tout ceci.

L'église était plongée dans la pénombre, comme elle l'était toujours à cette heure-ci, semblant attendre qu'on lui redonnât vie. Une petite lumière rouge cerise, vacillante présence du Christ, était allumée devant l'autel. Angelina se signa et s'agenouilla maladroitement. Ce n'était pas une femme pieuse, et elle n'accomplissait pas naturellement les gestes lents de la foi. Au-dessus de l'autel, un

Christ noir taché d'écarlate la surveillait ; elle se glissa sur un banc et se prit la tête dans les mains. Jésus-Christ l'esclave, et le Rédempteur des esclaves. Que pouvait-il y avoir de vrai dans tout cela ?

Depuis un an, elle fréquentait Saint-Pierre, épisodiquement. La colère de Rick, la froideur de Rick, ou sa chaleur, l'indifférence de Rick : tout cela l'avait poussée à venir chercher ici quelque consolation, dans de tièdes dévotions. L'âge mûr et l'approche de la ménopause la renvoyaient-ils dans le sein de l'Eglise ?

Elle tentait de se ressaisir afin d'être en état de prier lorsque le père Antoine s'aperçut de sa présence. Il l'attendait depuis qu'il avait appris la mort de Rick, bien qu'il sût que Rick, qui était protestant, n'aurait pas besoin de ses services. Mais Angelina, elle, y aurait recours, il en était persuadé.

Le prêtre attendit longtemps, debout derrière elle, qu'elle sortît de son recueillement. Mais Angelina n'était pas recueillie, elle ne se sentait pas mieux avec le Christ qu'elle ne l'avait été pendant que Reuben lui parlait de sa vie passée. Elle finit par relever la tête et vit le prêtre.

— Bonsoir, Angelina. Tout va bien ?

Elle secoua la tête, les yeux agrandis, écarquillés, vides de toute expression.

— Non, évidemment, dit le prêtre. Pardonnez-moi.

Il s'assit à ses côtés, gêné par sa haute taille et sa soutane noire. Ses mains immenses reposaient sur ses genoux, impuissantes à consoler. Ici, sous les yeux douloureux de son dieu, il se refusait à offrir un autre réconfort que celui des mots.

— Richard est mort.

— Je sais. Silbert me l'a dit hier. Je vous attendais. Vous auriez dû venir plus tôt.

— Je suis là.

— Oui, murmura-t-il, vous êtes là.

— Il faut que je vous parle, mon père.

Il ne l'avait jamais vue dans cet état. Emue, bouleversée, oui, mais jamais ainsi épuisée, vidée.

— Mais bien sûr. Voulez-vous rester ici, ou...

— Non ! (La voix d'Angelina se brisa.) Pas parler. Me confesser. Il faut que je me confesse. Je vous en supplie, mon père, avant qu'il ne soit trop tard.

Etonné, le grand prêtre baissa les yeux sur elle. Elle n'était encore jamais entrée dans le confessionnal. Ce soir, elle semblait avoir rétréci, comme si quelque chose la rongeait de l'intérieur.

— Venez, dit-il.

Elle le suivit, comme un chien battu, comme quelqu'un portant un poids trop lourd pour lui.

Le confessionnal était situé au fond de l'église, à côté de la chapelle dédiée à saint Michel. La lumière n'y pénétrait que parcimonieusement, même lorsque l'église était éclairée. Un lieu sombre, destiné aux sombres pensées. Les péchés n'aiment pas à se révéler au grand jour.

Angelina s'assit devant la grille en se demandant pourquoi elle était venue. Que pouvait faire le prêtre ? Lui parler ne servirait à rien.

— Depuis combien de temps ne vous êtes-vous pas confessée ?

A travers la grille, un rayon de lumière s'abattait sur les genoux d'Angelina.

— Plus de vingt ans.

Le prêtre récita les formules, elle répondit, et le

silence les enveloppa, lourd de tant de péchés non avoués, non pardonnés. Où commencer ? Où finir ? Elle bafouilla, dit la première chose qui lui vint à l'esprit. Elle avait si peu l'habitude que sa langue lui refusait son concours pour trahir son cœur. Mais, peu à peu, les mots affluèrent, d'abord hésitants, puis en un flot intarissable, délicieux, qui la submergea.

Elle parla pendant plus d'une heure avant de s'interrompre, tremblante de froid, couverte d'une sueur glacée. D'une voix émue, le prêtre prononça l'absolution. Mais elle ne se sentit pas absoute. Rien ne pouvait l'absoudre. Non qu'elle eût accompli de sinistres forfaits, mais elle savait. Et savoir ne peut jamais être pardonné. La grâce n'est jamais accordée aux objets obscurs qui flottent dans l'esprit, indicibles et ignorés.

Le père Antoine sortit le premier du confessionnal. Angelina l'imita, les yeux baissés, la tête courbée.

— Puis-je faire quelque chose pour vous, Angelina ? Vous savez que vous pouvez compter sur moi.

— Non, mon père. Rien.

— Avez-vous parlé de... de toutes ces choses, avec quelqu'un d'autre ?

Elle fit non de la tête.

— Vous avez bien fait. Cela vaut mieux. Je serai toujours à votre disposition.

— Merci, mon père. (Angelina hésita un instant.) Bon. Il faut que je parte, maintenant.

— Où habitez-vous ? J'aurai peut-être besoin de vous contacter.

— Non, surtout pas. Tout ira bien. J'habite chez un ami.

— Donnez-moi l'adresse, on ne sait jamais.

Elle obéit, et il l'inscrivit sur un petit carnet qui était dans sa poche. Elle l'observa un instant, et leva les yeux sur lui.

— C'est grave, si je n'ai pas vraiment la foi ?

On lui avait si souvent posé cette question !

Il secoua la tête.

— Je ne sais pas, Angelina. Ce qui compte, c'est d'aller à la messe et de se confesser. Laissez le reste entre les mains de Dieu.

— C'est si simple que cela ?

Le prêtre détourna les yeux. Sur l'autel, la petite lumière vacilla et s'éteignit. Il s'imagina avoir senti un courant d'air.

Angelina s'éloigna et disparut dans la nuit. Le père Antoine, immobile, silencieux, fixait l'endroit où la petite lumière avait brillé. Il remplacerait le cierge un peu plus tard. Il prit la porte latérale qui menait au presbytère désert. Il se sentait mal, ses jambes ne le portaient pas. Arrivé dans son bureau, il se laissa tomber dans un fauteuil et tenta de se ressaisir. Puis il composa un numéro de téléphone. La sonnerie retentit longtemps avant qu'on ne lui réponde.

— Ici le père Antoine, de Saint-Pierre. J'ai les renseignements que vous m'avez demandés. Mais je veux votre promesse que vous ne ferez pas de mal à cette femme.

A l'autre bout du fil, la voix se fit calme, rassurante. Le père Antoine respira profondément.

Il ne lui fallut que deux secondes pour dicter son adresse, mais il eut l'impression qu'elles durèrent une éternité. La lumière du sanctuaire s'était éteinte. L'église était plongée dans les ténèbres.

— Ecoutez-moi bien, dit-il enfin. C'est la dernière fois que je vous appelle. Et je ne veux pas vous revoir ici. Ni ici, ni nulle part.

Pas de réponse. On avait raccroché.

12

La veille, Reuben lui avait confié une clé de son appartement. Elle s'en servit pour entrer, sans savoir s'il était là ou non. Le couloir était obscur, mais de la lumière filtrait sous la porte de la cuisine.

Elle se sentait désemparée, indifférente à tout. Comme si quelque chose de noir et de lourd la suffoquait ; si seulement elle pouvait éprouver une douleur saine, franche, un chagrin qui lui déchirerait les entrailles, mais lui permettrait de respirer à nouveau. Angelina poussa doucement la porte, qui s'entrebâilla.

Il était assis par terre, sur le carrelage glacé, les jambes repliées sur les fragments mutilés de son passé, de ses parents, de ses amis. Il fouillait ce puzzle dément de sourires, de visages, de gestes interrompus et de membres épars, dans une tentative désespérée pour reconstituer une image reconnaissable. Les mains tremblantes, il sanglotait en silence.

Debout sur le seuil, elle le regardait, ni coupable ni satisfaite. Comme des papillons, ses doigts allaient et venaient sur les pétales noirs, caressaient son histoire réduite en mille morceaux. Elle eut envie de pleurer sur lui.

Il finit par lever les yeux et la vit, qui le regardait ; les larmes brouillaient sa vision. Elle ne disait rien. Sa confession lui avait vidé le cerveau et coupé la langue.

— Pourquoi ? demanda-t-il, bien qu'il sût qu'il n'y avait pas de réponse.

Elle se détourna. Le sang rugissait dans sa tête, dévorait son silence. Comme lui, elle aurait voulu réparer les dégâts, entendre à nouveau sa propre voix. Mais seul le sang inondait son cerveau. Des voix l'appelaient de très loin. Elle sortit précipitamment de l'appartement et s'enfonça dans la nuit.

Les rues désertes s'allongeaient devant elle comme des sillons stériles. Peu importait où elle dirigerait ses pas. Elle prit à droite, sans cesser de courir, comme sourde, aveugle, occupée seulement à faire taire les voix qui hurlaient son nom.

Elle avait atteint le carrefour de Coney Island et Cortelyou lorsqu'elle l'entendit, qui la rattrapait. Elle n'avait plus ni souffle ni volonté ; elle était au bout du rouleau. Un point de côté lancinant lui déchirait les côtes. Elle s'effondra contre la vitrine du restaurant Chez George, haletant comme un renard aux abois. Des gens buvaient du café en dégustant le meilleur gâteau au fromage blanc de tout Brooklyn. Des drapeaux américains étaient piqués autour des photographies de jeunes gens, hommes et femmes, revêtus d'uniformes divers. Inextinguible désir des immigrants de se fondre dans la masse.

Il s'avança lentement vers elle. Sur ses joues, les larmes n'avaient pas encore séché. Une passante leur lança un regard curieux, les prenant sans doute pour des amoureux qui se querellaient. Angelina tremblait de tous ses membres, aspirait l'air comme une noyée. Ses longs cheveux tombaient sur ses yeux ouverts et rageurs. La femme les observa un instant et passa son chemin. A chacun ses problèmes.

Il posa la main sur son épaule, mais elle fit une grimace et recula comme s'il l'avait giflée.

— Que se passe-t-il, Angelina ? Pourquoi avez-vous peur de moi ? Je ne vous ferai pas de mal. Tant pis pour les photos. Je ne suis pas fâché, vous savez. J'ai de la peine, mais je ne suis pas en colère. Je voudrais comprendre.

Elle ne pouvait supporter de croiser son regard. Elle tremblait sans discontinuer. Il la toucha de nouveau et elle sentit quelque chose exploser en elle. Subitement, elle le gifla, de toutes ses forces, et recommença, et recommença. Puis elle le frappa de ses poings fermés, violemment, partout, au visage, à la poitrine, au ventre. Sans dire un mot, comme si sa rage ne pouvait s'exprimer que par ses mains.

Reuben eut du mal à la maîtriser. Elle se débattait, et il ne voulait pas lui faire mal. Mais il fallait pourtant l'arrêter. Il parvint à lui saisir les bras, mais elle continua à se démener de plus belle, comme prise de convulsions, possédée.

— Angelina ! hurla-t-il enfin. Ça suffit, maintenant. Contrôlez-vous. Vous vous faites du mal. Vous n'avez aucune raison d'avoir peur ! Je veux vous aider ! Vous aider, vous comprenez ?

Elle haletait, lui cracha au visage, se libéra presque. Puis, tout d'un coup, la crise cessa. Elle se figea, immobile, le corps tendu comme un arc. Puis s'affaissa contre la vitrine, pour ne pas tomber.

Reuben s'attendait à ce qu'elle pleurât. Mais non, pas de larmes, et il eut peur, alors, de ne plus rien pouvoir faire pour elle.

— Ça va, maintenant, dit-elle. C'est fini. Je suis désolée de vous avoir frappé. Désolée d'avoir déchiré vos photos.

Il tenta de l'enlacer, pensant qu'elle avait besoin de réconfort, mais elle se déroba à son étreinte maladroite et se mit à marcher, seule. Il la suivit, sans rien dire. Autour d'eux, le silence épaississait comme un brouillard. La respiration d'Angelina était haletante et irrégulière, mais la colère, ou la terreur — il ne savait pas la cause réelle de sa crise —, était passée.

Une fois chez lui, il lui servit un cognac et s'en versa un également. Son corps était toujours parcouru de violents soubresauts, et la première gorgée la fit frémir. Les voix qui rugissaient dans sa tête s'étaient apaisées, elles murmuraient encore, mais faiblement. C'étaient des voix inconnues d'elle, mais qui connaissaient son nom et la terrorisaient : et si, devant leur insistance, elle finissait par céder, par répondre à leur pressant appel ?

— Ça va mieux ? lui demanda-t-il après avoir laissé couler un certain temps.

Elle hocha la tête. Ils étaient assis dans le salon. Reuben avait jeté les poissons. L'aquarium, vide et obscur, était relégué dans un coin. Les algues qui en tapissaient le fond avaient entamé leur lent processus de décomposition.

— Voulez-vous me raconter ce qui est arrivé ?

Elle secoua la tête et leva son verre pour boire encore une gorgée de cognac. Le goût lui rappelait sa maison, ses dernières années à Paris. Son père se faisait toujours envoyer par un ami des caisses de

Vieille Réserve, un fameux cognac de Charente. Ses invités en faisaient grand cas, et prétendaient que personne à Haïti ne possédait de meilleur cognac. Après son arrestation, les Tontons Macoutes avaient volé les caisses qui restaient dans la cave. « Réquisitionnées », prétendirent-ils, mais c'était bel et bien du vol. Ils n'avaient rien laissé ; à l'époque tout cela semblait n'avoir aucune importance. D'ailleurs, ils ne recevaient plus personne à dîner.

— Je suis allée me confesser, aujourd'hui, dit-elle.

— C'est vrai ? Et qu'avez-vous avoué ?

Elle hésita.

— C'est un secret, entre Dieu et moi.

— Et le prêtre.

Elle hocha la tête.

— Et le prêtre, oui. Mais il ne vous dirait rien. Ils font des serments, ces prêtres, je pensais que vous le saviez.

— Je le sais, en effet. La moitié des crimes de cette ville seraient résolus si on pouvait les libérer de leur serment pendant une journée. (Il s'interrompit.) Je ne savais pas que vous étiez croyante.

— Je peux l'être, quand j'en ai besoin.

— Et vous en avez besoin, en ce moment ?

— Je crois, oui.

Elle changea brusquement de sujet de conversation, pour lui parler de la Vieille Réserve et, sans en avoir l'intention, de son père.

— Pourquoi votre père a-t-il été arrêté ?

Elle haussa les épaules.

— Pourquoi était-on arrêté, à l'époque ? Les Tontons Macoutes assassinaient des innocents, au hasard, pour que personne ne se sente en sécurité.

Mon père avait été ministre des présidents Vincent et Lescot. Ministre de l'Education, les deux fois. Quand Lescot a été destitué, en 1946, il a abandonné la politique pour se consacrer à sa plantation de caoutchouc, du côté de Jérémie. Lorsque Magloire a pris le pouvoir, il a convaincu mon père de faire partie de son gouvernement. Quand il a été renversé à son tour, mon père a repris le chemin de sa plantation. C'était en 1956. Mon père avait soixante ans et moi sept.

« L'année suivante, Duvalier était élu et les Tontons ne tardèrent pas à se mettre en chasse. Notre famille faisait partie de l'élite : nous étions tout en haut de la liste. Les Hypolite-Beliard sont une des plus vieilles familles de couleur.

Un vague sourire éclaira un instant son visage.

— Haïti est multicolore, vous savez. Nous avions la peau claire depuis plus longtemps que les autres, donc nous jouissions d'un rang élevé dans la société.

Elle haussa les épaules et fronça les sourcils.

— Bref, six mois après l'accession au pouvoir de Duvalier, des hommes sont montés à la plantation; ils ont emmené mon père à Port-au-Prince. Je ne l'ai jamais revu.

Après la mort de son père, en prison, on avait envoyé sa mère dans un sanatorium, en Suisse. Pas de diagnostic, pas de traitement. Une fois par an, Angelina lui rendait visite, sous bonne garde, mais sa mère ne la reconnaissait pas et ne lui adressa jamais la parole. Dans la longue nuit suisse, des vents glacés se levaient et se cognaient aux flancs pierreux des montagnes. Sur sa table de nuit trônait une photo de la mer de corail, dans un cadre en argent.

A mesure que Duvalier resserrait son emprise sur le pays, les membres de l'élite quittaient le pays ; certains s'installaient en Europe, d'autres aux Etats-Unis. A seize ans, Angelina fut envoyée dans une école à Paris. Lorsque la situation s'apaisa un peu, quelques années plus tard, sa tante Classinia exigea son retour à la villa familiale de Pétionville, dans les collines de Port-au-Prince. Elle y vécut avec sa tante et des domestiques, à boire les bonnes bouteilles de vin qui avaient échappé aux vandales, à regarder le soleil pourpre se coucher dans l'océan, à brosser ses longs cheveux noirs et à étudier son visage dans un miroir ancien, rapporté de Nantes quelques générations auparavant. La nuit, elle écoutait les *tap-taps* négocier les virages de Pétionville Road.

— Je voulais être artiste, poursuivit-elle. Peintre. A Paris, j'avais eu un professeur, rue Saint-Sulpice, qui prétendait que j'avais du talent. A Haïti, je peignais tous les jours, mais Rick disait que je perdais mon temps, que je ne deviendrais jamais une artiste sérieuse dans ce pays. Il disait qu'il fallait que je vienne à New York, qu'il m'achèterait un atelier.

— Il a tenu promesse ?

Elle secoua la tête.

— Non. J'avais une pièce dans l'appartement, que j'appelais mon atelier, mais c'était trop petit, trop sombre. Je peins encore un peu, pour mon plaisir. Je n'ai jamais exposé.

— Avez-vous conservé vos tableaux ?

Elle lui lança un regard méfiant, comme s'il empiétait sur un territoire interdit.

— Il en reste quelques-uns à Haïti, et ceux de New York sont dans un dépôt, à Bensonhurst. Personne ne les voit jamais. Je ne sais pas pourquoi je les garde ; ce ne sont que des nids à poussière et à toiles d'araignées.

— Accepteriez-vous de me les montrer ?

— Ils ne vous plairont pas.

— Comment le savez-vous ?

— Je le sais, dit-elle, je le sais.

Richard Hammel l'avait rencontrée lors de son premier voyage de recherche à Haïti. Elle avait vingt-quatre ans et lui trente et un. L'après-midi, il l'emmenait pique-niquer à Kenscoff et le soir il l'invitait à dîner puis à danser, disco ou *merengue*. En un mois, il dépensa la majeure partie de sa bourse. De temps à autre, elle l'accompagnait dans un village reculé de la vallée de l'Artibonite, où ils regardaient des hommes et des femmes devenir des dieux et des déesses. Pendant deux mois, elle étincela. Pour la première fois de sa vie, elle se crut heureuse.

Cependant, dans l'atmosphère confinée de Pétionville, sa famille ne cachait pas sa désapprobation. Rick était américain, il n'avait ni fortune ni — or c'était l'essentiel — ascendance prestigieuse. Il n'y avait pour eux de pire injure. Les Hypolite-Beliard vivaient dans un monde ancestral, un microcosme dont les frontières étaient dessinées par d'infimes différences de couleur de peau : mulâtre, marabou, griffon, noir, blanc — et des nuances plus subtiles encore de goût et d'éducation. Ils se poudraient le visage, buvaient de l'absinthe au Pigalle et commandaient à Paris les derniers livres parus. Ce mariage était hors de question.

Angelina l'épousa néanmoins. Le lendemain, sa tante la déshéritait publiquement. Rick la ramena immédiatement à New York, dans son petit appartement de Brooklyn. Rien ne poussait derrière ses vitres sales. Il n'y avait ni montagnes, ni forêts, ni mer de corail. Au début, elle fut heureuse et se crut amoureuse, mais le temps tira bientôt les premiers fils de sa robe de mariée. Puis elle eut des insomnies, pendant lesquelles elle écoutait des bruits qui n'existaient pas. Elle sombrait parfois dans un sommeil agité et rêvait de la robe jaune qu'elle avait portée à sept ans.

Angelina parla jusque tard dans la nuit. Elle n'avait pas de photos à montrer à Reuben, seulement des souvenirs, qui s'estompaient. Il se demanda ce qu'elle cachait. Et pourquoi ?

Il était minuit passé lorsqu'il lui montra sa chambre. Elle se souvenait à peine d'y avoir dormi la nuit précédente. Alors qu'il allait fermer la porte, elle se tourna vers lui.

— Restez avec moi, Reuben. J'aimerais que vous restiez. Dites oui, je vous en prie.

— Vous êtes fatiguée, murmura-t-il. Nous le sommes tous les deux. Laissez la lumière allumée, si vous avez peur. Je dormirai dans le couloir.

— Ce n'est pas pour ça, répondit Angelina.

Il se tut, comprit. La vie était revenue dans les yeux d'Angelina.

— Pourquoi, alors ? Nous nous connaissons à peine. Je ne suis même pas censé vous recevoir chez moi. Si mes supérieurs apprenaient que j'ai en plus couché avec vous... (Il tendit les mains.) S'il vous plaît, Angelina. Si les choses étaient différentes, je...

Elle ferma les yeux, acquiesça en silence. Elle ne voulait pas le voir. Elle ne le vit pas fermer la porte. Elle ne sut pas qu'il appuyait un instant sa tête sur la porte refermée avant de se retourner et de s'éloigner.

13

Reuben consulta sa montre : il était presque quatre heures du matin. Quelque chose l'avait réveillé. Il sortit de son lit et enfila sa robe de chambre. Il ne se rappelait pas avoir été aussi fatigué de toute sa vie.

Il y avait de la lumière dans la cuisine. Angelina était assise par terre, comme lui des heures auparavant. Elle avait trouvé un rouleau de scotch dans un tiroir et recollait laborieusement ses photos. Il la regarda choisir les morceaux, les mettre bord à bord, fragment par fragment, visage après visage.

Il s'approcha, sans pour autant qu'elle interrompît son tri, ses collages. Elle ne parut pas s'apercevoir de sa présence. Il regarda ce qu'elle avait fait : des carrés et des rectangles complets, posés par terre, aux bords irréguliers, tenant ensemble grâce à des morceaux de bande adhésive froissés. Mais aucune des images n'était reconstituée de façon cohérente. Il régnait sur les photographies restaurées le même chaos que parmi les débris qu'elle prétendait trier.

Reuben se pencha, posa la main sur son épaule. Elle leva les yeux sur lui, sans surprise ni crainte.

— Je vous attendais, dit-elle. J'ai réparé votre famille, regardez !

Il la souleva avec précaution. Elle portait l'épaisse chemise de nuit que lui avait prêtée la sœur de Reuben. Les vêtements qu'elle avait rapportés de chez elle étaient encore dans la valise.

La chemise de nuit était ouverte sur le devant et laissait voir la naissance de ses seins. Il tendit la main pour la boutonner, mais sa main trembla et se posa sur la joue d'Angelina. Elle vit qu'il la regardait et son cœur s'emballa. Il lui caressa la joue du revers de la main, doucement. Elle embrassa ses doigts.

Il était désormais incapable de lui résister. En souriant, elle prit sa main et la posa sur sa poitrine. Douée d'une volonté indépendante, la main s'insinua sous la chemise ; Reuben attira la jeune femme contre lui et embrassa ses lèvres au goût de sel. Il s'aperçut alors que des larmes brûlantes couraient sur ses joues.

Elle renversa la tête en arrière et la bouche de Reuben se posa doucement sur son cou. Sa main glissait lentement sur ses seins, elle haletait. A son tour, elle se pencha vers lui et colla sa bouche contre la sienne, en un baiser passionné.

Les yeux fermés, elle voyait son propre visage dans une vitre ruisselante, Rick qui souriait, son visage contusionné, nu et blafard sur un lit de pierre, le soleil disparut dans une mer de pourpre, puis elle vit sa mère, nue, sans vie, sur un lit aux draps de soie. Pour échapper à ces images qui la terrifiaient, elle ouvrit les yeux. Reuben était là, tout près d'elle.

Il l'aida à faire glisser la chemise de nuit sur ses épaules, à sortir ses bras des grandes manches. Le vêtement s'affaissa sur le sol. Elle était dans ses bras, nue, tremblante.

Affolée de désir, Angelina sentit ses jambes se dérober sous elle et se laissa tomber en entraînant Reuben dans sa chute, accrochée à lui comme si la fin du monde était imminente.

Elle tressaillit lorsque les doigts de Reuben effleurèrent ses cuisses, mais il fit taire ses craintes d'un baiser. Angelina savait — Rick le lui avait appris — qu'il ne fallait rien attendre du sexe, que le corps n'exultait pas. Rick, ses mains froides, sa peau moite. Tout se résumait à cette courte étreinte, à ce moment de comédie, à ces gouttes de semence qui giclaient sur son ventre. Elle ferma les yeux et le visage de Rick s'imposa sous ses paupières, triomphant.

Ils étaient nus et se débattaient sur l'océan d'épaves que constituaient les morceaux épars des photos. Le papier se collait à sa peau, les bords coupants la blessaient. Elle sentait l'odeur de la vanille et du poivre, elle entendait des murmures de voix et le bruit du vent dans les arbres à caoutchouc. Puis elle sentit Reuben la pénétrer et elle cria, ouvrit les yeux, vit le monde basculer autour d'elle, s'entendit crier encore et ferma les yeux.

Ensuite, nichée dans ses bras, elle pleura longtemps. Il l'avait portée sur son lit et couverte d'un duvet qui la protégeait comme une tente. Ses cuisses étaient tachées de sang, et Reuben ne comprenait pas comment il avait pu la blesser.

Puis elle cessa de pleurer et lui expliqua, en s'arrachant des mots qu'elle n'avait jamais dits. Allongé près d'elle, dans le noir, il l'écouta, muet de stupeur, meurtri par sa douleur. Il sombra peu après dans le sommeil, brisé par la fatigue, la tenant serrée entre ses bras. Un vent mauvais s'était levé sur la mer et soufflait sur la ville endormie. Une voiture-benne cahota dans la rue, heurta le trottoir. Angelina, réveillée, attentive à chaque bruit, posa la main sur le cœur de Reuben et l'écouta battre.

Il rêvait qu'il se trouvait dans un cimetière où les tombes étaient aussi hautes que des gratte-ciel. Des bandes de chiens couraient en silence. Des gens s'étaient rassemblés, l'un derrière l'autre, une grande pelle sur l'épaule, et cherchaient un endroit où creuser. Dans un recoin de la nécropole, ils trouvèrent un petit tas de terre fraîchement retournée et y plongèrent leurs pelles. Reuben creusa comme un fou, de plus en plus profond. Lorsqu'il releva les yeux, il était seul dans la tombe ouverte, debout sur un cercueil.

Il se débrouilla pour soulever le lourd couvercle et braqua le faisceau de sa lampe sur la forme qui y était recroquevillée. Le visage d'Angelina, souriant, inaltéré, dans toute sa beauté. Il se pencha pour l'embrasser. Ses lèvres étaient chaudes. Il glissa les mains derrière sa nuque, la souleva, la mit en position assise. Il vit alors son dos. Ce n'était qu'horreur et décomposition. Son crâne était à nu sous ses cheveux emmêlés. Les vers grouillaient dans l'amas de chairs pourries. Il lâcha prise, essaya de sortir de la tombe.

Il se réveilla en hurlant et la découvrit à ses côtés. Elle le réconforta, lui dit que c'était le vent qui l'avait effrayé, et rien d'autre. Ils ne se rendormirent pas, mais restèrent allongés l'un près de l'autre, en se parlant de temps en temps, comme un couple d'amants qui s'éveille à l'aube. Elle finit par lui dire ce qu'elle avait craint de lui révéler auparavant.

— Je suis allée chez moi, aujourd'hui, murmura-t-elle.

— Oui, tu me l'as dit. Que s'est-il passé ?

Elle hésita, lui prit la main.

— J'ai vu Filius Narcisse. Assis dans notre salon.

— Tu en es sûre ?

Elle serra sa main dans l'obscurité.

— Je l'ai vu. Je lui ai parlé.

Mais elle ne lui dit pas qui d'autre était là. Il n'aurait pas compris. Elle-même ne comprenait pas encore très bien.

14

— Docteur Spinelli ? Ici le lieutenant Reuben Abrams. Je vous ai appelé hier, mais vous étiez sorti. J'ai laissé un message à votre secrétaire.

Il y eut une hésitation au bout du fil. Spinelli venait de prendre son service, et sa nuit avait été dure. Il avait une nouvelle petite amie, qui se passionnait pour le Kama Sutra. Ils en étaient arrivés au chapitre 2 et il s'était écroulé.

— En effet, lieutenant, on m'a signalé votre appel. Que puis-je faire pour vous ?

Reuben lui expliqua ce que Rivera lui avait dit, et Spinelli compléta de lui-même, dans leur jargon. Il s'était installé à la cuisine pour boire un café tiède. Angelina, toujours couchée, essayait de dormir. Le spécialiste l'interrompit au milieu de son discours.

— Mais, lieutenant, j'ai envoyé mon rapport au docteur Rivera. Si nécessaire, je suis prêt à témoigner : la victime est décédée des suites d'un empoisonnement à la tétradotoxine, mais vous n'aurez sans doute pas besoin de mon témoignage lorsque vous serez en possession des résultats de l'autopsie.

— Il n'y aura pas d'autopsie.

— Pourquoi ?

— Nous n'avons pas de corps.

Un long silence suivit cette révélation. Puis Spinelli reprit la parole, d'une voix altérée :

— Le cercueil était vide ?

— Oui. Comment le savez-vous ?

Spinelli hésita un instant.

— Si j'avais fait un tant soit peu fonctionner mes méninges, j'aurais pu vous en avertir.

— Vous saviez que cela risquait de se produire ?

— Non. Si je l'avais su, je vous aurais prévenu. Mais je ne me suis pas servi de mon imagination. J'ai lu un truc à ce sujet, mais je n'aurais jamais cru que cela pouvait arriver à New York.

— Qu'avez-vous lu, exactement ?

— Vous avez déjà entendu parler des zombis, lieutenant ?

— Docteur Spinelli, je ne veux pas...

— Ecoutez-moi, lieutenant. L'homme dont j'ai analysé le sang était haïtien, n'est-ce pas ?

— En effet.

Spinelli soupira.

— Je m'en doutais. A vrai dire, j'aurais pu en être sûr si j'avais regardé son nom. Et maintenant, je vous prie de m'accorder toute votre attention. Oubliez tout ce que vous avez entendu dire au sujet des zombis, tous les films d'horreur que vous avez vus, toutes les bandes dessinées que vous avez lues quand vous étiez môme. Ce que je vais vous apprendre, ce sont des faits, rien que des faits.

« Croyez-moi, lieutenant, ça me fait un drôle d'effet, à moi aussi, de me servir du mot zombi. Je suis médecin, je suis un scientifique. Je vais vous parler de faits scientifiquement avérés. Ceux que les Haïtiens appellent zombis ne sont pas des êtres surnaturels, sinon je ne vous ferais pas perdre votre temps, et je ne perdrais pas le mien. Ce sont des gens plongés dans un état de narcose extrême, dans un coma quasiment indistinct de la mort. Ils sont déclarés morts, enterrés et ramenés ensuite à un état de conscience imparfait.

— Ce sont des suppositions, ou vous possédez des preuves de ce que vous avancez ?

— Il y a des preuves. Un de mes meilleurs amis est ethnobiologiste à Harvard. Il étudie les plantes médicinales dans les divers environnements naturels et s'intéresse tout particulièrement aux applications pharmacologiques de certaines herbes utilisées dans certaines civilisations. Il a notamment travaillé sur les hallucinogènes des tribus indiennes du Brésil. Il y a deux ans, il a su que je me préoccupais des toxines naturelles. Il m'a fait connaître des substances dont je n'avais jamais entendu parler. Dont la tétradotoxine. Ce poison est une molécule complexe, que sécrètent naturellement plusieurs espèces de poissons de mer, qu'on appelle poissons-vapeur, ou encore poissons-souffleurs. La toxine est présente dans leur peau, leur foie, leurs intestins et leurs organes génitaux. Et comme vous l'a dit le docteur Rivera, elle est puissamment toxique.

Spinelli se tut. Reuben l'entendit respirer doucement. Dans le lointain résonnaient les mille et un bruits d'un hôpital en pleine activité.

— Avez-vous entendu parler du *fugu,* lieutenant ?

— Jamais.

— C'est le mot japonais pour poisson-vapeur. C'est un mets de choix, là-bas. Les meilleurs restaurants en servent. Seulement, comme il est potentiellement mortel, seuls sont autorisés à l'accommoder des chefs qui ont une licence spéciale, accordée par le gouvernement. On le sert surtout sous forme de *sashimi,* c'est-à-dire les muscles du dos, une chair non toxique, que l'on mange crue. Pourtant, il ne se passe pas une seule année sans que des personnes meurent à cause d'un *fugu* mal préparé. Pourquoi croyez-vous que les gens courent un risque pareil, au lieu de se régaler de crevettes grillées ?

— C'est sans doute délicieux.

— Bien au contraire. On m'a dit que c'était très quelconque. Ce n'est pas une affaire de goût. Ce que les gens veulent, c'est se droguer en toute légalité. Le but de la préparation n'est pas d'éliminer toutes les toxines mais d'en conserver juste assez pour donner au convive une sensation de douce euphorie. Une légère ivresse, et la bouche un peu engourdie, comme après être allé chez le dentiste.

— Donc, les clients ressentent un léger engourdissement et des picotements. Il en meurt une centaine par an. Que se passe-t-il entre les deux ? Il faut bien qu'il y ait un entre les deux, n'est-ce pas ?

Il perçut le trille d'un beeper.

— Une minute, lieutenant, on m'appelle.

La conversation s'interrompit quelques instants, puis le médecin reprit la ligne.

— Où en étais-je ?

— A ce qui se passe entre l'engourdissement et la mort.

— C'est ça. Entre l'engourdissement et la mort, ils tombent dans le coma. Suivez-moi bien, maintenant : on les emmène à l'hôpital et on les déclare morts. Pourtant, ils sont parfaitement conscients. Ils entendent, leurs facultés mentales sont intactes. Pour peu qu'on leur ouvre les yeux, ils voient. Mais ils ne peuvent pas remuer le moindre muscle, ni parler, ni même ciller. Apparemment, ils sont morts. Il arrive qu'on les enterre vivants.

« A Haïti, on ne mange pas de *fugu,* mais on trouve du poisson-vapeur dans les ingrédients d'un plat de poison concocté par les sorciers locaux, les *bokors,* et communément appelé poison-zombi. En d'autres termes, la mixture qui transforme les gens en zombis. Les ingrédients ne sont pas les mêmes partout, mais il y a toujours du poisson-vapeur dedans. Donc de la tétradotoxine. C'est le stade numéro un.

« Stade numéro deux, l'enterrement, qui intervient en général très vite. Stade numéro trois, l'exhumation, qui a lieu normalement la nuit même. Stade numéro quatre, l'administration d'un antidote contenant de la datura stramonium. Rien ne prouve que la datura, pas plus que les autres ingrédients entrant dans la fabrication de l'antidote, élimine les effets de la tétradotoxine. Mais la datura est un stimulant psychique puissant : elle provoque une sorte de délire psychotique, un dérèglement mental et l'amnésie. A Haïti, on appelle communément la datura le concombre-zombi.

Spinelli interrompit une nouvelle fois la conversation. Reuben l'entendit s'entretenir à voix basse avec quelqu'un. Puis il revint en ligne.

— Il faut que je file, lieutenant. Si vous passez à mon bureau, je vous préparerai quelques documents. Et je vous donnerai les coordonnées de mon ami.

— Une seconde encore, docteur : essayez-vous de me faire croire que Filius Narcisse a été transformé en zombi ?

— A vous de conclure, lieutenant. Moi, je me

contente de vous donner des faits. Déduisez-en ce que vous voulez. Prévenez ma secrétaire, si vous passez. Je ferai mon possible pour me libérer.

Il raccrocha. Reuben l'imita et ferma les yeux. Cette banale affaire d'homicide prenait rapidement des allures de chasse au fantôme. Or, il ne croyait pas aux fantômes. Et, cinq minutes encore auparavant, il ne croyait pas aux zombis. Une heure plus tôt, Angelina lui avait affirmé qu'elle avait parlé avec un homme qu'elle avait vu pour la dernière fois à la morgue. Et voilà qu'un médecin déclarait qu'elle ne souffrait peut-être pas d'hallucinations.

Il décrocha le téléphone.

15

Danny Cohen se présenta à huit heures trente, avec les deux officiers de police O'Rourke et Grigorevitch. Reuben le mit au courant tout en se rasant.

— Tu la crois ?

— Je crois qu'elle a vu quelque chose.

— Elle revit peut-être sa macabre découverte, la sublime en ramenant à la vie son ami mort. Un genre de transfert, tu sais.

Cohen était allé à l'université. Il était diplômé en psychologie.

— Ecoute, Danny, c'est une femme intelligente. Elle a subi une grave épreuve, c'est vrai, il est possible qu'elle ait des visions, mais je ne le pense pas.

— Et elle prétend qu'ils ont bavardé ?

Reuben hocha la tête. Angelina n'était toujours pas levée.

— Il lui a parlé de quoi ? Il l'a baratinée sur les mondes de l'au-delà ?

— Ça suffit, Danny. Elle a peur de quelque chose. Tu as assisté à l'ouverture du cercueil, hier soir. Elle n'était absolument pas au courant. Il est très plausible que quelqu'un ait ramené le corps dans l'appartement. Pour faire une blague, qui sait ?

— Tu lui as raconté notre aventure ?

Reuben posa son rasoir et se rinça le visage.

— Qu'est-ce que tu crois ? Que je m'amuse à raconter à une veuve qu'on vient juste d'exhumer un de ses amis ?

L'interrogatoire auquel le soumettait Danny commençait à l'agacer.

— Bon, bon, ne t'énerve pas. Alors, qu'est-ce qu'il lui a dit ?

— Il ne savait pas qui il était, ni comment il était arrivé là, ni qui l'y avait amené. Il ne l'a pas reconnue, il n'a pas répondu à son nom. On aurait dit une espèce de...

— Une espèce de zombi, c'est ça ? Et tu comptes le mentionner dans ton rapport ? Allons, Reuben, reviens sur terre. Elle t'a roulé dans la farine, avec cette histoire de vaudou.

— Assieds-toi, Danny.

— Pourquoi veux-tu que je m'assoie ? Il n'y a pas une minute à perdre, si nous devons sauver New York de l'invasion zombi.

— Assieds-toi et écoute.

Il n'y avait pas d'autre siège que celui des toilettes. Danny baissa le couvercle et s'installa.

— Après t'avoir téléphoné, j'ai appelé un certain Spinelli. Joe Spinelli. Hématologue au centre universitaire de l'hôpital de Long Island. Je t'ai parlé de lui hier, c'est le toubib qui a découvert les traces de la tétradotoxine dans le sang de Filius Narcisse.

— Oui, je me rappelle.

— Bon. J'ai dit à Spinelli que Narcisse avait disparu et que quelqu'un prétendait l'avoir vu vivant. Je voulais son avis médical. Une explication rationnelle, quelque chose qui aurait un sens.

— Et qu'est-ce qu'il a dit ? Que la tétradotoxine donne des pouvoirs surnaturels ?

— Ne fais pas le malin, Danny. Reste assis et écoute.

Reuben parla, et l'effet de ses paroles ne se fit pas attendre. Il connaissait Cohen depuis vingt ans, mais c'était la première fois que son coéquipier restait sans voix. Lorsqu'il parvint enfin à articuler trois mots, son ton avait radicalement changé.

— Alors, tu crois qu'il est là, qu'il est assis là, et qu'il attend qu'on vienne lui parler ?

— Je ne sais pas, Danny. Je n'ai aucune expérience de ce genre de choses. Angelina dit que quelqu'un a soulevé de nouveau les planches du parquet. Tu comprendras qu'elle ne soit pas allée regarder en dessous.

— Tu crois qu'il y en a d'autres ?

Reuben haussa les épaules.

— D'autres corps ? J'espère que non. Mais un détail me tracasse. Angelina affirme que les scellés n'étaient pas brisés quand elle est arrivée. Il n'y a pas de porte de service. Alors, comment Narcisse est-il entré ? Zombi ou pas, il n'a pas pu traverser les murs.

— On devrait aller jeter un coup d'œil.

— Tout juste.

Danny suivit Reuben dans le salon, où les attendaient O'Rourke et Grigorevitch. Avant de sortir, Danny inclina la tête du côté de la chambre d'amis.

— C'est Angelina ? Tu te lances dans l'étude des peuplades indigènes, Reuben ?

— Boucle-la, Danny. Cette femme est veuve.

Et jusqu'à la nuit dernière, elle était vierge, mais ça, il le garderait pour lui. Il y a des choses que les Danny Cohen de ce monde ne seront jamais capables de comprendre.

Sur le pas de la porte, Danny se retourna tout à coup.

— Ça y est, je viens de comprendre ce qui cloche, ici. Où sont toutes tes photos, Reuben ? Celles de Bubbie, et de tout le monde ?

Reuben ne répondit pas.

Reuben entra le premier, suivi de près par Danny. Les deux hommes se connaissaient depuis l'enfance. Ils avaient usé leurs fonds de culottes sur les bancs de la même yeshiva. Leur premier souvenir commun était une bagarre devant l'école, deux jours avant Yom Kippour. Ils ne se rappelaient ni pourquoi ils s'étaient battus, ni qui avait eu le dessus, ni comment ils étaient ensuite devenus amis. Mais ils ne s'étaient plus quittés jusqu'à ce que Danny entre à l'université de New York. Après ses études, ce dernier avait lui aussi rejoint les forces de l'ordre. Cela faisait trois ans qu'on l'avait nommé dans le service de Reuben et que les deux hommes faisaient équipe.

Le froid saisit Reuben sitôt qu'il eut passé la porte. Les scellés étaient brisés, et la porte entrebâillée. Danny le suivit en sifflotant. Il avait choisi le thème du film *Ghostbusters* ! Parfois, Reuben se disait que Danny n'était guère plus sensible qu'un sac de patates.

— Sinistre, hein, Reuben ? Et on se les gèle, non ? Tu te rappelles cette scène dans *L'Exorciste,* quand la pièce devient glacée ?

— Arrête, Danny. Ça n'a rien de drôle.

— C'est que moi, tu comprends, je n'ai encore jamais eu affaire à l'au-delà !

— Et ça ne va pas t'arriver de sitôt ! Ecoute, Danny. (Reuben fit volte-face pour voir son ami.)

D'accord, on a le droit de rigoler. Mais rappelle-toi ce qu'on a trouvé ici la dernière fois. Ce n'était pas marrant du tout. Et je n'ai pas l'impression que ce le sera davantage aujourd'hui.

— D'accord, Reuben, mais des zombis, tout de même...

— Lâche-moi, Danny.

Danny ouvrit la bouche, jeta un coup d'œil à Reuben, et la referma. Après tout, Reuben avait peut-être raison. Ça n'allait peut-être pas être marrant, pas du tout. Et il faisait vraiment froid !

Les deux agents étaient restés sur le palier. Ils n'étaient encore jamais venus dans l'appartement, mais ils avaient entendu parler de ce qu'on y avait trouvé. O'Rourke se signa subrepticement avant de s'y aventurer. Quant à Grigorevitch, il regrettait déjà d'avoir pris un copieux petit déjeuner.

Reuben alluma la lumière dans le couloir. La porte du salon était entrouverte, telle qu'Angelina l'avait laissée. Des ombres s'y mouvaient. C'était de là que venait le froid, apparemment ; à moins que son imagination ne lui jouât des tours ?

— Fermez la porte, ordonna Reuben. Je ne veux pas que les voisins viennent fouiner par ici.

— Tu crois qu'ils en ont envie ?

— Les gens sont bizarres, Danny. Et les voisins, en plus d'être bizarres, sont curieux. Une odeur chez toi, une dispute avec ta moitié, et ils veulent savoir ce qu'il se passe. Ils savent qu'il est arrivé quelque chose de grave dans l'appartement, et on ne leur a pas dit quoi. Ils meurent d'envie de l'apprendre.

— D'accord. Allez, finissons-en.

Reuben fit quelques pas vers la porte. Il s'immobilisa subitement et leva la main en reniflant.

— Tu ne sens rien, Danny ?

— Non, je ne... (Danny plissa soudain le nez.) Attends une minute... Oh, merde ! Reuben ! Tu ne crois tout de même pas...

Reuben poussa la porte d'un geste décidé. Les rideaux étaient tirés, l'obscurité régnait dans la pièce. Il tâtonna pour trouver l'interrupteur et une lumière terne remplit la pièce. Des planches avaient été arrachées du sol, un trou béait, laissant monter un air glacé.

Une odeur vague flottait, une odeur nauséabonde, inconnue, incongrue.

16

Angelina se réveilla enfin, l'esprit embrumé. Elle mit au moins trente secondes à se rappeler où elle était, et quelles circonstances l'avaient conduite ici. Puis la mémoire lui revint, entraînant un torrent furieux d'images chaotiques : Rick, sa bouche déchirée, sanglante ; Filius, assis dans leur fauteuil à bascule, effrayé, le cerveau en déroute ; les longs doigts de Reuben sur ses seins ; un poisson tressautant sur le tapis humide ; le sang chaud et poisseux, coulant entre ses cuisses. Elle se redressa, rattrapée par sa souffrance intime.

Nue sous le drap chaud, elle se passa les mains sur le corps avec émerveillement, comme si elle le découvrait. Où était allé Reuben ?

— Reuben ! Reuben ! appela-t-elle.

N'obtenant pas de réponse, elle se leva et passa un kimono gris, posé sur le dos d'une chaise. Trop grand pour elle, naturellement ; elle en releva les manches.

L'appartement était vide. Constatant qu'il était neuf heures, Angelina comprit qu'il était sans doute allé chez elle, pour vérifier par lui-même ce qu'elle lui avait raconté au sujet de Filius. C'était pourtant évident : Filius était devenu un zombi.

Elle but un café dans la cuisine. Les morceaux de photographies étaient restés au même endroit, certains maculés de sang séché. Elle ne savait pas si elle devait être joyeuse ou avoir honte. Comment disait Rick, déjà ? « La pénétration, ce n'est pas ce que je préfère. » Sauf quand il s'agissait de ses étudiantes, bien entendu.

Après avoir terminé son petit déjeuner, elle retourna dans sa chambre pour s'habiller. Le vent soufflait toujours aussi violemment. De multiples débris jonchaient la rue. Un enfant courait, aveuglé par son capuchon, comme au ralenti. Une voiture fit une embardée pour éviter une branche tombée en travers de la chaussée. Un chien efflanqué reniflait tristement un amas d'ordures nauséabondes. Un monde fracassé, plein de rêves brisés.

Angelina se demanda comment allait se dérouler l'enterrement. Elle devrait téléphoner à Mary-Jo Quigley, la secrétaire de Rick à l'université de Long Island, ou demander le nom du directeur de l'entreprise de pompes funèbres à Reuben. A moins qu'elle ne fasse rien de tout cela. A moins qu'elle ne laisse les amis de Rick, ses parents et ses chères élèves l'enterrer quelque part, dans l'endroit le plus discret possible.

Mais tout d'abord, il lui fallait des vêtements. Elle aurait dû demander à Reuben de lui rapporter la valise qu'elle avait laissée chez elle. Peut-être aurait-elle l'occasion de lui en parler plus tard. Entre-temps, elle allait se procurer le plus urgent.

Elle appela un taxi. Un quart d'heure plus tard, il arrivait et elle s'y engouffrait rapidement, en claquant la porte sur elle, après avoir lutté contre le vent, tête penchée en avant. Elle ne remarqua pas l'individu debout sur le pas de la porte de l'immeuble d'en face, qui ne perdait pas un seul de ses gestes.

Peu après onze heures, elle était de retour et lançait ses sacs sur son lit — sur son lit à elle, pas sur celui de Reuben. Cette unique nuit ne les engageait à rien, ni lui ni elle, et Angelina supposait que Reuben réagirait comme elle. Un flic, blanc et juif! Pour l'amour du ciel! Rick ne lui avait donc pas suffi ?

Elle remplit un sac-poubelle des bribes de photos qui jonchaient le sol de la cuisine et, dans son élan, entreprit de ranger l'appartement. Lorsqu'elle en eut fini avec le ménage, elle se prépara un déca, qu'elle but en mangeant des petits pains fourrés à la confiture.

A midi, le téléphone sonna.

— Bonjour, puis-je parler au lieutenant Abrams ?

Une voix de femme, un accent de Brooklyn. Il lui semblait les connaître.

— Je suis désolée, il n'est pas là pour l'instant.

— Il n'est pas au commissariat. On m'a dit qu'il serait sans doute chez lui. Bon. Je rappellerai plus tard.

— Voulez-vous laisser un message ? Qui est à l'appareil ?

— Mary-Jo Quigley, la secrétaire de... Mais... Vous êtes madame Hammel ?

— Bonjour, mademoiselle Quigley. Je n'avais pas reconnu votre voix.

— J'ignorais... (La jeune femme hésita.) Vous êtes sous la protection de la police ?

— D'une certaine façon, oui. Comment allez-vous ?

— J'ai essayé de vous joindre. Personne ne savait où vous étiez. Je ne m'attendais pas...

— Tout va bien. Je n'avais envie de voir personne, c'est tout.

— Je comprends, Angelina. Vous permettez que je vous appelle Angelina ? Vous ne pouvez pas imaginer à quel point je suis triste. Le professeur Hammel ! Ce sont des bêtes sauvages ! Ils méritent d'être étranglés ! La chaise électrique, c'est trop doux pour ces gens-là. Il faudrait qu'ils souffrent.

— Des gens comment, mademoiselle Quigley ?

— Mais vous savez bien ! Ces dégénérés. Les Noirs. Les Hispaniques. On m'a dit qu'ils l'avaient mutilé. C'est incroyable. Des bêtes sauvages, voilà ce qu'ils sont ! Des gens capables de telles horreurs. Contre un homme comme le professeur Hammel, un homme si gentil ! Un saint. On ne devrait pas avoir le droit de mourir comme ça. Mais ce n'est pas à vous que j'ai besoin de le dire. J'en parlais justement avec...

— Mademoiselle Quigley, je vous en prie, je préfère ne pas aborder le sujet en ce moment.

— Oh, pardon ! J'aurais dû m'en douter. Je manque parfois d'intuition. Mon psy prétend qu'il faut que j'extériorise, vous savez. (Elle s'interrompit.) Angie, écoutez. Vos beaux-parents vous cherchent désespérément. Ils sont descendus à l'hôtel St-George, à Brooklyn Heights. Vous aimez cet endroit ? Moi, je le déteste. C'est beaucoup trop grand. Bon. Ils voudraient que vous les appeliez. Toute la famille sera là demain pour assister à l'incinération. Mais j'y pense, Angie, vous n'êtes pas au courant des derniers arrangements ?

— Non, mademoiselle Quigley. Je ne suis pas au courant, en effet. Je vous écoute.

Mary-Jo fournit tous les détails de l'enterrement. Il y aurait un service à la chapelle de l'université.

— Merci d'avoir téléphoné, mademoiselle Quigley. Je dirai au lieutenant Abrams que vous avez cherché à le joindre. Il pourra sans doute vous rappeler.

— Qu'il ne se dérange pas, je rappellerai, moi. Mais il y a des journalistes en pagaille, dans les parages. Un professeur, et tout ça... Ça les intéresse, bien sûr. Ce matin, on m'a interviewée, pour Channel 9. Gary Douglas. Vous ne le trouvez pas adorable, vous ?

La pimbêche s'amusait comme une petite folle. Exaspérée, Angelina raccrocha.

Elle disposa toutes ses emplettes sur le lit de la chambre et ôta les étiquettes avec un coupe-ongles. Pour deux cents dollars, elle n'avait pas pu acheter grand-chose ; mais désormais, elle devrait faire attention. Rick n'était pas du genre à s'assurer sur la vie.

Dans la salle de bains, elle se débarrassa des vêtements de la grosse dondon en soupirant de soulagement. Reuben n'aurait qu'à les lui rendre, avec un bouquet d'œillets. Les fleurs sont corvéables à merci, non ? Tant qu'elle n'avait pas à lui téléphoner pour la remercier, tout lui convenait. Reuben n'allait tout de même pas lui présenter sa famille !

Elle se regarda dans le grand miroir près de la porte.

— Qui es-tu aujourd'hui, Angelina Hammel ? Non. Angelina Hypolite-Beliard. Non. Non. Angelina qui tu veux.

Il aimait ses seins, il lui avait caressé les jambes et la nuque, il avait joui en elle. Elle ne pouvait y croire ! On aurait dit que c'était la chose la plus naturelle qui soit. Elle se demanda s'il voudrait recommencer cette nuit. Ça lui ferait peut-être moins mal, cette fois-ci.

Elle entra dans la cabine de douche et ouvrit les robinets en grand. C'était plus agréable que chez elle, avec cette paroi de verre qui se refermait hermétiquement au lieu d'un rideau en plastique qui vous collait à la peau. L'eau picotait sa peau comme des milliers d'aiguilles. La cabine se remplissait de vapeur, une délicieuse vapeur chaude qui embrumait la paroi de verre, l'enfermant dans un monde clos et protégé. Ici, personne ne la trouverait, ni la pimbêche de secrétaire de Rick ni Filius le zombi. Personne.

Elle ferma les robinets et prit la grosse éponge qui était par terre. Elle s'était acheté du gel douche aux plantes de chez Clarins. Un petit luxe ne lui ferait pas de mal. Elle en versa généreusement sur l'éponge et, souriante, renversa la tête en arrière puis se passa l'éponge sur les seins, le cou, le ventre.

C'est alors qu'elle hurla. Un hurlement interminable. L'éponge tomba. Une première goutte de sang s'écrasa au fond de la douche, puis ce fut un ruissellement continu, rouge, un fleuve de sang qui se mêlait à l'eau chaude. Elle vacilla, se retint, la main sur la vitre qu'elle tacha de sang. Elle glissa, se rattrapa, donna un coup de pied dans l'éponge. Et ce faisant délogea l'une des nombreuses lames de rasoir dont elle avait été soigneusement truffée.

17

Reuben se tenait devant l'ouverture béante, comme un homme debout au bord d'un abîme, un homme qui sait que d'un instant à l'autre le sol va s'effriter sous ses pieds et que plus rien ne l'empêchera de s'écraser au fond.

O'Rourke avait pris une lampe-torche dans la voiture de patrouille. Il la tendit d'une main tremblante à Reuben sans cacher le soulagement qu'il éprouvait à le voir s'engager le premier dans la cavité. Qui pouvait avoir envie de descendre là-dedans ?

Reuben s'agenouilla et braqua le faisceau de sa lampe dans l'obscurité : vieux morceaux de tuyau, briques émiettées, petits amas de terre qui n'avaient révélé aucun secret jusqu'ici. Des toiles d'araignées, miraculeusement intactes, dans les coins. Des ténèbres denses, à l'odeur rance de mort. Mais pas le moindre corps, cette fois-ci, ni de lambeaux de linceuls.

Sur le mur face à Reuben, on avait retiré de nombreuses briques. Assez de briques pour ménager le passage d'un homme. L'estomac de Reuben se révulsa. Il savait qu'il devrait descendre et s'engager le premier dans l'étroit boyau. Ce devait être un tunnel. Il en montait un courant d'air froid et une odeur fétide.

— Je descends, dit Reuben qui ne reconnut pas sa propre voix.

Etait-ce lui qui avait prononcé ces paroles si contraires à sa volonté ? Il n'avait qu'une envie : quitter ces lieux le plus vite possible.

— Je viens avec toi, Reuben.

Danny, lui non plus, n'avait pas sa voix habituelle. Sa goguenardise coutumière avait fait place à une peur tangible.

— D'accord. Tu n'auras qu'à ramper derrière moi. (Il s'interrompit, réfléchit un instant.) O'Rourke, allez chercher une autre lampe. Il y en a une dans le coffre de ma voiture. Vous la donnerez à l'inspecteur Cohen.

— Oui, chef. J'y vais tout de suite.

O'Rourke aurait fait n'importe quoi pour sortir de l'appartement. Il prit les clés que lui tendait Reuben et tourna les talons.

— O'Rourke ?

— Oui, chef ?

— Quand vous serez à la voiture, appelez le commissariat, et dites-leur ce que nous avons trouvé. Et que nous aurons peut-être besoin de renforts.

Le teint de O'Rourke vira au vert.

— Vous pensez que... Que vous allez trouver autre chose, là-dessous ?

Reuben hocha la tête.

— Oui, sergent. J'en ai bien l'impression.

O'Rourke sortit d'un pas hésitant. Grigorevitch ne bougea pas, malgré un malaise qui allait croissant.

Ils se taisaient. Sur la cheminée, le tic-tac paresseux d'une pendule interrompait le silence pesant. Reuben se retourna et aperçut son reflet dans un miroir terni. Il détourna nerveusement les yeux et vit une mouche tournoyer au plafond. Puis une autre, et une autre encore. Les insectes se livraient à un ballet infernal en bourdonnant furieusement, se posaient un instant sur les murs et au plafond puis repartaient de plus belle. La pendule s'arrêta subitement et le silence revenu amplifia le bourdonnement affolé des mouches.

O'Rourke mit cinq minutes à revenir, mais elles parurent durer une éternité. Danny ne le remercia pas lorsqu'il lui tendit la lampe.

— Le capitaine Connelly est en réunion avec le procureur, chef. J'ai transmis votre message.

— Merci. Essayez de les rappeler tout à l'heure. Nous, nous descendons. Vous et Grigorevitch, restez là, et tendez l'oreille. Si vous nous entendez appeler...

Reuben avait l'intention d'ajouter : venez voir ce qui se passe, mais les mots moururent sur ses lèvres.

— ... allez chercher de l'aide. Vous avez compris ?

— Oui, chef, dit O'Rourke, qui ajouta après un instant d'hésitation : Bonne chance, chef.

Reuben ne répondit pas. Il tourna le dos, et se ravisa soudain.

— O'Rourke, on vous a dit pourquoi le procureur et le capitaine Connelly s'étaient réunis ?

— Le sergent de garde supposait que c'était au sujet de cette affaire-ci, lieutenant. Mais ce ne sont peut-être que des bruits de couloir.

Reuben hocha la tête. Pourquoi Connelly ferait-il intervenir le procureur à ce stade de l'affaire ? Il n'y avait pas de suspects, les grandes lignes de l'enquête n'étaient pas encore définies. Il balaya ces questions d'un revers de main et se pencha au bord de la cavité dans laquelle il s'insinua, suivi par Danny.

Le trou pratiqué dans le mur était large d'environ un mètre, irrégulier, et tout près du sol. Reuben s'agenouilla et éclaira l'intérieur.

— Qu'est-ce que tu vois, Reuben ? demanda Danny d'une voix qui tenait du murmure.

— C'est dingue ! Il y a des marches. Des marches anciennes, en briques. Elles ont l'air plus anciennes que les fondations. Il y a des toiles d'araignées, par centaines. Et de la mousse sur quelques briques. C'est très humide.

— C'est tout ce que tu vois ?

— Oui. Il faut y aller.

— Si on attendait que Connelly soit arrivé ? Il aura peut-être des gars des opérations spéciales avec lui. C'est leur boulot.

— Il faut que quelqu'un descende, Danny. Depuis la dernière fois, nous savons qu'il peut y avoir des survivants. Ça ne me plaît pas plus qu'à toi, mais c'est décidé, une fois pour toutes. Si tu veux, reste là.

Danny se mordit les lèvres et secoua la tête.

— Pas question que je te laisse descendre là-dedans tout seul, Reuben. Je te connais trop bien. Si tu trouves des tortues Ninja, tu les garderas pour toi.

Reuben se tourna vers son ami, dont la peur était palpable.

— Qu'est-ce qu'il y a, Danny ? De quoi as-tu peur ? Sérieusement.

Danny secoua la tête une fois encore.

— Ça va aller, Reuben. Te bile pas. Cet endroit me fout les chocottes, c'est tout. Allez. On descend voir.

Reuben le regarda quelques instants, perplexe, puis acquiesça.

— Allons-y.

Une volée de marches les mena sur un palier, cinq ou six mètres plus bas. Debout sur la dernière marche, Reuben éclaira devant lui. A quelques pas, s'ouvrait un tunnel en briques, sombre, d'apparence très ancienne, et tapissé de toiles d'araignées.

Le tunnel était étroit, mais un homme y passait sans difficulté. Reuben devrait se courber un peu, mais il progresserait sans problème. Le plafond était voûté, les murs froids au toucher. Reuben s'y engagea et eut instantanément l'impression que les parois se refermaient sur lui. Dieu seul savait leur âge exact, et depuis combien de temps un être humain s'y était aventuré — si tant est que ce tunnel lui eût jamais été destiné : il était possible que ce ne fût qu'un canal de drainage. Les briques étaient sans doute disjointes et son passage risquait de les déloger. La terre s'effondrerait alors sur lui et le piégerait irrémédiablement. Reuben se força à n'y pas penser.

Danny se glissa derrière lui. Ils devraient avancer l'un derrière l'autre. Reuben se mit lentement en marche, balançant sa lampe dans le noir profond. Il entendait les pas étouffés de Danny ; de temps à autre le faisceau de la lampe de son coéquipier venait croiser le sien, en un étrange ballet qui se dessinait sur les vieilles briques décrépites. Ils n'éprouvaient aucune difficulté à respirer. L'air était nauséabond, mais suffisant.

Le tunnel semblait descendre légèrement, mais

peut-être n'était-ce qu'une impression. Les épaisses toiles d'araignées se prenaient dans ses cheveux, sur ses yeux, et il sentait des pattes d'araignées bien vivantes courir sur son crâne et son cou.

Le puissant faisceau de lumière n'éclairait qu'une faible section de tunnel à la fois : il sinuait en s'enfonçant toujours plus profondément dans la terre. Ils avaient assez avancé pour ne plus voir l'entrée par laquelle ils s'étaient introduits, et Reuben se demanda anxieusement si, de là-haut, on entendrait leurs éventuels appels. D'ailleurs, son univers s'était progressivement réduit à cet étroit couloir, et il avait peine à croire encore à l'existence du monde extérieur.

— Tu entends, Reuben ? interrogea Danny d'une voix enrouée.

— J'entends quoi ?

— Je ne sais pas. Il me semble entendre quelque chose, devant nous.

Reuben fit aller et venir sa lampe. De la mousse. Des toiles d'araignées. Le néant. Il porta la main à son revolver, pour s'assurer qu'il était bien là. Quelque chose fila entre ses pieds. Un rat gluant disparut dans les ténèbres. Ils avançaient toujours.

Un petit bruit d'écoulement d'eau résonnait en soulevant un faible écho. Les murs suintaient.

Soudain, une autre galerie s'ouvrit sur leur droite. Reuben braqua sa lampe. Encore des briques, des ombres, de mornes échos s'estompant sans fin. Cinq minutes après, une galerie similaire apparut à leur gauche. Ils étaient dans une espèce de labyrinthe.

L'air qui venait des galeries latérales semblait plus frais. Reuben était tenté d'en emprunter une, dans l'espoir qu'elle aboutirait à une sortie, mais la prudence lui dicta de rester dans le tunnel principal, qui s'allongeait, immuable, devant eux. Une obscurité solide, nocturne, ancestrale, humide et menaçante ; des ombres furieuses ; un rayon de lumière tranchant dans cette matière morte, et qui s'affaiblissait.

Soudain Danny s'écria :

— Arrête, Reuben. Ne bouge pas !

Reuben se figea sur place.

— Qu'est-ce qu'il y a ?

— Quelque chose, derrière moi.

La voix de Danny était étranglée. Reuben comprit que son ami cédait à la panique. Il n'aurait pas dû l'autoriser à le suivre.

— Calme-toi, Danny.

— J'ai entendu quelque chose. Ça vient d'une des galeries latérales.

— Un rat, voilà tout.

Mais Reuben sentait ses cheveux se dresser sur sa tête. La frayeur de Danny était contagieuse.

— Non. Ce n'est pas un rat. Ecoute, je l'entends de nouveau.

Reuben eut beau tendre l'oreille, il n'entendit rien. Il se retourna et éclaira Danny, qui lui tournait le dos et fixait l'extrémité du tunnel comme s'il s'attendait à voir émerger quelque chose des ténèbres. Puis Reuben entendit, lui aussi : une sorte de grattement, sourd, venant de nulle part.

— Reste calme, Danny.

Mais Danny avait perdu tout contrôle sur lui-même. La peur ancestrale du noir, amplifiée par ce parcours, l'avait submergé. Le temps que Reuben comprenne ce qu'il allait faire, c'était trop tard. Danny avait sorti son arme et tirait sans relâche. Son revolver fut bientôt vide.

L'écho des coups de feu mourut lentement, sans rien dissiper des ténèbres. Des gouttes tombaient avec un bruit sec : les balles avaient sans doute délogé des briques. D'une main tremblante, Danny rangea son arme. Il savait qu'il avait agi comme un imbécile. Sa lampe était toujours braquée sur l'obscurité qu'il avait un instant trouée. Des fragments de brique tombèrent en pluie, puis ce fut le silence.

— Reuben, je suis...

Un bruit de chute l'interrompit, qui se transforma en un grondement.

— Sors de là, Danny ! Le plafond s'effondre !

Danny se retourna, comme si son geste pouvait reconstituer les murs. Le grondement augmenta, noyant la voix de Reuben, qui saisit son ami par le bras et l'entraîna. Un nuage de poussière envahit le tunnel, les enveloppant. Reuben trébucha, se rattrapa et se mit à courir, suivi par Danny qui toussait, les poumons pleins de poussière.

Le grondement cessa. La poussière volait dans la galerie, désormais plongée dans un silence interrompu par de courtes chutes de pierres et quelques craquements sinistres. Mais le silence enfin l'emporta, et les calma.

Reuben et Danny attendirent que la poussière fût retombée puis revinrent quelques mètres en arrière. Ils braquèrent leurs lampes sur un amas de gravats, de terre et de pierres qui coupait la route du retour.

— Qu'est-ce qu'on fait, Reuben ?

Reuben observa l'étendue de l'obstruction, relativement compacte mais manifestement instable.

— Ne perdons pas notre temps ici, Danny. Nous n'avons aucun moyen de deviner sur combien de mètres ça s'est effondré. Là-haut, ils comprendront qu'il s'est passé quelque chose et ils viendront nous chercher. Mais à mon avis, il ne faut pas rester là. Il peut y avoir un autre écroulement. Allons plus loin.

Danny acquiesça. Ils n'avaient guère le choix. Reuben ouvrit à nouveau la marche.

— Reste juste derrière moi, Danny, et éteins ta lampe. Qui sait combien de temps il faudra rester ici.

Danny obéit. Le noir s'étendit sur lui.

— Je suis vraiment désolé pour tout à l'heure, Reuben. J'ai été pris de panique.

— Tu avais peur, Danny. Tu avais peur avant même de descendre. De quoi, Danny ?

Il y eut un long silence. Reuben entendait la respiration haletante de son ami, et le bruit de ses pas sur le sol irrégulier.

— C'était il y a longtemps, Reuben, dit-il enfin. Je faisais tout le temps le même rêve. Le même cauchemar. C'était quand j'étais gosse, avant même qu'on se connaisse. Dans mon rêve, il y avait plein de tunnels, des tunnels comme celui-ci. J'y entrais, et je m'apercevais qu'on me pourchassait.

— Qui ?

— Je ne savais pas. Ce n'était pas forcément une personne. Mais si ça me rattrapait, ça me tuerait. Je me réveillais en hurlant.

— Tu es réveillé, maintenant.

— Attends, Reuben. Le pire c'était ça : je me réveillais, j'étais dans mon lit, je hurlais, mais personne ne venait. J'étais seul dans ma chambre, et j'avais beau crier, supplier, personne ne venait. Alors, je finissais par me lever et j'allais ouvrir la porte. Et là, c'était de nouveau le tunnel, le même qu'avant, sauf que cette fois je savais que la chose qui me poursuivait était tout près. Alors je courais comme un fou, et il se passait je ne sais quoi et je me réveillais pour de bon. Mais je ne me rappelle pas ce qui se passait.

— Et cet endroit t'a rappelé ton cauchemar ?

Le silence sembla ne jamais devoir cesser. Reuben s'arrêta, se tourna vers son ami, éclaira son visage où se lisait une folle terreur.

— C'est mon cauchemar, Reuben, murmura Danny. Tu ne comprends pas ? C'est pour ça que j'ai paniqué. C'est mon cauchemar, il est revenu, mais aujourd'hui, je ne dors pas.

Ils poursuivirent leur chemin sans rien ajouter. L'air se raréfiait progressivement. L'air frais qui pénétrait jusqu'ici devait venir des deux galeries latérales.

Subitement, ce fut le bout du tunnel : un tournant, une petite montée et un mur de briques. Infranchissable.

Ils étaient assis au pied du mur, le temps passait, ils se taisaient. La lampe de Reuben ne tarderait pas à s'éteindre. Celle de Danny prendrait le relais, pendant une heure ou deux. Peut-être viendrait-on à leur secours pendant ce temps-là.

— Tu ne sens rien, Reuben ?

La voix de Danny était basse, faible.

— On sent la même chose depuis qu'on est entrés ici.

Danny plissa le nez et renifla deux fois.

— Non, Reuben. Je ne parle pas de l'odeur de moisi. C'est différent.

Reuben renifla à son tour. Danny avait raison. Il y avait autre chose.

— Ça s'accentue, Reuben. Et c'est une odeur familière.

Danny inspira profondément, puis son expression changea. Il blêmit.

— Qu'est-ce que tu as, Danny ?

— Oh, Reuben ! Je sais ce que c'est ! C'est du gaz, Reuben. Ça sent le gaz !

18

Le gaz s'insinuait lentement dans le tunnel depuis une rupture de canalisation, là où la voûte s'était affaissée. Il rampait, mortel et invisible, dans les espaces étroits et silencieux du petit monde qu'ils s'étaient aménagé, à peine perceptible au début, prenant des forces au fur et à mesure que le temps passait. Sur les lieux mêmes de l'affaissement, l'air était difficilement respirable. Quant à la canalisation, elle était hors d'atteinte.

Danny et Reuben nouèrent un mouchoir autour de leur bouche et retournèrent au pied du mur. Leur vie se comptait désormais, ils en étaient conscients, en minutes plutôt qu'en heures. Le gaz ne tarderait pas à remplir le peu d'espace disponible.

Reuben fit courir le faisceau de sa lampe du haut en bas du mur qui avait interrompu leur progression.

— Qu'est-ce que tu en penses, Danny ?

— On dirait qu'on l'a monté en vitesse, après le tunnel. Comme si quelqu'un avait voulu le boucher. Il pourrait même donner dehors, qui sait ?

— Ou dans le fleuve.

— C'est ce que j'appelle dehors. D'ailleurs, ça

m'étonnerait. Le mur est vieux. S'il donnait dans le fleuve, il y a longtemps qu'il se serait écroulé.

Danny sortit de sa poche un gros canif à lames multiples, qu'il ouvrit et passa à Reuben.

— Tiens, regarde ce que tu peux faire avec ça.

Reuben s'attela à la tâche : il attaqua le mortier entre deux briques, à hauteur de son épaule. Le mortier s'effrita facilement. Reuben accentua le mouvement ; il toussait, la gorge irritée par le gaz qui se répandait rapidement. Le ciment cédait par morceaux de plus en plus gros, qui tombaient à ses pieds. Lorsqu'il estima l'avoir assez entamé, il prit le revolver de Danny et s'en servit comme d'un marteau, délogeant une brique de son lit de mortier. Elle tomba dans le vide, de l'autre côté.

Par la petite ouverture ainsi pratiquée, on voyait une vague lumière. Reuben respira une profonde bouffée d'air non vicié par le gaz.

— Donne-moi ta lampe, Danny. La mienne est trop faible.

Reuben aperçut, à quelques mètres, une lourde grille en métal, aux barreaux rouillés par le temps. Le tunnel semblait s'achever derrière cette grille, mais Reuben n'y voyait pas assez pour découvrir ce qu'il y avait de l'autre côté. Il avait retenu sa respiration ; avide d'air, il inspira une bouffée de gaz, qui lui fit tourner la tête. Il fallait agrandir le trou, d'urgence.

Reuben s'attaqua au mur à mains nues, poussant et tirant sans relâche. Une partie de mur s'écroula. En quelques instants, le trou fut assez grand pour livrer passage à un homme.

Ils le franchirent et se retrouvèrent dans une portion de tunnel identique. La grille était massive et des générations d'araignées avaient tissé leur toile tout autour des barreaux.

Reuben braqua sa lampe. Derrière, s'étendait une vaste pièce aux murs et au plafond en briques. Dans le mur le plus éloigné, presque hors de vue, une fenêtre cassée laissait filtrer une lumière blafarde, et un peu d'air frais.

Les deux hommes purent voir des dalles en pierre, rondes, sortes de regards sur des plaques d'égout, et percées de trous de la taille d'une pièce de monnaie.

Le verrou céda à la première poussée mais, bien qu'il y mît toutes ses forces, Reuben ne put ébranler la grille de plus de quelques centimètres. Les gonds étaient rouillés. L'odeur de gaz diminuait rapidement, mais Reuben avait encore le vertige.

— A mon tour. Je vais essayer.

Danny prit la place de Reuben devant la grille. Il était plus costaud et mieux entraîné que son ami, car il fréquentait régulièrement la salle de gym de Fulton Street. La grille céda.

La voie était libre. Sans raison, une peur abominable serra les tempes de Reuben.

19

Danny entra le premier, suivi de près par Reuben. Puis, côte à côte, ils braquèrent le faisceau de leurs lampes sur les murs de la vaste pièce, qui s'effritaient par endroits. Reuben ressentait le poids du passé très ancien qui assombrissait encore l'atmosphère morbide de l'endroit. Sur leur droite, s'ouvrait une lourde porte en bois.

Danny fit remarquer que le sol était légèrement concave : il allait, en une pente douce, des quatre murs jusqu'au centre. Une espèce de gouttière longeait les quatre côtés, et de chaque angle une autre rejoignait le centre, où se trouvait la plus grande des plaques d'égout comme si elle était le moyeu de cette roue de cauchemar. En y regardant de plus près, ils constatèrent que des rigoles avaient été creusées à partir des quatre gouttières diagonales et rejoignaient chacune des plaques, au nombre d'une cinquantaine et disposées en cercles concentriques du milieu de la pièce jusqu'à ses murs. Elles étaient toutes de la même dimension : environ soixante centimètres de diamètre.

Danny fit un pas en avant, prudent comme un danseur arpentant pour la première fois un plateau inconnu, et qui attend que la musique lui donne le signal du début de la représentation. Mais seul le silence lui répondit, et le frottement de ses pieds sur le sol.

— Cet endroit me fait froid dans le dos, murmura-t-il. Qu'est-ce que c'est, à ton avis ?

— Je l'ignore, Danny. Mais j'aimerais bien le savoir !

— Il fait froid. Très froid. Tu crois qu'on est beaucoup descendus ?

— Impossible à dire. La fenêtre est à au moins six mètres de hauteur.

Danny avança vers le mur qui se trouvait à sa gauche. Reuben remarqua qu'il évitait soigneusement de poser le pied sur les plaques, et qu'il avait adopté la démarche des enfants qui jouent à ne pas marcher sur les joints entre les dalles des trottoirs.

— Reuben ! (Danny l'appelait à voix basse, mais d'un ton urgent.) Reuben ! Viens voir !

Reuben rejoignit son ami, en empruntant inconsciemment le même chemin que lui entre les plaques. Une rangée de cages métalliques courait tout le long du mur. Danny braqua sa lampe à l'intérieur, ils approchèrent. Au fond de la première cage, à moitié recouverts de poussière et de toiles d'araignées, ils reconnurent des ossements.

— Tu ne crois pas que...

— C'est juste un animal, Danny.

— Tu veux regarder de plus près ?

Reuben frissonna.

— Laissons ça aux experts. Quoi que ce soit, ça fait très longtemps que c'est là.

Ils firent la même découverte dans chacune des cages, qui comportaient toutes, sur le devant, une ouverture par laquelle on devait passer de la nourriture.

La surprise suivante incomba à Reuben.

En éclairant le plafond, il remarqua qu'il était en stuc, qu'il s'effritait et qu'une sorte de cercle en fer rouillé en faisait le tour. Il crut tout d'abord que c'était une espèce de décoration, ce qui l'étonna vu l'extrême austérité de la pièce. Mais en suivant le faisceau de sa lampe, il aperçut quelque chose de saillant.

C'était une sorte de pont roulant, ou de treuil, dont le bras s'étendait du cercle en fer jusqu'au centre de la pièce, où il rejoignait un autre cercle, plus petit, en métal lui aussi. Les cercles n'étaient pas ornementaux : c'étaient les rails de cette sorte de grue. Une espèce de hameçon de grande taille était accroché à ce bras.

— Tu crois que ça marche encore ?

La voix de Danny tira Reuben d'une brève absence. Il haussa les épaules.

— Ça dépend.

— De quoi ?

— De son âge. Du stade de sa rouille. On pourrait sûrement le réparer. Mais pour le moment...

Danny éclaira le bras du treuil.

— Tu penses à la même chose que moi ?

— Qu'ils se servaient de ce truc pour soulever et reposer les plaques ?

Danny hocha la tête.

— C'est sans doute vrai, répliqua Reuben. L'engin est complexe, mais je ne vois pas d'autre explication.

— Soulever des marchandises hors des trous, peut-être ?

— Peut-être, oui.

Quelque chose gênait Reuben. On n'avait pas utilisé ce treuil pour soulever des sacs de farine, il l'aurait juré.

— Tu as envie de jeter un coup d'œil à l'intérieur ? proposa Danny.

— Pas vraiment.

— Moi non plus. (Danny s'ébroua vigoureusement.) Rien que d'y penser, j'en ai la chair de poule. Mais quelque chose me dit qu'on devrait. Ne serait-ce que pour avoir l'esprit tranquille.

— Comment veux-tu qu'on s'y prenne ? J'ai l'impression que ces couvercles pèsent une tonne !

Danny lui lança un regard navré.

— Tu devrais soigner ta forme, mon vieux ! Allez, essayons, au moins.

Reuben acquiesça. Il se sentait diminué, vide, incapable de réagir autrement que machinalement. Et surtout, il éprouvait le plus grand mal à ne pas céder à son besoin de regarder derrière lui. Qu'avait entendu Danny, dans le tunnel ? Quel était ce bruit qui l'avait effrayé au point qu'il tire dans le noir ? La pièce avait beau être vaste, Reuben se sentait envahi par un sentiment croissant de claustrophobie.

Ils choisirent la plaque la plus proche. Reuben éteignit sa lampe et Danny posa la sienne par terre, d'où elle diffusa un losange oblique de lumière pastel sur le sol. Face à face, ils se courbèrent, se mirent dans la position qui leur fatiguerait le moins le dos, glissèrent leurs doigts dans les trous, bandèrent leurs muscles et se préparèrent à l'effort.

Le couvercle était plus lourd que ne l'avait supposé Danny. En dépit de leurs forces conjuguées, c'est à peine s'il bougea. Stimulé par cet échec, Danny se donna à fond.

— Allez... Reuben... On... peut... le... faire... Ho... Hisse...

Reuben ferma les yeux. Des points lumineux

dansaient derrière ses paupières, il avait l'impression que ses muscles allaient se déchirer, ses épaules se démettre ; le couvercle se souleva légèrement et racla furieusement sur le sol tandis qu'ils le faisaient glisser hors de son orbite.

Haletants, ils se reposèrent un instant. Reuben fut le premier à bouger. Il saisit la lampe de Danny et la braqua sur les ombres mouvantes. Un tissu dense de toiles d'araignées, un bruissement de pattes et, en dessous, quelque chose d'indistinct. Avec le manche de la lampe il brisa nerveusement l'écran que formaient les toiles d'araignées et éclaira le fond du trou, faisant apparaître un petit tas d'ossements gris, vieux, cassants, dénudés de toute chair. Puis un crâne humain apparut, avec quelques traces de chair desséchée à la place des joues et des mèches de cheveux longs et sales, enroulées comme des algues autour des os.

20

Les mèches de cheveux ondulèrent comme une fugue dans le cerveau de Reuben, répétant à l'infini leurs variations, leur inconsolable message de décomposition. Il recula en frissonnant, imité par Danny.

La pièce était un cimetière de pierre. Dieu seul savait combien d'ossements elle recelait, et depuis combien de temps. Partout où ils mettaient le pied, ils piétinaient des morts sans nom. Car on ne lisait aucune inscription sur les lourdes chapes qui protégeaient leurs pauvres vestiges, pas même une date de naissance ou de mort.

Une chose intriguait tout particulièrement Reuben. Enterrer les morts sous une dalle de pierre n'avait rien d'inhabituel ; ne faire figurer aucune inscription sur les tombes était plus rare, mais il y avait des précédents. En revanche, pourquoi sceller les tombes de couvercles percés de trous, comme ceux des boîtes dans lesquelles les enfants transportent leurs cochons d'Inde ?

Sans s'être donné le mot, Reuben et Danny se trouvaient maintenant devant la lourde porte en bois. Etant donné ce qu'ils venaient de découvrir, ils n'avaient ni l'un ni l'autre envie de savoir ce qu'il y avait derrière cette porte ; mais ils n'ignoraient pas qu'elle constituait leur seul et unique moyen de sortir du tunnel. Et l'odeur de gaz, bien que passablement dissipée, n'avait pas disparu.

Une volée de marches y menait. Reuben les gravit tandis que Danny l'éclairait. Il posa une main réticente sur la poignée métallique et se força à la tourner. Le mécanisme résista faiblement. Reuben se cala fermement sur ses jambes et poussa plus fort.

La porte céda d'un seul coup, en grinçant lourdement sur ses gonds rouillés. Un air confiné assaillit les narines de Reuben ; un air qui sentait le moisi, le pourri, mais était chargé également de quelque chose d'inattendu, d'un parfum capiteux, complexe, enfermé ici depuis des siècles, dont les relents affadis flottaient encore dans l'atmosphère, pitoyables et pâles effluves du passé.

Les gonds se bloquèrent à mi-chemin. Reuben s'insinua dans l'ouverture et éclaira devant lui. Du haut en bas, un épais voile de toiles d'araignées barrait la route. Reuben hésita, comme s'il constituait un obstacle plus redoutable que la porte. Puis, sauvagement, il le déchira de part en part. Une obscurité totale régnait sur l'espace qu'il découvrit.

Reuben marmonna une prière : Mon Dieu, faites qu'on n'entre pas dans un nouveau charnier. Ce qu'il aperçut ensuite fit mourir la prière sur ses lèvres.

Une deuxième pièce, plus petite que la précédente, plus sombre encore, si c'était possible. Une chambre, que le temps avait rendue mortifère. Des murs tapissés avalaient la faible lumière dispensée par la lampe de Reuben. Le parquet était recouvert de tapis d'Orient. On apercevait des traces de sciure blanche, là où on avait gratté le bois, une pratique éteinte depuis le dix-neuvième siècle. Un brouillard de toiles d'araignées flottait, obscène, dans le courant d'air provoqué par l'ouverture de la porte. Il se stabilisa et recouvrit toutes choses de son voile gris de poussière.

Les araignées avaient tissé un chaos qui retenait prisonnières les années, telles des mouches engluées. Derrière le voile, on distinguait des rangées de livres reliés de cuir, sur des étagères de bois foncé. Dans l'angle le plus éloigné était posé un globe terrestre, aux océans fanés, aux villes écroulées. Une grosse araignée, noire et maigre, arpentait de ses pattes velues le cœur sombre de l'Afrique.

Sur le mur du fond, des portraits poussiéreux remplaçaient les livres. Les visages craquelés de personnages en habits du début du dix-neuvième siècle toisaient Reuben de leurs yeux froids et accusateurs. Ils tenaient tous en main une sorte de sceptre, et arboraient une attitude de roi ou de prince. Mais leurs vêtements étaient sobres et de couleur foncée, et leurs expressions austères n'évoquaient pas la douceur des palais mais plutôt l'exigence de vies consacrées à de plus hautes visées.

Au milieu de ce mur, une douzaine de marches en pierre menaient à une porte basse, en bois, qui portait en son centre un cercle rouge avec des rayons, emblème du soleil, et au milieu, des lettres hébraïques que Reuben déchiffra. *Yod, Heth, Waw, Heth.* Le divin nom de Yahweh. Sous le soleil se dressait un lion qui tenait un livre ouvert où l'on pouvait lire les mots latins *semper apertus* — ouvert pour toujours.

En face de la porte, au milieu de la chambre, un

bureau en bois était comme cloué au sol par un fantastique réseau de toiles d'araignées. Le regard nerveux de Reuben s'y attarda. Pour être plus précis, il s'attarda sur la chose assise à ce bureau.

C'était le corps momifié d'un homme au costume austère, semblant dater de la fin du dix-huitième siècle ou du début du dix-neuvième : un long manteau de Quaker sur un gilet de velours noir, cravate et plastron blancs, hauts-de-chausses boutonnés sous le genou. Le tout intact, mais prêt à tomber en poussière. Des habits de clerc, ou de prêtre. Un grand livre recouvert d'une épaisse couche de poussière était posé devant la momie.

Derrière le bureau, il n'y avait pas de tapis sur le sol. On distinguait vaguement, tracés en rouge, les contours d'un cercle renfermant une étoile à cinq branches où étaient tracés, entre les branches, deux cercles concentriques, distants d'environ vingt centimètres, et à l'extrémité des cinq branches, un grand chandelier avec ses bougies de cire jaune.

Reuben passa derrière le bureau et se pencha sur le pentacle. Il souffla dessus, pour en ôter la poussière, et se redressa. Quelque chose était écrit dans le double cercle intérieur. Reuben reconnut des caractères hébreux et des mots latins. Les divers symboles inscrits à l'intérieur de l'étoile ne semblaient obéir à aucun ordre précis. Il en identifia certains : emblèmes astrologiques, cabalistiques, mais d'autres lui étaient inconnus et semblaient africains.

Il se relevait lorsque Danny entra. Les deux hommes ne prononcèrent pas un mot ; ils se regardaient, s'imprégnant lentement de la scène qu'ils avaient sous les yeux.

— Ça va, Reuben ? dit enfin Danny.

— Ça va.

— On rêve, ou c'est vrai, tout ça ? demanda-t-il d'une voix étranglée.

Mais Danny savait que c'était la réalité. Une réalité qu'il connaissait : il l'avait vue dans le cauchemar qui l'avait poursuivi bien des années auparavant, et il avait peur, très peur, car il savait ce qui se passait à la fin du cauchemar, ce qui n'était pas le cas de Reuben.

Il se dirigea vers les étagères et en sortit un grand livre relié plein cuir, orné d'un fermoir en cuivre. Il le posa sur une petite table et entreprit de débloquer le fermoir. Les pages du livre étaient décolorées, mais fort bien conservées par ailleurs.

Quatre cercles concentriques formant un anneau ornaient la page de garde. S'y inscrivaient deux séries de lettres hébraïques et deux de lettres grecques, ainsi que plusieurs figures géométriques, d'autres lettres hébraïques et des rangées de chiffres. Au pied du cercle on pouvait lire, en français : Le Grand Pentacule.

Le titre était également français : *Les Clavicules de Salomon,* traduit de l'hébreu en langue latine par le rabbin Abognazar et mis en langue vulgaire par M. Barault, Archevêque d'Arles. Une date était imprimée au bas de la page : MDCXXXIV : 1634.

Il s'agissait d'une espèce de traité de magie rituelle, avec formules et incantations, talismans, diagrammes et scènes dessinées de rites de magie.

Reuben rejoignit Danny et ils passèrent ensemble en revue les livres rangés sur les étagères. Il y en avait plusieurs autres en français, et certains en latin ; leurs titres rivalisaient de mystère et d'inscriptions bizarres : *De Occulta Philosophia Libri Tres ; De naturalium effectuum causis, sive de incantationibus... ; Steganographia, hoc est, ars per occultam scripturam animi sui voluntatem absentibus aperiendi certa... ; Grimorium Verum ; Lemegeton ; Veterum Sophorum Sigilla et Imagines Magicae ; De Septem Secundeis...*

Ils découvrirent une quarantaine d'ouvrages en anglais, allemand et hollandais, plusieurs en grec, une douzaine en hébreu, trois en arabe et un dans une langue que Reuben ne reconnut pas. La majorité des livres dataient du dix-septième et du dix-huitième siècle, et avaient été publiés à Paris, Leyde, Cassel, Bâle et Darmstadt. Le plus récent avait paru en 1800, à Boston, chez Nathaniel Ackerknecht. Ecrit par une certaine Perseverance Hopkins, il s'intitulait : *A Sober Warning to the Righteous, being an Account of the Recent Events at Nantucket :* En guise d'avertissement aux gens de bien, sous forme de rapport au sujet de récents événements survenus à Nantucket. Ses marges étaient surchargées d'annotations rédigées d'une belle écriture nerveuse.

Sur une table, au fond de la chambre, ils trouvèrent une pile de papiers poussiéreux. Des lettres. Bizarres, écrites en diverses langues, surtout en français et en allemand. La correspondance faisait la part belle à des citations en hébreu et en latin, ainsi qu'à diverses références numérologiques, cabalistiques ou astrologiques. Certains passages semblaient codés. Les missives provenaient de toute l'Europe, plusieurs avaient été envoyées de Mitau, en Courlande, et quelques-unes de Budapest, de Riga, et d'autres villes de l'Est.

Le plus intéressant fut un paquet de quarante

lettres de la même main, écrites en français et portant l'en-tête de « Cap-Français ». Elles avaient été rédigées entre 1762 et 1807, mais l'écriture avait à peine changé. Cap-Français était l'ancien nom de Cap-Haïtien, la capitale d'Haïti du temps de la colonisation française. La signature était illisible.

Le paquet de lettres était rangé séparément, dans une petite boîte où se trouvait également un objet plat, en or. C'était un demi-cercle, aux bords irréguliers mais à la tranche lisse, comme si on l'avait arraché à un disque plus grand. Il était couvert de signes mystérieux, inconnus de Reuben, qui, dans le doute, leur supposa la même origine africaine que les marques sur le sol.

Reuben ferma la boîte.

— Danny, pour qu'il n'y ait pas le moindre problème avec Connelly, je te prie de constater que j'emporte cette boîte. Je veux montrer ces lettres à Angelina, ainsi que le demi-cercle d'or.

— A mon avis, on devrait sortir d'ici, dit Danny en se dirigeant vers les marches.

— Un instant !

Depuis qu'il était entré dans la chambre, son regard était irrésistiblement attiré par le personnage assis au bureau.

Il voulait regarder le livre posé devant lui et consulter la page que le sorcier en tenue de Quaker lisait au moment de sa mort. Il s'approcha prudemment du bureau. La main de la momie était posée sur le livre, fine, rétractée comme une griffe. Reuben la repoussa et prit l'ouvrage, soulevant un nuage de poussière et dérangeant quelques araignées.

Sur la page de garde, on lisait :

THE LIBER ARCANORUM
OF KETAB EL ASRAR
OF ABEN PHARAGI
MAROCCANUS SCRIPTOR NUBIANUS
RENDERED INTO THE ENGLYSHE TONGUE
LE LIVRE DES ARCANES
DE KETAB EL ASRAR
PAR LE SCRIBE NUBIEN ABEN PHARAGI
TRADUIT EN LANGUE ANGLAISE
A PARTIR DE LA TRANSCRIPTION LATINE DE
TRITHEMUS
PAR UN CLERC ANGLAIS
ILLUSTRE DE DESSINS ORIGINAUX
A PARTIR DE L'EXEMPLAIRE
DECOUVERT A FAYOUM, EN EGYPTE
MDXLI

Reuben feuilleta lentement les pages jaunies. Sur celles de gauche, on avait imprimé la traduction latine en regard de la version anglaise. Il s'agissait surtout de sorts et d'incantations, entrecoupés de versets de la Cabale et de formules écrites en arabe :

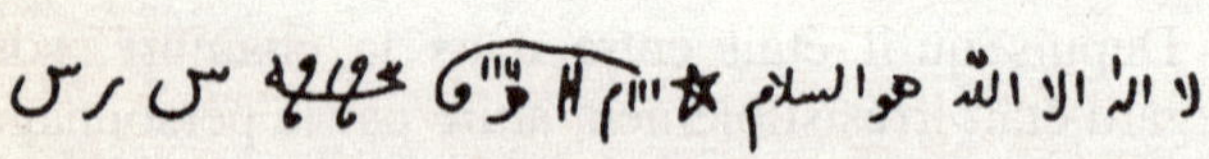

Il avait regardé une dizaine de pages lorsque le livre, posé en un équilibre précaire, tomba par terre et s'ouvrit de lui-même sur une page entièrement occupée par une illustration dans le style du seizième siècle. Il fallut environ trente secondes à Reuben pour en saisir le sujet et la composition. Il ferma alors le livre en frémissant et s'éloigna du bureau.

La gravure représentait un cimetière, où se préparaient, graphiquement, les divers éléments de la résurrection. L'artiste avait transposé la scène égyptienne dans un cimetière européen, avec les vierges et les croix de la religion chrétienne. Mais ce dessin ne ressemblait en rien aux représentations habituelles de la résurrection, où les morts se lèvent dans la radiance d'une chair victorieuse pour, emplis d'une joie surnaturelle, marcher à la rencontre de Jésus descendu du ciel.

Ici, les corps étaient décomposés, putrides, couverts de haillons mangés par les vers. Sur leurs visages se lisaient l'horreur et une indicible terreur; d'étranges formes se mouvaient tout autour d'eux, dans une obscurité entretenue par l'épaisse brume.

Ce ne fut pas pour cette raison que Reuben referma le livre et s'éloigna avec tant de hâte, mais à cause des choses qui suintaient des membres et des visages des corps dressés, tremblants au-dessus de leurs tombes. Des choses terriblement blanches, maladives. En bas à gauche, une de ces créatures fixait le lecteur avec une expression de colère et de triomphe qui jamais ne s'effacerait de la mémoire de Reuben.

21

La porte qui barrait le sommet des marches était fermée de l'intérieur, mais la clé était rouillée. Danny fracassa la serrure d'un coup de pied et le panneau céda. Un petit palier en bois, aux murs de pierre nue, se présenta à eux. Ils s'engagèrent dans un escalier en colimaçon, aux étroites marches en bois, qu'ils gravirent en silence en redoutant à chaque pas de nouvelles visions d'horreur. Les marches grinçaient, craquaient dangereusement sous leurs pas. Celui qui avait construit ces voûtes souterraines s'était donné beaucoup de mal pour rendre inaccessible ce terrifiant sanctuaire.

Une trappe en bois couronnait la volée de marches. Elle leur livra passage sans difficulté. De nouvelles ténèbres les assaillirent. La lampe de Reuben n'éclairait plus que faiblement. Danny lui tendit la sienne. Un nouveau tunnel, plus étroit encore, les invitait à poursuivre leur chemin. Cette fois-ci, Danny passa le premier, à l'affût du moindre mouvement.

Le tunnel se terminait par une nouvelle volée de marches, elle-même interrompue par une autre trappe en bois que Danny poussa sans rencontrer de résistance. Les deux hommes entrèrent dans une nouvelle chambre, beaucoup plus petite que les précédentes, aux murs de briques et de mortier auxquels ils s'attaquèrent de toutes leurs forces, jusqu'à y pratiquer un trou assez grand pour livrer passage à un homme. Ils pénétrèrent alors dans une cave manifestement inutilisée depuis fort longtemps.

Ils se trouvaient dans l'un des entrepôts abandonnés de Front Street, au nord de Brooklyn Bridge, dans une zone promise à la démolition depuis des années. La porte béait, éclairée par le soleil de septembre, pâle à cette heure déjà tardive, mais qui effaçait par son chiche éclat les ténèbres et les terreurs de leur voyage au bout de l'horreur.

Un comité d'accueil les attendait chez les Hammel. Une équipe s'affairait dans le tunnel depuis deux heures, pour tenter de libérer Reuben et Danny, que leurs collègues supposaient morts ou pris au piège. On avait raconté, en l'embellissant, l'histoire des zombis au capitaine Connelly, qui avait bien failli en mourir d'une crise cardiaque. Danny s'était vu retirer l'affaire, on lui avait attribué un nouveau coéquipier. Reuben était suspendu ; il ferait l'objet de mesures disciplinaires. La police des polices avait été saisie. On parlait d'une enquête interne.

— Mais qu'est-ce qui se passe, bon Dieu ! explosa Reuben.

Nul ne le savait. Gisler, le lieutenant qui commandait la nouvelle équipe, haussa les épaules et déclara qu'il avait entendu parler d'une histoire de vampires. Reuben se précipita dehors. En quittant l'appartement, il entendit le rire gras de Gisler. Danny resta sur place, pour faire son rapport oral.

Dès qu'il fut dans la rue, Reuben se mit en quête d'une cabine téléphonique. Après quelques tentatives infructueuses, il réussit enfin à joindre Sally Peale, à la mairie.

— J'ai des ennuis, Sally, mais je ne sais pas pourquoi.

— Ça concerne l'affaire Hammel ?

— Je ne vois pas ce que ça pourrait être d'autre.

— Il faut que je te voie, Reuben. Rendez-vous dans une demi-heure, au restaurant chinois du 20, Mott Street. Tu pourras y être ?

— Oui. Comment s'appelle le restaurant ?

— C'est à côté du Musée Chinois. Tu me trouveras au rez-de-chaussée.

Reuben n'aimait ni Chinatown ni la nourriture chinoise, qui abusait du porc. Il allait rarement dans ce quartier.

Sally l'attendait à une table du fond. Avec son tailleur gris bien coupé et son écharpe beige autour du cou, elle était l'image même de la parfaite avocate. Reuben la trouva belle. Qu'est-ce qui n'avait pas marché entre eux ? se demanda-t-il.

— Assieds-toi, Reuben.

Sur la table étaient disposées une théière bleu et blanc et deux petites tasses sans anse.

— Sers-toi, Reuben. C'est du Pi Lo Chun, du thé vert de Souchong. Tu l'aimeras.

— Je préfère prendre une bière.

Elle lui lança un regard entendu, qui semblait dire : Je m'y attendais. Un serveur se présenta, et elle commanda de la bière.

Des jeunes filles en robes chinoises passaient de table en table avec de petits chariots chargés de *dim sum* étiquetés. Sally semblait savoir, ou deviner, ce qu'était chacun des plats. Elle commanda pour eux deux, en donnant le nom cantonais des différents mets. Reuben était mal à l'aise. Il picora dans son assiette, sans oser demander s'il y avait ou non du porc dans ce qu'il mangeait.

— Tu préfères le canard, Reuben ?

— Non. Ça va très bien.

Sally saisit un *dim sum* entre ses deux baguettes et le porta délicatement à sa bouche. Ses lèvres ouvertes étaient sensuelles, et son geste érotique. Reuben éprouva un pincement de regret.

— Quel genre d'ennuis as-tu, Reuben ?

Il le lui expliqua de son mieux.

Lorsqu'il arrêta de parler, elle se versa une tasse de thé. Il était fort, maintenant. Elle retira le couvercle de la théière et un serveur se hâta de l'emporter.

— As-tu fait part de tes découvertes à quelqu'un d'autre ?

— Danny est en train de leur raconter.

— Mais personne d'autre ne t'a parlé ? A part la police, je veux dire ?

Il secoua la tête.

— Tu penses au bureau du procureur ?

Le serveur revint avec la théière fumante, qu'il avait remplie d'eau bouillante.

— Peut-être, dit Sally, songeuse.

Une porte claqua, à quelque distance. D'anciennes calligraphies chinoises étaient accrochées au-dessus de leurs têtes. A une table voisine, deux vieillards buvaient du thé en fumant.

— Si on vient te poser des questions, tu m'appelles, d'accord ? (Elle arracha une page de son Filofax et inscrivit quelques chiffres.) A ce numéro, on me joint presque toujours.

Reuben jeta un coup d'œil à la feuille de papier. Le numéro qu'elle lui donnait n'était ni celui de son appartement ni celui de son bureau. Sans un mot, il plia le feuillet et l'empocha.

— Il faut que je m'en aille, dit Sally.

Il hésita un instant.

— Il y a quelqu'un dans ta vie, Sally ?

— Oui. Et dans la tienne ?

— Je ne sais pas.

— Fais attention avec la femme de Hammel, je ne veux pas te voir souffrir, Reuben.

— Mais tu ne peux pas l'empêcher.

Elle secoua la tête.

— Eh non ! (Sally se passa la langue sur les lèvres.) Tu l'aimes ? demanda-t-elle.

Reuben détourna le regard.

— Il faut que je file, moi aussi.

Il appela, appela, mais seuls les murs lui répondirent, et il sut qu'elle était partie. Le silence le liait à elle, tout à coup, il lui révélait son besoin d'elle, son espoir, sa déception. Hier, le silence n'aurait pas été chargé de tant de sens, mais aujourd'hui il se faisait blessure, lame de couteau, herbe tranchante dans la chair fragile de la main.

Il referma la porte et regarda les autres blessures qu'il rapportait chez lui : des coupures, des bleus, les trophées de son insatiable curiosité ; elles étaient superficielles. D'autres s'étaient ouvertes plus profondément, de façon plus permanente, dans son cerveau torturé : des images de la mort, tissées de toiles d'araignées. Et ce n'étaient pas les paroles cinglantes de Connelly qui effaceraient cette lugubre archéologie de la destruction.

Ses vêtements étaient dans un état innommable :

il se rendit dans sa chambre et les enleva. Ce costume n'avait que deux mois, mais il était bon à jeter ; même les œuvres de charité n'en voudraient pas. Ce qu'il lui fallait maintenant, c'était une bonne douche.

Reuben poussa la porte de la salle de bains. Le sang avait giclé partout : sur le carrelage, les serviettes de bain, les parois de la cabine de douche. Pris de panique, il courut de pièce en pièce à sa recherche, mais ne la découvrit nulle part. Dans la salle de bains, il finit par apercevoir des petits morceaux de gaze, et un rouleau de sparadrap. Angelina avait dû se couper et se panser elle-même. Comment était-ce arrivé ? Certes, elle était bouleversée, mais il ne croyait pas à une tentative de suicide, pas avec le spectacle qui s'offrait à ses yeux.

Il faillit glisser sur l'éponge, qui était par terre, à côté de la cabine de douche. Gorgée de sang. Il se pencha pour la ramasser, la lâcha brusquement sous la brûlure d'une coupure. Reuben la reprit avec précaution et l'examina de plus près. Les lames de rasoir étaient bien cachées : assez profondément pour qu'on ne les voie pas, assez près de la surface pour remplir leur cruel office.

Angelina avait perdu beaucoup de sang. Elle devait être très affaiblie, peut-être avait-elle perdu connaissance. Mais où ? Dans la chambre de la jeune femme, il trouva des sacs vides et les vêtements qu'il avait empruntés à sa sœur. Elle s'était pansée, puis, après s'être habillée, elle était partie. Partie sans lui laisser le moindre mot lui indiquant où elle allait.

Le téléphone sonna. Trois coups. Puis la sonnerie s'interrompit pour reprendre un instant plus tard. Reuben se précipita sur l'appareil.

— Angelina ?

Le silence. Une respiration, lente, régulière. On l'écoutait.

— Qui est à l'appareil ? Angelina ?

On raccrocha. La tonalité de ligne occupée remplaça l'espoir d'une Angelina vivante.

Le nom de Mary-Jo Quigley était écrit sur un bloc. Il lui téléphona à l'université. Non, Mlle Quigley n'avait pas essayé de le joindre. Elle avait parlé avec Mme Hammel, oui. A quelle heure ? Vers midi. Elle avait donné à Mme Hammel tous les renseignements concernant l'incinération. L'incinérer ! Quel dommage ! C'était un péché, de brûler un corps humain pareil !

Il la remercia et raccrocha. Peut-être cédait-il trop vite à la panique. Il était fort probable qu'après s'être pansée de son mieux, elle se soit rendue à l'hôpital le plus proche : Kings County. C'est là que l'aurait conduite, en tout cas, un chauffeur de taxi.

Mais il n'y avait aucune trace d'une Mme Hammel à l'hôpital, et l'infirmière de garde affirmait qu'ils n'avaient eu aucune Haïtienne de toute la journée.

Il essaya les autres hôpitaux : le Méthodiste et le Macédonien, sans aucun succès. Il téléphona à l'église où elle s'était confessée la veille, sans plus de résultat. A l'entreprise de pompes funèbres où on avait amené le corps de Rick, personne ne l'avait vue. Il posa l'appareil.

Qui sonna cinq secondes après.

— Abrams.

— C'est vous, lieutenant ? Bon sang ! Ça fait dix minutes que j'essaye de vous joindre.

C'était un sergent de la brigade criminelle, un

certain Jesus Riley, improbable produit d'une alliance mexicano-irlandaise.

— J'avais des coups de fil à passer, sergent. Que puis-je faire pour vous ?

— Pourriez-vous venir le plus vite possible, lieutenant ? Il y a eu un nouvel homicide. Une femme y est impliquée. Une certaine... (Le policier consulta son registre.) Voilà. Angelina Hammel. Celle dont le mari a été découvert dans le parc avant-hier.

Un frisson parcourut Reuben.

— Elle est morte ?

— Non, non. La femme est bien vivante. Elle vous réclame.

— Je ne comprends pas. Vous avez parlé d'homicide.

— En effet, lieutenant. La victime est un homme. Il s'appelle... Attendez une minute... Aubin Mondesir. Je ne dois pas bien le prononcer. Mondesir était un ami de la dame. C'est ce qu'elle prétend, en tout cas.

— Qui l'a découvert ?

— La femme en question. Elle l'a trouvé mort, et elle nous a appelés. Elle était encore là quand la voiture de patrouille est arrivée sur les lieux.

— Comment va-t-elle ?

— Elle a l'air secouée. Je lui ai proposé de voir un médecin, mais elle a refusé. Puis elle a prononcé votre nom. Elle a dit qu'elle habitait chez vous. C'est exact, lieutenant ?

— Oui, sergent, c'est exact.

— C'est juste pour ma gouverne, lieutenant. Je n'ai pas inscrit ça dans mon rapport. J'ai entendu dire que...

Riley s'interrompit.

— Qu'avez-vous entendu dire, Riley ?

— Que vous aviez des ennuis, lieutenant. Le capitaine est revenu il y a une demi-heure de ça. Cohen était avec lui. Il veut vous voir.

— Connelly ?

— Non. Cohen. Vous venez chercher la dame, lieutenant ?

— J'arrive immédiatement. Occupez-vous d'elle. (Reuben hésita un instant.) Est-elle en état d'arrestation ?

— Non, lieutenant. Nous l'interrogerons plus tard. Mais j'ai pensé que vous préféreriez peut-être le faire vous-même. Elle n'est pas considérée comme suspecte, si c'est à cela que vous pensiez.

— C'est parfait. Je serai là dans un quart d'heure.

Elle ne parla pas. Mais ses yeux lui dirent beaucoup de choses. Et surtout qu'elle avait peur.

— Vous vous sentez bien ?

Quelle question idiote ! Le premier imbécile venu aurait vu qu'elle était malade.

Elle secoua la tête et le regarda sans sourire.

— Sortons d'ici.

Il la conduisit au Caledonian Hospital et brandit sa carte de la police pour ne pas faire la queue. Angelina ne protesta pas. En chemin, il avait remarqué que des taches de sang sourdaient sur son chemisier.

— Je l'ai acheté ce matin, dit-elle. Il était tout neuf.

Elle pleurait. Mais elle ne pleurait pas sur son chemisier ; ni sur elle-même. Elle pleurait sur lui. Lui qui était entré en elle. Qui avait pris la place de Rick. La place de son père. Et qui, sans s'en apercevoir, se trouvait désormais englué dans les rets de son existence. Il y avait tant de choses qu'il ignorait, et qu'il ne devait pas apprendre. Elle ne l'aimait pas, c'était impossible. Mais elle avait envie d'être seule avec lui, dans un endroit sombre, et de faire semblant de l'aimer.

Reuben avait encore du mal à croire qu'elle eût été vierge. Une vierge avec de l'expérience, certes, mais aussi intacte qu'une gamine de treize ans. Serait-ce un mobile de meurtre ? Entre des draps froids, des actes terribles peuvent éclore.

Il imaginait son calvaire, le triste quotidien d'un tel mariage. Autodérision, doute, haine de soi. Il était compréhensible qu'elle eût souhaité la fin de tout cela. Elle lui cachait quelque chose, il en était certain. Qu'avait-elle au juste confessé à ce prêtre, la veille au soir ? Des renseignements sur la mort de Rick ? Sa complicité ? Il priait pour que ce ne fût pas le cas, car, lentement, involontairement, il tombait amoureux d'Angelina.

Il fallut recoudre ses blessures. Le médecin la traita comme il traitait toutes les femmes noires lacérées au rasoir : il lui fit des points de suture tout en lui faisant sentir qu'il perdait son temps précieux. Elle demanda un analgésique. Le médecin ordonna à une infirmière de lui fournir ce qu'elle réclamait, sur un ton qui laissait entendre qu'elle aurait mieux fait de s'endurcir contre ce genre de souffrance. Cela ne se produisait-il pas de manière régulière ? Les femmes noires n'avaient donc pas pris l'habitude d'être tailladées par leurs maris ? Endurer ces blessures au couteau n'était donc pas un signe de courage, en Afrique ? La scarification et la cicatrisation avaient-elles cessé de symboliser la maturité ? Angelina ne disait rien. Ce médecin n'avait pas tort. Mais elle, ses cicatrices étaient intérieures, elles représentaient sa honte, non sa fierté.

Dans la voiture qui les ramenait chez Reuben, ils gardèrent le silence. Les rues familières étaient plongées dans l'obscurité. Le vent était tombé sur la ville désolée. Derrière les fenêtres éclairées, que voilaient des rideaux, des silhouettes d'hommes et de femmes bougeaient au ralenti, exécutant une étrange danse de mort, souriant ou se serrant la main, nues ou habillées, propres ou sales. Le grotesque menuet de la vie les entraînait, yeux ouverts ou fermés, poitrine contre poitrine, lèvres contre lèvres. La voiture glissait devant ces fenêtres et ces portes, ces cages d'escaliers. Reuben regarda les intermittences de lumière jouer sur le visage d'Angelina, puis reporta son attention sur la route avant de se tourner à nouveau vers elle pour tenter de percer le mystère des ombres énigmatiques qui se bousculaient sous ses paupières.

22

— Qui a fait ça ?

Elle se détourna, les yeux clos, recroquevillée dans son fauteuil, un verre vide à la main.

— Qui t'a tailladée comme ça ? Qui a mis les lames de rasoir dans l'éponge ?

— Je ne sais pas.

— Tu mens. On t'a suivie jusqu'ici. Ils te connaissent.

Elle hésita, le regard triste, accusateur.

— Ce n'est pas moi qu'ils connaissent. C'était Rick.

Elle tendit son verre à Reuben.

— Tu m'en donnes encore un peu ?

Il la servit sans un mot.

— Ils t'ont suivie, bon Dieu ! C'était pourquoi faire, ces lames de rasoir, hein ? Une sorte d'avertissement ? C'est ça ?

Angelina le dévisageait, les yeux écarquillés, muette, puis elle hocha deux fois la tête de haut en bas.

— De quoi veut-on t'avertir ?

— Je ne sais pas.

Elle but une longue gorgée de whisky.

— Tu le sais forcément. Sinon, ils ne perdraient pas leur temps à t'avertir.

Elle hésita.

— C'est peut-être une simple erreur.

Reuben se détourna, écœuré.

— Comment veux-tu que je t'aide, si tu ne me dis pas la vérité ?

— Je ne t'ai pas demandé de m'aider. Je ne veux pas de ton aide.

— Mais tu en as besoin, bon Dieu ! Regarde-toi !

Il se leva brusquement, posa violemment son verre sur une petite table pour tenter de lutter contre sa colère. Une colère teintée de peur. Il se précipita dans la cuisine, se passa de l'eau sur la figure, puis se remplit un verre. Une minute passa ; il l'entendit qui s'approchait.

— Ce sont des gens dangereux, dit-elle. Je ne veux pas que tu sois mêlé à ça.

Reuben se tourna vers elle.

— J'y suis mêlé. Je suis flic. C'est mon boulot.

— La police n'a rien à voir là-dedans.

— Vraiment ? Tu n'as pas le choix, figure-toi. Ton mari a été assassiné. Ton ami Filius a été empoisonné. Quelqu'un a truffé mon éponge de lames de rasoir, dans ma propre salle de bains. Chez moi. Ils se sont introduits dans le domicile d'un flic, par effraction ! Que ça te plaise ou non, cette affaire concerne la police. De plus, au cas où tu ne l'aurais pas remarqué, il semblerait que je sois personnellement impliqué dans ton histoire, et cela depuis ce matin ! A moins que tu ne l'aies déjà oublié...

Angelina eut une petite grimace douloureuse.

— Non, murmura-t-elle. Je n'ai pas oublié.

— Tant mieux. Parce que moi non plus, je n'ai pas oublié.

Un bref élan de tendresse les poussa un instant l'un vers l'autre. Puis il se rappela qu'il était en colère.

— Pourquoi es-tu allée voir ce type, Aubin je ne sais quoi ? Celui qui est mort cet après-midi ?

Angelina se rassit. Si seulement elle pouvait dormir ! Si seulement il lui accordait un peu de paix, s'il la laissait réfléchir !

— Aubin est un *vodouniste,* un *houngan.* J'étais allée lui demander de m'aider.

— Tu prétends que tu n'as pas besoin d'aide.

Les yeux baissés, Angelina dit d'une petite voix :

— J'ai dit que je ne voulais pas de ton aide. Ni d'aucune aide normale. Aubin, lui, savait. Il connaissait ces gens, leurs méthodes. Quelqu'un avait lancé une *expédition de morts* contre Rick. Et une autre contre moi. Ils avaient payé un *bokor,* pour un *pouin chaud.*

— Je ne comprends rien.

— En effet. C'est exactement ce que je voulais t'expliquer. Tu es un *Blanc.* Tu peux me baiser, mais tu ne peux pas te mettre dans ma peau, tu ne peux pas danser avec moi.

Reuben se calma avant de lui répondre.

— Angelina, écoute-moi. Ce petit jeu, on peut le jouer tous les deux. Si tu veux, je peux t'en fiche plein la vue avec des slogans en yiddish, te traiter de garce de *schwartze,* et te faire un cours sur la pureté de la race, du point de vue des juifs. Mais je ne vais pas le faire, parce que je n'y crois pas, parce que je ne suis pas comme ça, et parce que je ne pense pas que tu le sois, toi non plus.

— Bordel ! Comment peux-tu prétendre savoir qui je suis ?

— D'accord. Mettons que j'aie tort. Tu es une

femme noire, et tu ne laisseras pas un bon à rien de juif s'approcher de toi. Et ça te mène où ? Droit dans la mélasse, c'est moi qui te le dis. Tu es absolument incapable de régler ce genre de problème toute seule, et tu n'as personne d'autre vers qui te retourner. Alors, je te le répète, ajouta-t-il en la regardant dans les yeux, tu as besoin d'aide, et tu en as besoin de façon urgente.

« D'accord, je ne ferai pas pour toi ce qu'aurait fait ton ami Aubin. Mais cela ne signifie pas que tu n'as pas besoin de ce que moi je peux t'offrir. Bien au contraire. Je ne sais pas ce que c'est qu'une expédition de morts, mais si ça se trouve, ça fait beaucoup moins mal qu'une éponge bourrée de lames de rasoir. Alors, parle, pour l'amour du ciel. Quand tu m'auras dit ce que tu sais, on mangera quelque chose et on boira une bouteille de ce bon vin français qui se trouve comme par hasard dans mon placard. Après ? On verra. On regardera la télé. Ou on jouera au Monopoly. Ou on ira se coucher.

Angelina considéra sa proposition. Lorsqu'elle parla enfin, sa voix semblait venir de très loin. Tendant l'oreille, elle entendit un héron blanc qui battait des ailes dans un ciel chargé de menaces.

— Il y a douze ans, Rick et moi étions à Haïti. Rick avait entrepris des recherches dans le nord de l'île, il habitait Cap-Haïtien. Son sujet, c'était le rôle du *vodoun* dans la révolution de 1791. Il allait souvent à Bois-Caiman, au sud de la ville, là où avait eu lieu la cérémonie *vodoun* qui avait mis le feu aux poudres.

« Un jour, quelqu'un lui a suggéré de se rendre dans une vieille plantation, proche de Bois-Caiman. Un endroit qui s'appelait Petite-Rivière. La majorité des demeures françaises de la région avaient brûlé, à l'époque, mais Petite-Rivière était toujours debout. On avait dit à Rick qu'il y trouverait des documents datant d'avant la révolution.

« Nous y sommes allés ensemble. Il faisait chaud, ce jour-là.

Apparemment, Angelina se souvenait de tous les détails de cette journée : le temps qu'il faisait, les vêtements qu'elle portait, ce qu'ils avaient mangé, les formes que dessinaient leurs ombres sur les murs, le vacarme des grillons dans les champs bruns. Elle était nue sous sa robe, qui lui collait à la peau comme un chiffon humide.

— Nous avons traversé Plaine du Nord et Gallois, puis nous avons tourné à gauche, vers les collines. Petite-Rivière est totalement isolée. Je pense que c'est grâce à cet isolement qu'elle a été épargnée pendant le soulèvement. La piste était très difficile, même en Jeep. Nous y sommes arrivés en milieu de matinée. Il y avait des lichens sur les murs. J'étais furieuse que Rick m'ait obligée à l'accompagner dans cet endroit perdu, mais il avait besoin de moi pour déchiffrer les documents : mon français a toujours été meilleur que le sien.

Elle s'interrompit un instant, comme si les mots lui manquaient. Un pas d'homme, lourd, déterminé, résonna au-dessus de leurs têtes. Elle songeait à l'ondulante beauté des orioles, aux arbres qui projetaient leur ombre bienfaisante sur l'herbe brûlée, à la haie de *sabliers* qui encerclait la maison, telle une barrière de couteaux aux épines pointues, cruelles.

— Petite-Rivière était en mauvais état. Ce que Boukman et ses rebelles n'avaient pas détruit, le temps et le climat s'en étaient chargés à leur place.

A l'origine, la maison avait appartenu à une branche des Pays de Bourjolly, des colons français de La Rochelle. A l'époque de la révolution, le propriétaire en était Jean-Claude de Bourjolly, le représentant local de Riedy et Thurninger, la principale des sociétés négrières de Nantes. Selon les historiens, Bourjolly a réussi à échapper aux massacres, et il s'est réfugié en Amérique.

« Lorsque nous y sommes allés, Petite-Rivière appartenait à une famille de métis qui cultivaient le sisal pour le vendre à une firme américaine basée au Cap. Ils se prétendaient les descendants de la première famille noire à avoir possédé Petite-Rivière après la fuite des Bourjolly. C'est peut-être vrai. Mais ce n'est pas certain. A Haïti, tout le monde se cherche une lignée. Nous sommes tous *ti Guinée,* enfants de l'Afrique, mais nous avons un terrible besoin de racines. Etre noir, cela ne nous suffit pas, parler le *langage* non plus. Il nous faut des noms, il nous faut devenir un peuple avec pedigree.

Elle s'interrompit à nouveau, songeuse : Et elle, où étaient ses racines ? Dans quel sol plongeaient-elles ?

— Ils vivaient dans ces vieilles pièces qui avaient depuis longtemps perdu toute beauté. Pas d'eau courante, pas d'électricité, mais des ombres, venues d'un lointain passé. Le passé de qui ? Cela leur était égal. Sur la véranda, deux vieillards jouaient aux dames en regardant le monde s'éloigner, un peu plus lointain à chaque coucher de soleil. Ils ne nous prêtèrent aucune attention.

« Rick et moi, nous sommes allés dans le grenier, plein de café séché et de crottes de souris, où nous avons découvert une masse de documents dans une grande malle en fer. Ils étaient étonnamment bien conservés. La malle les avait protégés de l'humidité et des bestioles. Et la plupart des papiers étaient parfaitement lisibles.

« Nous avons passé la journée à les parcourir et à les trier, sous le regard d'une fillette de huit ou neuf ans, la benjamine de la famille. Elle était jolie, mais elle avait une sorte de malformation : sa tête semblait sortir directement de ses épaules, formant un angle bizarre, comme si on lui avait cassé le cou, presque comme si on l'avait pendue. Je ne pouvais pas lever les yeux sans croiser son regard attentif. J'ai essayé de lui parler, mais elle n'a pas répondu. Pas une seule fois.

Angelina se tut, hantée par le souvenir de l'enfant, morte peu après leur visite. Le contact de Rick l'avait mentionné au détour d'une lettre. Pendant des mois, Angelina fut obsédée par une image de la fillette, allongée sur la table où Rick et elle avaient étalé les documents, recroquevillée dans sa robe blanche, le cou tordu, l'hymen déchiré par un parent superstitieux de peur qu'elle ne devienne une diablesse après son enterrement. L'innocence est un terreau fertile pour les puissances sataniques.

— Rick a proposé à la famille de lui acheter la malle et son contenu. Ils acceptèrent, en échange de cinquante dollars, des dollars américains, certains d'avoir fait une bonne affaire. Et ils avaient sans doute raison. A quoi leur auraient servi ces vieux grimoires rongés par le temps ? Ils ne savaient même pas lire.

Elle se rappelait leur départ, à la nuit tombée, sous les yeux de l'enfant toujours muette, peut-être déjà attaquée par le mal qui l'emporterait, la piste embourbée, les phares qui éclairaient les feuillages verts, gigantesques, l'odeur de vétiver qui flottait dans l'air moite. Un tambour *kata* les accompagna sur plusieurs kilomètres, le son faiblit peu à peu et le silence, enfin, les enveloppa. Des lumières clignotaient au loin, une procession de gens des collines, rejoignant à pied le *hougfor,* afin de devenir des dieux.

En se remémorant cette nuit, Angelina se demandait si quelque chose aurait pu, à l'époque, l'avertir des dangers futurs. Mais rien ne lui vint à l'esprit. Elle regardait Reuben, ses mains, ses yeux, son visage. Quel aspect aurait-il, quand ils en auraient fini avec lui ? La laisseraient-ils le voir ? La laisseraient-ils le toucher ? La laisseraient-ils l'embrasser, tandis qu'il agoniserait ?

23

La plupart des documents dataient de l'époque des Bourjolly. Des lettres d'armateurs, ainsi appelait-on les négriers français, dans ce temps-là, d'amis de Saint-Domingue ou d'ailleurs, dans les Antilles françaises, des factures, des rôles d'armement, avec force détails sur les cargaisons et les équipages, des minutes de l'Assemblée Provinciale du nord de l'île, et quelques pages d'un *grimoire*...

— Un *grimoire ?*

— Un livre d'occultisme. On en trouve encore beaucoup, à Haïti. *Le Petit Albert,* par exemple, se vend très bien, rue Poste-Marchand. On s'en sert pendant les cérémonies *vodoun.*

— Je vois. Continue.

Elle poursuivit, mais d'un ton moins ferme, comme si ses souvenirs étaient brouillés par la conscience de vérités plus actuelles.

— Il nous fallut des semaines pour tout lire. Nous travaillions ensemble sur les documents, car Rick n'était pas habitué au style du dix-huitième siècle. Mais il se livrait seul aux recherches historiques, et c'était lui qui reliait les faits les uns avec les autres et qui parvint à la synthèse. Une synthèse très cohérente, d'ailleurs, et dont la cohérence se renforça encore avec les années.

Angelina s'arrêta un instant, puis reprit son récit, d'un débit plus précipité.

— Bourjolly était mêlé à quelque chose de très bizarre. Une affaire étrange et effrayante, ainsi qu'il l'écrivit lui-même à un de ses amis de La Rochelle.

— A quelle époque ?

Angelina haussa les épaules.

— Mille sept cent soixante-quinze, soixante-seize. Nous n'avons jamais pu l'établir avec certitude. Ce que nous savons, nous le devons surtout à des hypothèses, à des supputations. Rick a écumé les bibliothèques, en France et à Haïti. Il a passé deux étés enfermé dans la salle des Archives nationales, à Port-au-Prince. Son français du dix-huitième est devenu plutôt bon. Il a ratissé les librairies d'occasion de Paris, il est allé à des ventes à Drouot, il a dépensé une fortune. Mais à la fin, il était devenu le spécialiste du commerce des esclaves entre la France et Haïti.

Sa réticence à poursuivre son récit était manifeste.

— Tu ne m'as pas dit à quelle affaire étrange était mêlé Bourjolly.

Elle frissonna, comme si un vent glacé l'avait effleurée. Les bras croisés sur la poitrine, elle reposa son menton sur sa main, les yeux fixés sur le sol, baissa un instant les paupières, les releva.

— Quelque chose... Quelque chose a débarqué, sur un navire chargé d'esclaves. Ça venait d'Afrique. Quelque chose... ou quelqu'un.

— Je ne te suis plus.

Elle ignora son interruption, toute à l'évocation de ces événements vieux de plusieurs siècles.

— Il eut peur. Très peur. Mais ça le fascinait. Quoi que ce fût, ou qui que ce fût, sa vie en fut transformée. Au début, il en fait mention, rapidement, mais avec le temps, sa correspondance, son journal, prouvent qu'il en devint littéralement obsédé.

Angelina fixait le mur, derrière Reuben. Il commençait à s'effriter, elle se détourna. Idiot de mur ! Pourquoi ne se tenait-il pas tranquille ? Il fallait qu'elle se concentre, sinon le monde entier se mettrait à s'effriter.

— Rick n'a jamais vraiment compris, poursuivit-elle, mais moi, j'ai su presque tout de suite ce que Bourjolly avait découvert. Ce qui était venu d'Afrique. Il était une fois une ville, une ville dissimulée au cœur de la forêt Ituri, au Congo. Aujourd'hui, ce pays s'appelle le Zaïre.

Angelina sourit doucement. On aurait dit un conte de fées, une de ces histoires que lui racontait son père, avant qu'on ne l'arrachât à son amour. Il la prenait sur ses genoux, lui caressait les cheveux de ses grandes mains puissantes, et il parlait, ou lisait. C'était ainsi qu'elle avait entendu *Les Mille et Une Nuits.* Mais ce n'était pas un conte qu'elle révélait à Reuben. C'était la pure vérité.

— Cette ville s'appelait Tali-Niangara, mais les commerçants arabes venus du nord la dénommaient Madinat-al-Suhar, la ville des sorciers. Tali-Niangara était une ville de pierres, dont les murs, disait-on, étaient aussi hauts que les plus hauts des arbres, clôturée par des barricades en bois et en fer, incrustées d'or. Peut-être que ces détails appartiennent à la légende, mais ce qui est vrai c'est que ses habitants étaient sorciers.

— Comment sais-tu tout cela ?

— Mon père me l'a dit quand j'étais toute petite. Une tradition orale, ancestrale, du temps des esclaves venus du Congo, rapportait qu'au cœur même de Tali-Niangara se dressait une citadelle où résidaient les dieux, où ils parlaient aux hommes. La population n'avait pas besoin d'armée. Pour unique bouclier, elle avait la peur. Les peuplades de la forêt et des villages hors de l'enceinte de la ville vivaient dans la plus formidable des terreurs. Ils payaient chaque année leur tribut à Tali-Niangara, après la saison des pluies : bétail, grain, peaux, épices, or et argent, *nkisi* et esclaves. Et, chaque année, ils envoyaient aux dieux de Tali-Niangara des jeunes gens et des jeunes filles qui ne réapparaissaient jamais.

— Mais pourquoi ? Pourquoi acceptaient-ils cette sujétion ? De quoi avaient-ils peur ?

— Tu es juif, tu n'es pas africain. Tu ne peux pas comprendre. Les dieux vivaient à Tali-Niangara. Ils donnaient aux sorciers de la ville un pouvoir de vie et de mort. Et les populations alentour avaient peur de ça. S'ils ne payaient pas leur tribut, leurs récoltes pourriraient, leur bétail mourrait, le gibier disparaîtrait, leurs enfants tomberaient malades et mourraient eux aussi. Mieux valait en perdre quelques-uns plutôt que tous. Les seigneurs de Tali-Niangara n'avaient pas besoin de murailles, ni d'armées.

Angelina se tut, songeuse. Eprouvait-elle, elle aussi, cette même peur, ou la sienne était-elle davantage fondée ? Elle se sentait incapable de répondre à cette question.

— Des siècles durant, rien ne changea, poursuivit-elle, racontant l'histoire comme son père la lui avait racontée, comme son grand-père et sa grand-mère l'avaient racontée avant lui. La forêt grandissait, le fleuve creusait un lit toujours plus profond, et le peuple de Tali-Niangara dansait, chantait et payait son tribut à ses dieux cupides. C'est ainsi que l'histoire m'a été racontée. Les prêtres écrivaient des livres en tifinag, une langue que leur avaient enseignée les commerçants venus des déserts du Nord. Ils inscrivirent les paroles de leurs dieux sur de fines plaques d'or. Tel était l'unique but de leur civilisation : inscrire les oracles de leurs dieux pour qu'ils se perpétuent de génération en génération, et que chaque génération contribue à son tour à cette préservation. On dit que la bibliothèque de la citadelle de Tali-Niangara contenait plus de dix mille livres en or.

« On dit aussi que les prêtres traçaient un cercle d'or à l'intérieur duquel ils écrivaient les paroles de grand pouvoir et le diagramme de la ville, et qu'ils le donnaient à leurs rois, gageant ainsi de leur droit à gouverner et de leur pouvoir de vie et de mort sur la ville et au-delà.

« Voilà ce qu'on m'a raconté, Reuben, dit Angelina en levant les yeux. Quand j'étais très jeune, sur les genoux de mon père. Et des siècles durant, rien ne changea. Puis, un beau jour, des hommes à la peau couleur de lait apparurent aux portes de Tali-Niangara, des hommes avec des épées, des mousquetons et des canons, des hommes qui ne craignaient pas les dieux, ni les prêtres qui les servaient. Le roi et ses conseillers leur offrirent l'hospitalité. On leur jeta des sorts, dans le plus grand secret, mais ils furent sans effet. De même que les malédictions dont ils furent l'objet, sans en être le moins du monde affectés.

« Les étrangers restèrent un mois, ils mangèrent,

burent et se reposèrent. Puis, au plus sombre d'une nuit, ils tuèrent le roi et ses gardes, pillèrent la citadelle, emportant avec eux beaucoup des livres en or, et firent prisonniers cinquante des plus robustes jeunes hommes de la ville, dont sept prêtres. Le matin les trouva au cœur de la forêt, riches d'or et d'une cargaison d'esclaves de premier choix.

« Le convoi avançait lentement, au rythme du fouet, mais la végétation était dense, et la marche pénible. Les négriers ne traitaient pas leurs captifs trop durement, car chaque esclave représentait un lourd investissement, en temps et en argent, qu'ils ne voulaient pas voir mourir en route.

« Mais la forêt était hostile. Les négriers devaient atteindre le fleuve et le descendre jusqu'à la mer avant que leurs navires partent sans eux. Or les dieux de Tali-Niangara avaient entrepris leur lente mais inéluctable œuvre de vengeance.

« L'un après l'autre, les négriers périrent : accidents, morsures de serpent ou, plus souvent, fièvres. Ils abandonnaient peu à peu leurs bagages inutiles. En tout dernier, ils se séparèrent de leurs objets en or, n'en gardant que quelques-uns. La fatalité s'abattit aussi sur les captifs ; ils moururent, nombreux, mais moins nombreux que les maîtres blancs. Lorsque le convoi parvint enfin sur les rives du fleuve Congo, il restait cinq hommes blancs et une trentaine de Noirs, dont quatre prêtres.

« Sur le navire, l'histoire que contaient les survivants souleva un grand intérêt, de même que les quelques objets en or qu'ils exhibèrent secrètement devant le capitaine et ses officiers. Une expédition plus importante et mieux équipée permettrait sans aucun doute de mettre la main sur des richesses insoupçonnées et de magnifiques esclaves. Le navire leva l'ancre une semaine plus tard. La cale n'était pas pleine, mais les hommes avaient hâte de rentrer chez eux, à Liverpool, après avoir débarqué leur cargaison dans les Antilles.

« Bien que l'équipage fût réduit, la peur de la haute mer et les conditions de vie dans la cale maintinrent le calme pendant les premières semaines. Les quatre prêtres, cependant, complotaient sans relâche : avec leurs concitoyens d'abord, puis avec les esclaves venus d'autres régions. Les jours passaient, sans événements marquants. Plusieurs esclaves moururent, de la grippe ou des fièvres. Dans la cale, la puanteur devint intolérable.

« La mutinerie éclata lorsque le bateau atteignit les Caraïbes, au beau milieu de la nuit. La plupart des membres de l'équipage dormaient. Malgré leurs armes, malgré leur meilleure santé, malgré leur connaissance du navire, les marins eurent rapidement le dessous. Les survivants furent torturés pendant une semaine. Ils ne furent pas les seuls. Dès qu'ils eurent pris le contrôle du navire, les citoyens de Tali-Niangara traitèrent tous les hommes comme leurs vassaux, qu'ils fussent noirs ou blancs.

« Ils épargnèrent deux Blancs : le navigateur, un certain Bellamy, et un marchand d'esclaves français qui était monté à bord après le naufrage de son bateau, sur les côtes africaines. Il s'appelait Jean-Claude de Bourjolly, le propriétaire de Petite-Rivière.

« Grâce à ses papiers, nous avons appris beaucoup de choses sur ce voyage. Des choses que mon père ignorait, que tout le monde ignorait. Bourjolly parlait plusieurs langues d'Afrique, il était fasciné par les pratiques religieuses ou magiques des Noirs qu'il avait connus à Haïti. Il avait aidé les hommes de Tali-Niangara à s'assurer le contrôle du navire.

« Il conseilla aux chefs de la mutinerie d'abandonner le navire et de chercher refuge chez les marrons, les esclaves en fuite dispersés dans les montagnes d'Haïti. La chaloupe était assez grande pour transporter tous les survivants de Tali-Niangara, les quelques esclaves qu'ils avaient gardés à leur service, Bourjolly et Bellamy, dont ils avaient besoin pour arriver à bon port.

« Avant d'embarquer sur la chaloupe, les prêtres trouvèrent le cercle d'or de leur roi, ainsi que quelques autres objets sacrés, dans un tiroir de la cabine du capitaine.

« Ils brisèrent le cercle en deux et mirent l'un des morceaux dans la chaloupe, pour qu'il les accompagne dans leur exil. L'autre moitié fut laissée sur place, avec le nkisi d'or et les livres des dieux volés à Tali-Niangara.

« Le plus âgé des prêtres resta à bord du navire. Il prierait pour qu'un sombre vent d'ouest le ramène jusqu'aux côtes africaines, jusqu'à l'embouchure du fleuve Congo, puis lui permette de remonter le fleuve jusqu'à la forêt sacrée. Il parlerait ensuite aux dieux de Tali-Niangara, dans la grande citadelle. Et les hommes de la ville construiraient des pirogues et viendraient chercher leurs frères captifs. Le cercle serait reconstitué. Il y aurait un nouveau roi. Et les dieux de Tali-Niangara se vengeraient. Ce serait le début de la Nuit du Septième Jour. La nuit de la résurrection de tous les morts.

Angelina s'interrompit. Elle avait fermé les yeux, oublieuse du présent. Elle voyait le prêtre, debout, seul à la proue du navire, rêvant d'une forêt qu'il ne reverrait jamais. Elle se demandait ce qu'il était advenu de lui. Le navire avait-il sombré ? Un autre bateau l'avait-il fait prisonnier ? Rick avait passé des années à approfondir la question. Et autant en vaines recherches sur Tali-Niangara. Tali-Niangara et sa fabuleuse bibliothèque de livres en or.

— Est-ce tout ce que tu sais ? lui demanda Reuben.

Elle secoua la tête.

— Pas tout à fait. Bourjolly et Bellamy débarquèrent avec les esclaves, au nord de l'île. On dit que Bourjolly fit tuer le navigateur dès qu'il eut rempli son office. J'ignore quelle histoire inventa Bourjolly pour expliquer pour quelle raison il était sain et sauf, mais il retourna bientôt à Petite-Rivière et reprit son commerce.

« Il garda le contact avec les esclaves de Tali-Niangara, qui comprirent avec le temps qu'aucun secours ne viendrait de leur ville natale, et qu'ils ne retourneraient jamais en Afrique. En quelques années, Bourjolly les installa tous sur ses terres, en leur fabriquant de faux papiers. Le navire ne fut jamais retrouvé. A Petite-Rivière, ils furent bien traités. Bourjolly leur trouva des épouses parmi les esclaves congolaises qui débarquaient à Cap-Français. Ils fondèrent des familles, les prêtres également, car ils n'étaient pas soumis au célibat.

— Mais pourquoi ? Pourquoi Bourjolly faisait-il tout cela pour eux ? C'était lui-même un négrier !

Angelina hocha la tête.

— Il voulait être initié, murmura-t-elle.

— Initié ? Mais à quoi ?

— Au savoir que les dieux de Tali-Niangara avaient transmis à leurs prêtres. Il voulait connaître les sorts, les prières, les mots. Bourjolly voulait devenir sorcier, tu comprends. Il avait étudié les pratiques africaines, en Europe. Mais il avait atteint l'âge de quarante ans, et il ne savait toujours rien. Il connaissait la légende de Tali-Niangara. Avec l'aide des hommes qu'il avait sauvés, il espérait découvrir enfin les réponses à toutes les questions qu'il se posait sans relâche, et avoir accès aux mystères ancestraux.

« Il croyait que Tali-Niangara avait hérité sa connaissance de l'Egypte ancienne, source de toute sagesse selon les Français de l'époque. En ce temps-là, à Paris, les philosophes pensaient que les Grecs avaient perdu la sagesse originelle des Egyptiens, la *prisca sapienta.* Voilà pourquoi il garantit à ces esclaves la vie, la sécurité, la nourriture, des femmes. En retour, il leur demanda la connaissance des choses interdites. Un contrat pas plus malhonnête qu'un autre.

Elle se tut. Reuben la regarda.

— A-t-il obtenu ce qu'il désirait ?

Angelina leva sur lui ses yeux d'opale.

— Oui, répondit-elle. Il fut initié. Il reçut la connaissance. Et le pouvoir. Et l'espoir de l'immortalité.

24

Reuben se leva, pour se dégourdir les jambes et pour tirer les rideaux. Il jeta un coup d'œil dans la rue noyée de pluie. Des feuilles mortes, inexplicablement sèches, crissaient sous un réverbère. Dans son esprit, le puzzle se reconstituait peu à peu ; l'image n'apparaissait pas encore, mais ses contours se dessinaient.

— Mais voyons, dit-il, tout cela s'est produit au dix-huitième siècle, deux cents ans ont passé depuis.

Elle lui lança un regard énigmatique, empreint d'un savoir qui lui était inaccessible.

— Tu crois vraiment ?

— Oui, je le crois. Tu n'as qu'à regarder le calendrier.

— Ici, peut-être. Mais dehors ? Peu leur importe l'époque. Ces gens ne vivent pas selon le même calendrier que nous. Jusqu'à l'arrivée des navires d'esclaves, ils n'en avaient pas. Le temps ne comptait pas. Passé, présent, avenir ne faisaient qu'un tout.

— Quels gens ? Tout à l'heure, tu as dit : ces gens sont dangereux. De qui parles-tu ?

Reuben tourna le dos à la fenêtre, à la nuit.

— Il y a un an environ, quelqu'un a contacté Rick. Il ne m'a pas dit qui c'était, au début. Mais il avait peur. Il a eu peur immédiatement.

« Depuis plus de cinq ans, il écrivait à des gens, il parlait, et il n'était rien arrivé. Bibliothécaires, libraires, professeurs, spécialistes de l'histoire coloniale, de l'histoire de l'Afrique ou du vaudou, tous étaient aussi intrigués par ce que Rick avait découvert. Une de ces personnes a sans doute montré un document à quelqu'un. Ou ce quelqu'un à quelqu'un d'autre. Nous ne l'avons jamais su. Mais il y a eu un coup de téléphone, et une première visite.

Angelina s'interrompit, les mains tremblantes.

— Avant de quitter Haïti, Bourjolly avait fondé une religion. Il l'avait appelée le Septième Ordre. Il croyait qu'il y avait eu, dans l'histoire, six ordres secrets chargés de préserver les vérités de l'occultisme : la Fraternité de Pythagore, les disciples égyptiens de Hermès Trismégiste, les Templiers, les Rosicruciens, les Francs-Maçons et le Prieuré français de Sion. Le sien serait le septième : le dernier, et le plus grand.

« Il le modela en partie selon les rites des ordres magiques européens et en partie selon ceux des sociétés secrètes africaines, comme le Bizango. Son dogme était un mélange d'occultisme occidental et de sorcellerie africaine. Et il prophétisait la résurrection de toutes choses le jour où le vrai roi s'assiérait à nouveau sur le trône de Tali-Niangara. La Nuit du Septième Jour.

« Ses premiers disciples furent ses propres esclaves. Ils en convertirent d'autres. Et lui-même convertit la plupart des membres de sa famille et nombre de ses amis, à Haïti et en France. Lorsque la révolution chassa les Blancs de Haïti, les prêtres de Tali-Niangara prirent la direction de la fraternité. Elle existe toujours, et elle est puissante.

— Ici, à New York ?

— Il y a des disciples ici, oui. Pas des Haïtiens, mais des Américains. Il y en a en France, et dans les anciennes colonies françaises d'Afrique. Ailleurs, peut-être, je ne sais pas.

Elle croisa les doigts, pour les empêcher de trembler. Sa voix était rauque.

— Ils sont venus voir Rick et lui ont suggéré d'abandonner ses recherches. Ça l'a un peu effrayé, mais pas au point d'obéir à leurs ordres. Il s'est contenté de changer d'angle d'attaque. Et ce qu'il a découvert alors l'a effrayé pour de bon.

Elle eut un nouveau frisson.

— Tu as froid ?

Elle secoua la tête.

— Laisse-moi finir. Rick a fait une enquête. Il a demandé à l'un de ses anciens étudiants de l'aider. Filius Narcisse, l'homme que tu as trouvé dans notre appartement. Après la révolution, Bourjolly s'est réfugié aux Etats-Unis. Il a débarqué en Floride, puis il est remonté jusqu'en Nouvelle-Angleterre et a vécu à Nantucket pendant quelque temps. Il s'y est apparemment passé quelque chose de désagréable, et il a dû s'enfuir.

Reuben lui lança un regard curieux. Il se rappelait tout à coup le titre du livre qu'il avait trouvé dans la chambre souterraine : *En guise d'avertissement aux gens de bien, sous forme de rapport au sujet de récents événements survenus à Nantucket.* Un ouvrage écrit dix-neuf ans après la révolution.

— Il est alors venu s'installer à New York, sur cette rive du fleuve. Il a acheté une ferme aux environs du village de Brooklyn-Ferry et un entrepôt sur Front Street.

C'était au tour de Reuben de frissonner. Il commençait à comprendre ce qu'il avait vu au début de la journée.

— L'immeuble où nous habitions, Rick et moi, a été construit sur l'emplacement de la ferme de Bourjolly. Avant, nous habitions à l'ouest du parc. Il y a huit ans, Rick a découvert que, vers 1840, Pierre, le fils de Bourjolly, avait fait construire une série d'immeubles sur l'emplacement de la ferme, et qu'il avait vécu pendant plusieurs années dans celui où nous nous sommes installés.

« L'idée d'habiter cette même maison obsédait Rick. Il avait hérité un peu d'argent, et il a proposé à la famille portoricaine qui habitait notre futur appartement une somme assez élevée pour qu'elle accepte de nous le vendre.

— Quand Bourjolly est-il mort ?

Elle haussa les épaules.

— Je ne sais pas. Personne ne le sait. On n'a retrouvé aucune trace de sa mort. Rick a pourtant cherché longtemps. Il a erré dans des cimetières pendant des semaines, en quête d'une pierre tombale. Mais il a fait chou blanc. Le vieux monsieur avait tout simplement disparu. Peut-être un autre scandale avait-il éclaté. Peut-être avait-il été contraint de quitter Brooklyn comme il avait dû quitter Nantucket.

Reuben fit la moue.

— Non, dit-il. Je ne crois pas. Je t'expliquerai tout à l'heure pourquoi. Tu me parlais de ce que Filius avait découvert ?

— Eh bien, il semble qu'avant même d'arriver dans ce pays Bourjolly avait tissé un réseau, avec des gens qui s'intéressaient à l'occultisme et à la magie, comme lui. Et on y trouvait des personnages en vue. Grâce à eux, il a réuni quelques disciples. Qui sont peut-être responsables des événements de Nantucket. Toujours est-il que certains de ses disciples occupaient des fonctions de premier plan dans la nouvelle république — avocats, professeurs, prêtres, politiciens. A l'époque, les sociétés secrètes étaient très en vogue. Les Francs-Maçons, par exemple, avaient initié George Washington en 1752.

« Au début du dix-neuvième siècle, le Septième Ordre était beaucoup plus qu'un passe-temps intellectuel pour hommes d'influence. Il était devenu une voie d'accès à de puissantes fonctions. Le secret qui l'entourait se renforça. Les membres juraient fidélité, sous peine de mort, et cette menace n'était pas du bluff.

« On y entrait par cooptation. Ceux qui acceptaient la proposition devaient commettre un crime grave : vol, viol, inceste, sacrilège et surtout meurtre. Les dirigeants de la société secrète conservaient une confession écrite de la main du nouvel adepte. Et les gens se tenaient tranquilles.

« Au dix-neuvième siècle, la branche américaine n'avait aucun contact avec le groupe d'Haïti, bien qu'ils aient gardé des relations avec la branche française. Leur pouvoir allait toujours croissant et l'Ordre est aujourd'hui très riche. La qualité des membres a évolué : on y compte toujours des avocats, des sénateurs et des hauts fonctionnaires, mais aussi des industriels, deux magnats de la presse, des promoteurs immobiliers, des agents de change... plus un certain nombre de gens impliqués dans la Mafia.

Angelina s'interrompit ; elle leva des yeux agrandis, où il lut la souffrance et l'expression même de la vérité. Elle ne lui mentait plus et, ce faisant, prenait tous les risques. Il le comprit, et se mit à avoir peur, lui aussi.

— Rick était au courant ? Filius et lui avaient découvert tout cela ?

Elle hocha la tête. Une marionnette, sans peur ni douleur. Vide.

— Pourquoi ne sont-ils pas venus nous voir ? Pourquoi n'ont-ils pas prévenu le FBI ?

Angelina aurait voulu détourner le regard, mais il ne la quittait pas des yeux.

— Il voulait... (La voix lui manquait pour avouer enfin.) Il voulait... Il croyait qu'il pourrait devenir membre, ou, au moins, leur arracher des informations dont il pourrait se servir. Pour écrire un livre qui serait le couronnement de sa carrière et bouleverserait à jamais notre connaissance de l'histoire d'Haïti. Mais, à mon avis, il voulait plus que ça. Ces hommes ont du pouvoir, de l'influence. Rick était ambitieux. Un jour, il a parlé de ses chances d'être nommé conseiller du président pour les affaires des Caraïbes. Il a essayé de jouer au plus fin avec eux. Et ces hommes n'aiment pas ça. Ce n'est pas leur genre.

— Et toi ? Toi aussi, tu joues au plus fin ? Parle, Angelina. L'avertissement, c'était à cause de ça ?

Elle avait le regard vague.

— Regarde-moi, Angelina. C'est pour ça qu'ils t'ont menacée ? Pour que tu ne joues pas à ce petit jeu avec eux ?

Elle secoua imperceptiblement la tête.

— Ils cherchent quelque chose. Et ils pensent que Rick l'avait en sa possession. Quelque chose qu'ils veulent à tout prix.

— Un dossier ? Une preuve ?

Elle secoua la tête à nouveau.

— Ils ont pris presque tous ses dossiers. Ils sont venus, hier ou avant-hier, ils ont emporté tout ce qu'ils pouvaient prendre. Mais il leur manque toujours ce qu'ils veulent le plus.

— Quoi ?

— Le carnet de Rick. Il l'a montré à Filius, il y a un an. Quand j'ai vu Filius, hier, il m'a avoué qu'il leur avait parlé du carnet avant qu'ils ne l'empoisonnent. Il se servait du carnet comme d'un moyen pour entrer dans l'Ordre.

— Filius en était membre ?

— Non, mais il aspirait à le devenir. La cérémonie filmée en vidéo n'était que la première d'une longue série. Elle implique... Je pense que Filius a tué quelqu'un. Voilà comment il avait ce bol de sang. Ils ont tout filmé, pour tenir Filius. C'est encore plus probant que des aveux signés.

— Que s'est-il passé ensuite ?

— Ils n'ont pas trouvé le carnet. Filius ne devait pas savoir où il était. Rick avait une très bonne cachette. Hier, je l'ai récupéré, et je l'ai mis dans un coffre, à la Banco di Ponce.

— Et ils ont transformé Filius en zombi ?

Elle acquiesça, en grimaçant.

— Un zombi, oui. Si tu veux. Mort pendant un certain temps, puis ramené à la vie grâce à un antidote. C'est un secret que les esclaves de Bourjolly ont rapporté de Tali-Niangara. Comment tuer un homme sans le tuer vraiment.

— Mais Rick ? Ils l'ont tué pour de bon, lui ?

— Oui. Lorsqu'ils ont compris que Filius ne les aiderait pas, ils ont attendu que Rick revienne du Zaïre. Ils voulaient le surprendre, mais la vidéo l'avait alerté. Ils ont commis une erreur, avec cette bande. Quelqu'un a dû la laisser pour faire peur à Rick, mais Rick se croyait plus malin que tout le monde. Une fois de plus, il a cru qu'il pourrait mener la danse. Je ne sais pas ce qu'il leur a fait, ni ce qu'il leur a dit. Il a peut-être essayé de négocier. Toujours est-il que ça n'a pas marché. Ils l'ont tué. Et maintenant, ils vont s'en prendre à moi.

— Mais ils ne te tueront pas, parce qu'ils croient que tu as le carnet.

— En effet, mais ils craignent peut-être que je le communique à la police. Ils savent que je suis retournée chez moi.

— Qu'y a-t-il au juste, dans ce carnet ?

— Tout ce que je t'ai raconté, plus des noms, des dates. Rick avait des preuves de ce qu'il avançait. Il était très dangereux, pour eux. Peut-être n'avait-il pas de quoi les détruire, mais il pouvait leur causer des torts considérables.

— C'est tout ?

— Non. Rick avait gardé la trace de toutes ses recherches sur le navire qui a ramené Bourjolly et ses esclaves d'Afrique à Haïti. Il avait presque découvert le nom du bateau, et l'endroit du naufrage.

— Il a fait naufrage ?

Angelina secoua la tête. Ses cheveux tombèrent doucement sur son front, lui cachant les yeux. Elle les repoussa de la main.

— Je ne sais pas. Rick était persuadé que le bateau n'avait pu naviguer bien longtemps. Puisqu'on ne l'avait pas découvert, dérivant dans les parages, et ramené au port, il avait sans doute sombré.

— Quelle importance ?

— Dans le bateau, il y a la moitié du cercle d'or. Pour la Nuit du Septième Jour. Sans elle, le roi ne peut pas revenir.

— Et l'autre moitié ? Ils l'ont ?

Reuben préférait attendre encore avant de lui révéler ce qu'il avait trouvé.

Elle secoua la tête. Ses cheveux ne bougèrent pas, cette fois-ci, et Reuben le regretta : il aimait son geste pour les ramener en arrière.

— Rick croyait que Bourjolly l'avait gardée. Il avait sa petite idée sur l'endroit où elle devait se trouver. Et c'est la raison pour laquelle il voulait tellement habiter notre immeuble. Il pensait que Bourjolly l'avait enterrée quelque part.

— Il n'avait pas complètement tort.

— Je ne comprends pas.

Reuben se rendit dans le séjour. Il en revint avec la boîte qu'il avait prise dans la chambre souterraine et en sortit le paquet de lettres qu'il tendit à Angelina.

Elle les parcourut en silence, l'une après l'autre, en les manipulant prudemment. Un feuillet tomba en poussière entre ses doigts. Elle lut longtemps, puis se redressa.

— Toutes ces lettres sont adressées à Bourjolly par un métis de Cap-Français, un érudit, manifestement. Il devait être le maillon principal entre Bourjolly et l'ordre d'Haïti. Où les as-tu trouvées ?

Reuben lui raconta brièvement leur expédition. Il n'avait plus de doutes : c'était bien la momie de Bourjolly qu'ils avaient découverte.

Il souleva enfin le demi-cercle d'or qui reposait au fond de la boîte et le tendit à Angelina. Le métal était froid, dur, et les inscriptions qui l'ornaient ressemblaient à de mystérieux insectes.

Angelina le caressa lentement.

— C'est du tifinag, murmura-t-elle. Cet objet doit être authentique. Ils te tueront. Ils sont capables de tout pour récupérer ceci.

— Je sais, je sais.

Reuben lui prit le talisman en or et le reposa dans la boîte, qu'il referma.

Le téléphone sonna, un bruit cristallin, aigu, qui les fit sursauter. Reuben décrocha. Il écouta un instant.

— Je descends, dit-il.

Puis il garda les yeux fixés sur l'appareil quelques instants, avant de raccrocher et de regarder Angelina.

— Le capitaine Connelly veut me voir. Il envoie une voiture me chercher. Il ne veut pas dire à quel sujet. Mais il est très nerveux.

Reuben reprit le téléphone et composa un numéro qu'il savait par cœur. Danny répondit immédiatement. Il avait l'air de très mauvaise humeur, et peu enclin à rendre un service à quiconque, mais Reuben insista.

— Viens vite, Danny. Et... Danny ?

— Quoi ?

— Prends ton arme.

Angelina, épuisée, attendait dans le salon.

— Il faut que j'y aille, dit Reuben. Connelly ne m'a pas laissé le choix. Il dit que c'est important. Je ne veux pas que tu restes ici toute seule, j'ai demandé à mon coéquipier de venir. Il sera là dans un quart d'heure, s'il ne traîne pas en route. Sers-toi de l'interphone. Il s'appelle Danny Cohen, un costaud de trente ans. Il te plaira. Ne laisse entrer personne d'autre. S'il te demande ce qui se passe, dis-le-lui.

— Je ne veux pas que tu me quittes, Reuben.

— Je ne serai pas long, je te le promets. Danny s'occupera de toi. Fais-moi confiance.

25

Ecoute. Qu'entends-tu ? D'abord, les battements de ton cœur. Puis le sang, qui afflue et reflue dans ta poitrine. Mais si tu écoutes très attentivement, tu entends aussi le sang couler dans ta tête, un fleuve de sang. Ce sont les seuls bruits qui comptent : quand ils se taisent, et que tu n'entends plus rien, il ne reste que la mort.

Il inspira profondément dans l'obscurité, puis expira. Recommença. Son cœur battait la chamade, incontrôlé. Il se sentait mal depuis qu'il avait repris conscience, et il avait peur. Une peur qui le recouvrait tout entier, l'enveloppait, le submergeait et, tel un enfant trop étroitement bordé dans ses draps, il donnait des coups de pied et se débattait, mais ses liens ne l'enserraient que davantage.

L'obscurité dans laquelle il avait séjourné était indicible. Il les avait entendus le déclarer mort, il avait écouté, horrifié, tandis que l'on clouait son cercueil, que les mottes de terre humide s'y précipitaient, puis ce fut le silence, un silence absolu, où l'on n'entendait plus courir le sang, ni battre le cœur. Mais le pire, c'était de savoir. Savoir qu'ils reviendraient, qu'ils le sortiraient de sa tombe pour l'emmener dans un lieu plus abominable encore.

Quand le bruit des lames avait déchiré la nuit, quand le métal avait attaqué le bois en grinçant, la frayeur lui avait fait perdre la tête.

Ils l'avaient soulevé hors du cercueil et lui avaient fait avaler une abominable mixture de patates douces, de sirop de canne et de concombre-zombi. Le lendemain matin, il en avait ingurgité une deuxième ration, puis on l'avait laissé seul. La conscience était revenue, accompagnée de la démence causée par les agents psychoactifs du concombre-zombi. A moitié fou, il était resté couché par terre, dans le noir, en proie aux démons intérieurs qui lui lacéraient les entrailles, hurlaient à ses oreilles. Vers midi, ils étaient venus le chercher et l'avaient emmené ailleurs, en voiture.

Il avait pris la fuite, le long de tunnels qui sentaient le moisi, en passant par des pièces emplies d'ossements et de choses sans forme ni couleur. Enfin, il s'était trouvé dans une chambre vide, étrange et familière à la fois, comme la femme qui était venue lui parler. Et l'homme était arrivé, l'homme qui avait tant effrayé cette femme. Maintenant, il se rappelait : la femme, c'était Angelina, la chambre était la pièce de son appartement où tout avait commencé : le sang, et le silence haineux. Mais il ne se rappelait pas qui était l'homme. Enfin, ils l'avaient ramené ici, et enfermé dans le noir, derrière une lourde porte verrouillée.

Quelqu'un frotta une allumette et une petite flamme orangée vacilla dans l'obscurité puis se stabilisa. Une main invisible l'avait approchée d'une bougie.

Chante, dit une voix, et une autre voix chanta, lançant ses paroles de plus en plus haut, jusqu'au plafond, où elles restèrent suspendues. Il distingua deux silhouettes d'hommes, l'une plus grande que l'autre, qui lui tournaient le dos. Les hommes étaient vêtus de longues robes brodées noir et rouge qui balayaient le sol. Le plus grand psalmodiait une sorte d'hymne.

Son compagnon alluma une autre bougie; il distingua un autel bas, devant lui. Une troisième bougie s'enflamma, puis une quatrième; le chant s'élevait toujours dans le silence, évoquant la mort de l'amour.

Les flammes éclairaient l'autel, où étaient posées des représentations de la *loa,* flanquées d'images aux couleurs vives. Un *govis* soutenait la *loa* et les esprits des morts. Un crâne de chèvre reposait sur un plat, deux bougies plantées dans ses orbites, les cornes ornées de perles. Un crâne humain, recouvert d'une épaisse couche de cire fondue. Un exemplaire du *Petit Albert* couvert de poussière.

Les hommes se tournèrent vers lui. Ils chantaient tous les deux.

... odâ owèdo mêmê odâ misn wèdo, diêké, Damballah-wèdo têgi nêg ak-â-syel.

Une haute croix de bois se dressait à la gauche de l'autel, drapée de chiffons multicolores retenus par une grosse corde. Au pied de l'autel, des bouteilles, certaines enveloppées dans des sacs en papier, d'autres visibles : du whisky, du vermouth, du cognac. A la droite de l'autel, la *madoule,* le cercueil sacré des sociétés Bizango.

La vue du cercueil raviva un nid de souvenirs qui se bousculaient dans sa tête, impitoyablement.

Qui est ta mère ?
La Veuve, la madoule. Le cercueil sacré.
Qui est ton père ?

Je n'ai pas de père, je suis un animal.
Qui est ton épouse ?
Je suis marié à la tombe.
Qui est ton fils ?
Je n'ai pas d'enfants. Les morts n'enfantent pas.

Il se rappelait les questions et les réponses. Nu, debout devant l'autel, ébloui par les flammes des bougies, après une si longue nuit, il se les remémorait. Les questions. Les réponses. Et le prix à payer.

Le chant s'interrompit. Il restait parfaitement immobile, comme si le poison le paralysait encore. Impassibles, les hommes avancèrent jusqu'à le toucher. Le plus grand parla.

— Filius Narcisse ?

Il hocha la tête, trop terrifié pour mentir.

— Qui est ta mère ?

Les mots ne passèrent pas ses lèvres. Il secoua la tête. On répéta la question.

— Qui est ta mère ?

La réponse monta du lointain passé, il l'articula d'une voix brisée par la peur et par la soif.

— *La Veuve.*

— Qui est ton père ?

— Je n'ai pas de père. Je suis un animal.

Les hommes le prirent soudain chacun par un bras. Il ne résista pas. Il se laissa entraîner, les jambes molles, tremblant de tous ses membres.

Dans le mur latéral du *bagui,* s'ouvrait une porte basse et étroite, ornée d'un *vévé* rouge. Il la franchit et pénétra dans une petite pièce ronde et nue, aux murs et au plafond peints en blanc. Une ampoule nue éclaboussait d'une lumière crue les murs blancs, blessant ses yeux habitués à l'obscurité.

Dans la pièce, on entendait un son indistinct, aux

rythmes irréguliers, qui tantôt s'amplifiait, tantôt s'estompait, le glaçant jusqu'aux os. Il venait de sous le plancher, et montait par des rangées de petits trous, percés dans des espèces de plaques d'égouts. Ce n'était pas tant un balbutiement de voix incohérentes qu'un long gémissement de désespoir.

Il aurait pris ce son pour des voix d'animaux, de choses sans âme, s'il n'avait su qu'elles étaient humaines. Ou du moins qu'elles l'avaient été.

L'un des couvercles avait été déplacé de façon à livrer passage à un homme.

Comme sur un signal, le plus grand des hommes le fit tourner sur lui-même tandis que son compagnon lui passait une corde et un harnais sur la tête et autour des épaules. Il appela au secours, bien qu'il sût qu'il n'y en avait aucun à espérer. Lorsqu'il cria, le gémissement s'intensifia, comme pour lui répondre. Ils avaient oublié le langage, en même temps que leur humanité. Avec le temps, il finirait par comprendre parfaitement leurs balbutiements inarticulés. Se parlaient-ils, dans l'éternité de leur nuit ?

Les deux hommes, indifférents à sa résistance acharnée, le poussèrent dans le trou. Dès que ses pieds y furent engagés, il cessa de lutter. L'homme de haute taille se pencha sur lui et lui murmura des paroles en une langue morte depuis bien longtemps, les dernières paroles proférées par une voix humaine qu'il entendrait. Les deux hommes commencèrent à le descendre dans l'étroit boyau. Alors, il hurla.

La pierre rêche écorchait ses hanches et ses épaules tandis qu'il s'enfonçait toujours plus profondément au bout de la corde qui tournoyait lentement. Deux mètres, trois mètres, ça n'en finissait pas. Le rond de lumière au-dessus de sa tête rétrécissait de plus en plus.

Cinq mètres. Il sentit le sol sous ses pieds. Sans force, il allait se laisser tomber. Mais ce soulagement lui était interdit. Le boyau n'était pas assez large pour qu'il pût même s'accroupir. Ses genoux heurtèrent les parois, ses fesses raclèrent l'inébranlable mur de pierre.

Il sanglotait. Une petite secousse, presque imperceptible, et le harnais se décrocha et remonta rapidement, au bout de la corde. Il le perdit bientôt de vue. Son dernier contact avec le monde d'en haut ! On avait coupé son cordon ombilical.

On lui avait dit que certains duraient dix ans, vingt ans. Quarante ans, même. Aveugles, déformés, dénués de toute humanité. Il ne comprenait pas pourquoi ces êtres mangeaient la nourriture qu'on leur apportait un jour sur deux. Mutilés, à demi fous puis déments, souffrant mille morts, ils s'accrochaient à la vie. Il ne pouvait exister de pire horreur que celle-là.

Il entendit un grincement au-dessus de sa tête. Le couvercle se remit en place, inscrivant le mot fin sur toutes choses humaines. Le gémissement monotone s'interrompit pendant une seconde qui sembla durer une éternité. Un silence surnaturel s'abattit sur la pièce et seul l'écho de la pierre heurtant la pierre le déchira. Des pas s'éloignèrent. Une porte s'ouvrit et se referma. Un rire. Un sanglot.

La lumière restait allumée. Ainsi pouvait-on voir, hors d'atteinte, dix-neuf trous minuscules, brillant dans l'obscurité éternelle. Comme autant d'inaccessibles et minuscules étoiles.

26

Reuben n'avait jamais vu l'homme qui l'attendait dans la voiture de ronde. Le visage carré, les lèvres minces, il ne parla plus après s'être sèchement présenté. Lorsque Reuben s'enquit de leur destination, il haussa les épaules.

— Je vous accompagne là où se trouve le capitaine Connelly, comme j'en ai reçu l'ordre.

— Je ne vous ai jamais vu au commissariat. Vous venez d'être transféré ?

L'homme ne dit rien.

Ils longeaient en silence des rues sans mémoire. Brooklyn était en perpétuelle mutation. Les vieilles boutiques aux enseignes en yiddish datant de l'enfance de Reuben avaient cédé la place à des commerces aux noms hispaniques ou antillais. Des églises, comme la Sainte-Trinité-de-l'Eglise-d'Amérique, avaient remplacé les synagogues. Il ne croisait plus de visages familiers. Dans la voiture, la chaleur était intense. L'épaisse vitre du pare-brise nimbait toutes choses d'un voile flou, comme si l'on visitait une cité engloutie.

Ils traversèrent le Queens et Nassau County et sortirent de la ville pour pénétrer dans les zones semi-rurales de Long Island. Reuben s'assoupit un instant et se réveilla dans une obscurité que ne trouaient que les lumières des phares du véhicule : une route blanche, de pauvres haies, des arbres marqués par l'hiver. Ils dépassèrent une ferme, que les ténèbres avalèrent bientôt ; un moulin à vent, dont la brise marine agitait doucement les ailes ; un cheval, dans un champ silencieux, qui renâclait.

Ils atteignirent enfin une maison de style colonial que dissimulaient des ronces et un rideau d'arbres. Une seule fenêtre était éclairée, dans le belvédère. Le rez-de-chaussée et le premier étage étaient plongés dans l'obscurité. On aurait dit un navire, se détachant sur la nuit.

L'agent de police y fit entrer Reuben sans prononcer un mot. Il semblait connaître les lieux. Un interrupteur situé à droite de la porte éclaira un long couloir et un escalier à la rampe blanche.

— Montez. On vous attend.

L'escalier menait directement au second étage. Guidé par un rai de lumière au ras du sol, Reuben foula la moquette d'un couloir interminable, percé de nombreuses portes fermées. Son cœur battait irrégulièrement, l'air parvenait difficilement jusqu'à ses poumons. Il faisait froid dans la maison, humide, aussi. On entendait le tic-tac d'une horloge, quelque part. Une dernière volée de marches, en colimaçon, menait à un espace éclairé.

Reuben les gravit lentement, une par une, et parvint dans une pièce surmontée d'un dôme en verre, où le surprit un air chaud ; il se trouvait dans une espèce de serre tropicale, à la végétation luxuriante : fleurs exubérantes, vives couleurs, feuillages touffus, orchidées majestueuses et maléfiques.

Le capitaine Connelly était assis dans un fauteuil

en rotin, à la gauche de Reuben. Son corps massif y trônait comme une main d'homme dans un gant de femme ; il semblait nerveux, mal à l'aise, et n'adressa pas la moindre parole de bienvenue à Reuben. De la sueur perlait à son front, et sa chemise était tachée de transpiration.

Un peu à l'écart, leur tournant le dos, un homme élancé regardait par la fenêtre.

Reuben s'approcha de Connelly, qui le fixait sans mot dire. Le deuxième homme se retourna : élégant, la cinquantaine, rasé de près, cheveux coupés très court. Un front large surmontait d'épais sourcils et un nez pointu. Sa joue droite était barrée d'une fine cicatrice, précise comme une lame de rasoir. Il parlait d'une voix douce, qui révélait une intense énergie, nerveuse et tout intérieure. Energie, force, violence, peut-être. La plus indirecte des violences, la mieux contrôlée.

— Avez-vous remarqué, lieutenant, comme il fait noir dès qu'on sort de la ville ? Dans l'univers, il y a plus d'obscurité que de lumière. Un jour, elle le recouvrira.

— Qui êtes-vous ? Que me voulez-vous ? demanda Reuben.

— Vous parler, c'est tout. (L'étranger s'interrompit et désigna un siège en rotin, identique à celui où était assis Connelly). Je vous en prie, lieutenant, asseyez-vous. Ce ne sera pas long.

Reuben s'assit de mauvaise grâce. L'étranger tira une chaise et s'installa en face de lui. Une enseigne fluorescente clignotait au loin. Il n'y avait pas d'étoiles dans le ciel, au-dessus du dôme en verre.

— Le capitaine et moi, nous venons d'avoir une longue et intéressante conversation. N'est-ce pas, capitaine ?

Connelly ne dit rien. On l'aurait cru hypnotisé. Il regardait, il écoutait, mais il était absent.

— Nous avons parlé de l'affaire Hammel. On a dû vous prévenir que vous étiez suspendu. Cependant, en étudiant de plus près votre cas, nous avons décidé de ne pas tenir compte de cette décision, et de vous confier une autre mission. Les détails, vous les aurez demain. Je vous prie donc de ne plus perdre votre temps, ni celui de n'importe qui d'autre, en poursuivant votre enquête sur l'affaire Hammel. Vous n'obtiendrez pas de réponse. Il n'y a pas de réponse. L'affaire est close. Pour de bon.

— Qui êtes-vous ? demanda Reuben pour la deuxième fois.

L'étranger le toisa d'un œil froid, comme si la question n'avait pas de sens.

— Quelle importance, lieutenant ? Je vous ai fait venir ici ce soir par pure courtoisie. N'en abusez pas, je vous en prie. Je m'exprime au nom de la plus haute autorité, soyez-en persuadé. Tout ceci a été décidé au plus haut niveau. Vos ordres sont de ne mentionner cet entretien à personne. Vous comprenez ?

— L'autorité de qui ?

— Je vous l'ai dit. La plus haute. Faut-il que je sois plus clair ? Il s'agit d'une affaire concernant la sécurité de l'Etat, et non d'une banale histoire de police.

— A quel corps appartenez-vous ? Au FBI ?

— Je n'ai pas le droit de vous répondre. Votre supérieur se porte garant de moi. Si cela vous fait plaisir, appelez-moi Smith.

Smith croisa les bras. Il avait tous les atouts en main, et il le savait.

— Ne vous mettez pas en travers de ma route,

lieutenant, c'est un bon conseil que je vous donne. J'exige votre coopération, pleine et entière.

— Et si je refuse ?

— Je me verrai dans l'obligation de vous faire arrêter, pour obstruction. Je vous préviens, lieutenant, il s'agit d'une affaire extrêmement grave. Vous n'avez pas intérêt à me dissimuler la moindre information, ni à me tromper en quoi que ce soit. Mais nous perdons notre temps. Je suis certain que vous avez compris ce que j'attends de vous. Et que je sais comment l'obtenir. Maintenant, j'aimerais que vous me racontiez ce que vous avez découvert aujourd'hui. Dans ce tunnel.

Reuben hésitait. Que venait faire le FBI dans cette histoire ? Etaient-ils au courant des relations entre l'Ordre et la Mafia ? Dans ce cas, pourquoi ne pas le dire ouvertement ? Et pourquoi clore l'enquête ?

— Tout cela sera dans mon rapport... monsieur Smith.

Smith secoua la tête.

— Il n'y aura pas de rapport, lieutenant. Vous me suivez ? Il n'y aura que votre déclaration orale de ce soir. Pour ma tranquillité.

Reuben savait qu'il ne pouvait rien faire. Smith était du bon côté du manche, que ce soit le FBI ou une autre agence. Il narra donc par le menu les découvertes qu'il avait faites avec Danny. Cependant, il ne mentionna ni les lettres ni le demi-cercle d'or. En espérant que Danny agirait de même.

— Et maintenant ? demanda-t-il lorsqu'il eut terminé. Que va-t-il se passer ?

— Que voulez-vous dire ?

— Ces choses dans le tunnel. Les livres.

Smith se cala dans sa chaise.

— Il ne se passera rien du tout. Il ne leur arrivera rien. Ils resteront où ils sont. Ces tunnels sont très dangereux pour la santé. Je ne serais pas étonné que vous ou M. Cohen y ayez attrapé une maladie très désagréable. Ordre a été donné de les murer et, éventuellement, de les combler.

Les mains charnues de Smith reposaient sur les bras du siège en rotin, mais la droite était dissimulée aux regards. Derrière lui, les feuillages vert sombre se détachaient sur le ciel.

— Poursuivons, lieutenant. Je désire savoir ce que vous a dit la femme Hammel. On m'a signalé qu'elle habitait chez vous, depuis quelques jours. Très charitable de votre part. Depuis le temps, elle a bien dû vous révéler quelques faits marquants.

— Nous n'avons parlé de rien qui puisse vous intéresser.

Un changement subtil intervint dans la voix de Smith. L'urbanité fit place à la menace, une menace presque tangible, aussi réelle qu'une lame de couteau.

— Je puis vous garantir, lieutenant, que tous les propos que vous avez échangés, Mme Hammel et vous, m'intéressent au plus haut point.

Reuben se leva.

— J'aimerais m'en aller, maintenant.

— Je ne vous le conseille pas, lieutenant. Asseyez-vous, s'il vous plaît.

Le prétendu Smith ne fit pas le moindre mouvement. Tout était dans la voix.

— Vous me menacez ?

— Je ne sais pas. Vous sentez-vous menacé ?

— Oui.

— Excellent. C'est exactement le but que je poursuis. Asseyez-vous, s'il vous plaît.

Smith se retourna vers Connelly.

— Capitaine, auriez-vous l'obligeance de montrer au lieutenant Abrams les objets que vous avez bien voulu m'apporter ?

Connelly leva les yeux, comme si on le tirait d'un cauchemar. Il hocha la tête et se pencha pour saisir une serviette posée à ses pieds. Il en sortit une grande enveloppe, qu'il passa à Reuben.

Ce dernier l'ouvrit et en étala le contenu sur ses genoux. Il s'agissait d'une vingtaine de photographies en couleurs d'enfants, filles et garçons, entre cinq et treize ans. Tous étaient nus ou presque, et leurs poses pouvaient passer, aux yeux d'esprits malades, pour érotiques. Reuben connaissait ces photos.

Il les avait trouvées un an plus tôt dans un appartement où un crime avait eu lieu. L'enquête avait révélé l'existence d'un réseau de pédophiles à Brooklyn Heights. Il y avait eu des arrestations. La plupart des affaires n'étaient pas encore jugées. Les photographies n'avaient pas encore été exhibées devant la cour.

— Déplaisantes, vous ne trouvez pas ? Dénichées dans votre casier, au commissariat. Heureusement pour vous, elles ont été remises au capitaine Connelly, ici présent, qui ne les a pas encore transmises à la police des polices. Je suis convaincu, lieutenant, que vous comprendrez aisément à quel point votre vie pourrait devenir difficile s'il devait finalement s'y résoudre.

C'était donc cela, se dit Reuben. Pur et simple chantage, très efficace. Ils pouvaient cacher ces photos, ou d'autres du même genre, n'importe où : dans son bureau, chez lui, ou même dans son coffre à la banque. Dans cette affaire, il avait manipulé de très nombreuses photos, qui portaient donc ses empreintes.

Reuben se leva, regarda Connelly, puis Smith.

— Je voudrais qu'on me reconduise chez moi.

— La voiture vous attend en bas.

Reuben tourna le dos et se dirigea vers l'escalier.

— Faites attention, lieutenant. (Smith s'exprimait d'une voix douce, persuasive, presque séductrice. La chaleur de la petite jungle montait derrière lui, vaporeuse.) Réfléchissez à ce que je viens de vous dire. Réfléchissez bien. Et, lieutenant...

Reuben se retourna. Les deux hommes le regardaient.

— Prenez garde !

27

Fais-moi confiance. Il n'y avait pas de mot plus dangereux, dans n'importe quelle langue. Mais Angelina n'avait confiance en personne, pas même en elle.

Après le départ de Reuben, le silence devint aussi menaçant qu'un cri retenu, il l'agressa jusqu'à ce qu'elle presse ses mains contre ses oreilles pour l'enfermer, le maintenir à l'écart de la nuit qui régnait.

Danny arriva dix minutes plus tard, un peu nerveux. Il avait prévu de passer la soirée seul, et de noyer son chagrin dans quelques verres ; monter la garde devant la porte de la nouvelle petite amie de Reuben ne faisait pas partie de ses projets. Angelina avait peur, elle était mal à l'aise, Danny n'avait pas la moindre envie d'être là. Le sermon de Connelly avait porté ses fruits. Danny ne s'intéressait pas au sort d'Angelina, et il trouvait particulièrement ennuyeuse la tâche de garde du corps.

Ils s'entretinrent de choses et d'autres. Puis Danny dénicha une bouteille de Glenfiddich et leur en servit deux généreuses rasades. Après tout, il n'était pas en service commandé.

Il se demandait si la jeune femme était au courant des récents événements. Reuben lui avait-il tout raconté ? Connelly excepté, Danny n'avait parlé à personne de tout ce qui le hantait encore : le long tunnel, la pièce aux cages, la bibliothèque et son gardien aveugle.

Le temps passait. Le niveau de la bouteille de whisky baissa considérablement, Danny but beaucoup. Angelina lui parla des lames de rasoir, et de la façon dont, à son avis, ils avaient retrouvé sa trace. Tout était calme et tranquille dans l'appartement, mais la tension était perceptible, et les divers sujets de conversation qu'ils abordèrent n'y changeaient rien. Elle mentionna plusieurs fois Rick, et ses paroles reflétaient à la fois le chagrin et le soulagement. Danny répondait par monosyllabes ; il semblait absent, comme si son esprit flottait entre deux eaux.

Il se mit à faire froid, et Angelina alluma le chauffage au gaz. Les petites flammes orangées dispensèrent chaleur et illusion de confort. Depuis quand n'avait-elle pas vu le soleil briller ? Un vrai soleil ?

— Reuben avait beaucoup de photos, dit soudain Danny. Des photos de famille, qu'il disposait partout. Vous a-t-il dit ce qu'il en avait fait ?

— Elles ne sont plus là. Reuben les a jetées. Il les avait assez vues.

Danny, perplexe, la regarda en coin, convaincu qu'elle mentait.

— Reuben n'aurait jamais fait ça, dit-il enfin. Il adorait sa famille.

— Je sais, dit Angelina à voix basse. Et pourtant, vous voyez !

Danny regardait les reflets des flammes bouger dans ses cheveux ; il ne dit rien, mais songea que

Reuben la trouverait belle. Peut-être l'était-elle, d'ailleurs. Danny n'était pas exigeant, en matière de femmes. Reuben était différent.

— Avez-vous couché avec Reuben ? demanda-t-il, stupéfait de son effronterie.

— Oui.

Il lui lança un long regard. Oui, se dit-il, Reuben savait comment émouvoir une femme comme ça, comment lui parler.

Elle se pencha vers lui.

— Parlez-moi de Reuben. Il m'a dit que vous étiez son meilleur ami. Que vous vous connaissiez depuis longtemps.

Danny hocha la tête. Angelina repoussa une mèche de cheveux qui lui barrait l'œil. Les éclairs de lumière jouaient sur sa peau, y projetant des reflets cuivrés. Reuben devait la trouver mystérieuse, froide, belle.

— C'est l'homme le plus solitaire que je connaisse. Il a une famille, des amis, il n'est presque jamais seul, mais il est aussi solitaire que s'il habitait sur la lune. Solitaire et déboussolé. Mais il ne se l'avouera jamais.

— Déboussolé par quoi ?

Danny haussa les épaules.

— Par la vie, je suppose. Non, je me trompe. Par le bien.

— Je ne comprends pas.

— Reuben a été élevé dans la foi en le bien, en la vertu. Ses parents sont des juifs croyants. Ils lui ont appris à croire à la bonté de Dieu, à la bonté de l'univers, qui protège les hommes. Malgré l'holocauste. Pire encore : à cause de l'holocauste. Voilà ce qu'ils lui disaient.

Danny s'interrompit, fasciné par l'éclat doré de la peau d'Angelina.

— Mais cette bonté, Reuben ne la voit pas. Et il ne s'en console pas. Il pense que Dieu est en partie mauvais, qu'il n'y a peut-être pas de Dieu du tout. Mais Dieu a rempli son enfance, et il n'arrive pas à se débarrasser de Dieu sans se débarrasser de son enfance. Et il ne peut pas se débarrasser de son enfance sans se débarrasser de ses parents, mais il les aime. Et ça le déboussole. Où qu'il regarde, il voit le mal, alors qu'on lui a appris à s'attendre au bien.

— A cause de son métier ?

Danny secoua la tête. Il but encore une gorgée de whisky, malgré le goût aigre que le breuvage lui laissait désormais dans la bouche.

— Non. Pas à cause de son métier. A cause de sa personnalité. Ça n'aide pas, bien sûr, mais Reuben aurait des reproches à faire à Dieu même s'il était rabbin. Ce qui n'est pas le cas.

— C'est ce qui le rend solitaire ?

Danny hésita avant de répondre.

— Sans doute, oui, dit-il enfin. Je n'y avais jamais pensé, mais ça doit être ça. L'univers n'est pas assez plein pour lui. Il essaye de le remplir avec des souvenirs, mais ce qu'il cherche, au fond de lui-même, c'est le bien. Pas l'amour, ni l'harmonie. Le bien.

— Et les femmes ? Il y a quelqu'un dans sa vie ?

Le cœur d'Angelina battait irrégulièrement. La solitude de Reuben l'entraînait vers lui, irrésistiblement.

— Il y a vous.

— J'ai couché avec lui une fois, la nuit dernière. Ça ne compte pas.

— Il n'a personne d'autre.

— Et avant ?

Le silence s'éternisa entre eux. Lorsque Danny reprit la parole, sa voix avait changé.

— Reuben a été marié. Il vous l'a dit ?

Elle hocha la tête.

— Sa femme s'appelait Devorah. Elle était incroyablement belle. Ils étaient amis d'enfance, ils ont grandi dans la même rue. Ils passaient leur temps ensemble. Quand ils se sont mariés, elle avait dix-neuf ans et Reuben vingt et un.

— Ils étaient heureux ?

— Oui. Très heureux. Je n'ai jamais vu de gens plus heureux. Ça a duré quatre ans.

— Qu'est-il arrivé ?

Le silence s'installa à nouveau entre eux.

— Vous pouvez me le dire, insista Angelina.

— Il y a eu un accident. Ils passaient leurs vacances avec leur fille, Davita, dans un village de vacances juif du Massachusetts. Vous savez, une série de petites villas, disséminées au bord d'un lac. Un matin, très tôt, Devorah et Reuben sont allés nager. Au milieu du lac, il y avait un courant assez fort. Devorah, qui n'était pas très bonne nageuse, s'arrangeait en général pour l'éviter. Mais ce jour-là, elle n'a pas fait attention. Reuben l'a perdue de vue, puis, tout à coup, il l'a aperçue, qui se débattait. Il a fait ce qu'il a pu, mais il n'a pas réussi à la sauver. Et il ne se l'est jamais pardonné.

Danny détourna ses yeux pleins de larmes.

— Et leur fille ?

— Elle vit avec les parents de Devorah. Reuben n'aurait pas pu s'en occuper tout seul. Ils l'ont adoptée. Il va la voir aussi souvent qu'il le peut, au Canada. C'est là qu'ils habitent depuis l'accident.

Danny se tut à nouveau. Il se demandait ce que Reuben avait fait des photos de Davita. Angelina, debout près de la fenêtre, ne disait rien.

La rue était déserte. Différente, comme toutes les rues lorsqu'il n'y a personne. Mais Angelina ne se faisait aucune illusion. Ils étaient là, quelque part. Dans de luxueux appartements, des bureaux vitrés, des halls en marbre, de longues limousines, de splendides jardins intérieurs, au sommet d'escaliers en colimaçon, prêts à descendre dans les tunnels de la plus profonde des nuits, dans des cimetières peuplés d'ombres. Ils étaient là. Ils attendaient.

28

Angelina s'éveilla en sursaut d'un rêve de cicatrices et de beauté détruite. Le vent s'était de nouveau levé, il vacillait dans les rues obscures comme un ivrogne, éructant des gouttes de pluie pareilles à du mauvais vin sur les trottoirs délavés. Elle l'écouta rugir, sans bouger de son lit ; mais quelque chose lui disait que ce n'était pas le vent qui l'avait arrachée au sommeil. Le réveil au chevet du lit indiquait 1:15. Reuben aurait dû être de retour depuis longtemps.

Le vent se calma pendant quelques secondes et un silence rageur emplit la nuit. Un silence qui ressemblait à celui qui s'installe entre le *rada* et le *petro,* dans le mince espace qui sépare l'amour de la luxure, un silence à faire trembler les dieux. Il se passait quelque chose, elle le savait. Les rafales de vent reprirent leur hululement haletant.

Elle écarta de son corps nu les draps et les couvertures et se leva en frissonnant. Elle enfila prestement une robe de chambre en coton qui traînait au pied du lit. Sa main se posa sur l'interrupteur, mais elle se ravisa et la retira.

Le couloir était silencieux. Après qu'elle s'était couchée, Danny était resté dans le salon. Elle avait envie de l'appeler, mais la peur l'en empêcha. Ils étaient là, elle le sentait. Elle le savait. Retenant son souffle, elle avança lentement. Il fallait rejoindre Danny, à tout prix.

Un mince rai de lumière soulignait la porte du salon ; elle s'y dirigea comme au ralenti, tous ses poils hérissés comme avant le passage de la lame du rasoir. La porte semblait distante de plusieurs kilomètres, minuscule, hors d'atteinte. Le silence bourdonnait à ses oreilles, lui donnant le vertige.

Une éternité plus tard, elle l'atteignit enfin. Si seulement elle avait pris une arme, n'importe quoi, un bâton, une chaussure, elle aurait pu se défendre. Avec l'impression que la poigne d'un géant lui comprimait le cœur et la poitrine, elle posa la main sur la poignée et ouvrit. La lumière inonda le couloir, la noya.

Elle hurla, ou du moins le crut, mais le cri ne franchit pas ses lèvres. Danny était assis à la même place. Sa mort avait dû être instantanée. Le fil s'était enfoncé proprement dans sa gorge, la tranchant de part en part.

On marcha derrière elle. Elle fit volte-face en étouffant un gémissement. Un homme de haute taille sortait de la cuisine, un revolver muni d'un silencieux à la main.

— Vous n'êtes pas raisonnable, madame Hammel. Nous vous avons fait parvenir un avertissement, et vous n'en avez pas tenu compte. Nous vous avons conseillé de rentrer chez vous, à Haïti, d'oublier tout cela, mais vous êtes restée, et vous nous narguez.

L'homme s'exprimait d'une voix calme, il respirait régulièrement. Elle chercha un peu de compréhension dans ses yeux, mais n'en trouva aucune. Il parlait d'Haïti, de son retour chez elle, mais elle savait qu'il était trop tard pour cela ; il n'y aurait plus, pour elle, de voyage sur les eaux sombres, mais seulement le froid d'une nuit d'hiver à Brooklyn, le vent soufflant entre les immeubles, et le visage triste de son assassin, penché sur elle.

— Le lieutenant Abrams ne peut plus vous aider, désormais, dit-il. Vous êtes seule. Vous savez ce que je veux. Si vous me dites où le trouver, je ne vous ferai aucun mal.

Elle comprit qu'il avait pris Danny pour Reuben. Une toute petite erreur, mais elle s'y raccrocha, comme un pendu se raccrocherait au vent.

Il avançait vers elle, maintenant. Lentement, d'un pas déterminé, conscient de sa force, vigilant. Sa haute taille suffisait à l'intimider.

Angelina recula, tremblante de peur, sans quitter l'homme des yeux. Que Reuben revienne, tout de suite, supplia-t-elle intérieurement. Mais une pensée soudaine la fit vaciller sur ses jambes. Et s'il était déjà rentré ? Et s'il était mort, lui aussi ?

Prise de panique, elle se saisit de la bouteille de Glenfiddich vide et la fracassa contre le coin de la table, projetant des éclats de verre sur le tapis.

— N'avancez pas !

L'homme se contenta de sourire, sûr de lui, de sa force, ignorant la menace qu'elle représentait. Cependant il avait eu plus d'une occasion d'apprendre l'efficacité d'une bouteille brisée, manipulée par une main décidée. Il pouvait tirer, bien sûr, mais c'était un risque qu'il préférait ne pas courir. Si elle mourait, ils ne trouveraient peut-être jamais ce qu'ils cherchaient. Il remit le revolver dans son holster.

Il n'était qu'à un mètre d'elle, l'acculant dans la

pièce comme un chien de berger ramène un mouton. Elle trébucha contre un lourd tabouret et, pour reprendre son équilibre, battit l'air de son bras armé de la bouteille. L'homme recula vivement, vacilla une seconde. Angelina saisit sa chance : elle bondit en avant, le visant au visage. Le verre lui entailla la joue juste sous l'œil gauche, fendant les chairs jusqu'à l'os.

Du sang gicla sur le tapis. L'inconnu trébucha mais, au moment où Angelina reprenait son élan pour le frapper encore, il lui attrapa le poignet, le tordit, lui fit lâcher la bouteille, qu'il éloigna d'un coup de pied. Puis il la jeta à terre et, l'écrasant de tout son poids, sans se soucier de sa blessure qui saignait abondamment, il lui serra le cou entre ses deux mains. Du sang coula sur les joues, la bouche et les yeux ouverts d'Angelina.

Elle se débattit de toutes ses forces, cracha, griffa, mais il la tenait bien, et ses doigts s'enfonçaient dans sa chair comme l'acier. Sa défense faiblit, ses coups s'espacèrent, puis cessèrent tout à fait. Le noir se fit dans son esprit, sous ses paupières et, malgré ses efforts désespérés, elle ne respira plus.

Il lui lâcha alors la tête, qui tomba en arrière, par terre. Son visage et son cou étaient inondés de sang. Encore tremblant, l'homme se redressa.

— Maintenant, murmura-t-il en grinçant des dents de douleur, on va pouvoir commencer.

29

Reuben se gara au coin de la rue, puis coupa son moteur. Le rugissement du vent emplit immédiatement la nuit. Phares éteints, il laissa son regard se perdre dans l'obscurité. Les nuages se bousculaient frénétiquement contre la lune pâle. Il appuya sa tête sur le volant. Le plastique était frais, mais peu accueillant ; son épuisement absolu méritait plus de confort, mais ses membres engourdis, comme emprisonnés dans du béton, refusaient de lui obéir, et il avait une horrible migraine.

On l'avait ramené devant sa porte deux heures plus tôt. Un chauffeur différent, dans une voiture banalisée, une Lincoln immatriculée à Washington, tout aussi laconique que le premier.

Reuben avait regardé s'éloigner la Lincoln, puis il était monté dans sa propre voiture et s'était rendu au commissariat. Kruger était de garde. Enfin une bonne nouvelle ! Pete Kruger n'était pas du genre à se précipiter chez Connelly pour l'informer de sa visite nocturne.

Il était descendu aux archives, en espérant découvrir un semblant d'explication à ces événements bizarres. Il y avait passé une heure. Puis, hagard, les mains moites, les yeux fixés sur le mur blanc, il avait dû se rendre à l'évidence. Il n'y avait pas de dossier. Cette affaire n'existait pas. Pas de rapport d'exhumation, aucune trace d'une enquête sur les liens entre le crime organisé et Haïti. Rien sur Richard Hammel. Rien sur Filius Narcisse. Rien sur Aubin Mondesir.

Il avait essayé de joindre Sally au numéro qu'elle lui avait donné, mais sans résultat.

Assis dans la voiture, il contemplait une rue aussi vide que lui. Au-dessus de sa tête, des branches folles griffaient l'obscurité ambiante, dans un vacarme de cauchemar. Reuben avait froid, faim, il se sentait malade et n'avait qu'une envie : dormir.

Il sortit péniblement de la voiture. Le déluge s'abattit sur lui tandis qu'il verrouillait la portière. Il se retourna et leva les yeux vers ses fenêtres.

Il se passait quelque chose. Son cerveau embrumé luttait pour comprendre le signal de danger que ses yeux venaient d'enregistrer. Il s'adossa à la voiture et se concentra.

Et il comprit. Il n'y avait pas de lumière dans le salon. Il aurait dû y en avoir. Danny détestait tirer les rideaux. S'il avait été là, ils auraient été ouverts et on verrait un flot de lumière par la fenêtre. Il était une heure et demie, mais Danny n'était certainement pas allé se coucher. Et s'il montait la garde, il serait dans le salon. Et les rideaux seraient ouverts. Reuben glissa une main sous son manteau, et la posa sur son .38.

Il fit une halte au pied de l'escalier pour enlever ses chaussures, se maudissant d'avoir laissé Angelina seule si longtemps, dans un lieu que connaissaient ses agresseurs. Retenant sa respiration, il grimpa les marches une à une, le dos au mur, revolver braqué vers le palier. On n'entendait pas un bruit.

Sa porte d'entrée était au bout du couloir du premier étage. A mi-chemin, il s'aperçut qu'elle était entrebâillée. La lumière était allumée à l'intérieur. Le couloir était désert, glacial. Reuben sentit la paume de ses mains se couvrir de sueur. Il avait la bouche sèche. Le sang coulait dans ses veines comme de l'eau boueuse.

Arrivé à la porte, il se colla au mur et écouta. Tout d'abord, aucun son ne lui parvint. Puis il entendit une voix. Une voix d'homme, basse, insistante, qui n'était pas celle de Danny. Très lentement, il poussa la porte.

La peur, l'angoisse, la rage lui firent oublier sa fatigue. Le couloir était vide. Il s'y engagea silencieusement : ses pieds nus ne faisaient pas le moindre bruit sur la moquette.

La porte du salon était grande ouverte. Une voix d'homme, plus forte, maintenant.

— Vous ne souffrirez pas, disait-elle. Au début, vous ne sentirez rien du tout. Puis vous aurez le vertige. Vous aurez l'impression que vos membres deviennent légers. Votre langue s'engourdira. Peu après, vous commencerez à vomir. Vous aurez froid, très froid. L'engourdissement gagnera tous vos membres, la paralysie suivra. La suite dépend de la façon dont j'aurai respecté les doses. Vous tomberez peut-être dans le coma. Et on vous enterrera vivante. Ou vous mourrez. Mais cela prendra beaucoup de temps, et vous serez pleinement consciente, jusqu'à la fin.

« C'est à vous de choisir. Si vous le décidez, il ne vous sera pas fait le moindre mal.

Pas de réponse.

Reuben avait l'impression qu'un instinct primitif s'était emparé de lui. Il était le chasseur qui guettait sa proie. Robert De Niro, au sommet d'une montagne, surplombant des brumes automnales. L'exaltation avait remplacé la fatigue, elle le contaminait. Il fit un pas et jeta un œil à l'intérieur.

Ils se trouvaient à gauche, derrière la porte. L'homme lui tournait le dos. Angelina était attachée à une chaise et regardait droit devant elle. Sur une table basse, à côté de la chaise, il vit une grosse seringue et un flacon rempli d'un liquide sombre.

Reuben fit un autre pas. Ce faisant, il vit quelque chose sur le sol, non loin de la chaise où était assise Angelina. Un homme était couché sur le tapis, la gorge tranchée. Reuben ferma les yeux un instant, prit appui contre le mur. Il rouvrit les yeux. Danny était toujours là. Dans le cœur de Reuben naquit une douleur éternelle.

Son instinct lui disait de tirer, mais il avait peur de blesser Angelina. Et il voulait l'homme vivant. Le rugissement du vent avait masqué son arrivée dans la pièce. Il fit un pas à droite pour s'éloigner de la porte. L'homme n'était peut-être pas seul.

— Les mains derrière la tête, très lentement, ordonna Reuben. Faites un pas en arrière et retournez-vous. Si je vois quoi que ce soit ressemblant à une arme, je vous fais éclater la cervelle.

Reuben parlait d'une voix posée, répétant des mots qu'il avait déjà dits dans des situations similaires. Ce n'était pas le moment de s'écarter des règles de prudence qu'enseignaient tous les manuels. Il ne quittait pas l'homme des yeux. Mais ses mains tremblaient, et le vent hurlait dans sa tête. Pas Danny ! Danny ne peut pas être mort ! Mais Danny était couché par terre, sans vie, et l'homme qui tournait le dos à Reuben l'avait assassiné. En son for intérieur, Reuben espérait qu'il lui fournirait une bonne excuse pour le tuer.

L'homme se tut, baissa les bras.

— Les mains derrière la tête, et retournez-vous. Je préférerais vous tuer, sachez-le. Alors faites très attention.

L'homme se tourna très lentement. Son visage était blême, du sang avait coulé sur ses sourcils, dans son cou. Il portait un pansement sur la joue.

— Qui que vous soyez, vous commettez la plus grosse erreur de votre vie, dit-il. Alors, écoutez-moi bien. Rangez votre arme, et retournez d'où vous venez. Le plus vite possible.

— Détachez-la.

— Vous commettez...

Reuben tira, un peu au-dessus de la tête de l'homme. Très près.

— D'accord, d'accord. Calmez-vous.

L'homme passa derrière la chaise et entreprit de dénouer les liens en cuir, qui tombèrent par terre. Il se redressa, fit un geste rapide, se tourna et tira.

C'était un bon tireur, mais cela ne suffit pas. La première balle de Reuben l'atteignit à l'épaule.

L'inconnu vacilla, ébranlé par la force de la balle. Il lâcha son arme, grimaça de douleur, puis son visage reprit une expression impassible. Il avança d'un pas.

Reuben tira encore. Sa seconde balle pénétra dans l'estomac de l'assassin, qui trébucha. Un gémissement sourd naquit au fond de sa gorge. Et soudain, il fonça sur Reuben. Stupéfait, celui-ci recula, tira deux fois, le rata.

Avant qu'il ait réussi à reprendre son équilibre, Reuben fut projeté de côté par un moulinet de son adversaire ; il heurta la table basse, glissa, et son pied nu atterrit lourdement sur un morceau de verre brisé. Il cria et tomba, son arme lui échappa des mains, vola dans la pièce, hors de portée. Un autre morceau de verre lui entailla le dos, au niveau des reins. Il cria encore, se retourna sur le ventre pour s'éloigner des débris.

Reuben tenta de se débarrasser du tesson de bouteille planté dans son dos. L'inconnu se tourna vers lui. Reuben se débattit pour ôter de sa chair l'écharde meurtrière tout en essayant de se mettre à genoux. L'homme fut sur lui en une fraction de seconde ; il le clouait au sol de tout son poids. La pièce se mit à tournoyer. Il eut si mal qu'il crut perdre conscience ; la douleur irradiait dans tout son corps, comme si des milliers d'aiguilles de verre le transperçaient de part en part.

L'inconnu sortit de sa poche un long couteau à la lame pointue et visa la gorge de Reuben. Dans un ultime effort, Reuben parvint à se tourner sur le côté. La lame lui déchira la tempe, emportant un lambeau de chair avec elle. L'homme leva à nouveau son couteau.

Du genou, Reuben le frappa violemment à l'aine. Sous le choc, l'inconnu rugit, se plia en deux, lâcha son arme. Reuben lui donna un deuxième coup de genou et se retourna, se débarrassant ainsi de son agresseur.

Reuben parvint enfin à arracher le morceau de verre qui déchirait ses chairs. Un flot de sang trempa ses vêtements. Il se redressa avec difficulté, chercha son revolver. L'inconnu était à nouveau debout, le couteau à la main. Une douleur aiguë au pied surprit Reuben dès qu'il fut debout. Son agresseur en profita. Il bondit sur lui, le fit retomber par terre.

Cette fois-ci, Reuben eut le temps de saisir le bras de son adversaire, dont le visage était tout proche du sien. Il sentait son souffle sur ses narines, lisait la rage dans ses yeux grands ouverts. La rage et autre chose : triomphe ? extase ? solitude ? devoir ? Ses doigts puissants approchaient le couteau de la gorge de Reuben, inexorablement.

Ils avaient roulé près de la chaise où se trouvait toujours assise Angelina, incapable de bouger. Le couteau n'était plus qu'à quelques centimètres de sa gorge. La main gauche de Reuben se posa sur un objet dur et froid. Il le saisit. C'était la seringue, qui était tombée par terre pendant le combat.

Reuben s'arc-bouta, dans un effort désespéré pour ramener à lui son bras gauche. La pointe du couteau effleurait sa gorge, son bras droit faiblissait dangereusement. Des milliers d'éclats de lumière se pressaient dans sa tête, explosaient, morne écho du tonnerre qui se déchaînait dans les ténèbres.

Il parvint à se tourner de quelques centimètres, la seringue brandie, et à la planter droit dans l'œil de l'inconnu, où elle s'enfonça avec un petit bruit de succion. Reuben lâcha prise. La seringue, fichée dans l'orbite, pendait sur le côté. L'inconnu hurla et le couteau lui échappa tandis qu'il portait les deux mains à son visage.

Reuben roula sur lui-même. Il était sonné, son arme était hors de sa portée et il était sur le point de vomir. L'homme se contorsionnait, ses doigts dégoulinaient de sang. La seringue était tombée par terre.

Reuben rampa jusqu'à son revolver. La distance lui sembla immense. Lorsqu'il l'eut enfin franchie, une nausée le submergea, en vagues successives. Il vomit, la pièce tournait tout autour de lui ; la douleur, dans son dos et son pied, lui montait jusqu'au cerveau. Il tomba en avant, tâtonna pour mettre la main sur son arme. Le plancher lui sauta au visage, et il n'y eut plus rien.

30

Après s'être déchaîné des heures durant, le vent s'était enfin calmé et la nuit avait retrouvé la tranquillité ; une lourde chape s'abattait sur la ville encore abasourdie par la violence des éléments, lavée par l'orage.

Tels des amants épuisés, ils étaient couchés dans le lit de Reuben. Ils ne dormaient pas, ne parlaient pas ; ils écoutaient passer la nuit. Le jour se lèverait bientôt, mais pour eux nul répit. Il y aurait à nouveau de la lumière, mais elle ne les éclairerait pas. L'obscurité les avait engloutis à jamais.

L'inconnu était parti dans la nuit et l'orage. Danny était toujours allongé au même endroit et fixait le plafond de ses yeux aveugles.

Angelina était couchée dans les bras de Reuben. Sa lutte avec l'assassin de Danny avait laissé peu de traces sur son corps, mais de toute façon c'était sans importance. Reuben la serrait dans ses bras, mais elle savait que c'était Danny qu'il embrassait, Danny et son enfance, qui lui échappaient pour toujours. Jamais il n'avait été aussi loin de ce bien dont il était en quête. Sa vie n'avait plus de sens, plus de beauté, plus de raisons d'être. Elle s'appuya contre lui et sentit son souffle dans son cou.

— Il faut filer.

La voix de Reuben était un murmure dans la nuit. Angelina ne répondit pas.

— Ils savent que nous sommes là. Dès que cet homme aura retrouvé ses amis, ils viendront nous chercher. Il faut filer.

Un long silence suivit les paroles de Reuben. Elle l'écoutait respirer, une respiration calme, ténue comme un fil, dans le silence de la nuit.

— J'ai vu cet homme plusieurs fois l'année dernière, dit enfin Angelina. C'est lui qui est venu voir Rick après le premier coup de téléphone.

— A-t-il dit d'où il venait ? Qui l'envoyait ?

Elle secoua la tête.

— Il avait une espèce de carte officielle. Je ne l'ai pas vue personnellement mais Rick m'en a parlé. Comme s'il faisait partie du gouvernement.

— Quel département ? Rick avait-il une idée là-dessus ?

— Non. Ce n'était pas écrit sur la carte.

— Mais Rick croyait qu'il travaillait pour l'Etat ?

Elle hocha la tête sans répondre.

— Tu crois que ce pourrait être lui, le responsable des meurtres ? Filius, Rick, et peut-être ton ami Mondesir ?

Sa réponse fut presque inaudible.

— Oui, murmura-t-elle.

Il l'embrassa dans le cou. Sa peau dégageait une faible odeur de sang. Reuben pinça les lèvres, s'écarta.

— Il faut filer, répéta-t-il.

« L'hiver, c'est pour les pingouins ! » : tel était le dicton préféré de l'oncle Samuel, qui n'avait jamais vu un pingouin de sa vie, sauf au zoo. Il n'avait pas vu beaucoup d'hivers non plus, depuis qu'il avait quitté l'Europe. Septembre venu, sa femme et lui bourraient une dizaine de valises de vêtements d'été et de conserves de chez Steingass Deli, quittaient leur appartement de Boro Park et prenaient un vol direct pour Miami. Ils y allaient chaque année, depuis 1954. Cette année comme les autres.

Dora, la cousine de Reuben, ne manqua pas d'être intriguée lorsqu'il lui demanda la clé de leur appartement, mais elle avait appris à ne pas poser de questions. Surtout à un membre de la famille, policier de surcroît, qui l'avait un jour surprise à embrasser Hymie Kornblum sur la banquette arrière d'une Ford, et ne l'avait jamais oublié. Elle lui remit la clé et promit de n'en parler à personne. Reuben supposa que sa cousine tiendrait parole deux ou trois jours et qu'il disposerait alors d'un sursis de vingt-quatre heures avant que Smith ou l'un de ses semblables ne vînt frapper à la porte. Ou la défoncer à coups de revolver.

— Comment va Danny, Reuben ? Ça fait des semaines que je ne l'ai pas vu. Il sort toujours avec cette petite blonde ? Comment s'appelait-elle, déjà ? Tanya ? Sonia ?

— Je t'en prie, Dora, ne me parle pas de Danny ce soir. Je suis désolé. Je ne peux pas t'expliquer.

Dora blêmit.

— Que se passe-t-il, Reuben ? Il est arrivé quelque chose à Danny ?

Il avait besoin d'en parler à quelqu'un, mais le moment était bien mal choisi.

— Danny est mort, Dora. Mais je ne peux pas t'en dire plus. Je n'arrive pas à l'accepter. Je passerai te voir dans un jour ou deux.

Elle parut frappée par la foudre. Ses yeux se remplirent de larmes. Angelina attendait dans la voiture. L'aube pointait. Reuben s'éloigna lentement. Et, comme dans un songe, il entendit Dora fermer la porte.

Une fois dans l'appartement de son oncle, Reuben téléphona au commissariat. Pete Kruger était encore de service. La nouvelle de la mort de Danny le bouleversa. Reuben lui fit une description minutieuse de son assassin.

— C'est qui, lieutenant ? On a un dossier sur lui ?

— Il travaille pour une agence gouvernementale. Je suis prêt à parier qu'on ne trouvera rien à son nom, pas même un ticket de parking. Il a tué Danny parce qu'il l'a pris pour moi. Mais je pense qu'il l'aurait tué de toute façon.

— Les gens de la criminelle voudront vous voir, lieutenant.

— Pas maintenant. Je suis malade, j'ai autre chose à faire. J'appellerai dans un jour ou deux.

— Ça ne va pas plaire au capitaine.

— Ça m'étonnerait que ça lui plaise, en effet. Qu'ils s'occupent de Danny.

— Je m'en charge, lieutenant. A propos, j'ai un message pour vous, de la part de Maguire. Je vous le lis ?

Sam Maguire appartenait à la brigade criminelle. Il enquêtait sur l'affaire Mondesir.

— Allez-y.

— Ce type, Mondesir, celui qu'ils ont trouvé hier...

— Oui, je sais de qui vous parlez.

— C'était un dealer. Pas un caïd, mais il se débrouillait bien. Cocaïne, crack. Maguire pense qu'il a marché sur les pieds de quelqu'un ou qu'un type veut empiéter sur son territoire. Il sera aux stup toute la matinée. Vous pouvez l'appeler là-bas.

— Merci, Pete. Dites-lui que je le contacterai. Mais pas tout de suite. Il me faut encore un peu de temps. Dites à Sam qu'il a sûrement raison sur un point : Mondesir avait de mauvaises fréquentations.

Reuben raccrocha. Il fixa longtemps le téléphone, rongé par le chagrin mais les yeux secs.

Angelina était allée se coucher. Elle dormait. C'était ce qu'il y avait de mieux à faire. Reuben ne se rappelait pas avoir jamais été aussi fatigué, aussi malheureux. Ses blessures le faisaient souffrir, mais quelques analgésiques viendraient à bout de cette douleur-là. Il en trouva dans la salle de bains, puis alla se coucher à son tour dans l'un des lits jumeaux. Reuben s'endormit avant que sa tête ne se fût posée sur l'oreiller.

Il était plus de midi lorsqu'il reprit péniblement conscience, le corps endolori, la tête comme farcie de plomb. Le souvenir de la nuit précédente ne lui revint pas immédiatement. Puis l'image de Danny explosa dans son cerveau. Intolérable.

Angelina s'était levée avant lui. Son lit portait encore la trace de son corps. Elle devait être à la cuisine. Son oncle et sa tante n'avaient certainement pas laissé d'aliments frais, mais il y aurait peut-être du café et des biscuits. Reuben se leva péniblement et se dirigea vers la cuisine.

Elle n'y était pas. Et personne n'avait apparemment préparé de café. Il alla à la salle de bains. La porte en était grande ouverte, mais aucune trace d'Angelina.

— Angelina ! Angelina ! Où es-tu ?

Sa voix résonna dans l'appartement vide. La peur s'infiltrait en lui comme une longue aiguille de feu.

Il fouilla tout l'appartement, sans résultat.

Sur la porte d'entrée, elle avait punaisé un petit mot à son intention : « Reuben, il faut que je comprenne certaines choses. J'ai besoin de temps. Je t'en prie, n'essaye pas de me retrouver. J'ai pris le numéro de téléphone de l'appartement, en cas de besoin, mais j'espère ne pas avoir à m'en servir. Merci de t'être occupé de moi. Merci de m'avoir aimée. Je déplore de tout cœur ce qui est arrivé à ton ami Danny. Conduis-toi en homme de bien. Quoi que cela puisse vouloir dire. »

Ça ne veut rien dire du tout, songea Reuben. Rien du tout.

31

Il essaya une fois encore de joindre Sally. Pas de réponse. Il lui téléphona à l'hôtel de ville, où on lui dit qu'elle n'était pas là. Mais lorsqu'il déclina son identité, on le prévint qu'il y avait un message pour lui, de sa part. Un nom et une adresse : docteur Nigel Greenwood, Kent Hall, université de Columbia. Rien d'autre. Reuben remercia son interlocuteur et raccrocha.

Le standard de Columbia lui passa le poste de Greenwood. La voix qui lui répondit était typiquement anglaise.

— En effet, Mlle Peale m'a parlé de vous hier. Elle m'a dit que vous aviez découvert certains éléments qui pourraient m'intéresser et elle pense également que je pourrais vous aider. J'ai un cours de deux heures dans quelques minutes, mais ensuite je suis libre. Voulez-vous passer me voir ? Je suis à Kent Hall, juste en face de l'entrée de la 116e Rue. A droite de la bibliothèque. Vous ne pouvez pas vous tromper. Mon nom est sur le tableau, à côté de l'ascenseur. Je vous attendrai.

Reuben prit les lettres de Bourjolly et le demi-cercle d'or, qu'il rangea dans une boîte. Un taxi le conduisit à Manhattan, dans le quartier des banques, où il loua un coffre et y déposa sa boîte.

Il mit un certain temps à parvenir à Columbia. Central Park était fermé à la circulation, et Broadway très encombré. A Kent Hall, l'ascenseur était en panne. Il finit par dénicher Greenwood, dans un petit bureau du quatrième étage, bourré de livres et de papiers, style dix-neuvième siècle. Reuben se demanda si l'université engageait ses professeurs selon leurs aptitudes à s'intégrer au décor. Greenwood, en tout cas, s'y adaptait parfaitement. L'Anglais portait une veste en tweed, un gilet moutarde et un nœud papillon imprimé. Avec sa calvitie naissante et son léger embonpoint, on lui donnait une quarantaine d'années. Une forte odeur de tabac de pipe imprégnait l'atmosphère.

Ils se serrèrent la main et Reuben prit place en face de lui, de l'autre côté d'un bureau où s'empilaient de vieux livres reliés cuir, en équilibre précaire, aux couvertures tannées et tachées, un peu comme leur propriétaire.

— Vous connaissez bien Mlle Peale ? demanda Greenwood.

— Oui. Nous sommes... de bons amis. Nous avons travaillé ensemble sur plusieurs affaires.

— Il en va de même pour moi. Elle me fait part de certaines difficultés, et je l'aide quand je le peux.

— Vous enseignez le droit ?

Greenwood sourit et secoua la tête.

— Pas le moins du monde. Je suis médiéviste, et spécialiste des traductions latines de textes orientaux. Moyen-orientaux, en fait, et surtout hébreux et arabes. J'avais un poste de chercheur à l'Institut Warburg de Londres. Lorsqu'une chaire s'est libérée ici, j'ai bondi sur l'occasion. Les choses ont beaucoup changé, en Angleterre, surtout dans les universités. Ils ont opéré tant de coupes sombres dans les budgets qu'on en sort exsangue. Et des domaines dans le genre du mien sont les premiers sacrifiés. Qu'est-ce que ça va rapporter ? nous demande-t-on. Y a-t-il des applications industrielles envisageables ? Quelle absurdité ! Ils auraient été capables de poser ces mêmes questions à Socrate ou à Platon. Et de les virer. Donc, je suis venu ici, où les barbares sont plus discrets. Bien. Que puis-je pour vous ?

— Je ne sais pas exactement, professeur.

Reuben regarda tout autour de lui : des livres en latin, des livres en hébreu, d'autres en arabe.

— Ces textes sont un matériau de base, expliqua Greenwood. En fait, j'écris sur l'histoire, la sociologie et la psychologie de l'occultisme : la magie, la sorcellerie, l'astrologie. Vous n'êtes pas obligé de prendre ces matières au sérieux. En tout cas, moi, je ne le fais pas. Je n'y crois pas. Il ne me viendrait pas à l'idée de consulter un astrologue avant de prendre une quelconque décision quant à mon avenir. Mais, au cours des siècles passés, des gens y ont cru, et ces croyances ont déterminé leur comportement et leurs agissements. D'où l'importance de l'étude de ces croyances. D'ailleurs, ne croyez pas qu'elles soient mortes. A New York, il y a des milliers d'occultistes en tous genres.

— Je ne comprends toujours pas pourquoi Sally vous demande conseil pour résoudre ses problèmes de droit.

Greenwood se pencha en avant. Il avait besoin d'une bonne coupe de cheveux. Peut-être même de deux.

— Il ne s'agit pas exactement de questions de droit. Il me semble que vous ignorez certaines choses concernant Mlle Peale.

— Vraiment ?

— Oui, vraiment. Mais ce n'est pas à moi de vous en parler. Bref, elle m'a dit que vous aviez fait certaines découvertes.

Reuben acquiesça et se lança dans le récit détaillé de son expédition avec Danny dans les tunnels et les chambres souterraines.

— Vous souvenez-vous des titres de certains des livres ? lui demanda Greenwood.

— De certains, oui. Il y en avait un en français. *Les Clavicules,* je crois. Traduit de l'hébreu.

— Je vois. Ce doit être *Les Clavicules de Salomon.* Il y en a peu d'exemplaires imprimés, mais j'ai souvent eu l'occasion de travailler sur des manuscrits. C'est le plus important des *grimoires,* les livres dont se servent les magiciens européens. On prétend qu'il a été écrit par le roi Salomon en personne. Absurde, bien évidemment. Mais on lui attribue la paternité de plusieurs traités d'occultisme. Le saviez-vous ?

Reuben hocha la tête.

— Oui. Dans le midrash...

— Bien sûr, vous êtes juif. J'avais oublié. Il y a plusieurs traditions bibliques, certaines sont passées à l'Islam, puis, par le truchement des textes arabes, ont été traduites en latin. D'autres livres ?

Reuben cita les quelques titres dont il se souvenait. Greenwood hochait la tête à chaque fois, comme si on lui parlait de vieux amis. Mais le dernier le fit sursauter.

— Répétez, voulez-vous ?

— *En guise d'avertissement aux gens de bien,*

dit Reuben. Un rapport sur des événements qui se seraient déroulés à Nantucket, vers 1800.

Le professeur se taisait. Pour la première fois, il semblait mal à l'aise.

— C'est un ouvrage extrêmement rare, dit-il enfin. Il a été imprimé à fort peu d'exemplaires, et la plupart ont été détruits. J'ai cependant pu le consulter à la bibliothèque de Yale.

Il s'interrompit un instant, songeur.

— Les événements qui y sont relatés sont particulièrement déplaisants. Et je considère comme très... surprenant d'en découvrir un exemplaire dans un lieu comme celui que vous m'avez décrit.

— Je pense qu'il y a peut-être un lien avec d'autres domaines.

— Lesquels, je vous prie ?

Prudemment, en prenant soin de ne rien dramatiser ni embellir, Reuben raconta au professeur tout ce qu'Angelina lui avait appris sur les Bourjolly et le Septième Ordre. Lorsqu'il eut enfin terminé son long récit, Greenwood était atterré, blême.

— Il y a des lettres, disiez-vous ?

— Oui. Beaucoup de lettres. J'ai pris celles qui venaient d'Haïti. Je les ai toujours.

— Mais il y en a d'autres, n'est-ce pas ? De Budapest, Mitau, Riga ?

— Entre autres, oui.

— Je vois. Vous avez sans doute eu raison, lieutenant, de ne pas les emporter.

Greenwood repoussa sa chaise et se leva. Il alla regarder par la fenêtre. Des étudiants se hâtaient vers leurs salles de cours dans la lumière automnale.

— Dites-moi, lieutenant, savez-vous ce que sont devenus ces tunnels, ces chambres ? Vos hommes les explorent-ils ?

Reuben secoua la tête.

— Je ne pense pas, à moins qu'ils ne me le cachent soigneusement. On m'a dit qu'on allait les sceller, et les combler.

L'Anglais hocha la tête. Il s'écarta de la fenêtre.

— C'est peut-être le plus sage. Oui, au risque de perdre à jamais ces trésors, c'est peut-être la meilleure des solutions. Mais je pense qu'ils prendront d'abord les livres. Et le reste, aussi.

— Sally pensait que vous pourriez m'aider.

— C'est possible, en effet. Mais il me faut du temps. Je voudrais étudier les lettres adressées à Bourjolly. Et j'aimerais énormément parler avec Mme Hammel.

— Je ne sais pas où elle est, hélas. Elle est partie. A mon avis, elle a l'intention de disparaître.

Le visage de Greenwood exprima une vive inquiétude.

— C'est navrant. Essayez de la retrouver, lieutenant. Pour votre bien à tous les deux. Je ne peux rien faire de plus pour vous actuellement. Rappelez-moi demain. Voici mon numéro personnel. J'attendrai de vos nouvelles. Et maintenant, je vous suggère d'essayer de retrouver Mme Hammel. D'urgence.

32

Reuben fut de retour dans l'appartement de son oncle vers six heures. Apparemment, il n'avait pas été suivi, et l'immeuble n'était pas surveillé. Angelina n'était pas revenue. Il acheta quelques provisions dans une épicerie, bien qu'il n'eût pas faim. Mais il fallait qu'il se nourrisse. Puis il refit ses pansements.

A huit heures, il téléphona à ses parents, pour leur apprendre la mort de Danny. Ils étaient au courant, car le frère de Danny était passé les voir. Sa mère s'était inquiétée pour lui toute la journée. Des policiers étaient passés, ils le cherchaient, posaient des questions. Quirk et Maguire. Ils voulaient que Reuben les contacte.

Lorsque sa mère lui demanda où il était, il lui mentit pour la première fois de sa vie.

— Je suis dans le New Jersey, affirma-t-il.

La discrétion de sa cousine Dora lui semblait de plus en plus improbable. Elle ne tiendrait jamais deux jours. Vingt-quatre heures, tout au plus.

— Reuben, tu as des ennuis ?

La voix inquiète de sa mère renvoya Reuben à l'époque de son enfance, mais sans l'innocence bénie de ses huit ans.

— Si on veut, maman.

— Ça concerne... Ça concerne ce qui est arrivé à Danny ?

Elle n'avait pu s'empêcher de poser cette question, bien qu'elle la sût inutile.

— Maman, j'aimais Danny. Je l'aimais comme un frère.

— Je vais aller voir sa mère, Reuben. Il le faut. On a trouvé son fils mort chez toi. Tu as disparu. La police te recherche. Que vais-je lui dire ?

— Ce que je viens de te dire, maman. Que Danny et moi nous travaillions sur une affaire, et qu'il a été tué. Dis-lui aussi que je connais l'assassin. Et que je le retrouverai. Je te le promets.

— Dans le New Jersey ? C'est là que tu vas le retrouver ? Et tu le ramèneras ici ?

La voix de sa mère éveillait une tristesse infinie dans le cœur de Reuben, comme une musique perdue depuis trop longtemps.

— Non, maman, murmura-t-il. Je ne vais pas le ramener. Je vais le tuer.

Le téléphone sonna un peu avant onze heures.

— Je voudrais parler au lieutenant Abrams.

Une voix de femme, rauque, haletante. Le même accent qu'Angelina.

— Lui-même. Qui est à l'appareil ?

— Aucune importance. Vous avez du papier et un stylo ?

— Oui.

— Alors, écrivez. 497, Gibson Street, Bedford Stuyvesant. Appartement dix-neuf. C'est noté ?

— C'est noté. Que voulez-vous que je fasse ?

— J'ai une amie à vous, chez moi. Elle a des

ennuis. De sacrés ennuis. Elle veut que vous veniez la chercher. Tout de suite.

— Quel genre d'ennuis ?

— Graves, *m'sieu.* Elle a besoin de vous, et vite. Ne perdez pas de temps.

— Je veux d'abord lui parler.

— Attendez.

Il patienta longtemps, trois ou quatre minutes, sans doute. La voix d'Angelina était presque méconnaissable.

— Reu... Reuben ?

— Angelina ! C'est bien toi ? Qu'est-il arrivé ?

Elle ne répondit pas. Il crut qu'elle était partie, une fois encore.

— Je... Je suis... Oh, Reuben... Viens... Au secours...

Angelina n'arrivait pas à articuler. On l'aurait crue soûle. Soûle, ou... défoncée. Dieu ! Qu'il avait été stupide ! Mondesir était un dealer ! Angelina était allée chez lui la veille pour se ravitailler, mais elle n'avait rien obtenu, puisqu'il était mort ! Et elle avait prétendu que c'était un prêtre vaudou, qu'elle cherchait un apaisement spirituel auprès de lui ! Foutaise !

— Angelina, qu'est-ce que tu as pris ? Quelle quantité ? Tu es en train de faire une overdose ?

Angelina ne répondit pas. L'autre femme revint en ligne.

— Elle a besoin de vous, je vous l'ai dit. Vous avez l'adresse. Si vous voulez l'aider, vous avez intérêt à vous grouiller.

On raccrocha.

33

Certains théologiens prétendent que l'enfer n'est pas un lieu mais un état d'esprit. Ils se trompent. L'enfer a une adresse : Gibson Street.

Tous phares éteints, Reuben conduisait doucement, en regardant les ombres fuyantes des deux côtés de la rue. Les murs de hautes maisons délabrées se dressaient dans l'obscurité, tels de silencieux mausolées. Il y avait eu une époque où ces maisons, chaudes, confortables, avaient retenti des rires et des chansons de Thanksgiving ou de Noël. Aujourd'hui, ce n'étaient plus que de misérables taudis, qui s'appuyaient les uns contre les autres pour ne pas s'écrouler.

Quelques braseros brûlaient sur les trottoirs, éclaboussant les ténèbres d'étincelles vives. De petits groupes d'anges déchus se pressaient tout autour, leurs ailes maladroites repliées pour ne pas donner prise au vent de la nuit.

Des silhouettes sombres entraient et sortaient d'entrées mal éclairées. Des regards se dissimulaient derrière les rideaux de fenêtres aux vitres brisées. Quelques bribes de musique semblaient sortir de nulle part. Le vent s'en emparait et les cassait en deux, comme du verre.

Reuben dépassa un ancien immeuble d'appartements, mal entretenu, puis négligé, dépouillé, mis à sac, squatté et enfin abandonné à la pourriture envahissante. Dans le mur, une ouverture d'une vingtaine de centimètres de côté avait été percée. Des graffitis dansaient tout autour. Des flèches pointées vers le centre l'entouraient de toutes parts. Ce trou semblait avoir un sens. Il en avait un.

Et Reuben le connaissait. On se tenait debout sur le trottoir, on glissait par le trou une main qui serrait tous les billets et les pièces accumulés en une journée d'arnaques diverses. Un dealer, caché, saisissait ce maigre butin et le remplaçait par un paquet plus petit encore, rempli d'héroïne. L'anonymat était garanti, mais pas l'héroïne.

Reuben vit passer deux anges tremblants, perdus dans un rêve stupéfié. La drogue ne les enrichissait pas, ne les nourrissait pas, ne les réchauffait pas. Mais elle les abrutissait, et cet engourdissement était bon, meilleur que le sommeil. C'était un trône divin, dans un paradis d'illusion.

Il régnait dans cette rue une obscurité très particulière, comme si Dieu l'avait créée tout exprès pour elle. Aucun des réverbères ne fonctionnait. Le dernier avait été fracassé deux ans auparavant, et personne n'avait songé à le remplacer. Les résidents préféraient le noir.

A cause, notamment, du numéro 497, un immeuble de cinq étages. La plupart de ses fenêtres étaient murées, la balustrade en fer de l'escalier avait disparu depuis des lustres et les murs s'effritaient.

Reuben gara sa voiture devant l'immeuble, en sortit et la verrouilla, attentif au moindre mouvement. Assis sur les marches du perron d'une maison voisine, un gamin l'observait. Dix ans, peut-être moins. Reuben avança vers lui, lui fit signe de la main. Le gosse hésita. Reuben lui adressa un nouveau signe.

Le gosse se releva prudemment. Il connaissait le langage de la rue, bien mieux que l'anglais. Il s'approcha de Reuben d'un pas mal assuré. Ce n'était pas un enfant. L'enfance ne durait guère, par ici. Les gamins devenaient adultes dès qu'ils étaient capables de voler un portefeuille, de fracturer une portière de voiture, de vendre de la dope ou de mettre leurs sœurs sur le trottoir. A l'âge de six ans, il y en avait qui savaient faire tout cela, et pire.

Le gamin s'arrêta à quelques pas de Reuben en se balançant d'un pied sur l'autre. Il savait que c'était un flic, puisque c'était un Blanc. Excepté les types au bout du rouleau, il n'y avait pas de touristes dans le coin. Et Reuben n'avait pas l'allure d'un type au bout du rouleau.

— Ouais ?

Reuben sortit un billet de dix dollars de sa poche.

— C'est pour toi. A condition que tu surveilles ma voiture, que personne n'y touche. Si elle est intacte quand je reviendrai, je t'en donnerai deux autres. Ça marche ?

Le gosse regarda l'argent, puis Reuben.

— Vingt maintenant, trente après, dit-il.

Reuben secoua la tête.

— Je ne marchande pas. C'est à prendre ou à laisser. Mais si je trouve ne serait-ce qu'une égratignure sur ma bagnole en sortant, je reviendrai avec des amis à moi, et tu regretteras de ne pas avoir pris le fric.

— Moi aussi, j'ai des amis.

— Mon œil ! N'essaye pas de me la faire, le môme. Tu prends le fric, tu surveilles ma bagnole, tu me regardes partir en souriant et tu te réveilles avec trente dollars de plus demain matin. Avec mon amitié en prime. Et maintenant, tu vas chercher tes potes si tu veux, mais attendez-vous à de sérieuses emmerdes.

Reuben avait du mal à utiliser ce genre de vocabulaire avec un enfant. Mais les gosses du quartier apprenaient à parler à la télévision, et à vivre dans la rue. Il y avait toutes les chances pour que ce gosse se soit déjà prostitué et qu'il ait eu le rôle principal dans une dizaine de films pour pédophiles. Ni le Père Noël ni Peter Pan ne faisaient partie de son univers.

Il hésita encore un instant, et tendit la main.

— Pour quarante en tout, ça marche.

— Trente-cinq, dix maintenant, le reste après. Je ne serai pas long. C'est du pognon vite gagné.

L'enfant retroussa les lèvres et cracha par terre.

— Grouillez-vous, alors. J'ai pas que ça à faire.

Reuben lui tendit un billet de dix dollars.

— Et n'oublie surtout pas : une simple égratignure et tu entendras parler de moi.

— Pas d'embrouilles, mec. Aucune envie de vous revoir par ici.

Reuben lui tourna le dos, s'éloigna de quelques pas, mais le gosse le rappela.

— Où vous allez ?

Reuben désigna l'immeuble.

Le gamin secoua doucement la tête.

— C'est un stand de défonce, mec. Si vous avez un ami là-dedans, c'est pas la peine d'aller le chercher.

Un stand de défonce était un endroit où l'on alignait les drogués dans une pièce pour les piquer les uns après les autres. Une seule seringue pour une cinquantaine d'injections, jusqu'à ce que l'aiguille soit trop émoussée.

Le hall était sinistre ; une ampoule nue l'éclairait faiblement. L'air sentait la bière rance et l'urine. Une volée de marches menait à l'étage, plongé dans le noir complet. Des graffitis à la bombe empêchaient les murs de s'écrouler tout à fait. Ils se détachaient, en bleu, vert et jaune fluo, sur la peinture d'un marron terne. Noms oubliés, déclarations de haine ou d'amour, adresses de putes, slogans de bandes, en mauvais français, un phallus et des testicules, une femme aux jambes écartées.

Un homme, les bras croisés, adossé au mur, le visage dissimulé par l'obscurité, gardait l'escalier. Il portait un costume bon marché et des mocassins dont la boucle était déjà ternie par les premières pluies.

Reuben connaissait les raisons de sa présence. Il défendait les frontières de la tribu. Dans la rue, c'était la guerre. Américains contre Antillais, Jamaïcains contre Haïtiens, Noirs contre Hispaniques. C'était un territoire réservé aux bandes. Et Reuben appartenait seulement à celles qui n'étaient pas les bienvenues.

L'homme fit deux pas en avant, comme un gigolo sur une piste de danse, sans pour autant se risquer dans la lumière. Reuben aperçut une boucle d'oreille en or, une ossature fine, une petite main dans un gant en cuir, des doigts où étincelaient des bagues en or.

— Tu cherches quelqu'un, *Blanc* ?

Non, fit Reuben de la tête.

— Je ne veux pas d'ennuis. On m'a téléphoné, on m'a dit de venir chercher quelqu'un, à l'appartement dix-neuf. Vous êtes peut-être au courant ?

L'homme fit un pas en avant et entra dans une flaque de lumière jaune. Environ vingt-cinq ans, assez beau, soigné de sa personne, sûr de lui. Il flottait sur lui une odeur de parfum bon marché, qui voilait celle, persistante, de la transpiration. Il avait l'allure d'un homme qui ne s'attend pas à vivre jusqu'à trente ans. Ne s'y attend pas et n'y tient pas vraiment.

— Tu veux de la coke, mec ? Du crack ? T'es pas tombé au bon endroit. C'est pas sain, pour toi, ici. Pas sain du tout.

— On m'a téléphoné. Une amie a besoin d'aide. Une Haïtienne, Angelina Hammel. Appartement dix-neuf.

L'homme le fixait avec l'aménité d'un agent de désinsectisation surveillant une blatte. Un regard qui rendit Reuben nerveux. On le jaugeait. Il avait de l'argent sur lui, presque cinq cents dollars. Dans les parages, on se faisait tuer pour beaucoup moins. Par ici, on tuait pour une paire de baskets ou un blouson de base-ball.

— Je ne veux pas de coke, pas de crack, et pas de problèmes. Je serai parti dans cinq minutes, sans laisser de traces.

— Un flic, ça laisse toujours une trace. Et tu pues le flic, mec.

Reuben devait vite prendre une décision : la force ou la persuasion. Ce type lui faisait peur. Non parce que c'était un dur, mais parce qu'il ne l'était pas. Ce genre de lavettes aimaient se prendre des coups, histoire de se prouver qu'ils existaient, même au tapis.

— Ça ne vous regarde pas. Il s'agit d'une affaire personnelle. Je ne cherche pas les ennuis, comme je vous l'ai déjà dit. Mais si vous m'en causez, tout ça risque de devenir beaucoup moins personnel que ça ne l'est.

C'était le moment. Reuben fit un pas en direction de l'escalier, décidé à passer outre. Immédiatement, l'homme sortit un couteau, dont la lame étincela à quelques centimètres du visage de Reuben.

A l'étage, quelqu'un toussa. Une longue quinte, déchirante. Une porte claqua. On entendit des bribes de musique.

La respiration de Reuben s'accéléra. La lame était lisse, brillante, aiguisée comme un rasoir. Reuben recula d'un pas, l'homme avança, sûr de lui, exalté par le poli de l'acier. Il n'en était pas à son coup d'essai.

Soudain, Reuben fit un pas de côté et se retourna. Son adversaire tourna sur lui-même, toucha Reuben à l'épaule. Celui-ci chercha le contact. L'homme au couteau se fendit, comme un escrimeur, mais sans la grâce ni la force d'un homme de l'art. Reuben lui saisit le bras, le tordit, et les os minces de son agresseur se brisèrent sous sa poigne de fer. Le couteau tomba par terre.

— La prochaine fois, marmonna Reuben, choisis un adversaire de ta taille.

34

Appartement dix-neuf. Le mot appartement avait décidément perdu tout son sens. La porte d'entrée, mille fois enfoncée, avait été si souvent renforcée par divers verrous, plaques de fer ou cadenas qu'elle ressemblait à la grille d'une forteresse médiévale.

Un artiste local avait déployé ses talents pour la flanquer de deux personnages aux couleurs criardes, sortes de divinités chinoises montant la garde à l'entrée d'un temple bouddhiste. Un nom était écrit en grosses lettres sous chacun d'eux : à gauche, le « Baron H », dieu squelettique de l'héroïne, à la peau livide, aux pupilles rétrécies dans des yeux rêveurs. A son cou décharné pendait un collier de seringues usagées ; une épaisse fumée montait jusqu'au plafond de sa bouche ouverte et de ses narines dilatées.

Sa partenaire s'appelait « Impératrice C », une grande femme vêtue d'une robe de mousseline blanche sous une queue-de-pie, et coiffée d'un chapeau haut de forme, comme le Baron Samedi du culte vaudou. Elle avait les narines rouges et dilatées, et du sang perlait au bout de ses ongles démesurément longs. On lui avait peint le visage d'un blanc crayeux. D'une main, elle tenait une bouteille de rhum et de l'autre une pelle au long manche. Héroïne et Cocaïne : les deux divinités qui montaient la garde aux portes de ce nouvel Hadès.

Reuben tambourina de toutes ses forces sur la porte, jusqu'à ce que quelqu'un vienne.

— Voilà, voilà ! fit une voix irritée.

Un œil se colla à l'œilleton de verre et disparut. Des verrous furent tirés avec un bruit sourd. La porte s'entrouvrit, retenue par une chaîne de sécurité. Reuben ne vit personne. Une âcre odeur d'héroïne s'échappait de l'antre enfumé.

— *Oui ?* Qu'est-ce que vous voulez ?

— Je viens chercher Angelina Hammel.

La porte se referma, il entendit un bruit de chaîne, puis elle s'ouvrit plus grande. L'air était irrespirable, il régnait une menaçante obscurité, chichement éclaboussée de rouge par de rares ampoules, au niveau du sol. On aurait dit un hôpital français pendant la guerre de 14. Les murs étaient truffés de trous, comme si l'immeuble avait essuyé des bombardements. Une fumée grise recouvrait toutes choses, telle la brume sur des tranchées où l'on agonise et meurt.

Les damnés se vautraient à même le sol nu, sur des lits bas, de vieux canapés. Un vague mouvement agitait parfois la masse engluée dans la fumée soporifique qui s'élevait en lentes volutes. Dans ce sanctuaire dédié à son culte, le dragon se répandait comme l'encens, chaud, riche, réconfortant.

Reuben toussa. Une vieille femme noire se tenait à ses côtés, courbée comme un arbre mort. Elle remit les verrous en place et se tordit le cou pour le voir. Edentée, presque chauve, les yeux voilés par la cataracte.

— Angelina ? Vous voulez voir Angelina ?

Reuben hocha la tête. La voix de la Noire était rauque, mais belle encore, ultime vestige d'une splendeur envolée.

La bossue murmura quelques paroles inaudibles et s'éloigna. Reuben la suivit. Il aperçut un homme très maigre, penché sur un corps, et lui injectant sa dose avec précaution, derrière le genou, dans une veine encore palpable. Un peu plus loin, une femme, les yeux grands ouverts, caressait tendrement la tête et le cou d'un homme allongé, immobile, sur un drap crasseux.

Une morne compassion imprégnait l'atmosphère dense et glacée. On trouvait donc encore de l'amour, en enfer ? Mais cet amour n'offrait ni salut ni rédemption. Même amoureusement administré, un shoot d'héroïne restait un shoot d'héroïne.

Angelina était couchée sur le dos, les genoux repliés sur la poitrine, les yeux ouverts sur le jeu des ombres qui se mouvaient au plafond. Son visage était paisible, impassible, comme si une lame au tranchant subtil en avait extirpé la douleur et la mémoire. Pas de sang, pas de points de suture, de la chirurgie parfaite. Mais la blessure guérirait, les chairs se refermeraient, et la souffrance reviendrait, plus féroce que jamais.

— Que s'est-il passé ?

La petite femme le regarda sans répondre. Il se pencha sur Angelina, qui respirait régulièrement, une seringue vide à côté d'elle. Elle avait une manche relevée. Ainsi, on l'avait initiée aux plaisirs du shoot. A moins qu'elle n'en fût déjà adepte. Qui lui avait téléphoné ? Ce n'était pas la vieille femme. Quelque chose clochait, mais il ne savait pas quoi.

Provenant de l'étage au-dessus, un son attira son attention, harmonieux, élégant — un roulement de tambour. Au-dessus de leurs têtes, les dieux se rassemblaient. Non pas les dieux de cet endroit-ci mais les anciens dieux, forts, résistants, irrités par les ténèbres croissantes de ce monde nouveau, de cette nouvelle ère.

Le crépitement nerveux du minuscule tambour *kata,* puis les profondes vibrations du *ségond,* rythmiques, pulsées, qui invitaient les dieux à danser, planaient au-dessus d'eux, avec l'insistance insaisissable de la neige.

Angelina remua, comme si les tambours réveillaient quelque chose de profondément enfoui en elle. Ses lèvres tremblèrent, s'entrouvrirent sur un souffle fragile.

— Afrique... murmura-t-elle.

Il se pencha pour l'écouter. Seuls des mourants parlent à voix si basse.

— L'Afrique vient...

Reuben regarda autour de lui et la sentit arriver, tangible, dense ; elle franchissait les siècles et les océans pour régner en ce refuge pour âmes mortes.

Angelina referma la bouche, ne bougea plus.

— Je vais l'emmener, dit Reuben. Pouvez-vous m'aider à la porter dehors ? J'ai une voiture.

La vieille femme grimaça un sourire.

— On va la porter, ensemble. Aller dans la voiture, ensemble.

A eux deux, ils parvinrent jusqu'au palier. Lui faire descendre les escaliers serait plus délicat. Reuben passa le bras d'Angelina autour de son cou, et la femme lui souleva les jambes, pour qu'elle ne se cogne pas sur les marches. Ils passèrent d'un étage à l'autre, péniblement. Lorsqu'ils eurent atteint le palier du premier, Reuben jeta un coup d'œil dans le hall d'entrée. Deux hommes l'attendaient au pied de l'escalier.

Il se tourna vers la vieille femme, dans le secret espoir qu'elle pourrait lui être d'un quelconque secours. Mais elle avait pris la fuite et grimpait les marches en haletant.

35

Pas un instant il ne supposa que ces hommes étaient des amis du gigolo dont il avait cassé le bras, venus lui rendre la monnaie de sa pièce. Ces hommes n'étaient les amis de personne. On lisait dans leurs yeux que ce n'étaient pas des plaisantins, et qu'ils ne commettaient jamais d'erreur. Il comprenait maintenant le malaise qu'il avait éprouvé. On lui avait tendu un piège.

Il aida Angelina à descendre les dernières marches. Elle trébuchait, articulait des mots dans une langue étrange et totalement inconnue de lui. Il la rassura de son mieux, lui affirma qu'ils seraient bientôt en sécurité. Mais ils n'avaient plus de refuge en ce monde, et tout n'allait vraiment pas pour le mieux.

Ils attendirent qu'il ait déposé son fardeau. L'un était blanc, l'autre noir. Impassibles, ils encadraient la porte, tels des dieux du monde d'en dessous, barrant la route qui conduisait vers la lumière. Reuben sentit le poids de son. 38 contre ses côtes.

Le Blanc portait un manteau rouge sombre en cachemire. Ses cheveux, coiffés vers l'arrière, luisaient de gomina. Il était chaussé d'élégants mocassins anglais, impeccablement cirés, et fumait une cigarette. Au moment où Reuben s'approcha, il la saisit entre le pouce et l'index de sa main droite, la retira de ses lèvres, la jeta par terre et l'écrasa nonchalamment sous sa semelle.

L'odeur fétide de l'urine flottait toujours dans l'air. Elle sauta aux narines de Reuben, putride, à tout jamais liée à cet enfer.

— T'as fait un sacré bout de chemin, flicard.

Le Blanc s'exprimait avec l'accent de Floride, d'un ton haineux. Un de ces Blancs aux manières cosmopolites qui ont longtemps vécu avec les Noirs. En d'autres temps, avec des amis différents, il aurait pu militer pour les droits civiques, étudier l'anthropologie. Il aurait pensé comme les Noirs, parlé comme eux, mais sa peau l'aurait toujours trahi.

— T'es perdu, mec ? T'es venu chercher de la blanche chez les négros ? On dirait qu't'as plutôt trouvé de la Noire, pas vrai, mec ?

— Cette dame est malade. Je la raccompagne chez elle.

L'homme secoua la tête.

— Cette dame est attendue ailleurs. Et toi, on ne t'attend nulle part.

— Alors, laissez-moi passer. Avec la dame.

L'homme de Floride se tourna vers son compagnon.

— Qu'est-ce que tu dis de ça, Augustin ? Tu l'entends, le mec ?

Le Noir rendit son regard à son camarade. Il avait la peau huilée, des muscles puissants, et portait un costume en laine blanc. Sa petite tête rasée captait des perles de lumière et les transformait en or.

— Il dit des conneries. Rien que des conneries.

Son accent était haïtien, mais il avait dû vivre à Miami.

— C'est bien ce que je pensais. (Le Blanc se tourna vers Reuben.) T'as rencontré un ami d'Augustin, hier soir, mec. Un certain Kominsky. Il va pas bien du tout, Kominsky. Tu lui as tiré dessus. Tu lui as crevé un œil.

— L'œil droit, intervint Augustin.

— Il verra plus jamais, de cet œil-là, murmura le Blanc. Il est blessé, au corps et à l'âme.

— Blessé à l'âme, répéta Augustin. Ça lui plairait que tu en baves, toi aussi. (Il se passa la main sur son crâne luisant, comme pour en éprouver la douceur.) Il m'a demandé de m'en charger. Alors, je vais m'occuper de toi. Et tu vas déguster, mec.

Augustin mit la main dans sa poche et en ressortit un couteau à cran d'arrêt au manche en ivoire. Il appuya sur le bouton et une lame étincela dans la faible lumière.

Reuben fit un geste de la main en direction de sa veste. Et entendit deux déclics rapides. Derrière lui, deux silhouettes noires se profilèrent. La porte d'entrée s'ouvrit et un cinquième homme apparut. Il fixa une lourde chaîne sur la porte. Plus d'issue.

Des gouttes de sueur perlèrent au front de Reuben. Il sortit son revolver et les regarda l'encercler lentement, comme des insectes attirés par une lumière. Leur silence l'énervait. Leurs yeux immenses exprimaient une haine sans appel, sans pitié. Reuben ôta le cran de sûreté et tira sur le Blanc, qu'il estimait être le chef de la bande. A cet instant une lame glaciale s'appuya sur sa gorge et une voix chuchota à son oreille :

— Jette ton arme.

Jusque-là, tout semblait s'être déroulé au ralenti.

En moins d'une seconde, les événements s'accélérèrent, et échappèrent à tout contrôle.

L'homme qui appuyait son couteau sur la gorge de Reuben s'était approché d'un petit peu trop près. Reuben se pencha sur la lame ; son agresseur se décala sur sa droite, en équilibre instable, et avança son pied droit de quelques centimètres, pour compenser. Reuben baissa le bras, fit mine de laisser tomber son revolver comme il en avait reçu l'ordre, et lui tira dans le pied.

Un hurlement de douleur, le cliquetis de la lame tombant sur le sol.

Reuben en profita pour jeter son adversaire à terre tout en faisant feu sur l'un des hommes qui étaient apparus dans l'entrée. Le Blanc sortit un pistolet automatique, visa et tira deux fois, ratant de peu l'épaule de Reuben.

On entendit un fracas de verre brisé puis une explosion sourde. La porte d'entrée céda sous la poussée, trois hommes s'engouffrèrent dans l'ouverture béante. Deux d'entre eux, armés de mitraillettes, portaient un uniforme de commando. Le troisième était Smith, vêtu d'un costume bleu clair, non armé. Un éclair de lumière bleue illumina la rue obscure.

Trois des agresseurs prirent la fuite. Ils n'allèrent pas loin. Deux autres individus armés leur barrèrent la route. On entendit leurs couteaux tomber sur le trottoir.

Smith marcha tranquillement sur le Blanc qui avait été le chef de la bande et le frappa au visage. Il vacilla, mais ne tomba pas. Smith parla le premier.

— Quelle que soit la provocation, personne n'agit sans mon autorisation. Or ceci n'était pas autorisé. Tu connais le prix de la désobéissance.

— Il a aveuglé Kominsky. Il lui a tiré dessus, il lui a crevé un œil; Kominsky nous a demandé de nous occuper de lui.

— Œil pour œil, c'est bien ça? Kominsky sabote son boulot, et vous, vous en rajoutez? On est en opération, bordel, ce n'est pas un jeu, ni un pique-nique, ni une vengeance personnelle.

Smith se tourna vers un des commandos.

— Emmenez-les. Raccompagnez-les au quartier général. Je m'occuperai d'eux plus tard.

On le laissa bientôt seul avec Reuben et Angelina. Il tendit la main vers le policier.

— Votre arme, lieutenant.

— Vous n'avez pas le droit de me la demander.

Smith s'impatienta.

— Vous ne faites plus partie de la police, lieutenant. Vous êtes soupçonné de meurtre. La situation a évolué d'une façon encore plus favorable que je ne l'avais prévu. Vous avez le choix : me remettre votre arme, ou essayer de vous enfuir en vous en servant. Et maintenant... (Il s'interrompit, tendit la main.) L'arme, je vous prie.

Reuben hésita un instant encore, puis la lui tendit.

— Je vous remercie, lieutenant. Vous avez pris la bonne décision. Venez avec moi.

36

On appelle Brooklyn le quartier des églises et des cimetières. On prie, on meurt, on va au paradis. Brooklyn n'est pas un paradis, évidemment. Là où vivent les hommes, ce n'est jamais le paradis. L'endroit qui s'en rapproche le plus, pour les hommes, ce sont les églises. C'est tout dire.

Le lieu où l'on avait amené Reuben n'était plus vraiment une église, mais une coquille vide qui attendait les bulldozers pour que prenne fin son pitoyable état. Un prêtre aux yeux tristes avait emporté les précieuses reliques déposées sous l'autel, ossements ou chairs desséchées. L'autel lui-même avait été démonté et enlevé. Il n'y restait qu'un faible écho de sainteté, un clocher sans cloche, des murs sans statues, des fenêtres sans images, et la désolation.

Reuben était assis sur la table qui avait supporté l'autel ; il tremblait dans le courant d'air froid qui pénétrait dans l'église par une porte de derrière. Une dizaine de lampes à gaz y avaient été installées avant son arrivée. Smith était parti depuis une heure, laissant Reuben aux mains de deux des hommes de Gibson Street qui refusaient obstinément de répondre à ses questions.

On l'avait fourré dans une autre Lincoln, on lui avait mis un bandeau sur les yeux et on l'avait conduit dans cette église, sans lui dire un mot. On l'avait séparé d'Angelina. Il ignorait où on l'avait emmenée. Comme il insistait pour que Smith lui explique la situation, il avait reçu un coup de poing dans le plexus solaire et on lui avait intimé l'ordre de se tenir tranquille. Il avait perdu tout sens du temps ou de l'orientation. Le trajet avait été long, mais Reuben supposait qu'ils étaient encore à Brooklyn, et qu'on l'avait fait tourner en rond.

Les portes de l'église s'ouvrirent et Smith entra en compagnie de deux malabars qui poussaient devant eux un homme beaucoup plus mince, trébuchant maladroitement, menotté et apparemment mal en point. Lorsque le petit groupe se fut suffisamment rapproché, Reuben reconnut le prisonnier de Smith : c'était l'homme qui avait tué Danny, celui qu'ils avaient appelé Kominsky, en pyjama et pantoufles, un énorme pansement sur le côté droit du visage. Manifestement, on l'avait arraché à son lit d'hôpital. Il regardait Reuben d'un air stupéfait. Le groupe s'arrêta à trois mètres de l'autel.

Smith se détacha de ses compagnons et avança. Reuben se laissa glisser à terre. Le plus vieux des hommes regardait Reuben, impassible, comme s'il était entomologiste et considérait un spécimen d'insecte épinglé sur un tableau. La mère de Reuben aurait reconnu ce regard. Elle avait été dans les camps de concentration, elle avait souvent vu des hommes et des femmes avec ce genre de regard. Et ne l'avait jamais oublié. Reuben y fut immédiatement sensible, comme si sa mère lui avait transmis cette connaissance. Et il frissonna involontairement.

— Avant, il y avait des anges, ici, dit Smith d'une voix lointaine. Devant les fenêtres. Leurs ailes étaient rouges, écarlates, comme de monstrueux papillons. Là, juste au-dessus de l'autel, deux anges dorés se penchaient sur nous pendant la messe, et nous tendaient les bras.

Il s'interrompit et scruta les murs et le plafond décrépis, comme s'il cherchait quelque chose qu'il était le seul à voir.

— Quand j'étais gosse, mon père m'amenait dans cette église pour assister à la messe, après ma première communion. Une fois par semaine, et pour les fêtes. Puis je suis devenu enfant de chœur. On m'habillait de blanc, on me donnait un encensoir. Je me croyais le cœur pur. Comme tous les autres gamins. Aussi pur que Jésus. Aussi pur que le père Tirali.

Il s'interrompit à nouveau, le regard perdu dans les ombres du transept.

— Mais on a vite appris la vérité.

Il reporta sur Reuben un regard vide.

— Et chez vous ? lui demanda-t-il. Chez vous aussi, il y a des anges ? Des petits anges tout dorés qui vous regardent perdre votre pureté ? A moins que vous n'ayez encore le cœur pur, lieutenant. Votre race est assez angélique, non ?

— Là où m'emmenait mon père, il n'y avait pas d'images. Et pas d'anges non plus.

Smith leva un sourcil.

— Quel dommage ! C'est beau, les anges.

— Qu'avez-vous fait d'Angelina ?

— C'est typiquement juif, de changer de sujet de conversation. Qu'est-ce qui vous fait croire que je me suis occupé d'elle ?

— Elle a besoin de soins. Si elle tombe dans le coma, elle mourra.

Smith se rapprocha d'un pas. Son haleine produisait un peu de vapeur, qui se dissolvait dans l'air ambiant.

— Elle est en sécurité, lieutenant. Mais vous, l'êtes-vous ?

Reuben laissa son regard errer autour de lui : l'église, les hommes à la carrure impressionnante, le petit homme qui essayait de dissimuler sa peur.

— Je trouve que le moment est venu de m'expliquer votre rôle, Smith. Vous n'avez aucune raison de me garder prisonnier. Personne ne vous en a donné l'autorité.

— Vous croyez vraiment ? Vous êtes soupçonné du meurtre de Danny Cohen. On a lancé un mandat d'amener contre vous. La nuit dernière, on vous a trouvé, dans une maison où les gens se piquent à mort, en compagnie d'un cocaïnomane et de plusieurs dealers. Vous aviez en votre possession une mallette contenant cinq kilos d'héroïne pure à cent pour cent, en provenance de Colombie. Valeur marchande : deux cent mille dollars.

Smith croisa les bras sur la poitrine. Il évalua longuement Reuben du regard.

— Vous êtes un homme dangereux, lieutenant. Vous en savez trop. Et trop peu. Mes supérieurs exigent qu'on vous fasse taire. Il y a plusieurs méthodes, pour atteindre ce but. Des méthodes simples, radicales, et d'autres plus complexes, comme celle que j'ai choisie. La raison pour laquelle j'ai préféré la difficulté c'est que je souhaite vous proposer de faire vous-même votre choix. Mes supérieurs ne se contenteront pas de votre promesse de ne plus fourrer votre nez dans leurs affaires. Ils veulent savoir tout ce que vous avez appris, ils veulent les dossiers que Mme Hammel vous a apportés, ils veulent un certain cahier, et aussi tout ce que vous avez pris dans la chambre souterraine, hier.

— Et que m'offrez-vous en échange ?

Smith haussa les épaules.

— Vous sortez d'ici blanchi. Demain matin, vous allez au commissariat comme d'habitude. Personne ne vous arrêtera. Personne ne sera au courant de ces divers incidents. Bien au contraire. Une lettre vous attendra sur votre bureau. Elle vous annoncera une promotion importante, et bien méritée.

— Et si je vous dis d'aller au diable ?

— Alors vous m'accompagnerez. On vous déclarera coupable du meurtre de Danny Cohen. On prouvera qu'il avait découvert vos liens avec les trafiquants de drogue. Vous serez condamné. Ce ne sera même pas la peine d'utiliser les photos que je vous ai montrées. Je m'en servirai pour quelqu'un d'autre. Mme Hammel, par exemple.

— Je sais qui a tué Danny Cohen. Et je pourrai sans doute le prouver devant un tribunal.

— Peut-être, en effet.

Il se détourna légèrement et claqua des doigts. Les hommes qui étaient derrière lui avancèrent, propulsant Kominsky.

— Décidément, je crois que vous êtes destiné à être la Némésis de M. Kominsky, dit Smith. Vous lui avez déjà infligé de sérieuses blessures, vous l'avez privé d'un de ses yeux. Et vous revoici face à face.

Smith fit un geste à l'adresse de l'un de ses gros bras, qui força Kominsky à s'agenouiller. Le blessé avait l'air terrorisé. Il tremblait d'une façon incoercible.

Smith n'avait pas quitté Reuben des yeux. Il tendit la main, et un de ses hommes lui passa un pistolet. Smith le saisit avec la nonchalance d'un habitué, puis le tendit à Reuben.

— Il est chargé, dit-il. Le bourreau de Kominsky, ce sera vous. Il vous a envoyé ses amis, ce soir, pour vous tuer. Votre vie contre son œil. La nuit dernière, il a tué un de vos amis, en le prenant pour vous. La vie de votre ami pour la vôtre. Vous pouvez maintenant régler vos comptes : la vie de Kominsky pour celle de votre ami.

Reuben s'empara de l'arme. Les gardes du corps de Smith l'avaient mis en joue. Il savait qu'il n'avait aucune chance de tirer sur quelqu'un d'autre que Kominsky, qui le regardait, son œil unique écarquillé de peur. Reuben leva son arme, qui lui sembla plus lourde que toutes celles qu'il avait eu l'occasion de manipuler. Il pensa à Danny, mort, la gorge tranchée ; à Angelina, attachée sur une chaise, à côté de lui. Il leva le revolver. S'il fermait les yeux, ce ne serait qu'un exercice de tir de plus. Tirer, recharger ; tirer, recharger. « Je vais le tuer, maman », avait-il déclaré. Son doigt se posa sur la détente.

Il ouvrit les yeux, lâcha le revolver. Smith l'observait, impassible.

— J'en déduis que vous déclinez ma proposition, lieutenant.

Reuben ne répondit pas. Ses mains tremblaient. Smith ramassa l'arme. D'un geste naturel, sans aucune affectation, il appuya le canon sur le cou de Kominsky, qui tremblait comme une feuille. Reuben regarda Smith dans les yeux.

— Hier soir, dit Smith, et ce soir aussi, peut-être, vous avez sans doute cru que la différence entre Kominsky et vous était la même que celle qui existe entre l'amour et la haine. Ou l'amour et l'indifférence. Il se peut que vous ayez eu raison. Mais les choses se sont simplifiées, depuis. Vous avez toujours le choix entre la vie et la mort. Vous venez de choisir. Kominsky a fait son choix hier soir, lorsqu'il a échoué dans sa mission.

Smith fit feu à bout portant dans la nuque de Kominsky, dont le corps torturé tressauta violemment. Du sang gicla à flots dans l'air impur. Reuben ferma les yeux. Le corps de Kominsky s'affaissa sur le sol. Les murs vides renvoyaient interminablement l'écho de l'explosion.

Smith tendit l'arme à son garde du corps.

— Vous avez jusqu'à demain matin cinq heures, lieutenant Abrams. A tout à l'heure.

Smith fit volte-face et s'éloigna. A mi-chemin, il se retourna.

— Je suis désolé, lieutenant. J'ai oublié de vous dire combien je trouve votre mère belle. Quel âge a-t-elle ? Soixante-dix ans ? Elle ne les fait vraiment pas. Je suis persuadé que votre père et elle vivront très vieux. Ce n'est pas votre sentiment ?

Il s'éloigna sans se retourner. On n'entendait rien, plus un seul bruit. Et sur ce sol qu'avaient foulé les prêtres et leurs acolytes, le sang coulait, avec le goût amer du vin.

37

A sa montre, il était deux heures et quart. Il lui restait moins de trois heures avant le retour de Smith ! Ils avaient enfermé Reuben dans l'ancienne sacristie, une petite pièce humide, croulant sous les gravats. Dans un coin, une statue brisée levait un bras, en guise de dérisoire bénédiction. Il disposait d'un siège, de lumière, et de beaucoup de temps pour réfléchir. La porte, verrouillée de l'extérieur, et l'unique fenêtre, occultée par des planches, hors de portée même s'il se mettait debout sur sa chaise, interdisaient toute velléité de fuite.

Smith avait presque tous les atouts en main. Angelina, les parents de Reuben, et bien sûr le cadavre qui se rigidifiait dans une petite chapelle contiguë. Ce mort ne lui servait pas à grand-chose, sinon à prouver qu'il pouvait se montrer aussi impitoyable qu'il le prétendait. Reuben, pour sa part, possédait un cahier, un demi-cercle d'or et l'histoire d'un navire venu d'Afrique. La question était de savoir quelle importance Smith accordait à ces divers éléments, et pourquoi. Reuben pouvait tenter de tergiverser, mais il risquait ainsi la vie de ses parents et celle d'Angelina.

Tout dire à Smith semblait la meilleure des solutions. Lui révéler la cachette du cahier et du bijou. Malheureusement, Reuben en avait trop appris sur Smith pour lui faire confiance. Accéder à ses désirs ne leur garantirait pas la vie sauve. Smith n'agissait pas pour son propre compte, il répondait de ses actes devant des hommes infiniment plus puissants que lui, et il n'hésiterait certainement pas à lui réserver un sort identique à celui de Kominsky. Reuben et Angelina en savaient beaucoup trop pour qu'on leur laisse la liberté. Et la vie.

A deux heures trente, un des gros bras fit sa ronde. Toutes les demi-heures, il en passait un, qui vérifiait que tout était normal puis refermait la porte derrière lui. Ils ne disaient pas un mot, ne répondaient pas à la plus anodine des questions.

Reuben avait faim, froid, et terriblement besoin de sommeil, mais il n'y avait rien à manger, pas de chauffage et il savait qu'il ne pourrait pas dormir. Il s'était assoupi une ou deux fois, avec pour seuls résultats une nuque douloureuse et les réminiscences d'un cauchemar atroce. Son dos et son pied blessé étaient très douloureux.

A quatre heures, il réclama un thé ou un café, pour se réchauffer un peu, mais son geôlier se contenta de hausser les épaules avant de sortir. Une sirène d'alarme déchirait le silence de la nuit. Ils étaient donc en ville. Mais où ?

Tout d'abord, il ne remarqua pas tout de suite le léger grincement qui venait d'en haut, vers la fenêtre. La lumière était chiche et les contours de la fenêtre presque invisibles. Puis il perçut un mouvement, dans le coin inférieur gauche du cadre. Les planches s'écartaient du plafond, comme si on les repoussait de l'extérieur. Comme il n'y avait plus de vitres, Reuben sentit l'air froid qui s'engouffrait par l'ouverture. Un dernier grattement, et il vit tomber quelque chose sur le sol. La planche reprit sa position initiale. Un pas léger se fit entendre, puis un bruit de saut. Le silence retomba, plus lourd encore.

La porte s'ouvrit sur l'un des geôliers, arme au poing.

— Il m'a semblé entendre un bruit. Qu'est-ce que vous fabriquez ?

Reuben réfléchit à toute vitesse ; en jetant un coup d'œil autour de lui, il avisa un morceau de pierre tombé des murs ou du plafond, et donna un coup de pied dedans. Le débris atterrit sur une pile de gravats.

— Je tape là-dedans. Si vous m'aviez apporté du café, j'aurais mieux à faire.

Le gardien passa la pièce en revue. Reuben, terrifié, se dit qu'il allait remarquer la petite ouverture pratiquée sur le rebord de la fenêtre. Mais il faisait trop sombre. L'homme s'éloigna avec un haussement d'épaules. Reuben l'entendit tourner la clé dans la serrure.

Il se leva et se dirigea vers l'endroit où quelque chose avait dû tomber. Si on savait où chercher, on trouvait sans peine : un petit tube de quelques centimètres de long, parmi des gravats, sous la fenêtre. Il contenait un rouleau de papier, où un message avait été tapé sur une machine à écrire manuelle, dont les « e » étaient décalés.

Reuben, tu te rappelles le chimpanzé à la démarche si comique que nous avons vu au zoo du Bronx, le lendemain du jour où nous nous sommes connus ? Ceci simplement pour que tu saches que ce message est authentique. Cache le tube et détruis le papier dès que tu l'auras lu. L'homme que tu appelles Smith a pris tes parents en otage, dans leur propre appartement. On a emmené Mme Hammel dans une clinique privée, elle y sera en sécurité pendant les prochaines vingt-quatre heures. Concentre-toi sur tes parents, et sur toi. Accepte les exigences de ce Smith, mais insiste pour voir tes parents avant de lui remettre quoi que ce soit. Lorsqu'on t'aura amené chez eux, dis-lui que les objets qu'il désire sont dans un coffre dissimulé chez toi. Insiste pour que tes parents vous y accompagnent. Un revolver chargé a été placé dans le deuxième tiroir de droite de ton bureau. Après, ce sera à toi de jouer. Si tu t'en sors, appelle le numéro que je t'ai donné. Quelqu'un assurera une permanence pendant soixante-douze heures. Je suis en mesure de procurer un refuge sûr à tes parents, et de t'aider à retrouver Mme Hammel. En échange, je te demanderai ta coopération. Sois prudent, je t'en prie.

Sally.

Reuben retint sa respiration. La pièce semblait basculer, voguer, comme si elle avait brisé ses amarres. Il ferma les yeux pour lutter contre la nausée et le vertige. Lorsqu'il les rouvrit, la sacristie était toujours là, aussi poussiéreuse et encombrée qu'avant. La statue le regardait avec indifférence. Il entendit un pas à l'extérieur. Il froissa le message et le remit dans le tube qu'il enfonça dans une cavité, à l'arrière de la tête de la statue.

38

Smith ne plaisantait pas au niveau horaire. A cinq heures une, ses acolytes lui amenèrent Reuben. Les premières lueurs d'une aube sale transparaissaient par une fenêtre cassée, tout en haut de la nef. La matinée était sinistre, l'église dévastée. Toute chaleur, tout réconfort semblait avoir disparu de la surface de la terre.

Reuben posa ses conditions d'une voix calme, en espérant qu'il cachait bien sa nervosité et son angoisse. Smith semblait reposé, indifférent. Il avait dormi, il avait pris un bain, s'était aspergé de parfum. Un œil non averti l'aurait pris pour un comptable ou un inspecteur des ventes se rendant à son travail, le regard lointain, pardessus boutonné, prêt à gagner son salaire quotidien. Comme un comptable ou un vendeur, il semblait s'ennuyer un peu ; on aurait pu croire que le bref accès de violence de la nuit précédente l'avait privé tout à la fois de colère et d'espoir.

Il accepta de bon gré les conditions de Reuben, comme s'il s'y était attendu. Reuben comprit que Smith possédait le curieux instinct des grands criminels, capables de faire la distinction entre la violence nécessaire et la violence inutile. La dureté est inutile, si l'on ne sait pas composer en temps voulu. Il n'hésita qu'un court instant, puis hocha la tête.

D'un ton sec, il donna l'ordre du départ. Ses hommes éteignirent les lampes, abandonnant le corps de Kominsky sur les marches de l'autel, en guise d'offrande. Encens de ce sacrement, le parfum de Smith s'attarda dans l'air ambiant.

Tout se passa comme prévu. Les parents de Reuben étaient fatigués, angoissés, mais sains et saufs. Ils avaient appris depuis longtemps à contrôler leurs peurs. Sa mère portait une robe de lainage roux et un châle gris. Ses cheveux étaient noués en un chignon serré, comme d'habitude. Ni maquillage ni bijoux. Une vieille dame qui avait trop souvent regardé la mort en face pour la craindre encore. Elle sourit à Reuben, puis se détourna.

Son père était assis à côté d'elle, muet. Reuben avait oublié à quel point le vieillard était désormais fragile.

— Ils viennent avec moi, affirma Reuben d'un ton sans réplique, rassuré par le succès de son plan. Je vous donne les documents, et vous partez, vous et vos hommes. Et ce sera terminé. Que vous importe ce vieux couple ?

— Ils sont vivants, fit remarquer Smith. Vous les avez vus. Que voulez-vous de plus ?

— Je veux qu'ils restent vivants, justement. Prenez tout ce que vous voulez. Mais moi, je les veux, eux. Le spectacle que vous m'avez offert hier soir ne m'incite pas à vous faire confiance.

— Ce n'était pas son but. Bien au contraire. Bon, si ça vous fait plaisir, et si cela nous fait gagner du temps, je ne vois aucune raison de m'y opposer. Où sont les documents ?

Reuben fit mine d'hésiter encore à abattre toutes ses cartes.

— Chez moi.

— Vous mentez. Mes hommes ont fouillé votre appartement de fond en comble. Au peigne fin. Il n'y a rien.

— Je n'ai pas commis l'erreur de les laisser dans un tiroir, pour que le premier venu mette la main dessus. Mais ils sont bel et bien là, croyez-moi. Que gagnerais-je à vous mentir ?

Smith pinça les lèvres.

— Je n'en sais rien. Mais vous avez beaucoup à perdre. Si vous ne m'avez pas remis ces documents dans la demi-heure qui suit, je trancherai la gorge de votre mère sur le carrelage de votre cuisine. Moi-même.

Ce fut alors que Reuben décida de tuer cet homme.

L'appartement était sous scellés, comme celui d'Angelina. Reuben ouvrit la porte avec sa clé et fit entrer ses parents, Smith et deux de ses hommes. Les autres étaient partis, leur nuit avait été longue.

Reuben n'avait pas eu le temps de réfléchir précisément à ce qu'il ferait lorsqu'il aurait le revolver. Tout d'abord il fallait qu'il résolve le problème de ses parents, afin qu'ils ne soient pas exposés aux balles si ça se mettait à tirer. Ensuite : comment tenir trois hommes aguerris en respect, dans un espace aussi restreint, et sans renfort ? L'arme, en supposant qu'elle y fût, lui donnerait l'avantage de la surprise pendant trois secondes. Mais après ?

Il se tourna vers Smith.

— Je voudrais que mes parents se reposent. Vous les avez empêchés de dormir pendant toute la nuit. Regardez ma mère : elle est fatiguée, elle a peur. Mon père aussi. Qu'ils aillent dans ma chambre pendant que nous réglons nos affaires.

Smith observa le vieux couple.

— Emmenez la femme dans la chambre à coucher. Surveillez-la. L'homme restera ici.

Reuben ne se risqua pas à discuter. Smith ne devait pas nourrir le moindre soupçon. L'un des gardes du corps emmena sa mère dans la chambre à coucher. Ses deux problèmes étaient désormais en partie résolus.

Le bureau était plongé dans une sorte de clair-obscur. Quelqu'un avait fermé les volets, que Reuben laissait d'ordinaire ouverts. Il n'en filtrait qu'une lumière grise et faible.

Smith entra le premier dans la pièce et manœuvra l'interrupteur électrique. Le plafonnier s'alluma. Il ne régnait pas un immense désordre — les hommes entraînés sont systématiques sans hystérie —, mais il était évident que l'on n'avait rien négligé. Par endroits, on avait même décollé le papier peint.

Reuben rejoignit Smith, suivi par son père et le garde du corps. Le vieillard ferma la porte et s'y adossa. Blême, les traits tirés, il semblait sur le point de défaillir. Reuben lui jeta un rapide coup d'œil, mais ne lut rien dans ses yeux fatigués.

— Les documents sont dans un coffre dissimulé sous le plancher, improvisa Reuben.

Il avait envie d'embrasser son père, de lui dire qu'il l'aimait. La pudeur les avait toujours séparés. Pudeur de l'enfance, tout d'abord, puis de l'adolescence, de la jeunesse et maintenant du grand âge.

— La clé est dans mon bureau.

Smith interrogea son homme de main :

— Parker ?

— Pas de problème, monsieur. Rien ne nous a échappé, dans cette pièce. Le bureau ne présente aucun risque.

Ce que voulait dire cet homme, c'est qu'aucune arme n'y était cachée. Reuben espérait bien qu'il se trompait.

— Vous avez trouvé une clé ?

Parker haussa les épaules. Il avait une carrure impressionnante, et son geste révéla des muscles puissants sous sa veste en tweed. Il portait un revolver sur le flanc gauche, et avait toujours sa mitraillette UZI à la main. Décontracté, mais vigilant.

— Je ne sais pas, monsieur. C'est Curtis qui s'est chargé du bureau. A fond. Et il s'y connaît.

— Il ne peut pas l'avoir trouvée, intervint Reuben. Elle est scotchée derrière un tiroir.

— Curtis s'y connaît vraiment, répéta Parker, et son insistance à vanter les mérites de son équipier avait quelque chose d'émouvant.

— Je vais bien voir, dit Reuben en faisant un pas.

Il fallait surtout éviter que Smith ou son second ne cherchent eux-mêmes la clé dans le tiroir, et découvrent l'arme. Si elle y était. Reuben était devant le bureau. Smith ne le quittait pas des yeux. Et si ce message était un canular ? Et si Curtis était passé par là après que l'arme y avait été entreposée ? Mieux valait ne pas y penser. Et garder la tête froide. Reuben ouvrit le deuxième tiroir et y passa la main.

Le revolver était là, froid, lisse, dur comme le cœur de Smith. Un Heckler et Koch P7, qu'il reconnut instantanément, pour l'avoir souvent utilisé au stand de tir. C'était un bon choix : l'arme, de petite taille, était facile à cacher, à manipuler. La crosse, cependant, était plus épaisse que d'ordinaire. Elle contenait un chargeur de treize balles au lieu des huit habituelles. Reuben, le cœur battant, posa la main dessus.

— Que se passe-t-il, lieutenant ?

Smith fit un pas en avant.

— La clé n'est plus là. Vos hommes ont tout mis sens dessus dessous.

Smith se rapprocha encore. Reuben faisait toujours semblant de chercher.

— Laissez-moi voir.

Reuben leva les yeux. Son père était appuyé contre la porte, trop près de Parker.

Smith était à côté de lui, maintenant. Reuben sortit l'arme, prit Smith par le cou et posa le canon de l'arme sur sa tempe, le décoiffant au passage.

Il sentit Smith se raidir, tous ses sens en alerte.

— Dites à Parker de jeter son arme. Je lui donne deux secondes.

Reuben s'efforçait de parler d'une voix calme. Mais en lui la tempête faisait rage.

Parker hésitait. Smith hocha la tête. Le garde du corps lâcha sa mitraillette et, simultanément, attira le père de Reuben devant lui, comme un bouclier, braquant sur le vieil homme le revolver qu'il avait sorti de son holster d'un geste d'illusionniste. Un partout.

Reuben frappa violemment Smith à la tête, le fit tomber. Smith gronda, tenta de s'agenouiller, mais en vain. Reuben se jeta derrière le bureau.

Quel qu'eût été son emploi par la suite, Parker avait été formé à sauver des otages et non à les tuer. Il lâcha son bouclier humain et s'accroupit en tirant sur le bureau. Reuben s'était abrité derrière un classeur métallique, sur lequel ricochèrent les balles de Parker. Reuben se releva et tira deux balles qui s'enfoncèrent dans le ventre de son adversaire. L'homme tressauta et s'écroula, dos au mur, les mains sur l'estomac et la poitrine.

La porte céda sous le violent coup de pied de l'équipier de Parker. Le père de Reuben fut projeté sur le côté. Avant que le second homme de main, qui s'était précipité au sol en entrant dans pièce, n'eût eu le temps de trouver sa cible, Reuben lui avait logé une balle entre les deux yeux.

Le silence qui s'ensuivit fut absolu.

39

— Papa, tu vas bien ?

Reuben se pencha sur son père, voulut le relever. Le vieillard s'assit par terre, secoué, mais en apparence indemne.

— Oui, marmonna-t-il. Ça va. Occupe-toi de ta mère, Reuben.

Reuben aida son père à s'asseoir sur une chaise et ramassa à la hâte les armes tombées par terre. Parker et son équipier ne présentaient plus de danger. Smith était dans le cirage. Reuben se précipita dans sa chambre, où sa mère, assise dos au mur sur le lit, priait à voix basse.

— J'ai entendu tirer, dit-elle après avoir constaté avec soulagement que c'était son fils qui entrait dans la chambre. Comment va ton père ?

— Bien, maman.

— Je veux le voir.

— Il se repose dans mon bureau. Je ne veux pas que tu y ailles. Deux hommes sont morts.

— J'ai déjà vu des morts, Reuben. Deux de plus ou deux de moins !

— Attends, je vais ramener papa ici.

Reuben posa toutes les armes sauf le P7 et sortit de la pièce.

Son père n'avait pas bougé. Smith était debout. Dans une main, il tenait un émetteur radio de poche. Dans l'autre, un couteau à la lame tranchante et effilée. Des morceaux de bande adhésive traînaient par terre. Il avait dû s'en servir pour attacher le couteau autour de son mollet. La pointe du couteau était appuyée au fond de la gorge du père de Reuben. Le vieillard hoquetait.

Smith ne s'arrêta pas de parler, ne se retourna même pas vers Reuben.

— Abrams est revenu, dit-il doucement dans le micro, je vais m'occuper de lui en premier. Venez aussi vite que vous le pourrez. Et prévenez l'unité six. Qu'elle se dépêche.

Il remit l'émetteur dans sa poche sans quitter des yeux le vieil homme assis.

— Lancez doucement votre arme vers moi, Abrams, dit-il. Très doucement.

Il s'exprimait très calmement, comme si rien ne l'inquiétait.

— Je vous tuerai quoi qu'il arrive, Smith. Lâchez-le.

Reuben vit l'imperceptible mouvement de Smith, qui appuya la pointe de son couteau contre le palais de son père. Des gouttes de sang se mêlèrent à la salive qui lui montait aux lèvres. Il haletait, essayait de reprendre son souffle. Ses mains décharnées se crispaient sur les bords de sa chaise. Reuben capitula et lança son arme vers Smith.

Au moment où l'arme toucha le sol, à ses pieds, Smith donna une légère poussée en avant et vers le haut. La lame en acier trempé aurait transpercé une plaque de fer sans se courber. Elle pénétra dans la chair du vieillard sans rencontrer la moindre résistance. Smith, le bras tendu, souleva le corps accroché au bout de son couteau comme s'il avait harponné un gros poisson. Le sang gicla de la bouche ouverte, le corps du vieillard se ramollit et s'affaissa. La pointe du couteau ressortait au sommet de son crâne.

Reuben hurla et se précipita sur Smith, dont la main était pleine de sang. Il lâcha le couteau, laissant tomber le vieil homme, et ramassa l'arme qui avait roulé à ses pieds.

Reuben n'était qu'à quelques pas de lui. Il vit le canon du revolver se relever et se jeta en avant sans réfléchir. Smith tira deux fois. Les balles s'enfoncèrent dans le mur, à quelques centimètres de la tête de Reuben.

Ce dernier virevolta, se jeta par terre, fit un roulé-boulé et entendit une balle siffler à ses oreilles. Il reprit son équilibre, se redressa et croisa le regard de sa mère, debout sur le seuil.

Il se jeta sur elle et la poussa vers la porte d'entrée. Smith courait vers lui. Reuben saisit un vase en cristal qui se trouvait sur une table basse et le lui lança en pleine poitrine. Smith vacilla sous le choc.

— Cours, maman ! Cours !

La portant et la tirant à la fois, Reuben entraîna sa mère sur le palier. Ils se précipitèrent dans l'escalier, poursuivis par Smith. Sa mère était légère, mais elle opposait une résistance farouche, et Reuben avait du mal à lui faire descendre les marches.

— Avrumel ! hurlait-elle. Avrumel !

Le nom de son père. Elle avait entendu tirer, elle avait vu le sang. Elle criait sans discontinuer, de chagrin autant que de peur. Le visage de Reuben ruisselait de larmes, larmes de sang, qu'il pleurait sur son père.

Smith n'était plus très loin. Il dévalait les marches derrière eux. Lorsque Reuben et sa mère arrivèrent à la porte d'entrée de l'immeuble, il était au premier étage. Reuben poussa sa mère en avant.

— Cours ! s'écria-t-il une fois encore. Cours et ne t'arrête pas !

Smith tira deux fois, quelques centimètres trop haut. Reuben suivit sa mère dans la rue, la rattrapa.

Des passants les regardaient anxieusement ; ils avaient entendu les coups de feu. Une sirène de voiture de police se rapprochait. Quelqu'un avait appelé les flics.

Une conduite intérieure noire surgit soudain. Un homme, le visage dissimulé sous un passe-montagne, se penchait à la fenêtre, côté passager, et braquait une arme sur eux. Reuben jeta sa mère par terre et la recouvrit de son corps. Smith apparut au même instant. La conduite intérieure freina dans un abominable crissement de pneus. Des gens hurlaient, couraient se mettre à l'abri. La voiture de police entra dans la rue.

Smith eut un instant d'hésitation. Reuben aida sa mère à se relever et la propulsa derrière une Volvo, garée le long du trottoir. Une seconde plus tard, les vitres de la Volvo explosaient sous les balles tirées par l'homme en voiture.

La voiture de police stoppa à quelques mètres. Un policier en uniforme se pencha à sa fenêtre et ouvrit le feu sur la conduite intérieure. L'homme de main se retourna, riposta. Le pare-brise de la voiture de police vola en éclats. Une seconde après, le bandit s'écroulait, la gorge perforée par une balle de Magnum 357.

Quelqu'un ouvrit la portière arrière de la voiture de patrouille pour Reuben et sa mère.

— Vite ! Montez !

Smith essaya de contourner la Volvo. La silhouette assise à l'arrière de la voiture de police tira sur lui, l'obligeant à reculer. Une deuxième conduite intérieure arrivait à toute allure. Le policier était sorti de sa voiture. Abrité derrière la Volvo, il tirait sans discontinuer pour couvrir la retraite de Reuben et de sa mère qui traversèrent la rue en chancelant. La mère de Reuben, paralysée par la peur, se laissait traîner par son fils, qui la poussa enfin sur le siège arrière de la voiture de police.

— Occupez-vous de la tirer de là, moi je veux Smith ! s'écria-t-il.

— Laissez-le, dit un homme d'une voix déterminée.

— Il a tué mon père.

La deuxième conduite intérieure s'était arrêtée, deux hommes en surgirent, ouvrant un feu continu.

— Plus tard. Il faut filer d'ici.

On entendit une autre sirène. Reuben hésita encore une fraction de seconde, puis il se jeta sur le siège, et poussa sa mère au fond de la voiture. Une volée de balles fit exploser la vitre arrière. Le chauffeur avait enclenché la marche avant et s'éloignait, pied au plancher.

Le véhicule tourna à droite, gagna de la vitesse. La sirène ne fonctionnait plus. Reuben se redressa, aida sa mère à s'asseoir.

— Tout va bien, maman. On s'en est sortis.

Pas de réponse. Reuben aperçut le visage de l'homme assis à ses côtés. Puis il baissa les yeux sur sa mère.

Ils ne s'en étaient pas sortis, finalement.

40

A Babylone, le verre et les vies sont teintés, le verre est brisé et les rêves détruits. Il y a des jardins suspendus sur des tours en bronze, et des putains qui déambulent d'un pas léger dans les rues, entre brume et étoiles, tandis que tout là-haut, sur des trônes en bois de cèdre, des princes à la peau blême, luxueusement vêtus, les regardent passer.

La voiture aux vitres teintées se dirigeait vers les tours de Manhattan, par le Brooklyn Bridge. Le fleuve coulait en dessous, glacial, tel un ruban d'acier. A la droite de Reuben, l'immeuble Watchtower montait une garde silencieuse sur le monde des exclus. Aujourd'hui, il n'y aurait pas de résurrection.

La voiture de patrouille n'était pas une voiture de police. On avait refusé de lui en dire plus. Ils l'avaient abandonnée dans un box privé sur Eastern Parkway pour la remplacer par une Chevrolet. Une sorte de limousine sans vitre arrière avait emporté le corps de sa mère. Elle était beaucoup trop petite pour cette voiture d'une longueur démesurée. Ils l'avaient allongée sur un brancard et transportée jusqu'au véhicule où ils l'avaient enfermée, apparemment pour toujours. Sans hâte. Reuben avait vu la voiture s'éloigner dans la rue et se glisser dans la circulation de Parkway, avec le soleil du matin qui jouait dans ses rétroviseurs latéraux.

Ils roulaient sur South Street Viaduc, en direction du centre. Reuben était prostré. Il n'adressa pas la parole à l'homme assis à ses côtés, qui avait risqué sa vie pour l'arracher avec sa mère à ce déluge de feu. L'inconnu avait déclaré s'appeler Jensen.

Reuben ne pouvait détacher ses pensées de Smith. Que faisait-il ? Où était-il ? Il revoyait sa main, ensanglantée par le sang de son père. Le bruit du couteau pénétrant dans le crâne de son père le hantait. Derrière des grillages, un groupe de gamins jouait au basket. La vie continuait, comme si de rien n'était.

Ils prirent à gauche dans la 34e Rue Est, et la voiture s'arrêta bientôt devant une tour récente, en verre vert bouteille. Son nom se déployait en lettres d'or sur l'entrée rutilante : Izumo Taisha Tower, écrit en anglais et en japonais. Reuben n'en avait jamais entendu parler.

Jensen guida Reuben vers les ascenseurs ; il y en avait douze en tout, sur deux rangées, disposés face à face. Une délicate clochette sonna à leur gauche, et les portes s'ouvrirent. Quelques personnes en sortirent, mais Reuben et Jensen furent les seuls à y entrer. Ce dernier sortit une clé de sa poche et l'introduisit dans une serrure de sécurité. L'ascenseur entama sa montée.

Ils s'élevèrent ensemble, sans mot dire. Des chiffres orange clignotaient au fur et à mesure qu'ils montaient. Les chiffres s'estompèrent, et Reuben ne vit plus que le visage de sa mère, qui se brouilla bientôt pour se mêler à celui de son père et ne plus faire qu'un avec lui. Reuben secoua la tête. Les chiffres s'arrêtèrent à quatre-vingt-dix-neuf. La clochette tinta et les portes s'ouvrirent.

Le vide, à perte de vue, un vide encerclé de verre teinté. Un sol en béton nu. Aucune cloison. Seule la rangée d'ascenseurs rompait la monotonie des murs de verre.

Au loin, près d'une fenêtre, se tenaient plusieurs personnes. Jensen fit signe à Reuben d'avancer vers elles. En le voyant, des silhouettes indistinctes se détachèrent du mur pour venir à sa rencontre. Trois hommes d'environ trente-cinq ans se présentèrent et serrèrent la main de Reuben qui s'empressa d'oublier leurs noms. Un seul nom lui suffisait, le plus simple de tous : Smith. Son regard s'attarda sur la quatrième personne, qui était restée près de la fenêtre et regardait dehors. Il s'arrêta à quelques pas.

— Bonjour, Reuben, dit Sally d'une toute petite voix. Je suis désolée. Je ne peux pas te dire à quel point je suis malheureuse.

Il sentit l'angoisse qu'exprimait cette voix. L'angoisse et le remords, et la colère. Il ne répondit pas.

— Approche, Reuben. Viens à la fenêtre.

Sans mot dire, il s'exécuta.

— Regarde, Reuben, murmura Sally. Que vois-tu ?

Reuben voyait les nuages s'effilocher sur les plus hauts gratte-ciel — Pan Am, Chrysler, American Brands. Pas un seul être humain. De si haut, on n'en distinguait aucune trace. Seuls son père et sa mère flottaient dans l'infini de l'espace, reflets sans substance.

— New York.

Sally secoua la tête.

— Non, dit-elle. Pas New York. Babylone. La Grande Babylone, mère de toutes les abominations.

Il ne lui demanda pas de quoi elle parlait, car il pensait le savoir. Les nuages paresseux se formaient et se délitaient douloureusement dans le ciel, au-dessus de la ville. Un soleil pâle transparaissait, incapable de réchauffer les rues mornes. Son père et sa mère étaient morts.

Sally se tourna vers lui, prit maladroitement sa main et se haussa sur la pointe des pieds pour l'embrasser tendrement. Au bout de quelques instants, il la repoussa. Il ne supportait pas qu'on le touchât. Il était sous le choc, abasourdi, prostré par le chagrin. Sally laissa retomber ses bras. Il faisait froid dans cet espace immense et nu.

— Asseyons-nous, Reuben. Il faut que je te parle.

Quelqu'un avait disposé des chaises en plastique au milieu de ce désert. Les quatre hommes étaient déjà assis. Sally prit un siège en face de Reuben. Elle était sobrement habillée d'une jupe bordeaux et d'un chandail assorti, et portait de minuscules boucles d'oreilles en forme de crocodile. Son regard était impénétrable.

— Je sais que tu voudrais être seul, Reuben, mais nous n'avons pas de temps à perdre. Je sais aussi que tu dois avoir beaucoup de questions à poser, mais je te demande un peu de patience. Je n'ai peut-être pas toutes les réponses, et même si je les avais, je n'aurais pas le droit de te les donner pour le moment. Je ne l'aurai peut-être jamais. Il faut que tu l'acceptes.

« Ce que je vais te révéler est top secret. Ces informations font partie des secrets les mieux gardés des États-Unis. Le président lui-même n'est pas au courant. Et il ne le sera sans doute jamais, à moins que... A moins que nous n'y soyons contraints par les circonstances.

Reuben l'interrompit.

— Qui es-tu, Sally ? Pourquoi fais-tu tout cela ? Pourquoi assassines-tu des gens ?

Sally se pencha en avant en frissonnant.

— Je t'en supplie, Reuben, laisse-moi parler. Je vais t'expliquer. Tu me poseras toutes les questions que tu voudras après.

Reuben opina de la tête. Le vide de l'espace dans lequel ils se trouvaient n'était rien, comparé à l'abîme qui s'était ouvert en lui. Son père était debout à la fenêtre, de dos. Et il ne se retournerait pas.

— Tout d'abord, je vais te présenter les gens qui sont là.

Elle prononça leurs noms et ils se levèrent chacun à leur tour pour aller serrer la main de Reuben. Chris Leach, un ancien professeur de psychologie, grand, tendu, pensif. Curtis Kolstoe, un avocat comme Sally, un homme rond au regard pénétrant. Hastings Donovan, ex-flic, roux, costaud, réservé. Emeric Jensen, ancien professeur de théologie à l'université de Dartmouth.

— Emeric, dit Sally, peut-être devrais-tu prendre la parole en premier.

Jensen leva les sourcils. C'était un homme blond, à l'ossature délicate, à l'air timide.

— Pourquoi moi ?

— Tu enseignais la théologie, répondit Sally. Ceci est ton châtiment.

Il y avait, entre Sally et Emeric, une relation plus que professionnelle, plus qu'amicale. Reuben en eut le pressentiment, puis le balaya. Qu'est-ce que cela pouvait bien lui faire ?

Jensen se pencha en avant, coudes appuyés sur les genoux, la tête reposant sur ses mains jointes. C'était sans doute ainsi, songea Reuben, qu'il commençait ses cours, dans son ancienne vie.

— Nous appartenons tous les cinq à une équipe plus nombreuse, basée à Washington. Notre appellation officielle, lorsque nous l'utilisons, est ASC. Agence de Surveillance des Cultes. Ça peut sembler bizarre, mais je vous garantis que ça ne l'est pas du tout. Nous sommes une agence tout ce qu'il y a de plus officielle, mise en place il y a six ans dans le cadre de la coopération entre la CIA, le FBI et la Sécurité Intérieure. La CIA tient à l'œil les sectes fondamentalistes depuis longtemps. Depuis l'époque, en fait, où Rioss Montt s'est autoproclamé président du Guatemala. C'était en...

— En 82, précisa Kolstoe.

— 82, c'est bien ça. Vous vous en souvenez peut-être. Montt appartenait à une secte américaine, l'Eglise du Monde Entier. Lorsqu'il est devenu président, la secte ne comptait que huit cents adhérents dans le pays. Mais l'argent n'a pas tardé à affluer. Les fondamentalistes du monde entier se sont mis en tête de faire du Guatemala l'ultime refuge contre le communisme et l'athéisme. Si l'expérience s'était prolongée, la secte aurait fini par diriger le pays.

« Rioss Montt représentait la fraction visible de l'iceberg. Il y avait Khomeiny en Iran, bien entendu. Et Marcos, qui, juste avant sa destitution, était devenu le chef de la Méditation Transcendantale aux Philippines. Les Moonistes, pour leur part, financent de nombreux mouvements anticommunistes dans différents pays d'Amérique latine.

« Pendant les années quatre-vingt, la religion est redevenue une force politique de première importance, que les peuples concernés soient ou non traditionalistes. Le FBI s'y est intéressé, à partir du massacre de Guyane. Aux États-Unis, il n'est pas rare que des adeptes de cultes enfreignent la loi. Ils enlèvent quelqu'un, lui font passer les frontières de l'Etat, opèrent sur lui un lavage de cerveau et le ramènent au Kentucky, ou en Oregon. Il s'agit de crimes fédéraux. Et ce n'est pas à vous que je vais apprendre l'existence des meurtres rituels.

« Une seule organisation ne pouvait pas se charger de toutes ces questions, qui se compliquaient encore du fait de l'internationalisation des sectes. Une commission présidentielle s'est donc réunie en 1987, et elle a recommandé la création d'une agence spécialisée : ainsi est née l'ASC. Et maintenant, je passe la parole à Mlle Peale.

Sally ne réagit pas immédiatement. Elle semblait rassembler mentalement les faits, trier ce qu'elle pouvait dire de ce qu'elle devait cacher. Reuben lui trouva mauvaise mine. L'air triste et fatigué, plus triste que fatigué, d'ailleurs. Comme si un lourd fardeau reposait sur ses épaules.

— Je sais que tu es épuisé, Reuben, et que tu as subi de terribles épreuves. Même si tu préférerais maintenant être seul, et peut-être dormir, je voudrais que tu écoutes d'abord ce que nous avons à te dire. Ensuite, tu feras ce que tu voudras.

« Il se trouve que la situation évolue plus vite que je ne l'avais prévu. Ce qui s'est passé la nuit dernière et ce matin m'a prise de court. Nous ne savions pas que Kominsky t'enverrait ses amis, ni qu'ils vous tendraient un piège, à toi et à Mme Hammel. Nous ignorions aussi que Smith profiterait de l’occasion. Sans ces péripéties, il aurait mis plusieurs jours à te retrouver. Et nous aurions été prêts.

Sally s’interrompit un instant, hésitante.

— Et si tu me disais exactement ce qui se passe ? suggéra Reuben.

Il s’exprimait d’une voix calme, mais on y sentait sourdre la violente colère qui le ravageait. Après avoir vécu un tel cauchemar, comment aurait-il pu supporter d’être tranquillement assis dans ce lieu aseptisé, à écouter des hypothèses et des supputations, avec autant de détachement que si l’on commentait une partie d’échecs ?

— Il y a deux jours, on a tué mon meilleur ami. Ce matin, j’ai vu mon père mourir d’un coup de couteau, ma mère trouée par les balles, et vous vous conduisez comme s’il s’agissait d’une banale réunion de travail. Pour qui vous prenez-vous, nom de Dieu ?

Sally se redressa vivement. Elle avait envie de prendre Reuben dans ses bras, de le consoler, mais ce n’était ni le moment ni le lieu.

— Je t’en supplie, Reuben, essaye de garder ton calme. T’énerver ne servirait à rien. Tu ne peux plus rien faire contre ce qui s’est produit. Mais tu peux en revanche, je te le garantis, empêcher Smith et ses patrons de continuer. Alors, veux-tu m’écouter ?

Reuben hocha la tête.

— Excuse-moi, dit-il.

— Bon. Donc, il y a deux ans, on m’a affectée à l’ASC. Je travaillais pour le FBI depuis dix ans. Ces cinq dernières années, j’étais, secrètement, leur agent à l’hôtel de ville. Inutile d’entrer dans les détails, je suppose que tu peux imaginer sans peine à quoi j'ai travaillé pendant tout ce temps. Il y a deux ans, mon patron m'a fait appeler dans son bureau et m'a présenté Emeric et Curtis.

« Ils enquêtaient depuis six mois sur une grosse affaire, et de nombreuses pistes menaient droit à l'hôtel de ville. Il s'agissait d'une secte, qui recrutait exclusivement dans les couches supérieures de la société. Je suppose que tu devines de quel culte je veux parler.

Sally reprit sa respiration.

— Au début, c'était une enquête normale, sur un sujet un peu plus bizarre que les autres. Mais ça s'est compliqué. Plus nous mettions de gens sur le coup, plus ça se compliquait. Il y a un an, nous avons découvert une piste qui menait à Washington. Au top niveau. Smith a dû faire allusion devant toi à ses puissants appuis. Il ne mentait pas.

— Qui est ce type ? Il a prétendu qu'il parlait au nom de la plus haute autorité. Que voulait-il dire ?

Sally fronça les sourcils et se tourna vers ses collègues. Leach secoua la tête. Elle revint à Reuben.

— Je suis navrée, Reuben, je ne peux pas te le dire. Ce que je peux t'apprendre, cependant, c'est que le Septième Ordre a infiltré plusieurs instances, au plus haut niveau de l'Etat.

— Il disait précisément « la plus haute autorité », protesta Reuben, très contrarié. (De quel droit ces gens le laissaient-ils dans l'ignorance ?) Voulait-il parler du président ? C'est cela que vous avez peur de m'avouer ? Il faut que je sache.

Chris Leach s'interposa.

— Je comprends votre colère, lieutenant. Mais il s'agit de la sûreté de l'Etat. Nous avons besoin de votre aide, mais nous n'avons pas le droit de vous communiquer toutes nos informations.

— Si vous voulez que je vous aide, obtenez-le. Je dois comprendre ce qui se passe. Qui est Smith, pour qui il travaille et quels sont les appuis dont il dispose. Sinon, allez vous faire foutre.

Reuben tremblait de tous ses membres. De sanglantes images mentales le poursuivaient. Il bondit sur ses pieds et se dirigea vers l'ascenseur. Sally le suivit, le prit par le bras. Il se dégagea, la repoussa violemment. Il trouverait Smith tout seul. Il le trouverait et l'enverrait en enfer sans l'aide de personne.

Reuben appuya sur le bouton d'appel. Rien ne se produisit. Il répéta son geste avec exaspération, sans plus de résultat. Dos au mur, il se mit à sangloter. Des scènes de cauchemar se bousculaient sous ses paupières. Du sang. Des photographies déchirées, sur le carrelage de sa cuisine. Une araignée courant sur un continent ensanglanté.

41

Sally étreignit Reuben et le laissa pleurer longuement dans ses bras. Elle l'avait aimé, mais pas assez. Il y avait eu trop d'accidents dans la vie de Reuben, ils avaient creusé des failles que rien ne pourrait jamais combler. En quelques jours, elles avaient pris des proportions inimaginables. Comment pourrait-il un jour retrouver la paix ?

Elle avait des raisons égoïstes de vouloir le récupérer. La sécurité de l'Etat, le bien public, les vies humaines à sauver n'étaient que des clichés. Elle voulait Reuben parce qu'il pouvait l'aider à atteindre son but. Tandis qu'elle le serrait dans ses bras, c'était à cela qu'elle songeait : aux moyens de parvenir à ses fins. Elle ressentait bien un peu de pitié, un peu d'amour et beaucoup de tristesse, mais ils étaient noyés dans son propre vide.

Hastings Donovan, l'ancien flic, leur apporta une bouteille de bourbon et deux verres. Dès que Reuben eut suffisamment récupéré pour boire, Donovan renvoya Sally et resta près de lui. Il lui parla longuement de sa vie de policier. Onze ans à la brigade mondaine. Il en avait trop vu, il avait trop souffert. Grâce à ses fonctions actuelles, il avait réussi à ne pas devenir fou.

Kolstoe, l'avocat, s'approcha à son tour.

— J'ai appelé Washington, déclara-t-il. Ils m'ont donné le feu vert pour vous communiquer des informations top secret. J'imagine aisément ce que vous ressentez, et je sais que le moment est très mal choisi, mais je crois vraiment qu'il faut que nous parlions encore un peu. Et très clairement. Etes-vous en état de le supporter ?

Reuben hocha la tête, incapable encore de dire un mot.

— Ça ira, articula-t-il péniblement.

Ils reformèrent le cercle, et Kolstoe reprit là où Sally s'était arrêtée.

— Le vrai nom de Smith est Forbes, Warren Forbes. Il fait partie de la Direction des Opérations de la CIA. Et il a été initié au Septième Ordre à l'âge de dix-neuf ans. Son père en était membre. Après avoir fait le Vietnam et le Cambodge, avec des fortunes diverses, il est entré à la CIA.

« Forbes n'est que l'un parmi les nombreux membres de l'Ordre à avoir fait carrière dans les services de renseignements américains depuis une vingtaine d'années. Nous en connaissons certains, nous en soupçonnons d'autres. Forbes dirige la section de l'Ordre au sein de la CIA, il prend ses instructions directement à la source : le comité central de l'Ordre. C'est du moins ce que nous supposons, sans en avoir de preuves matérielles. La plupart du temps, nous sommes obligés de fonctionner sur des hypothèses, fondées sur des recoupements.

« Un vent de révolte souffle depuis plusieurs années au sein de la Direction des Opérations. Il est attisé par des hommes qui désapprouvent la politique extérieure de notre pays, et la façon dont est gouverné le pays lui-même. Forbes est l'homme clé de ce mouvement. Avec le temps, il a fait initier les mécontents, ce qui lui donne prise sur eux, lui permet d'infléchir leurs opinions dans le sens qui convient au Septième Ordre. Et la secte a des idées très personnelles sur ce que devrait être la politique de notre pays, intérieure comme extérieure. Pour résumer, je dirai que leurs idées se situent à l'extrême droite de l'éventail.

Reuben leva la main pour interrompre l'avocat.

— Vous prétendez avoir obtenu tous ces renseignements en deux ans ?

Kolstoe acquiesça.

— L'ASC dispose de plus de moyens que vous ne le supposez. Nous avons réussi à infiltrer le groupe de Forbes au sein de la Direction des Opérations. Jusqu'à il y a deux mois environ, nous avions une source d'information continue, de première qualité. Elle s'est soudain tarie, et nous n'avons plus aucune nouvelle de notre taupe depuis.

« Cependant, nous surveillons toujours l'Ordre et nous savons qu'il se trame quelque chose d'important. L'affaire Hammel a semé la panique, ce qui nous a permis d'approcher la vérité d'un peu plus près. Forbes a dû venir à New York. Ils ont été obligés de faire appel à certaines personnes. Leur secret risque maintenant d'être éventé. Forbes le sait, et il veut agir vite, avant qu'il ne soit trop tard.

— Pourquoi me racontez-vous tout cela ?

Sally intervint.

— Parce que nous avons besoin de toi, Reuben. Angelina Hammel en sait plus long que tu ne le crois. Elle n'est pas membre de l'Ordre, et elle ne ment pas lorsqu'elle prétend que sa vie est en danger. Ils tiennent à récupérer le cahier de son mari, ils veulent trouver le navire qui a amené l'Ordre à Haïti. Nous pensons qu'ils vont lancer une opération test sur l'île, en guise de préliminaires à une série d'actions de plus grande envergure dans les Caraïbes et en Amérique latine. Nous ignorons pour quelle raison, mais il se trouve que le navire est important. Angelina est au courant de certaines choses. Son frère est chef de la police secrète d'Haïti. Nous supposons qu'il est venu la voir à New York il y a quelques jours, puis qu'il est retourné chez lui. (Sally reprit son souffle.) Ce que je veux, Reuben, c'est que tu la convainques d'aller à Haïti avec toi. Elle a confiance en toi, elle l'a prouvé. Elle connaît parfaitement le pays, bien mieux qu'elle ne le dit. Qu'elle étudie le cahier, qu'elle découvre ce que cherche l'Ordre, qu'elle les oblige à se découvrir.

Reuben secoua la tête.

— C'est de la folie. Nous ne savons même pas où est Angelina.

— Si, nous le savons. Je te l'ai dit dans mon message. Forbes l'a amenée à la clinique Saint-Vincent, dans le comté de Westchester. Elle est bien gardée, mais nous avons les moyens de la tirer de là. Il lui faudra un peu de temps pour se remettre de son overdose, mais si tout va bien vous pourrez partir pour Port-au-Prince dans quatre jours.

— Et moi ? Quel intérêt pour moi ?

— Forbes court toujours, Reuben. Nous avons besoin de toi pour le mettre derrière les barreaux. Pour très longtemps.

Reuben se leva.

— Je ne le veux pas derrière les barreaux.

Personne ne répondit. Reuben se dirigea vers la fenêtre la plus proche. La vitre portait des traces de doigts. A cette hauteur, le monde ne semblait plus avoir aucune importance.

— Nous ne nous montrerons pas pointilleux, intervint Jensen, le théologien. Personne ne trouverait à redire si vous vous débarrassiez de lui d'une autre façon. M. Forbes ne compte pas. Ce sont les gens qui le manipulent sur qui nous voulons mettre la main.

— Et Angelina ? Que lui arrivera-t-il ?

— Rien. A notre connaissance, elle n'est coupable d'aucun crime. Ce sera à vous de décider.

Reuben suivit des yeux un nuage blanc, qui passait devant le soleil.

— Je dois assister à l'enterrement de mes parents, dit-il d'une voix lointaine.

— Je crains que ce ne soit pas possible, Reuben, dit Sally. Et tu le sais. Forbes te fait rechercher. La police a un mandat d'amener contre toi. Tu penses bien qu'ils seront à l'enterrement. Je suis navrée, mais il n'en est pas question.

— Je suis leur fils aîné. C'est moi qui dois dire le kaddish.

— Il n'en est pas question, Reuben.

Ils en demandaient décidément beaucoup. Le silence se prolongea.

— Il faut au moins que je voie les parents de Devorah, pour leur expliquer. Et Davita. Vous ne pouvez pas me refuser ça.

— Très bien, Reuben. Mais à condition que tu n'ailles pas chez eux. Je m'en occuperai.

Le nuage blanc se déchira, Reuben s'abîma dans le précipice qui s'ouvrait jusqu'au sol. Bizarrement, il se souvint d'un passage des Evangiles : Satan emmenait Jésus sur un sommet et le tentait.

Reuben fixa le vide. Ici, il n'y avait pas d'anges pour le rattraper s'il tombait.

[illegible] de bonheur, le moindre [illegible] prend une [illegible] importance.

— Nous ne vous montrons pas [illegible] [illegible] [illegible]. [illegible] [illegible] [illegible] [illegible] [illegible]

— M. Angelinez. Que lui arrive-t-il?

— [illegible] [illegible] [illegible]

— [illegible] [illegible] [illegible]

[illegible]

— Il faut au moins [illegible] [illegible] [illegible]

[illegible]

DEUXIÈME PARTIE

LA RENAISSANCE DU CERCLE

Haïti

« Bleu lavande, tralala, verte verveine
quand je serai roi, tralala, tu seras reine. »

42

On arrive, on part, et parfois, entre les deux, surviennent quelques instants de grâce — guère plus de deux ou trois dans toute une vie. Même pour ceux qui ont la chance d'en connaître davantage, l'intervalle entre ces instants est si long que rien ne peut remplir l'attente. Ni les rêves, ni les espoirs, ni les mensonges. Non, songeait Reuben, pas même les mensonges.

Le vol Haïti Air avait quitté La Guardia à seize heures cinq et devait atterrir à Port-au-Prince à vingt heures trente. On avait remis à Reuben de l'argent et de nouveaux papiers d'identité, au nom du docteur Myron Phelps, un chercheur qui se rendait à Haïti avec une bourse Fullbright pour y terminer le travail de son collègue décédé, le docteur Richard Hammel. La veuve de ce dernier l'accompagnait. Personne n'était venu agiter son mouchoir à l'aéroport.

L'avion piqua du nez, se redressa ; il entrait dans une zone de turbulences. Angelina, le regard fixe, était abîmée dans ses pensées, si tant était qu'elle en eût. Les médecins de Saint-Vincent lui avaient sauvé la vie, mais ils ne lui avaient pas rendu son âme. La faire sortir de la clinique avait été un jeu d'enfants. Sally avait fourni les documents nécessaires et Emeric Jensen s'était présenté comme le docteur Richard Hammel. Personne n'avait remarqué que c'était le nom d'un homme récemment assassiné. Pourquoi l'aurait-on fait ? A New York, comme partout, les meurtriers font la une des journaux, mais les victimes n'ont droit qu'à un entrefilet en dernière page. Jensen et Sally avaient emmené Angelina en la prenant par le bras, comme d'excellents amis. Angelina ne les connaissait ni l'un ni l'autre, mais cela n'avait rien changé.

Le lendemain, Reuben avait eu une dure journée. Pendant qu'Angelina se reposait dans une chambre d'hôtel de Manhattan, il s'était servi de son nouveau passeport pour se rendre au Canada, où Sally s'était débrouillée pour qu'il puisse rencontrer les parents de Devorah ainsi que Davita dans un hôtel au bord du lac Erié.

Annoncer la mort de ses grands-parents à Davita se révéla encore plus difficile qu'il ne l'avait imaginé. Elle les adorait. Il passa deux jours avec elle, à se promener, à la consoler, à unir son chagrin à celui de sa fille. Mais il lui cacha la mort de Danny.

De retour à New York, il avait appelé Nigel Greenwood. L'Anglais, qui semblait avoir peur de quelque chose, lui avait raccroché au nez.

Le lendemain, Angelina et lui étaient allés au coffre loué par la jeune femme afin de récupérer tout ce qu'elle y avait déposé. Reuben avait décidé de tout emporter à Haïti.

Une nouvelle zone de turbulences s'annonçait, pire que la première. Angelina jeta un coup d'œil par le hublot. Une petite lumière verte brillait à l'extrémité de l'aile de l'avion. Une heure plus tôt, elle avait regardé le soleil se coucher derrière les

Appalaches, et maintenant il n'y avait plus que la mer, cette éternité ondoyante.

Le 737 tomba dans un trou d'air. La voix du pilote couvrit les grésillements de l'interphone pour annoncer qu'il allait prendre de l'altitude afin d'éviter l'orage magnétique qui se trouvait devant eux. En français et en anglais, l'hôtesse demanda à tous les passagers de regagner leurs places et d'attacher leurs ceintures de sécurité. L'avion se cabra.

Reuben se rendit compte qu'il était presque le seul passager blanc de tout l'appareil. Un couple d'Américains d'âge moyen était assis deux rangées devant lui. Il se demanda la raison de leur voyage. Personne n'allait plus à Haïti pour le plaisir et ceux qui s'y rendaient pour affaires étaient très peu nombreux. Duvalier et ses Tontons Macoutes avaient su tempérer l'enthousiasme des touristes, et les régimes qui s'étaient succédé depuis n'avaient fait que confirmer l'opinion générale : pauvreté, danger et insécurité, sans compter le sida.

— Pourquoi m'en veux-tu ? demanda soudain Angelina à Reuben, qui tressaillit.

Elle avait à peine ouvert la bouche depuis leur départ.

— Je ne t'en veux pas.

— Si. C'est à cause de la cocaïne ?

Il ne répondit pas immédiatement.

— Non, ce n'est pas la cocaïne, dit-il après un silence. C'est le mensonge. La mort de Danny. La mort de mes parents. Tes silences. Tes petits jeux.

— Tout ça ?

L'avion, qui avait semblé un instant perdre de l'altitude, se stabilisa. Angelina respira à fond. Elle n'avait pas vraiment peur, mais ressentait un chatouillement dans la gorge, une appréhension.

— Tu as une trop haute opinion de toi-même pour te sentir blessé par mon comportement. Nous nous connaissons à peine. Tu n'es rien pour moi. Un homme avec qui j'ai couché, point à la ligne.

Au moment même où elle les prononça, elle regrettait déjà ses paroles.

— Pardon, poursuivit-elle, mais il faut que tu comprennes. Te trahir est la moindre des trahisons dont je suis coupable. La cocaïne existait avant toi. Ça ne te regarde pas.

— Et pourtant si.

— Pas parce que tu as couché avec moi. Si tu es impliqué dans cette histoire, c'est pour d'autres raisons. Je suis plusieurs personnes à la fois, elles ne peuvent pas toutes t'appartenir.

— Je n'ai aucune envie de te posséder. Cela ne servirait à rien.

Angelina regarda la petite lumière verte qui clignotait sur l'aile du jet. Sa vie durant, des hommes l'avaient possédée. Les monnaies avaient changé, ainsi que les taux de change, mais c'étaient toujours les mêmes caresses et les mêmes infidélités.

— Tu as emporté de la cocaïne ?

Angelina hocha la tête.

— Sally m'en a donné assez pour que je n'aie pas de problème. Je ne suis pas vraiment accro. On pourra en vendre un peu si on a besoin d'argent.

— J'ai de l'argent, rétorqua Reuben. (L'ASC s'occupait décidément de tout !) Tu te piques, Angelina ?

— Pas souvent. Trois ou quatre fois le mois dernier. Je sniffe.

— Mais tu en éprouves le besoin ? Tu ressens le manque ?

Elle aurait voulu nier, mais son hésitation à répondre trahissait la vérité.

— Oui, murmura-t-elle. Je ne suis pas une vraie accro, mais parfois, j'en ai besoin. Cette semaine, par exemple. Rick. Filius. Toi.

— C'est Rick qui t'a branchée ?

Elle hocha la tête.

— Ça faisait partie des compensations, avec les vêtements, les parfums. La coke, c'est ce qui ressemble le plus au plaisir physique.

— Je ne suis pas d'accord.

Angelina regarda de nouveau par le hublot. L'orage les cernait de toutes parts.

— Non, je m'en doute. Au début, tu m'as trouvée exotique à souhait, un fruit tropical, un cadeau des dieux dans leur infinie bonté. Que Danny garde toutes ses blondes ! Toi, tu avais mieux : moi, une Noire qui ne s'était jamais fait baiser.

Il voulut détourner les yeux, mais elle le retint d'un regard dur.

— J'ai ouvert les jambes, tu es entré en moi, et tu as cru que je t'en serais éternellement reconnaissante.

— Angelina, je t'en prie, ne...

— Tu as tiré un coup un beau matin, et tu t'es imaginé que ça suffisait. Puis tu as découvert que j'étais une camée, comme ceux dont parle ton journal du dimanche. Et tu t'es rappelé ce que te recommandait ta maman : les gentils garçons ne sortent pas avec les méchantes filles, les petits garçons juifs ne sont pas censés fréquenter de sales négresses ! Et tu as compris qu'au fond de ton cœur il n'y avait de place que pour ta précieuse Devorah...

— Ça suffit, Angelina. Arrête. Je ne veux pas t'entendre parler de Devorah.

— Pourquoi ? C'est une sainte ? Tu ne parles

jamais d'elle, tu n'avais même pas une photo d'elle chez toi. Pourquoi ? En quoi était-elle différente des autres ?

Il leva la main, comme pour la frapper. Mais sa main retomba. La colère d'Angelina était presque palpable.

— Non, dit-il. Elle n'était en rien différente des autres. Deux jours avant l'accident, j'ai appris qu'elle me trompait. (Il s'interrompit. Angelina était la première personne à qui il en parlait. Même Danny ne l'avait pas su.) Je l'ai laissée se noyer, poursuivit-il. Je n'ai même pas essayé de la sauver.

43

Il y eut un violent trou d'air, l'avion tangua, les lumières vacillèrent puis s'éteignirent. Ballotté par des vents violents, l'appareil luttait contre les éléments déchaînés. Le combat sembla durer une éternité. Finalement, les lumières se rallumèrent et la voix du pilote résonna dans la cabine.

— Mesdames et messieurs, je suis désolé de devoir vous annoncer que le mauvais temps nous oblige à nous détourner sur Jacmel, où un transport pour Port-au-Prince sera organisé. Les passagers qui le désirent pourront passer la nuit à Jacmel, où des chambres seront mises à leur disposition. Nous atterrirons à Jacmel à vingt et une heures. En attendant, je vous prie de bien vouloir rester assis à vos places et de garder vos ceintures attachées.

A Jacmel la nuit était noire et venteuse. Dans l'aéroport désert, rien n'était prêt pour accueillir un vol aussi tardif. Peu après l'immobilisation de l'avion sur la piste, une Jeep militaire vint se ranger sur son flanc, avec quatre soldats armés et un officier à bord. Les soldats prirent position sur le tarmac, sous la surveillance de l'officier qui retourna ensuite au terminal.

Personne ne fut autorisé à quitter l'avion, pas même l'équipage. L'orage était fini. Dans la cabine, la température montait dangereusement, mais personne ne se plaignait. Les passagers avaient tous l'expérience d'endroits comme Jacmel.

L'attente se prolongeait. Angelina avait sommeil et s'était enfermée dans ses pensées. Reuben la laissa somnoler. Il aurait aimé sortir de l'habitacle étouffant où une lumière diffuse éclairait des groupes de passagers. La majorité d'entre eux éprouvaient une certaine nervosité à l'idée d'avoir atterri si loin de la capitale ; des bruits alarmants couraient sur le comportement des services de police de Jacmel.

Reuben se leva pour se dégourdir les jambes. L'Américain assis deux rangées devant lui le héla au passage. C'était un homme de haute taille, les cheveux coiffés en arrière, arborant une moustache rousse bien taillée. Il avait dans les quarante-cinq ans. Ni militaire, songea Reuben, ni homme d'affaires. Certainement pas un touriste. Il émanait de lui quelque chose de curieux. Pas de l'innocence, ni de la naïveté, mais une certaine résignation.

— Bonsoir ! Je suis Doug Hooper, et voici ma femme, Jean.

Reuben jeta un coup d'œil sur la toute petite femme assise côté hublot. On aurait juré que son mari se l'était procurée dans un magasin à prix unique, au fin fond du Middle West ; le genre de femme qu'on achète avec des coupons de réduction et qu'on entretient quotidiennement, pour qu'elle reste impeccablement propre, et comme neuve. Elle portait une robe qui semblait provenir d'un lot acheté au début des années soixante-dix, et soigneusement conservée dans la naphtaline depuis lors.

— Reu... Myron Phelps. Bonsoir.

— Asseyez-vous, monsieur Phelps. On dirait qu'on va être coincés ici pendant un bon moment.

Il y avait beaucoup de places libres, car l'avion était à moitié vide. Reuben ne trouva pas d'échappatoire ; sans enthousiasme, il se glissa sur le siège libre, à côté d'eux.

— La ravissante Noire assise derrière nous, elle est avec vous ? demanda Jean Hooper en ouvrant ses grands yeux surmontés d'épais sourcils en accent circonflexe.

Sa voix était étonnamment agréable.

— Je... Oui, elle est avec moi.

— On n'a pas pu s'empêcher de vous remarquer. Vous faites un si beau couple, tous les deux ! (La voix de Doug était moins douce que celle de sa femme, mais on sentait qu'il l'avait travaillée.) C'est votre femme ?

Reuben secoua la tête.

— Non, elle est veuve. Son mari est mort dernièrement. C'était un de mes collègues à l'université de Long Island. Nous allons ensemble à Haïti pour terminer un travail qu'il avait entrepris.

Une même expression se peignit simultanément sur les visages du mari et de la femme, celle, se dit Reuben, qu'ils devaient considérer comme de mise lorsqu'on présente des condoléances.

— Oh, comme c'est navrant pour votre ami ! Dites à sa femme que nous prierons pour elle et pour son mari. Au royaume d'Abba, les âmes ont besoin de nos prières pour s'élever.

Reuben fronça les sourcils.

— Où ça, dites-vous ?

— Au royaume d'Abba, intervint Mme Hooper. C'est le nom arabe du monde de l'au-delà.

Reuben respira profondément. Il aurait dû s'en douter. C'étaient des missionnaires : sens de l'organisation et des affaires, vêtements démodés. Mais pas des missionnaires normaux : ces gens adhéraient à un culte mal connu.

Il fit mine de se lever.

— Ne vous inquiétez pas, Myron, intervint Doug en le retenant gentiment par le bras. Nous n'allons pas essayer de vous convertir. Notre foi nous interdit tout prosélytisme. Mais nous sommes toujours heureux de partager notre joie avec ceux que Dieu met sur notre chemin. Nous sommes des Bahá'is, des membres du culte Bahá'i.

— Vous êtes des missionnaires, souffla Reuben.

Ils prirent l'air peiné, comme si Reuben avait dit quelque chose de mal. Doug retroussa les lèvres en un sourire pincé. Jean leva les sourcils.

— Non, nous ne sommes pas des missionnaires. Notre foi n'a pas de missionnaires, pas de clergé non plus. Doug et moi, nous sommes des pionniers. C'est ainsi que l'on appelle, chez nous, ceux qui quittent leur foyer pour porter la bonne parole en d'autres lieux. Pas des missionnaires, Myron. Des pionniers, comme au bon vieux temps. Il y a une grande différence.

Reuben hocha la tête poliment, bien qu'il fût sûr du contraire.

— Vous avez un centre, ici ?

Doug acquiesça.

— Ça fait un bout de temps qu'on est implantés. Mais pour les croyants indigènes, c'est très dur. Ils n'ont pas d'argent, pas d'instruction. Il faut les aider de l'extérieur, pendant un certain temps au moins. Jean était professeur d'anglais et de français ; moi, j'avais monté une petite société de consultants. En avril dernier, nous sommes allés à notre temple de Wilmette, près de Chicago. Et nous avons été appelés. Ça ne nous était encore jamais arrivé. Donc, nous avons tout liquidé. J'ai vendu ma société, Jean a démissionné de son poste, et nous avons acheté un petit magasin à Port-au-Prince.

Reuben les regarda tour à tour, stupéfait. Seuls des professionnels de la religion étaient capables d'une telle arrogante lucidité.

— Vous avez acheté un magasin à Haïti ?

— Mais oui. (Doug partit d'un grand rire bruyant qui attira les regards de plusieurs passagers.) C'est dingue, non ? Mais ça nous est bien égal. C'est un sacrifice que nous consentons bien volontiers pour notre cause.

— Quel genre de magasin ?

— Une librairie, répondit Jean. Nous allons vendre des livres. Des ouvrages éducatifs, religieux, édifiants. Des livres sur la paix dans le monde, sur l'unité, sur la fraternité entre les hommes.

— Vous y croyez, n'est-ce pas ? A la fraternité entre les hommes, je veux dire ?

— Bien entendu. C'est l'essence même de notre foi. Le fondateur de notre culte, Bahá'u'lláh, est descendu sur la terre pour unifier le genre humain. Ça ne se fera pas en un jour, mais ça se fera.

— Vous avez l'autorisation ?

— Pardon ?

— L'autorisation de vendre des livres. J'ai entendu dire que le gouvernement ne plaisante pas avec le genre de publications qu'on diffuse dans le pays.

Doug Hooper fronça les sourcils.

— Mais, mon cher monsieur, je ne vois pas pourquoi nous aurions le moindre problème. Nous ne vendrons rien de pornographique, rien de subversif. Uniquement des ouvrages édifiants, sur la paix entre les hommes de l'univers et l'harmonie du monde. Nous avons un ami au gouvernement, le général Valris. Il était ministre de la Culture, puis on l'a nommé à la Défense, il y a quelques mois. Jean et moi, nous pensions qu'il serait nécessaire d'entrer en contact avec le nouveau ministre de la Culture, mais le général nous a signalé que c'était inutile. Allez de l'avant, ne vous souciez de rien, nous a-t-il dit. Il est enthousiaste. C'est paradoxal, non, un général qui aide la cause de la paix ? Mais, dans le royaume de Dieu, rien n'est jamais dû au hasard. Ces gens savent qu'ils peuvent compter sur nous, sur notre loyauté vis-à-vis des gouvernements des pays qui nous accueillent.

— Même si ce sont des dictatures ?

Hooper tança Reuben d'un regard désapprobateur.

— Ce n'est pas à nous d'en juger, cher monsieur. Nous ne nous mêlons pas de politique. Notre mission est d'apporter l'unité, et non d'aggraver les divisions.

Reuben réussit enfin à se lever.

— Je vous souhaite bonne chance, dit-il, à tous les deux. (Il s'interrompit un instant, hésita, puis poursuivit.) Je suppose que vous savez qu'à Haïti il n'y aura personne pour vous aider si vous avez des ennuis : ni ambassade ni consulat. Vous serez livrés à vous-mêmes.

Jean Hooper secoua la tête en souriant.

— Non, monsieur. Nous ne serons pas seuls. Bahá'u'lláh nous accompagne, toujours et partout. Il est ici en ce moment, avec nous. Quel besoin aurions-nous d'une autre ambassade ?

— Eh bien, tant mieux pour vous, dit Reuben, debout dans la travée, sur le point de s'éloigner.

— Venez nous voir, proposa Doug. Nous habiterons dans l'arrière-boutique, au début. Elle se trouve rue des Casernes, à côté du Palais National. Passez quand vous voudrez.

L'interphone grésilla. Toutes les conversations s'interrompirent, comme si quelqu'un avait appuyé sur un bouton. La voix d'une hôtesse s'éleva dans l'habitacle, déformée par des interférences.

— Mesdames et messieurs, nous venons d'obtenir l'autorisation de débarquer. Des autocars vous emmèneront à Port-au-Prince, où auront lieu les formalités de douane et de police. Tous les passagers sont priés de remettre leurs passeports aux officiers présents ; ils vous seront restitués en arrivant à Port-au-Prince. Les passagers non haïtiens sont priés de conserver leurs cartes d'embarquement.

« Le commandant Forestal et son équipage vous remercient... »

Dans le silence qui suivit, on ouvrit la porte. Une passerelle s'appuyait au fuselage. La stridulation des grillons emplissait la nuit. Nul ne semblait pressé de quitter la sécurité de l'avion.

44

Dès que Reuben l'eut réveillée, Angelina fut sensible à l'humeur des passagers.

— Ils ont peur, dit-elle.

— De quoi ? s'étonna Reuben qui retirait son bagage à main du casier situé au-dessus de sa tête.

— De se retrouver à Jacmel au lieu d'être à Port-au-Prince. Ils se sentent vulnérables.

— Nous courons un danger ?

Angelina haussa les épaules.

— *Qui sait ?*

En descendant les marches de la passerelle, Reuben se sentit observé. Il n'était pas armé, car ses nouveaux amis avaient estimé le risque trop grand et Jensen avait promis de lui en procurer un sur place, par l'entremise d'un contact local, un homme connu sous le nom de code de Macandal. La situation politique du pays était précaire, l'armée et la police secrète tenaient les rênes. Introduire une arme aurait été dangereux ; dans cette région, tout l'était.

Il aperçut les Hooper, qui se dirigeaient vers le grand abri en bois du terminal, rayonnants de confiance en eux. En un sens, il les enviait.

Il régnait une ambiance de chaos. Des soldats

armés se tenaient aux entrées, décontractés mais vigilants. Derrière deux planches posées sur des tréteaux, deux sous-officiers ramassaient les passeports et dirigeaient les passagers à droite ou à gauche du terminal. Les gens protestaient, se bousculaient.

Reuben se rendit immédiatement compte que le chaos n'était qu'apparent. Sur une estrade au fond du terminal, un officier en treillis surveillait attentivement les opérations ; il était flanqué d'un civil en costume beige et chemise blanche à col ouvert, qui portait des lunettes noires. Une vraie caricature. Au mur était accroché un portrait du président Cicéron, en grand uniforme. Un ventilateur aux larges pales blanches tentait en vain de rafraîchir l'air suffocant.

La logique qui présidait à la répartition des différents groupes n'apparut pas immédiatement à Reuben, dont c'était le tour d'approcher de la table. Le soldat ne dit rien, il tendit simplement la main pour prendre son passeport. Reuben, pas très tranquille, se prit à espérer que les gens de l'ASC avaient fait leur boulot consciencieusement. Le sous-officier se contenta de jeter un coup d'œil à la photo d'identité avant de poser le passeport de Reuben sur une pile et de lui faire un signe de la tête.

— Là-bas, dit-il, en indiquant un petit groupe où se trouvaient les Hooper et trois hommes de type hispanique.

Puis il prit le passeport américain d'Angelina et lui lança un regard aigu avant de marmonner quelques mots en créole. Elle répondit dans la même langue. Sans rien ajouter, il lui désigna une file différente de celle de Reuben.

Reuben fit un pas en avant. Angelina lui fit signe de s'abstenir, mais Reuben ignora l'avertissement.

— *La femme de mon collègue,* protesta-t-il dans un français appris à l'école. *Avec moi.*

Le soldat ne lui prêta aucune attention. Reuben avança encore et posa une main sur son épaule. L'un des hommes en armes qui se tenaient à quelques pas leva négligemment son fusil et le braqua sur Reuben.

— Va à ta place, Reuben, dit-elle. Je n'aurai aucun problème.

Elle se servait consciemment de son vrai nom, car subitement Reuben lui était proche à nouveau. De plus, elle craignait que l'identité du fictif Myron Phelps ne pût résister à un long interrogatoire.

Il se passait quelque chose. L'homme aux lunettes de soleil avait aperçu quelqu'un dans la foule et le désignait du doigt à un officier, sans même essayer de cacher son geste. L'officier fit un signe de tête à deux de ses hommes. Un jeune homme d'une vingtaine d'années en jeans et T-shirt comprit qu'il avait été repéré. Il tenta de prendre la fuite. Un autre civil, armé, s'interposa. Un soldat le rejoignit bientôt. Le jeune homme opposa une brève résistance puis se laissa entraîner. Une femme hurla. Ses amis la firent taire.

L'homme aux lunettes noires descendit de l'estrade, les mains dans les poches. Il congédia le soldat d'un geste de la main. Cette affaire ne concernait plus que la police, donc lui. Après avoir inspecté son prisonnier, il lui posa deux questions, sans obtenir de réponse. Le jeune homme se balançait nerveusement d'un pied sur l'autre. Les gens alentour faisaient semblant de ne rien remarquer, détournant volontairement les yeux. Une femme pleurait. Devant les tables, la queue se remit en mouvement.

Un troisième policier surgit soudain, un homme plus âgé, vêtu d'un costume bleu et arborant une vieille casquette fatiguée.

— Un Tonton, murmura Angelina. Il en reste quelques-uns.

Deux des policiers maintenaient fermement leur prisonnier, qui ne se débattait plus. L'homme aux lunettes noires répéta ses questions, ou en posa de nouvelles. Le jeune homme ne pouvait, ou ne voulait pas répondre.

Le policier mit la main dans sa poche et en sortit une balle de golf qu'il lança en l'air trois ou quatre fois avant de refermer la main dessus. Puis, calmement, sans que bougeât un seul muscle de son visage, il frappa son prisonnier au plexus, de son poing fermé. Le jeune homme eut le réflexe de se plier en deux, mais les policiers l'obligèrent à se tenir droit, pour encaisser le coup suivant. Qui fut beaucoup plus violent. Le jeune homme hoqueta. Au troisième coup, on entendit un bruit d'os brisés. De la salive et du sang perlèrent à la bouche du prisonnier. L'homme aux lunettes noires leva le bras, pour se préparer à cogner encore.

Il y eut un grand cri. Reuben aperçut Doug Hooper, qui se précipitait vers l'estrade en gesticulant.

— Mon Dieu ! souffla Angelina. Il va se faire tuer !

Hooper s'était frayé un chemin, malgré le soldat qui s'était interposé et qu'il avait repoussé sans ménagement. Un instant après, l'Américain était sur l'estrade. Les deux policiers avaient lâché leur proie, qui se tordait de douleur, à genoux, haletant et crachant du sang. Hooper posa une main sur son épaule et s'adressa d'un ton rogue à l'homme aux lunettes noires.

— Pour qui vous prenez-vous, vous ? cria-t-il. Au nom de quoi vous permettez-vous de frapper les gens comme ça ? Je ferai un rapport sur vous dès que je serai dans la capitale, vous pouvez compter sur moi !

L'homme en beige jeta un coup d'œil à ses assistants puis à l'officier qui se tenait sur l'estrade. Ils échangèrent des regards perplexes. Hooper fit un pas vers le policier.

— Vous, là ! Regardez-moi quand je vous parle ! Je veux connaître votre nom ! J'exige des explications ! Je suis un ami personnel du général Valris.

— Mêlez-vous de vos affaires, *Blanc.*

Jean Hooper, debout, priait intensément.

Reuben s'approcha d'elle, la prit par l'épaule.

— Madame Hooper, vous devriez rappeler votre mari avant qu'il ait de sérieux ennuis. J'ai l'impression qu'il ne comprend pas très bien la situation.

Elle ne le reconnut pas tout de suite, perdue qu'elle était dans ses prières.

— Ne vous inquiétez pas, monsieur Phelps, dit-elle enfin. Tout ira bien pour lui, vous verrez.

Ce n'était pas de l'arrogance, ni une confiance illimitée en elle, se dit Reuben. Elle était tout simplement incapable d'appréhender la réalité de la scène qui se déroulait sous ses yeux. Ou alors, son sens des réalités était très particulier. Mais cela ne changeait rien à la situation. Doug Hooper allait écoper !

Cela ne prit guère de temps. L'homme aux lunettes noires ne se départit pas de son calme. Personne ne s'énerva, sinon le grand Américain, qui prit le policier au collet. Celui-ci claqua des doigts.

Un de ses assistants emprunta le fusil d'un soldat, avança sur Hooper et lui donna un violent coup de crosse en plein visage. L'Américain s'écroula sans un bruit, la joue ouverte jusqu'à l'os.

Jean Hooper s'évanouit. Angelina courut à elle. L'homme aux lunettes noires aperçut le petit groupe et s'approcha.

— *Vous êtes avec l'Américain ?*

Angelina se releva, s'expliqua.

— Non. Il était dans l'avion avec nous, c'est tout. C'est sa femme. Ces gens ne sont jamais venus à Haïti. Ils n'ont pas encore compris.

— Compris quoi ?

— Le respect. Ils n'ont pas de respect.

Le policier hocha la tête. Reuben remarqua qu'il avait les dents gâtées.

— Emmenez-le, avant qu'il ne lui arrive quelque chose. Et quand il sera revenu à lui, expliquez-lui. Parlez-lui du respect.

45

Les autocars s'ébranlèrent cinq minutes plus tard. « Autocar » était un grand mot pour ces véhicules, les seuls qu'ils eussent pu dénicher en si peu de temps : deux *tap-taps*, des vieux camions, compromis entre le wagon de chemin de fer et un grand taxi collectif, aux couleurs extravagantes, arborant sur leurs flancs de pompeux slogans. Sur l'un d'eux, on pouvait lire : « *Celui qui dort dans la paresse se réveillera dans la misère.* »

Grâce à la bousculade, Reuben avait réussi à garder Angelina avec lui. Ils aidèrent Jean Hooper à hisser son mari dans le camion et à l'allonger sur l'un des bancs en bois.

La plaie de Hooper saignait abondamment, mais tout espoir qu'il se fît soigner convenablement avant d'avoir atteint Port-au-Prince était illusoire. Une vieille Haïtienne s'attarda auprès de l'homme inconscient pendant quelques minutes, s'éloigna, et revint avec une espèce de pommade, qu'elle étala sur la blessure. Hooper gémit, se débattit brièvement, mais ne reprit pas ses esprits. La femme expliqua à Angelina qu'elle ne voyageait jamais sans ses herbes. La mixture se composait de *cadavre gâté,* aloe vera, bourrache et autres ingrédients qu'Angelina ne connaissait pas. Elle arrêterait l'hémorragie jusqu'à ce qu'un médecin recouse la blessure, mais la vieille femme elle-même avoua qu'il ne s'agissait que d'un remède de fortune. Reuben espérait que Hooper resterait inconscient jusqu'à son arrivée dans la capitale, mais il n'osait y croire.

— Qu'il aille chez un *dokte feuilles* en arrivant à Port-au-Prince, ajouta la femme en donnant à Angelina l'adresse d'un guérisseur.

Cette dernière la nota dans son carnet, mais elle était convaincue que Hooper n'irait jamais. Comme tous les missionnaires, il était disposé à donner, mais incapable de recevoir. Ce qui le perdrait.

Jean Hooper était prostrée, comme si le choc provoqué par les incidents avait brisé les fragiles ressorts de sa personnalité, et que sa foi se révélait incapable de les réparer. Assise sur le banc à côté de son mari, un petit livre de prières à la main, elle ne le touchait pas et chantonnait des incantations baroques d'une voix lointaine.

Deux soldats gardaient les sorties du camion. En théorie, les passagers étaient toujours en transit et devaient être surveillés jusqu'à ce qu'ils eussent accompli les formalités d'entrée. Les soldats avaient l'air de s'ennuyer. Armés de carabines, ils ignoraient les passagers, qui le leur rendaient bien.

Le *tap-tap,* guère confortable, progressait cependant régulièrement vers le nord. Pour une raison inconnue, la grande route de Léogane était fermée à la circulation et les véhicules avaient été obligés d'emprunter la vieille route de la vallée, qui passait par Trouin et Carrefour-Fauché.

L'obscurité n'était pas absolue. L'orage s'était éloigné et la lune bordée de roux avait pris possession du ciel. La route, par ailleurs déserte, était creusée d'ornières qui la rendaient presque impraticable. Le *tap-tap* à la suspension plus que précaire cahotait sur les bosses et dans les creux, en première et en deuxième vitesse. Lorsque le véhicule pouvait accélérer un peu, le moteur ronronnait plus paisiblement et l'on entendait les grillons et les grenouilles qui s'ébattaient dans les champs, de part et d'autre de la piste.

Ils traversèrent quelques hameaux de maisons de terre battue, aux portes et aux fenêtres soigneusement closes. Personne n'en sortit pour les regarder passer. A Haïti, il fallait être policier ou *sans poel,* c'est-à-dire membre d'une société Bizango, pour sortir la nuit.

Ils suivirent le lit de la rivière jusqu'à Trouin. Ses eaux turbulentes, gonflées par l'orage, tourbillonnaient sous les roues du camion. A Trouin, le chauffeur prit à gauche après l'église et entama la lente descente vers la côte nord. Le second *tap-tap,* qui transportait les autres passagers, les suivait de près. Nul ne connaissait le sort réservé aux bagages. La plupart des passagers s'étaient résignés à leur perte.

La route étroite sinuait dans les virages qu'éclairaient les phares déficients des camions. Un petit cimetière se profila dans la nuit, ses tombes blanches se détachant sur une haie de *médiciniers.* Les fenêtres n'avaient pas de vitres, et la brise nocturne pénétrait dans le camion, rafraîchissante au début, puis de plus en plus glaciale. L'odeur lourde de fleurs qui se fanaient dans la nuit étourdissait les passagers épuisés.

A Carrefour-Fauché, ils tournèrent à droite et s'engagèrent sur la route principale de la péninsule.

Il n'était pas loin de minuit. Entre Fauché et Dufort, ils perdirent le second *tap-tap.* Reuben se souvenait avoir aperçu ses phares au moment où leur camion s'engageait sur la route principale mais cinq minutes plus tard il était hors de vue et ne réapparut pas, en dépit d'un long ruban de route droite. Reuben le fit remarquer à Angelina, qui interrogea un soldat. Celui-ci lui ordonna de se taire et de retourner à sa place.

Doug Hooper reprenait conscience. Il clignait des yeux. Reuben lut de la colère dans le regard de l'homme blessé. Mais la douleur l'emporta et Hooper referma les yeux. Ballotté par le *tap-tap,* il gémissait sans rien dire. Sa femme redoubla de prières adressées à son dieu indifférent. La vieille Haïtienne fouilla dans son sac et en sortit une petite fiole bleue avec un bouchon de liège. Elle prit la tête de Hooper sous son bras et s'efforça de lui ouvrir la bouche. Puis elle lui administra quelques gouttes d'un liquide brun. Hooper eut un hoquet et perdit connaissance.

Angelina demanda à cette femme ce qu'elle avait fait boire à Hooper, mais elle haussa les épaules en rangeant la fiole dans son sac. Il y a des remèdes dont on ne parle pas. En tout cas, l'effet du sien était immédiat.

Ils traversèrent Léogane, et la route devint meilleure. Un panneau indiquait : Port-au-Prince 30 km. Ils ne tarderaient plus à arriver à destination. Personne ne leur avait dit si on les emmenait en ville ou à l'aéroport, mais il était, hélas, probable qu'on les déposât à l'aéroport, pour les formalités. Ils ne dormiraient pas beaucoup, cette nuit.

Le *tap-tap* franchissait le premier des deux ponts sur la Momance lorsque le chauffeur aperçut un barrage routier. Deux Jeep de la police leur coupaient la route. Un policier en uniforme, debout au milieu de la chaussée, agitait une lampe rouge. Le chauffeur freina et s'arrêta à quelques mètres de la première Jeep.

— Qu'est-ce qui se passe ? demanda-t-il.

Le policier ne lui répondit pas. La portière de la Jeep s'ouvrit et un homme sauta à terre. Les phares l'éclairèrent un court instant et Reuben eut un rapide aperçu du visage aux yeux dissimulés par des lunettes noires. C'était l'homme de la police secrète dont ils avaient pu apprécier la sauvagerie à l'aéroport. Manifestement, la route de Jacmel à Léogane n'était pas coupée pour tout le monde.

L'homme au complet beige grimpa dans le camion, suivi par un agent en uniforme. Sur un signe du policier, le chauffeur éteignit son moteur. Un silence de plomb tomba sur le *tap-tap*. Au loin, une chouette hulula deux fois.

L'homme de la police secrète scruta tous les passagers sans accorder un regard à Doug et Jean Hooper, comme s'il avait oublié l'incident. Jean se taisait. Si elle priait encore, c'était derrière des lèvres closes. Le policier sortit de sa poche deux passeports américains qu'il ouvrit l'un après l'autre.

— Phelps, dit-il. Le professeur Myron Phelps et Mme Angelina Hammel. (Il releva les yeux.) Identifiez-vous, s'il vous plaît.

La requête était purement formelle puisqu'il y avait leurs photos sur les passeports. Reuben se leva.

— Que nous voulez-vous ?

— Venez avec moi, je vous prie.

— Où ?

L'homme ne répondit pas. Il se contenta de remettre leurs passeports dans sa poche et de tourner les talons. Ils l'entendirent regagner la Jeep, en claquer la portière. Puis ce fut le silence, et la nuit.

46

Ils roulaient vers Port-au-Prince dans une obscurité qu'épaississait la pollution, à laquelle se mêlait l'air de la mer. Le Tonton Macoute de l'aéroport avait pris place dans leur Jeep. L'homme au costume beige suivait, dans la voiture conduite par le policier.

Peu après Thor, ils tournèrent à droite, vers les collines qui surplombaient la ville. On était tout près de la capitale, dans une zone très habitée. Voitures et camionnettes, lancées à toute vitesse sur des routes sinueuses bordées de vertigineux précipices, les dépassaient en klaxonnant. Sur les bas-côtés, des mules chargées de sacs ou de fagots formaient un long et lent convoi. D'un côté de la route, une interminable file de paysannes portant sur leurs têtes des paniers regorgeant de fruits et de légumes s'étirait en direction de la ville, où les femmes allaient vendre leurs produits au Marché de Fer. Que les gens qu'ils doublaient fussent à pied ou en voiture, nul ne faisait mine de les remarquer. Un panneau indiqua Pétionville.

— C'est par ici que je vivais, murmura Angelina à l'oreille de Reuben. Dans les collines, loin de la foule, loin de la saleté. Ça n'a pas beaucoup changé : les riches possèdent toujours leurs villas et leurs clubs. Les pauvres vivent toujours à Port-au-Prince.

Comme pour confirmer ses dires, une villa blanche à la terrasse surplombant la mer apparut dans le clair de lune, accrochée à flanc de colline, dans un lit de poinsettias, de flamboyants et de frangipaniers. Une seule lumière brillait à une fenêtre, derrière des persiennes closes. Reuben jeta un coup d'œil à Angelina, comme s'il la voyait pour la première fois.

Quelques instants plus tard, la Jeep s'engagea bruyamment sur une place élégante, ombragée par des cyprès. Une petite église catholique y dressait son clocher, en face de l'hôtel Choucoune, d'où s'échappaient les échos joyeux d'une fête. De luxueuses voitures étaient garées devant l'entrée. La voiture s'immobilisa devant un petit immeuble dont le fronton s'ornait d'une inscription : Garde d'Haïti. La seconde voiture s'arrêta derrière eux et l'homme en beige sauta à terre.

On les invita fermement à entrer dans un hall carré qui débouchait sur un long couloir désert. Des ampoules nues dispensaient une lumière chiche sur des zones délimitées par leurs halos. Au plafond tournoyaient des tue-mouches, alourdis par le poids des insectes morts. Mouches mortes, air mort, vies mortes. Des affiches aux bords jaunis et déchirés étaient punaisées sur les murs : textes officiels, décrets, lois, règlements, ordonnances de police et avis divers, écrits en lettres noires qui se détachaient sur le papier blanc comme autant de mouches mortes.

Contre un mur, une table en bois et un siège, surmontés d'un portrait du président Cicéron qui avait manifestement succédé à d'autres photographies officielles, comme le prouvaient les traces de clous arrachés, bien visibles dans le plâtre, tels les stigmates d'inutiles et dérisoires crucifixions. Sur le mur bleu, on avait peint un slogan en grosses lettres orange vif : *Continuons la révolution contre la tyrannie, le despotisme et le Duvalierisme.*

Personne n'était assis à cette table, personne ne s'appuyait contre le mur. L'atmosphère de ce hall désert était sinistre et désolée. Non loin de là, un engin au moteur mal réglé chantait une grinçante sérénade à la nuit. Du doigt, l'homme au complet beige leur indiqua le couloir. Ils s'y engagèrent. Le bruit de moteur cessa. Ce n'était pas une nuit faite pour les sérénades.

La fraîcheur des collines, que les riches et les puissants recherchaient à Pétionville, s'était ce soir transformée en un froid humide et pénétrant. Reuben s'attendait à entendre des pleurs et des hurlements, comme dans tout Etat policier, mais rien ne brisait le silence, hormis le bruit de leurs pas qui résonnaient sur le ciment brut du couloir vide.

Un escalier en fer noir menait à l'étage supérieur. Sur le palier, ils prirent le corridor de gauche et se trouvèrent bientôt devant l'inévitable porte métallique qui barre la sortie de tous les rêves. Il n'y avait pas de nom sur cette porte, mais un simple code : AP7. Dessous, on distinguait la trace d'autres numéros, consciencieusement effacés.

L'homme au complet beige frappa. Ici, il n'était ni roi ni même prince. Mais il n'enleva pas ses lunettes noires. On ne peut pas priver un homme de toutes ses illusions. Une voix dit :

— Entrez.

Et ils obtempérèrent.

Cette pièce, songea Reuben par la suite, n'avait rien d'extraordinaire. Pourquoi donc s'y était-il senti si vulnérable ? Sans doute parce qu'il avait apporté, de New York, des images de murs éclaboussés de sang. Qu'il s'attendait à des lampes aveuglantes, à des visages angoissés, luisants de sueur. Mais il ne vit rien de tout cela. Avec ses rideaux tirés et ses murs nus, rose saumon, la pièce était d'une banalité absolue. Dans un coin, était accrochée une cage blanche, rococo, au sol tapissé de graines, où se balançait un tangara à tête rouge, au plumage rose et lisse. De ses petits yeux noirs, ronds comme des billes, l'oiseau les regarda entrer.

Sur le bureau métallique, une lampe de lecture jetait une lumière douce sur les traits de l'unique occupant de la pièce : un métis de taille moyenne, d'une quarantaine d'années, soigné plutôt que beau, aux yeux tristes sous des paupières lourdes. Il portait une chemise en lin blanc et une cravate vert foncé en soie chinoise, parfaitement nouée. En d'autres circonstances, si Reuben avait eu à décrire cet homme, il aurait volontiers évoqué un poète ou un musicien. Il émanait de lui une intensité, une ferveur, un élan qu'on associe en général aux affres de la création.

Il avait un stylo-plume à la main, juste au-dessus d'une feuille, comme s'il venait d'écrire, ou qu'il s'y préparait, et la question que suggérait son geste était délibérée, faisait partie d'un jeu, n'avait pour but que d'obliger les visiteurs à se livrer à des supputations. Il n'y avait rien d'autre sur le bureau, ni d'ailleurs, comme le constata Reuben d'un rapide regard circulaire, dans toute la pièce. Une cage à oiseau pour tout ornement, un bureau pour écrire, un siège pour s'asseoir. Et dans un coin, un autre siège, beaucoup plus encombrant, chevillé au sol.

— Merci, capitaine Loubet, dit l'homme assis au bureau. Ce sera tout. Laissez les passeports et allez-vous-en.

L'homme en beige exécuta les ordres qu'il avait reçus. La porte se referma sur lui. S'ensuivit un silence à couper au couteau. Pour la première fois de la soirée, le visage d'Angelina reflétait un sentiment de profonde angoisse.

— Toutes mes excuses, poursuivit l'homme dans un anglais teinté d'une imperceptible pointe d'accent. On m'a dit que votre vol avait été mouvementé, détourné, et voilà qu'en plus vous faites des kilomètres pour venir me voir !

Il se leva et quitta l'abri de son bureau. En reculant, son fauteuil grinça désagréablement sur le sol. Il avait leurs passeports en main.

— Comment vas-tu, Angelina ? demanda-t-il en souriant largement et en se dirigeant vers elle.

Angelina, qui gardait les yeux obstinément baissés, ne répondit pas.

— Pourquoi ne m'as-tu pas écrit ? Pourquoi ne pas m'avoir prévenu de ton arrivée ? J'aurais envoyé quelqu'un vous chercher à l'aéroport, cela vous aurait évité bien des ennuis. Tu n'as aucune envie d'avoir des ennuis, n'est-ce pas ?

Il avança encore et posa sa main sur sa joue. La proximité de l'homme semblait gêner Angelina, mais ne l'effrayait pas.

— Je n'ai pas eu le temps. Ce voyage s'est décidé à la dernière minute.

— Bien entendu, dit l'homme en lui jetant un dernier regard dur avant de laisser retomber sa main et de se retourner vers Reuben. Je suis navré, je ne me suis pas présenté. Major Bellegarde, chef de la sécurité de ce *département*. Ma juridiction s'étend sur Port-au-Prince et ses environs.

Il jeta un coup d'œil au passeport de Reuben.

— Professeur Myron Phelps, un ami de Rick.

Bellegarde tendit la main. Reuben la prit et les deux hommes se serrèrent la main, comme pour respecter des usages qui n'avaient plus cours en ces lieux.

— J'ai le grand honneur d'être le frère d'Angelina, poursuivit Bellegarde. Le beau-frère de Rick, donc. Je vous avoue que je ne le connaissais pas très bien, mais la nouvelle de sa mort m'a navré. Ainsi bien sûr que les horribles circonstances de son décès. New York est vraiment une ville terrifiante. La police a-t-elle une piste ?

Reuben haussa les épaules.

— Comment le saurais-je ? Mais j'ai entendu dire qu'elle pourrait clore l'affaire, faute de preuve.

— Mais c'est absurde, voyons ! (Bellegarde contempla sa sœur.) Ma pauvre Angelina ! Si jeune et déjà veuve ! Je compatis sincèrement.

Le major se détourna soudainement et reprit sa place initiale. Il n'avait pas songé à s'excuser de l'absence de sièges.

— Que veux-tu de nous, Max ? demanda Angelina, manifestement peu impressionnée par ses condoléances apitoyées.

— Vous voir, c'est tout. Satisfaire ma curiosité. Te rappeler que Haïti n'est pas toujours... un lieu sûr. *N'est-ce pas ?*

Il étala les passeports sur son bureau, comme un croupier préparant une table pour jouer aux cartes.

— Vous savez, je suppose, qu'en cas de problème vous ne pourrez avoir recours à aucune représentation diplomatique ?

— Pourquoi aurions-nous des problèmes ? demanda Angelina.

— Certes, certes. Mais il arrive que des problèmes surgissent même lorsqu'on ne s'y attend pas, c'est dans la nature des choses. (Il s'interrompit et poussa les passeports vers le bord du bureau, comme pour les inciter à se rapprocher de lui pour les récupérer.) Comprenez-vous bien les fonctions que j'exerce ici ? Nous ne sommes plus des Tontons Macoutes. Nous sommes la Sécurité nationale. Les gens n'ont pas peur de nous, ils viennent nous consulter quand ils ont des ennuis. Notre devoir est d'éviter les problèmes, en tous genres. Vous me comprenez, n'est-ce pas ?

— Est-ce pour cette raison qu'un de vos hommes a frappé un citoyen américain à coups de crosse, ce soir, à l'aéroport de Jacmel ?

La colère rentrée de Reuben s'était accumulée ; il avait enfin l'occasion de l'extérioriser.

Bellegarde ne cilla pas.

— J'ai pris bonne note de cet incident. Nous ne retiendrons aucune charge contre M. Hooper. Mais il devra désormais se montrer plus prudent. J'ai cru comprendre qu'il est affilié à une organisation religieuse, dont la philosophie est d'obéir aux gouvernements des Etats dans lesquels elle séjourne. Nous attendons beaucoup d'un homme qui professe une telle philosophie. Et nous saurons nous montrer reconnaissants. Mais auparavant il faudra qu'il apprenne où commence l'obéissance.

Bellegarde s'arrêta. Le tangara chanta, puis se tut. Une longue captivité avait considérablement affaibli ses ailes.

— Et vous, professeur ? Quel est le but de votre visite dans notre pays ? Car je suppose que vous avez un but, n'est-ce pas ?

— Myron va poursuivre les recherches de Rick, intervint Angelina avec une hâte suspecte.

— Mais bien entendu. Les recherches de Rick, répéta Bellegarde. Les influences africaines sur la culture haïtienne. (Il sourit dédaigneusement.) Les traces sont incroyablement nombreuses. Nous ne jetons jamais rien. Pas même les vestiges d'époques révolues.

Il marqua un temps d'arrêt et se tourna vers Reuben.

— Excusez-moi, professeur, mais ne sommes-nous pas en pleine année universitaire ? Ne devriez-vous pas dispenser connaissance et sagesse aux étudiants de... Où est-ce, déjà ? Ah, oui, l'université de Long Island ? Les recherches ont d'ordinaire lieu en été, si je ne me trompe ?

— Je suis en congé sabbatique, répliqua Reuben, mécontent d'avoir fourni aussi rapidement une réponse toute prête.

— Mais bien entendu. Un congé sabbatique.

— Le dernier livre de Rick doit être publié. Celui auquel il travaillait lorsqu'on l'a tué. Il y aura même, probablement, un volume spécial, édité en son honneur.

Reuben abattait imprudemment toutes ses cartes d'un seul coup, mais cette pièce nue le poussait à parler.

— Je suis venu pour nouer tous les fils. Rick a laissé de nombreuses pistes.

Bellegarde sourit, et son sourire, cette fois, semblait moins contraint.

— Des pistes ! Vous parlez comme un policier, professeur. J'espère sincèrement que vous trouverez le temps de passer me voir, cela me fera le plus grand plaisir de parcourir ces pistes en votre compagnie. Le continent noir. Le nouveau monde, et cetera, je peux compter sur vous ?

— Mais oui. C'est tout naturel.

— Non. Cela n'aura rien de naturel, professeur. Le naturel, ce serait d'éviter soigneusement ces parages. Mais je me permets d'insister. Je tiens beaucoup à ces *petites causettes*. Ça ne se fait pas en Amérique, je le sais, mais je vais m'imposer dans votre intimité. Angelina me connaît très bien, évidemment. Elle n'a pas besoin de petits bavardages privés, n'est-ce pas, Angelina ?

Angelina secoua doucement la tête d'un air pathétique.

— Mais vous, professeur, je tiens à m'assurer de votre sécurité. De celle d'Angelina aussi, bien entendu. Fraternellement, en ce qui la concerne. Vous n'allez pas me croire, mais j'ai entendu dire qu'elle était morte. (Il croisa le regard d'Angelina, sans sourire.) C'étaient des rumeurs infondées, comme le prouve ta présence ici ce soir. Tu n'es pas un fantôme, n'est-ce pas, Angelina ? Ni un de nos fameux *zombis*. A moins que tu ne sois un *cadavre zombi*, ou un *zombi astral*. (Il marqua un temps d'hésitation avant de poursuivre.) Mais non, je ne crois vraiment pas. Tu me sembles tout à fait vivante. Mais ces rumeurs m'inquiètent. C'est une véritable névrose nationale, une maladie qui ronge les fondements de notre société. A Haïti, on prend les rumeurs très au sérieux. Mon devoir est de les éradiquer.

Bellegarde se leva et regarda Reuben une fois encore.

— Suivez mon conseil, professeur, tenez-moi au courant de vos activités. En cette saison, notre climat peut être très malsain pour les étrangers.

Il prit les passeports et les tendit successivement à Reuben et Angelina.

— Voilà. Gardez-les précieusement. Encore qu'un passeport émis par une société Bizango vous serait peut-être plus utile. Pour vous promener la nuit, par exemple. Les *sans poel* vont et viennent à leur guise. Mais je ne vous apprendrai rien sur le Bizango.

Angelina et Reuben ne pipèrent mot. Dans sa cage, l'oiseau regardait et écoutait.

— Je ne sais pas où vous avez l'intention d'habiter pendant votre séjour, mais je vous serai infiniment reconnaissant de me tenir au courant. Un simple coup de téléphone suffira. Le téléphone marche assez bien, en ce moment. Notre président bien-aimé accorde des primes à l'efficacité. Vous allez assister à l'émergence d'un nouvel Haïti.

« Cette nuit, je vous conseille de vous installer à l'hôtel Choucoune, juste en face. Dites que vous venez de ma part, ils vous feront un prix. Vos bagages vous y attendent. Tout est réglé. (Il jeta un coup d'œil appuyé à Angelina.) On n'a touché à rien, je t'en donne ma parole.

Reuben hocha la tête.

— Merci, marmonna-t-il, mais Bellegarde ne lui prêtait pas la moindre attention.

— Angelina, poursuivit le major, je voudrais que tu conserves un souvenir de cette soirée. Tiens.

Il alla ouvrir la cage. L'oiseau battit des ailes sur sa petite balançoire. Bellegarde siffla, glissa la main dans la cage et attrapa l'oiseau d'un geste familier. Le tangara tressaillit à peine. Le major le tendit à Angelina.

— Je te le donne. L'hôtel te trouvera une cage. Il n'a pas de nom, tu pourras l'appeler comme tu voudras.

Elle prit l'oiseau et frémit lorsqu'il se recroquevilla dans la paume de sa main. Bellegarde sourit et ouvrit la porte.

Au moment de sortir de la pièce, le regard de Reuben fut attiré par des traces de sang sur le plancher, près de la porte. A côté de la tache rougeâtre se détachait l'ivoire d'une dent humaine. Reuben leva les yeux. Bellegarde lui serra la main. La lumière du couloir projeta une ombre longiligne sur le plancher, jusqu'au siège fixé au sol.

L'homme au costume beige les attendait pour les raccompagner. Il les guida jusqu'à l'entrée sans dire un mot. L'hôtel était encore illuminé, tel un paquebot traversant la nuit.

Angelina ouvrit la main. Elle avait écrasé entre ses doigts le minuscule oiseau, qui était mort et la fixait de ses yeux noirs et aveugles. Elle le laissa tomber par terre. L'air était froid ; le temps d'arriver à l'hôtel, elle tremblait de tous ses membres.

47

Au-dessous d'eux, la mer étincelait dans la brume de chaleur du matin. On aurait dit qu'il n'y avait jamais eu d'orage, qu'il n'y en aurait jamais plus. Au loin, l'île de la Gonave barrait l'accès aux eaux profondes de la baie occidentale. Au nord, au-delà de la plaine du Cul-de-Sac, les montagnes vert et bleu montaient à l'assaut du ciel cuivré, se découpant sur d'autres montagnes, toujours plus hautes, toujours plus sombres.

Le taxi cahotait sur la route pleine de fondrières. Ils quittèrent la lumière du soleil pour entrer dans un environnement de baraques en bois délabrées, aux toits percés, aux fenêtres tordues ou cassées, à la peinture écaillée. La petite Peugeot négocia un virage serré, envoyant valdinguer les casiers rangés sur la galerie en un équilibre précaire. Il était presque midi.

Angelina aurait préféré rester à Pétionville. Avec ses draps blancs et propres, son air frais, son linge de table immaculé et son chocolat chaud à la française, l'hôtel représentait un cocon tentateur. Elle s'était attardée sur son petit déjeuner, en songeant à la prime d'assurance qu'elle toucherait bientôt.

Combien de nuits dans des draps propres pourrait-elle s'offrir avec cet argent ?

Puis Reuben était arrivé et l'avait ramenée à la réalité. Il n'avait pas dormi de la nuit. Dès qu'il s'assoupissait, vaincu par l'épuisement, des cauchemars le tiraient du sommeil. Bellegarde savait. Savait tout. Quel jeu jouait-il ? S'agissait-il de perfidie, de hasard, ou d'une comédie des erreurs ? Plus que jamais, Reuben avait l'impression d'être un pion manipulé par un mystérieux joueur. Devait-il dire à Angelina qu'il savait que Bellegarde était venu à New York, et que le frère et la sœur s'étaient vus ?

— Il faut partir, dit-il. Bellegarde ne nous lâchera pas. C'est lui qui tire toutes les ficelles. Nous n'avons qu'une solution : lui échapper.

Reuben avait rejoint Angelina dans sa chambre après avoir pris son petit déjeuner dans la sienne. Ils étaient sur le balcon qui donnait sur le jardin de l'hôtel.

— C'est impossible.

— Pourquoi ?

— Tu verras.

Un mince filet de chocolat coula sur son menton. Elle le lécha d'une langue paresseuse.

— Pourquoi ne m'as-tu rien dit à son sujet ? Pourquoi ne m'as-tu pas prévenu ?

— A quoi cela aurait-il servi ? Il aurait appris notre arrivée, tôt ou tard.

— Tu disais... Enfin, tu m'as laissé entendre que ta famille avait été écartée de la vie politique après l'arrestation de ton père. Comment se fait-il que ton frère soit chef de la police secrète de Port-au-Prince ?

Elle haussa les épaules.

— Oh ! Maxeldwan est bien plus que ça, même si, officiellement, il se contente de ce titre. En fait, il centralise tous les services de police et ne rend compte qu'au président.

— Tu n'as pas répondu à ma question.

Reuben était très mal à l'aise. Depuis qu'ils étaient à Haïti, l'attitude d'Angelina avait changé. Elle semblait retourner à quelque chose d'indéfinissable, un style, une certaine affectation.

— Tu oublies qu'ici la roue tourne vite. Max n'appréciait pas du tout la vie dans la jungle, il voulait du pouvoir, il considérait qu'il y avait droit, de naissance. Il a donc pris le nom de famille de ma mère, il s'est fait des amis et il a attendu le départ de Duvalier. A ce moment-là, les amis de Max ont eu les coudées franches, et ils lui ont offert ce fief.

Elle coupa un croissant en deux, le beurra, ajouta de la confiture et se versa une autre tasse de chocolat.

— Il sait qui je suis, dit Reuben.

— Je ne pense pas. Tu es inconnu et Max n'est pas omniscient.

— Il sait que je suis dans la police. Il me l'a même fait remarquer. « Vous parlez comme un policier, professeur. » Tu te rappelles ?

Angelina sourit.

— Mais il a raison. Tu parles comme un policier. Tu es un policier. Ce n'était pas sorcier à deviner.

— Peut-être pas. Mais Bellegarde sait qu'il se prépare quelque chose. Il sait que je suis entré dans ce pays sous un faux nom, avec de faux papiers. Ça lui suffirait pour me faire arrêter.

— Ce n'est pas sa méthode. Max n'agit jamais à la légère, il prépare ses coups. Il va nous faire surveiller, pour savoir ce que nous tramons. A ce propos... (Angelina posa son couteau sur la table.) Si tu me disais exactement ce que nous sommes censés faire ici ?

Reuben la considéra avec étonnement.

— Tu n'es pas au courant ? Sally ne t'a rien dit ? Elle a prétendu que tu étais consciente des dangers que tu courais, et que tu avais néanmoins accepté de m'accompagner.

Angelina hocha la tête.

— Elle m'a raconté un certain nombre de choses, mais j'étais encore à moitié droguée. Je commence seulement à reprendre vraiment mes esprits. Sally m'a dit qu'elle travaillait pour le gouvernement et que tu avais accepté de coopérer avec eux. Que tu avais des ennuis, qu'on t'avait retiré l'enquête sur le meurtre de Rick et que ton seul moyen de prouver ton innocence était de mettre la main sur la base du groupe, ici. Elle a ajouté que je courrais de plus graves dangers à New York qu'ici. Alors ? Tout cela est vrai ?

Reuben lui donna autant de détails qu'il le put. Angelina écouta attentivement, en regardant les rayons du soleil glisser sur le jardin, et les minuscules oiseaux qui voletaient dans les arbres hauts. Lorsqu'il eut terminé, elle garda le silence quelques instants, le visage impassible. Un rayon de soleil tomba sur elle. Reuben lui prit la main, puis la lâcha.

— Méfie-toi de Max, dit-elle enfin. Il sera tapi dans l'ombre, il te laissera croire que tu es libre d'aller et venir à ta guise. Mais au bout du compte, il n'hésitera pas à te faire du mal, ni à te tuer si ça lui chante.

Son chocolat avait refroidi. Des miettes de croissant brillaient comme de l'or sur ses genoux. Angelina frissonna et se tut.

Les taudis étaient pires que tout ce que Reuben aurait pu imaginer. Angelina avait insisté pour que le chauffeur du taxi prenne ce chemin ; elle voulait que Reuben voie de ses yeux la réalité d'Haïti, une réalité que l'on refusait de reconnaître dans le milieu où elle avait été élevée, et que son frère s'employait avec ardeur à perpétuer.

Reuben remarqua d'abord la chaleur, puis la puanteur. Les gens vivaient comme des chiens, comme de la vermine, au milieu de leurs excréments, dans un univers d'ordures, d'égouts à l'air libre, et de carcasses d'animaux en décomposition, sous du carton, des sacs en plastique, des morceaux de tôle. Ces abris précaires duraient une nuit ou deux, parfois une semaine, puis il pleuvait et des torrents d'eau et de boue emportaient tout sur leur passage, ou le vent se levait et les dispersait, ou un incendie se déclarait et les flammes les ravageaient. Le bidonville ne cessait jamais de se modifier, il croissait, s'écroulait, se combinait et se recombinait à l'infini.

L'orage de la nuit précédente avait tout dévasté. Les gens fouillaient la boue et les déchets puants pour en extraire des boîtes en fer, des bouts de bois, des morceaux de plastique. Brooklyn n'était pas le paradis, Gibson Street non plus. Mais, relativement, on y menait une vie de luxe. Il remonta sa vitre, pour échapper à la puanteur et au bruit. Mais il ne pouvait éviter de voir les visages.

Ils entrèrent en ville par des rues étroites où se pressaient voitures et *tap-taps,* bêtes de somme et charrettes à deux roues tirées par des hommes à la respiration sifflante ou des jeunes garçons à la poitrine étroite, le tout roulant frénétiquement, comme si l'unique chose importante était d'aller vite. Reuben ferma les yeux pendant presque tout le trajet. Angelina avait indiqué au chauffeur une petite rue sans nom, derrière la cathédrale catholique.

Ils firent halte devant une maison en bois de deux étages, rose vif avec des volets bleus. Une volée de marches usées menait à une porte vitrée. Angelina actionna une cloche tandis que Reuben attendait au bas des marches, avec leurs bagages. Les passants le dévisageaient sans vergogne. Quelques enfants s'écrièrent courageusement « *Allo, Blanc !* » avant de s'enfuir à toutes jambes. Une jeune fille vêtue d'une robe blanche ouvrit la porte. Angelina murmura quelques mots à son oreille et elle disparut.

Un instant plus tard, le bruit et la couleur explosaient sur le seuil de la porte et Angelina était littéralement avalée par une femme immense, enveloppée dans des dizaines de mètres de cotonnade bariolée. Les deux femmes s'embrassèrent, reculèrent pour mieux se voir, s'embrassèrent encore. Et tout à coup Angelina se mit à sangloter, blottie dans le giron de la grosse femme comme un enfant malheureux.

Toujours en pleurs, elle se laissa entraîner dans la maison, en oubliant Reuben. La porte était restée grande ouverte. Il attendit encore une minute puis saisit les valises et les porta à l'intérieur.

Il n'eut aucun mal à trouver Angelina, qu'on avait emmenée au fond de la maison, dans une grande cuisine qui embaumait les herbes et les épices. Elle était assise sur une chaise basse, entre la gigantesque femme et quelques autres. Personne ne fit attention à Reuben.

Petit à petit, les larmes d'Angelina se tarirent. Une femme apporta une bouteille de *clairin,* une autre se mit à chanter à voix basse. Angelina leva finalement les yeux et aperçut Reuben, debout, sur le pas de la porte, incommodé par la chaleur et très mal à l'aise. Elle lui sourit, lui fit signe d'avancer.

— Excuse-moi, Reuben ! Quelle impolitesse de ma part !

Elle se leva pour faire enfin les présentations.

— Reuben, voici Mama Vijina. C'est une *mambo,* tu dirais une prêtresse vaudou. Nous habitions toujours ici, Rick et moi, quand nous venions à Haïti. C'est elle qui m'a appris tout ce que je sais du *vodoun,* qui m'a initiée aux *mystères.* Je viens de lui annoncer la mort de Rick, qu'elle aimait beaucoup. C'était une des rares personnes qui appréciaient Rick. Elle le comprenait, je crois.

Reuben donnait environ cinquante-cinq ans à Vijina dont le corps, caché sous une large robe imprimée de motifs abstraits aux couleurs vibrantes, exprimait intensément la chair glorieuse. Un foulard assorti était noué autour de sa tête. Au milieu de ces tissus bariolés il y avait un visage.

Un visage que Reuben ne pouvait quitter des yeux. Il était pourtant banal, mais une énigmatique alchimie intérieure lui conférait son pouvoir. A moins qu'il ne fût extraordinaire, et volontairement affadi afin d'être supportable pour les simples mortels. Plus il la regardait, moins il comprenait : il y lisait la sérénité, mais aussi la colère ; une luxure débridée, mais aussi une pureté absolue ; le don de vision, mais aussi l'aveuglement ; l'orgueil et l'humilité, la vieillesse et l'enfance — toutes les contradictions et pas la moindre contradiction. Il parvint enfin à détacher son regard du visage de

Vijina, comme si on l'avait libéré, et ses yeux cherchèrent ceux d'Angelina.

— Tu verras, dit-elle. Tu verras. Rick non plus n'a pas compris tout de suite.

Puis elle parla doucement à Vijina, en créole. Reuben l'entendit prononcer son nom ainsi que celui de Max Bellegarde. Angelina lui présenta ensuite les autres femmes, qui ne parlaient pas anglais.

— Voici Locadi, dit-elle en poussant devant elle la jolie et timide jeune fille en blanc d'environ seize ans qui était venue ouvrir la porte. Locadi est *hounsi,* une des novices de Mama Vijina. C'est elle qui s'occupera de nous, on m'a dit qu'elle connaissait un peu le français ; elle te comprendra si tu lui parles lentement.

Une demi-heure plus tard, le repas était servi : bananes frites, haricots rouges, aubergines, plusieurs sortes de riz. Reuben observait Angelina : une nouvelle transformation s'était opérée en elle depuis qu'elle était entrée chez Mama Vijina. La jeune fille gâtée de Pétionville avait fait place à une femme parfaitement à l'aise dans cet humble décor, qui mangeait avec une cuiller en fer-blanc, partageant son assiette avec deux autres femmes le plus naturellement du monde. Qui donc était vraiment Angelina ? se demanda Reuben.

Lorsque la table fut débarrassée, Angelina exprima le désir de rester seule avec Mama Vijina.

— Et toi, Reuben, que vas-tu faire ?

— J'ai envie d'aller voir les Hooper, pour prendre des nouvelles. C'est loin d'ici ? Faut-il que j'appelle un taxi ?

Angelina sourit.

— Nous ne sommes pas à New York, Reuben.

Vijina n'a pas le téléphone. Locadi va t'y amener, ce n'est pas loin du tout. Et ne t'inquiète pas, ce n'est pas parce que tu es blanc que tu cours le moindre danger. Nous ne sommes pas non plus à Harlem.

Le mot danger fit froncer les sourcils à Reuben.

— Ce n'est pas la rue qui m'inquiète, mais cet endroit. Bellegarde le connaît ?

— Max sait tout. Inutile d'essayer de lui fausser compagnie. Ne pense pas à lui. Nous avons d'autres ennemis. Quant à cette maison, elle est aussi sûre que n'importe quelle autre à Port-au-Prince. Fais-moi confiance.

En prononçant ces paroles, elle se rappela la dernière fois qu'elle les avait entendues, de la bouche même de Reuben ; s'en souvenait-il, lui aussi ? Mieux valait ne pas y penser.

Il rejoignit Locadi, qui l'attendait à la porte. Angelina le rappela.

— Reuben ?

Il se retourna. Angelina s'approcha de lui et l'embrassa doucement sur la joue, tout près de la bouche.

— Sois prudent, dit-elle, et ne quitte surtout pas Locadi.

Sur ces mots, elle tourna les talons. Mama Vijina l'attendait dans une autre pièce.

48

New York

Sally sortit une bouteille de bourbon et un verre d'un tiroir. Elle vida la bouteille et la jeta dans une corbeille à papier. Ils étaient de nouveau dans la tour de verre, à un autre étage, dans un cocon de nuages bas et laiteux. Monter si haut sans avoir d'ailes donnait l'impression d'être au paradis. Sauf que le paradis était ailleurs, même si Sally ne savait pas où. Tout ce qu'elle savait, c'était que le paradis n'était pas ici, dans cette antichambre de l'enfer.

— Tu aurais dû tout lui dire, reprocha-t-elle à Emeric sans le regarder, car elle ne parvenait pas à s'y résoudre.

Elle suivait des yeux les nuages accrochés aux sommets des gratte-ciel, dont les vitres reflétaient la tendre blancheur.

— Je lui en ai dit beaucoup, rétorqua Emeric. Et toi aussi. (Il triait des papiers, debout devant une étagère.) Plus qu'il n'avait le droit d'en savoir, plus qu'ils n'étaient habilités à en apprendre l'un comme l'autre.

— Le droit ? Habilités ? Mais tu ne comprends

vraiment rien ! Qui donne le droit aux gens ? Qui les habilite ? Reuben Abrams mérite de connaître les tenants et aboutissants de cette opération.

— Que devrions-nous lui dire de plus, à ton avis ? demanda Emeric, sarcastique.

Sally but une gorgée de bourbon puis se ravisa et vida son verre.

— Par exemple, que douze de nos quatorze agents à Haïti ont été massacrés la semaine dernière. Qu'on s'attend à un coup d'Etat d'un jour à l'autre. Et qu'ils seront très probablement pris dans la tourmente. Pris, arrêtés, torturés et tués de manière abominable.

— Ce n'est pas sûr du tout. Si tout se passe bien...

— Va te faire foutre, Emeric ! Combien de chances y a-t-il pour ça ? As-tu parlé de Bellegarde à Reuben ?

— Je lui ai simplement dit que c'était le frère d'Angelina Hammel. Et qu'il est le chef de la police secrète.

— Et c'est tout ? demanda Sally en lui faisant brusquement face. Tu n'as pas pensé à lui dire qui est vraiment Bellegarde ? Qui il croit être ?

— Je ne vois pas en quoi ça aurait pu lui rendre service. A mon avis, ça n'a pas d'importance.

— Et elle ? La femme ?

— Quoi, elle ?

— Tu sais parfaitement ce que je veux dire. Elle est au courant ?

Emeric haussa les épaules.

— Je suppose, oui. Je lui ai parlé. Je crois qu'elle a compris.

— Tu crois ? Et c'est tout ?

Emeric posa une pile de documents.

— C'est allé très vite, Sally. Si nous avions pris le temps de poser des questions, de les informer convenablement tous les deux, tout aurait été terminé avant qu'ils ne mettent le pied à Haïti.

— Donc tu as envoyé Reuben dans ce cirque sans qu'il ait la moindre idée de la raison de sa présence là-bas, sans aucun soutien.

— Il a du soutien.

— Ah oui ? Deux agents morts de trouille qui n'ont qu'une envie : se tirer avant qu'on leur tranche la gorge ?

— Je vais envoyer des renforts. Des gens qui travaillent à Cuba et en république Dominicaine.

— Et qui ne connaissent rien à la situation d'Haïti.

Emeric tripotait nerveusement ses documents.

— Certains d'entre eux ont déjà travaillé sur place. Je t'en prie, Sally. Tout ça ne me plaît pas plus qu'à toi. Je préférerais ne pas me servir d'Abrams de cette façon. Mais je n'ai pas le choix. Et vu le tour qu'ont pris les événements, il n'a pas le choix non plus.

Sally contempla les nuages en pensant à la ville cachée en dessous, aux rues, aux tunnels sous les rues. Au baiser que lui avait donné Reuben un certain dimanche après-midi d'août, il y a longtemps. Elle songea à sauter dans les nuages et à y flotter pour l'éternité.

Mais tout cela n'était qu'une illusion. Emeric avait raison. Aucun d'entre eux n'avait le choix. Comme tous les mortels, ils ne disposaient que de leur lot d'illusions.

49

Hooper était couché dans l'arrière-boutique encombrée de caisses de livres estampillées Editions de la Fondation Bahá'í, Wilmette, Illinois. La pièce était étouffante, mal éclairée et malodorante. Hooper était appuyé sur deux oreillers crasseux. Du sang avait traversé son pansement. On avait dû lui faire une piqûre de morphine, et lui dire de se reposer. Sur une chaise, à côté du lit, traînaient un reste de riz et de haricots sur une assiette en fer-blanc et un livre de prières.

Reuben avait apporté une bouteille de *clairin,* du Barbancourt, le meilleur. Hooper refusa. Reuben haussa les épaules. Il aurait dû s'en douter : un abstinent, bien sûr! Locadi haussa les épaules elle aussi et rangea la bouteille dans son sac. Ce serait une offrande très convenable à la *loa.* Ses dieux n'étaient ni regardants ni étroits d'esprit.

— Je crois que j'ai dépassé les bornes, hier soir, dit Hooper entre ses dents serrées.

Il pouvait à peine remuer la mâchoire, mais heureusement elle n'était pas cassée.

— Ce que vous avez fait était stupide, dit Reuben, mais j'ai admiré votre courage. Qui sait, vous finirez peut-être par me convertir!

Hooper secoua la tête d'un air mélancolique.

— J'ai contrevenu à l'enseignement Bahá'í. La loi et l'ordre priment sur la conscience individuelle, et moi, je me suis interposé entre des représentants du gouvernement légitime et un individu. Ce policier était certes brutal, mais c'est son pays. Je prierai pour lui. Pour lui et pour celui qu'il a frappé. Mais j'ai dépassé les bornes.

— Vous avez eu une réaction très chrétienne. La plupart des gens sont trop lâches pour intervenir comme vous l'avez fait. Et c'est sans doute bien dommage.

— Vous êtes chrétien ?

Reuben hésita sur la réponse à fournir. Le plus simple était de dire la vérité.

— Non. Je suis juif. Que pense-t-on des juifs, chez vous ?

— Nous approuvons toutes les religions. Dieu s'est révélé de maintes façons, à maints peuples. Mais vous, les juifs, vous avez raté toutes les occasions. Vous avez rejeté le Christ, Mahomet et Bahá'u'lláh.

Reuben ne répondit pas. Il suffoquait dans cette petite pièce sans fenêtre, aux murs sales. Une calligraphie arabe était accrochée au-dessus du lit.

— Un peu miteux, comme endroit, hein ? fit Hooper.

Reuben hocha la tête.

— Jean va s'y mettre. En deux jours, elle aura tout récuré, du sol au plafond. C'est une vraie fée. Vous verrez ça !

Il se pencha, chercha à tâtons une boîte qui était par terre, la ramassa, la posa sur le lit et en sortit une plaque de chocolat

— Tiens, dit-il en la tendant à Locadi.

Un Américain les poches pleines de friandises et une enfant pauvre : la bonne vieille équation.

Locadi hésita, puis sourit et prit le chocolat qu'elle rangea dans son sac, avec le *clairin.*

Reuben toussa pour s'éclaircir la gorge.

— Puis-je faire quelque chose pour vous ? Vous apporter de la nourriture, des médicaments ?

Hooper fit non de la tête et grimaça, car le moindre mouvement tirait sur ses points de suture

— Non, merci. Nos amis s'occupent de nous. Nous ne manquons de rien.

— Si vous pensez à quoi que ce soit, ou si vous avez des ennuis à la suite de cette histoire à l'aéroport, prévenez-moi. Locadi donnera notre adresse à votre femme.

— Merci. Le médecin dit que je pourrai me lever dès demain. Nous passerons peut-être vous voir.

— Parfait, dit Reuben qui se demandait pourtant comment Mama Vijina accueillerait chez elle des missionnaires.

Avant de partir, il s'entretint quelques instants avec Jean Hooper, qui rangeait des livres dans la librairie avec deux Haïtiens et un pharmacien iranien, qu'elle lui présenta. Sirus Amirzadeh avait procuré à Hooper les médicaments dont il avait besoin.

Contraint à l'exil par la révolution islamique, Sirus avait perdu un frère et un cousin, exécutés par la justice des ayatollahs. La foi professée par les Bahá'ís était née en Iran, où elle comptait une petite minorité d'adeptes, tous persécutés. Reuben lui demanda pourquoi il était venu à Haïti et obtint une réponse identique à celle que lui avaient fournie les Hooper :

— Pour être un pionnier. Muhajir, comme nous disons en Perse. Un homme qui quitte son foyer pour la gloire de son Dieu.

C'était un homme mince, d'une trentaine d'années, qui paraissait intelligent et parlait assez bien anglais. Reuben ne l'aurait pas pris pour un missionnaire.

— Ce matin, j'ai traversé un bidonville, déclara Reuben. Vous l'avez peut-être vu. Au nord de la ville, sur la route de Carrefour.

— Oui, je le connais. Il y en a plusieurs, à Port-au-Prince. Haïti est le pays le plus pauvre du monde occidental.

— Et votre foi, que dit-elle de ça ? Votre présence ici améliorera-t-elle le sort de ces gens ?

Amirzadeh secoua la tête. Il avait de grands yeux au regard intense, presque illuminé.

— Nous ne pouvons pas faire grand-chose. Nous sommes pauvres, contrairement aux évangélistes de chez vous. Mais nous saisissons toutes les occasions qui se présentent de mettre un peu d'argent dans le développement et dans l'éducation. Cette boutique, par exemple, fait partie d'un projet éducatif.

Jean Hooper intervint.

— Donner du pain aux populations ne résout pas les problèmes, vous savez. Ces gens ont besoin d'une nouvelle société, d'une nouvelle structure. Quand on vit dans une maison qui est en train de s'écrouler, on ne met pas de rustines ; on sort et on en construit une autre. C'est dans ce but que nous sommes là, Sirus, Doug et moi. Nous jetons les fondations d'un ordre nouveau. Un jour, il y aura ici un Etat bahá'í. Et peut-être essaimera-t-il dans le monde entier, où régnera enfin une foi unique, sur une humanité unie. Et la justice triomphera partout. Il n'y aura plus de pauvreté, plus de famine. Il faut apprendre à penser à long terme, professeur Phelps.

Ses yeux brillaient. Comme ceux de l'Iranien, ils irradiaient une certitude absolue. Sa vision d'un monde parfait était sa seule force. Elle lui permettait de visiter les taudis sans ciller. Reuben ne répondit pas. Il aurait voulu demander à ces gens comment ils pouvaient prétendre bâtir un nouvel Etat sans se mêler de politique. Mais tout cela le dépassait. Il prit congé sans rien ajouter.

En face du magasin, debout sur le seuil d'une maison, un homme aux lunettes noires surveillait ostensiblement les allées et venues. Locadi se haussa sur la pointe des pieds et murmura : « Sécurité » à l'oreille de Reuben qui hocha la tête. L'homme ne les suivit pas. Max tenait donc les Hooper à l'œil.

Que ce soit la fatigue, l'ignorance où il était de cet environnement ou l'agacement qu'avait provoqué en lui la vision de Jean Hooper, Reuben n'était pas sur ses gardes. L'homme aux lunettes noires n'était pas seul. D'autres yeux le suivirent sur le chemin du retour tandis qu'il jouait les touristes, le nez en l'air, et admirait les tours rose et blanc de la cathédrale.

50

Macandal les contacta samedi matin. Il ne se présenta pas en personne, mais par l'intermédiaire d'un enfant venu livrer des bouteilles d'*orgeat* à Mama Vijina. Il y avait une réunion *vodoun* le soir même, à *l'houngfor* de Vijina, aux abords de la ville. L'orgeat, doux et poisseux, des bols de farine et des œufs faisaient partie des offrandes à Damballah. Un message adressé au professeur Phelps était joint aux bouteilles. Macandal lui donnait rendez-vous au *houngfor.* Sans mentionner expressément une arme, le petit mot laissait entendre que Macandal avait quelque chose d'utile à remettre à Reuben.

— Suis-je invité ? demanda Reuben à Angelina.

Ils étaient seuls, sur le front de mer, et regardaient évoluer les petits bateaux qui déchargeaient leurs marchandises : du café de Jacmel, du *vétiver* de Ducis, du sisal et du caoutchouc de Saint-Marc. De gros sacs étaient entreposés dans des charrettes. Les hommes transpiraient, protestaient ou grimaçaient sous leurs lourds fardeaux. Le travail ne manquait pas, mais il n'enrichissait pas.

— Au *houngfor* ? Bien sûr. Tu es anthropologue, tu étudies le *vodoun,* c'est tout à fait normal que tu y ailles.

— Je ne saurai pas quoi faire, ce n'est vraiment pas ma place.

— Ne t'inquiète pas, je serai là. Personne ne s'attendra à ce que tu fasses quoi que ce soit. Tu restes dans ton coin, et tu regardes. Ça ne devrait pas être trop difficile, non ?

— Et toi ? Tu regarderas, ou tu participeras ?

— Ça dépendra.

— De quoi ?

Une mouette tournoyait dans le ciel en poussant des cris stridents.

— De la *loa*. On ne peut pas les obliger à venir. On peut les inviter, les cajoler, tenter de les corrompre, même. Mais en fin de compte, ce sont eux qui décident.

— L'espion de Max nous suivra jusque là-bas, tu crois ?

Reuben faisait allusion à l'homme qui les avait pris en filature de chez Mama Vijina au port et qui, dissimulé derrière un derrick, les observait sans relâche.

— Oui. Ce ne sont pas des idiots. Ne sous-estime surtout pas Max, ni les gens qui travaillent pour lui. Ils ne sont pas maladroits. Ils désirent que tu les remarques. Fais attention, ce soir, quand tu verras Macandal. L'endroit est bien choisi, mais n'oublie surtout pas que tu seras surveillé.

Reuben hocha la tête, les yeux fixés sur la haute mer, au-delà du port aux eaux polluées. Deux cents ans plus tôt, quelque chose avait traversé l'océan pour débarquer ici, quelque chose que des hommes se disputaient à mort, aujourd'hui encore. Les navires d'aujourd'hui débarquaient une marchandise différente : blanche et douce, mais tout aussi mortelle.

— Rentrons, dit Reuben. J'ai l'impression d'être en vacances. Nous avons du travail. Je veux jeter un coup d'œil au cahier de Rick.

Angelina jeta un regard autour d'elle et vit ce que voyait Reuben : une ville polluée au bord d'une mer d'azur, la misère au pied des majestueuses montagnes, la corruption au paradis. Mais sous ces apparences se dissimulaient d'autres réalités. Dès qu'elle en aurait le temps, elle soulèverait à l'intention de Reuben le voile qui les recouvrait. Ce soir, par exemple.

Ils passèrent l'après-midi dans le minuscule salon de Mama Vijina, à lire les notes de Rick consignées dans un gros cahier de trois cents pages. Il avait travaillé avec sérieux. Tout y était : le point sur ses différentes recherches, des références et des recoupements, des détails bibliographiques et la transcription intégrale de certains passages qu'il avait considérés comme particulièrement révélateurs. Des photocopies de documents ou de lettres étaient collées ou agrafées au fil des pages. Rick avait mené sa tâche à bien : tout était clairement expliqué, et explosif. Plus Reuben avançait dans sa lecture, plus il comprenait que l'Ordre n'hésiterait devant rien pour récupérer le cahier, qui contenait des noms, des adresses, les fonctions occupées par les membres de la secte, des détails sur les actes criminels qu'ils avaient commis, des conjectures sur l'étendue de leur influence sur la société américaine. Si la moitié de ce qu'avait découvert Rick était vraie, Sally et ses camarades de l'ASC pêchaient dans des eaux infestées de requins.

Hammel avait consacré un chapitre entier à la traite des esclaves. Par le truchement de ses recherches sur les cargaisons humaines importées d'Afrique, il avait dépisté les origines et le développement du Septième Ordre. Le cahier contenait de nombreuses photocopies de documents d'époque, témoignant de son intérêt pour le navire qui avait acheminé le culte de Tali-Niangara jusqu'aux côtes d'Haïti.

Grâce à ces feuillets à l'encre délavée, un monde prenait lentement forme sous les yeux de Reuben. Un monde barbare, insondable, dont les frontières étaient des chaînes et des grilles, des crochets et des fers rougis. Angelina lisait, et redonnait vie aux rapports secs et aux lettres de marchands d'esclaves et de marins morts depuis bien longtemps. Les fantômes prenaient chair.

Jeunes hommes vendus pour une pièce de cotonnade de Guingamp ou une *ancre* d'alcool, femmes capturées en échange de quelques *rasades*, ou d'une *toque* de cauris, enfants arrachés à leurs parents contre un bicorne ou un peu de coton, corps noirs entassés comme des sardines dans les cales sans air d'embarcations précaires. La longue attente sur les côtes de l'Afrique, jusqu'à ce que les navires soient pleins, les malades jetés par-dessus bord, l'odeur de vinaigre sur des ponts brûlants, les suicides, le scorbut, la terre qui s'éloignait, la haute mer, le long voyage vers l'esclavage.

Reuben ne pouvait s'empêcher d'imaginer des bruits qui lui donnaient la chair de poule : le grondement du ressac, les craquements du bois, le claquement des fers, le crissement des chaînes, le sifflement du fouet, les gémissements des malades, le grésillement des chairs marquées au fer rouge, les os qui se brisaient sèchement.

En fin d'après-midi, ils découvrirent ce qu'ils cherchaient. Vers la fin du cahier, Rick avait écrit un long passage à l'encre rouge, sous le titre : « Haïti. A vérifier aux Archives. » Il s'agissait d'une liste de journaux publiés au dix-huitième siècle à Saint-Domingue/Haïti : le *Journal Officiel, Les Affiches Américaines, le Journal Général de Saint-Domingue, la Gazette du Jour, le Journal de Port-au-Prince, L'Aviseur du Sud et La Sentinelle du Peuple.* Rick avait parsemé les marges de points d'exclamation. Et il avait souligné deux fois le passage.

A côté de chaque titre il avait inscrit une série de dates, de mai à septembre 1775, et en dessous, dans un cercle, des noms suivis d'un point d'interrogation. Nairac ? Maniable ? Castaing ? Le Jeune ?

La page précédente avait été écrite plusieurs mois plus tôt, avant le départ de Rick en Afrique. Il n'avait pas eu le temps de mener à bien son projet d'enquête aux Archives de Port-au-Prince. Reuben et Angelina s'y rendraient à la première heure, le lendemain matin.

Il était tard. On frappa à la porte, Locadi entra.

— C'est bientôt l'heure de partir, dit-elle. Les dieux nous attendent au *péristyle.*

51

Les tambours résonnaient dans la nuit, pressés d'en prendre possession. Ceux qui craignaient l'obscurité se barricadaient derrière fenêtres et portes closes. Les autres regardaient, écoutaient, se rappelaient.

Malgré la douceur de l'air, Reuben tremblait en montant dans la voiture, une petite Peugeot qu'il avait louée le matin même. Angelina se glissa derrière le volant et quatre amies de Mama Vijina s'entassèrent à l'arrière. Portières fermées, on entendait toujours les tambours, insistants, obstinés.

Ils parcoururent des rues sinistres aux immeubles à demi effondrés, peuplées de mendiants ; des drapeaux en lambeaux flottaient au vent, des volets cassés s'entrouvraient brièvement sur leur passage avant d'être violemment claqués. Angelina prit le chemin de l'aéroport, dépassa le terminal et le terrain d'aviation de Bowen avant de s'engager dans la plaine. La ville finit par s'estomper dans le lointain. Ils se laissèrent engloutir par la nuit, dans un silence que nul ne songeait à rompre.

Ils longèrent des avenues bordées de manguiers aux fruits mûrs, accrochés à de longues tiges vertes. Le paysage changea : les champs de canne à sucre s'étendaient à perte de vue, immobiles sous le ciel noir. Les phares éclairaient de temps à autre des maisons aux murs blancs comme des tombeaux, cachées à l'ombre de palmiers géants.

Par une petite route latérale, ils atteignirent le *péristyle,* le bâtiment où se déroulerait la majeure partie des festivités nocturnes. Une foule nombreuse s'y était déjà rassemblée ; certains étaient venus à pied, d'autres en camionnette, en bicyclette ou en voiture. Hommes, femmes et enfants endimanchés, mangeant et buvant, se bousculaient sur les bancs. L'ambiance tenait davantage du piquenique que de la cérémonie religieuse.

Au centre du *péristyle* se dressait un haut mât, un tronc d'arbre, en fait, encastré dans une base circulaire en ciment. C'était par ce tronc que la *loa* descendrait du royaume des esprits jusqu'au monde d'ici-bas. Le bloc de ciment était peint de couleurs vives, représentant le drapeau haïtien, une chèvre noire, un serpent, plusieurs croix, un crâne humain. Des bougies étaient plantées dans des chandeliers en fer, au milieu de diverses offrandes de boissons ou d'aliments.

Les Hooper étaient là, près de la porte menant au *bagui,* le sanctuaire intérieur. Locadi les avait invités, et ils avaient fait le trajet avec Mama Vijina, dans une camionnette. Ils étaient mal à l'aise, et parfaitement déplacés, en dépit, ou peut-être à cause, de l'attitude naturelle et amicale qu'ils affectaient avec chacun. Doug Hooper ne portait plus de pansement à la joue mais on distinguait une rangée de points de suture au milieu de ses chairs violacées et enflées. Jean portait ses plus beaux vêtements, mais, comparée aux couleurs vives des tenues arborées par les femmes qui l'entouraient, elle était terne et effacée. Soulagé, sans aucun doute, de voir un autre visage blanc, Doug fit de grands signes de la main à Reuben et Angelina.

Ils prirent place près de l'entrée. Angelina était différente, ce soir : ses cheveux, sa peau, ses yeux avaient changé. Elle portait une écharpe rouge vif, assortie à sa robe. A la lumière des torches enflammées qui entouraient le *péristyle,* elle avait l'air de prendre feu. Les hommes la remarquaient. Certains lui adressèrent des regards sans aucune ambiguïté. Plusieurs femmes, l'apercevant, lui sourirent et s'approchèrent d'elle pour l'embrasser, en évoquant de vieux souvenirs. Reuben se sentait exclu. Il scrutait l'esplanade, en se demandant lequel de tous ces inconnus était Macandal. Mais son contact n'était peut-être pas encore arrivé.

Un tambour entra en action, le *ségond,* cherchant son rythme, courant après, le rattrapant, reprenant des forces, recommençant. Puis, comme pour le narguer, retentit le staccato du *kata,* plus aigu, nerveux. Et enfin roula le battement profond du plus grand des tambours, grondant comme du fond d'un abîme. Les gens remuaient sur leurs sièges ; le début de la cérémonie n'allait plus tarder, mais personne n'avait l'air concentré ni n'adoptait l'attitude pieuse qui convient à un rite religieux. On riait, un couple se disputait, un enfant pleura. On entrait et sortait, on mangeait de pleines assiettées de *grillot* chaud, on buvait du *kola* tiède qu'on allait acheter dans une petite baraque à l'extérieur de l'enceinte.

Le silence se fit brutalement. Une porte s'ouvrit à l'arrière du *péristyle* et Mama Vijina entra, suivie de six *hounsis* qui portaient des drapeaux et d'un homme habillé de blanc, une écharpe rouge nouée autour du cou.

Elle avança jusqu'au *poteau-mitan* et entreprit de verser des libations de rhum et d'autres alcools tout autour de sa base. Reuben ressentit le frisson de l'inconnu tout le long de sa colonne vertébrale. Ce n'était plus la femme simple et aimable chez qui il venait de passer deux jours. Ses traits, son maintien, sa stature, tout avait changé. Elle était la pièce, elle était la nuit, la musique, l'obscurité, les torches enflammées. Tous les yeux étaient fixés sur elle. Elle se jeta dans ces regards avides, s'y ressourça, dans l'attente du moment où elle s'en détournerait car elle serait devenue la monture des dieux.

En demi-cercle, les *hounsis* chantaient et tapaient doucement dans leurs mains, en rythme.

Legba! soleil te lève, Legba,
Ouvri barrié pou mon, Legba
ouvri barrié pou toute moune you
mait'passé toute moune moin Bondye.

Ses libations achevées, Mama Vijina salua ses visiteurs. Elle prenait par la main ceux qu'elle connaissait bien, les amenait au centre de la pièce et leur faisait décrire un tour sur eux-mêmes. Elle passa devant les Hooper sans paraître les remarquer.

Elle s'approcha de Reuben et Angelina. Ce n'était plus une grande et grosse matrone, mais une prêtresse, initiée aux mystères. Elle se contenta d'un signe de tête à l'adresse de Reuben, pour signifier qu'elle reconnaissait sa qualité d'hôte; mais elle prit Angelina par la main et tourna trois fois sur le sol poussiéreux, les yeux dans ceux d'Angelina, en hochant la tête en signe d'approbation ou d'encouragement. Décontenancée, Angelina se rassit, confuse. Reuben remarqua qu'on la regardait.

Mama Vijina retourna vers le *poteau-mitan.* Debout, elle imposa le rythme du *'zepaules',* la première danse, qui purifiait l'air et le corps de ceux qui allaient assister à la manifestation divine maintenant toute proche. Autour du *péristyle,* les gens tapaient des pieds et battaient des mains. La voix de Mama Vijina s'éleva. Une chanson pour Erzulie, une chanson pour Sin Jak Majè, une chanson pour Damballahwèdo. Les riches intonations des incantations devaient les attirer jusqu'au bas monde. Les tambours résonnaient parmi la foule où ils circulaient désormais, révélant la nudité des visages d'où s'effaçaient peu à peu les masques sociaux qui en dissimulaient d'habitude la vérité.

Les dieux entrèrent un par un. Elle connaissait leurs personnalités, leurs goûts et leurs répugnances, leurs voix et leurs gestes. Les *hounsis* lui apportèrent successivement les habits et attributs de chacun d'eux : l'épée de Sin Jak Majè, le rhum qu'il aimait ; le chapeau de Gèdè, et des lunettes noires ; le voile bleu bordé d'or d'Erzulie. Elle revêtait les différents atours et dansait, en transe, possédée. Reuben comprit alors ce qui l'avait intrigué le premier jour, lorsqu'il avait lu tant d'éléments contradictoires sur le visage de Vijina. Les *hounsis* se mirent à trembler lorsque la *loa* les pénétra à leur tour, les poussant à osciller, à se balancer.

Les dieux se préparaient à honorer la foule de leur présence. Reuben vit une de ses voisines frémir de tout son corps, se lever, et commencer à danser. Elle salua Mama Vijina, qui lui fit faire une triple pirouette. Une *hounsi* dansait, brandissant un poulet blanc vivant qu'elle tenait par les pattes, le balançant tout autour de sa tête, ailes en bataille, plumes au vent. La *hounsi* se levait et retombait sans relâche, le poulet se débattait de plus en plus faiblement. Soudain, elle prit sa tête dans sa main, tordit, détacha d'un seul geste la tête du cou du poulet, éclaboussant sa robe blanche de sang. La volaille battit une dernière fois des ailes, les plumes tombèrent sur le sol comme de la neige, la jeune fille continua à danser. C'était Locadi.

Une main se posa sur l'épaule de Reuben, une voix chuchota : « Suivez-moi. » Il se retourna et aperçut un homme vêtu d'un jean et d'un T-shirt blanc qui s'éloignait. Reuben voulut prévenir Angelina qu'il allait s'absenter, mais elle ne répondit pas. Les yeux révulsés, elle haletait, s'enfonçait de plus en plus profondément dans la transe.

— Angelina, ça va ?

Reuben se pencha vers elle, inquiet. Il lui prit la main, pour attirer son attention. Une femme qui était assise à côté d'Angelina fronça les sourcils et retira la main de Reuben en secouant la tête.

Dans le *péristyle,* hommes et femmes entraient en différents niveaux de transe : certains restaient assis, d'autres se levaient et dansaient pour jouer le rôle du dieu qui les chevauchait. Angelina ne courait aucun danger, se dit Reuben. Ces gens savaient ce qu'ils faisaient.

L'homme en T-shirt était parti. Reuben se leva et se dirigea vers la sortie. Ne voyant personne près de la porte, il la franchit. Trente secondes après, lorsque ses yeux furent habitués à l'obscurité, il ne voyait toujours pas âme qui vive. Chants et tambours avaient diminué d'intensité. Il entendait coasser les grenouilles, sous un ciel aux étoiles innombrables.

Il s'éloigna du *péristyle* ; il ne distinguait qu'ombres, arbres et buissons, *médiciniers, mapoux* et *sabliers.* Un bruit de branches, sur sa gauche, l'alerta. Il aperçut la silhouette d'un homme qui courait, et ne répondit pas à l'appel de Reuben. Il songea un instant à le poursuivre, mais y renonça, car il savait que ce ne serait qu'une perte de temps.

Une forme blanche, à peine visible, était allongée dans le noir. Reuben se précipita vers elle, s'agenouilla. L'homme en T-shirt blanc et en jeans, couché par terre, était agité de mouvements convulsifs. Reuben entendit un bruit de ballon qui se dégonfle, et plus rien. La forme étendue sur le sol ne bougeait plus. Il se pencha pour voir son visage. Sa tête baignait dans une mare de sang. On lui avait tranché la gorge, d'une oreille à l'autre. Le sang étincelait sous la lumière des étoiles. Au loin, les tambours reprirent leur lancinant roulement.

52

Reuben fouilla rapidement le corps de l'homme qu'il supposait être Macandal. Un objet dur était fixé autour de sa taille, sous le T-shirt blanc. A l'aide de son petit couteau de poche, Reuben découpa la bande adhésive. L'objet était un pistolet automatique, l'arme que lui avait promise Jensen. Il trouva également plusieurs chargeurs, collés dans le dos de Macandal. L'ASC tenait ses promesses. Quel que soit le prix à payer.

Reuben se releva, embarrassé par les chargeurs qu'il tenta de glisser dans ses poches de veste. Ils étaient lourds et les déformeraient d'une manière suspecte. Poursuivre le tueur semblait une entreprise vouée à l'échec, et il y renonça. Attirer l'attention sur lui en faisant état de sa macabre découverte n'était pas une bonne idée non plus. On découvrirait sûrement le cadavre le lendemain matin, ou la semaine prochaine.

Reuben prit le corps par les aisselles et le tira sous des buissons qui le dissimuleraient quelques heures. Puis il effaça de son mieux les traces de son passage, conscient du fait qu'il éliminait du même coup celles de l'assassin. Mais quelle importance ? se dit-il.

Il regagna le *péristyle* en espérant que nul n'aurait remarqué son absence, ou que, dans le cas contraire, on aurait simplement cru qu'il était sorti pour satisfaire un besoin naturel. Le roulement des tambours s'était accéléré, les chants s'élevaient plus forts que jamais. Que faisait maintenant Angelina ?

Près de la porte, il aperçut Hooper, debout, le visage congestionné.

— Il m'avait bien semblé vous voir sortir, dit l'Américain. C'est une bonne idée. On étouffe, ici. Et cette fumée ! Je crois que je n'ai pas encore complètement récupéré.

Reuben avait encore le pistolet à la main. Il le glissa sous sa ceinture, dans son dos. Son intuition lui disait que Hooper avait remarqué son geste. Qu'avait-il vu d'autre ?

— On m'avait parlé de ces simagrées avant notre arrivée, reprit le missionnaire. Quel cirque ! Mais enfin, si ça peut leur faire plaisir... J'ai l'impression que nous allons avoir du mal à nous implanter dans le coin. Ce sont de vrais enfants, vous ne trouvez pas ?

— Non, ils m'ont même l'air assez conscients de ce qu'ils font.

— Vous croyez ?

— Ce sont leurs coutumes, Hooper. Cela fait trois siècles qu'ils sont catholiques, mais c'est resté très superficiel. Leur véritable religion, la voilà, et ils veulent la conserver. Je n'y vois personnellement aucun inconvénient, ils perpétuent leur passé, ils s'inscrivent dans leur histoire. Et ils n'ont aucun besoin d'une nouvelle foi.

— On verra.

Hooper s'agitait, oppressé. Une odeur entêtante

flottait dans l'atmosphère, manifestement trop exotique pour ses narines de citadin. Après les fumées et l'encens répandus dans le *péristyle,* c'en était trop pour lui.

Reuben fit quelques pas vers l'intérieur, de crainte qu'une trop longue absence n'attirât l'attention. Hooper le retint par le bras, et s'approcha tout près de lui.

— Vous connaissez ces gens, professeur. A votre avis, peut-on leur faire confiance ?

Reuben haussa les épaules.

— Ni plus ni moins qu'à d'autres, je dirais, répliqua-t-il, intrigué par les questions de Hooper. Pourquoi ?

Le missionnaire réfléchit avant de répondre. Il avait mauvaise haleine. Reuben se souvint de l'assiette de haricots et de riz qu'il avait vue à son chevet.

— Bon. Je vais vous raconter quelque chose, dit-il enfin d'un ton de conspirateur. Il y a un problème, et je ne sais pas quoi faire. Ce matin, je suis allé voir le général Valris. C'est un métis. Une vraie gravure de mode. On dit qu'il est très riche, qu'il possède des plantations, des usines. Bref, je suis allé le voir pour lui parler de la librairie. C'est lui qui nous a demandé de venir nous installer ici, vous vous rappelez ? Il y tenait beaucoup. Mais ce matin, il avait manifestement tout oublié.

« On m'a fait attendre deux heures. Pourtant, je n'ai pas eu l'impression qu'il était particulièrement occupé. Il voulait sans doute me déstabiliser. J'ai pensé qu'il avait peut-être entendu parler de l'incident de l'aéroport. Mais non. Ce n'était pas ça non plus.

Reuben avait une petite idée de ce qu'allait lui révéler le missionnaire. Ça tombait sous le sens.

— On a un peu parlé du magasin, mais ça n'avait plus l'air de l'intéresser. Il regardait sans arrêt par la fenêtre en mâchonnant son cigare, en m'écoutant à peine. Au bout d'un moment, il s'est tu. Moi aussi. Et on s'est regardés, sans rien dire. Puis il s'est calé dans son fauteuil, il a sorti son cigare de sa bouche, il s'est penché vers moi comme s'il allait me confier un secret, et... vous savez ce qu'il m'a dit ? « Les vôtres ont beaucoup d'argent, n'est-ce pas ? » Et je vous garantis que ce n'était pas une question qu'il me posait.

Reuben hocha la tête. A quoi donc s'était attendu Hooper ? A un baiser sur sa joue blessée ?

— Je vois. Et alors, que lui avez-vous répondu ?

Hooper se redressa, avec une expression de fierté outragée.

— Que vouliez-vous que je lui réponde ? Que nous étions une religion pauvre, que nous n'avions pas d'argent. Qu'il nous confondait avec des sectes.

— Il a tort ?

— Absolument, oui. La plupart des adeptes de notre foi sont originaires du tiers monde. L'Iran nous a envoyé de l'argent, dans le temps, mais depuis que Khomeiny a pris le pouvoir, la source est tarie.

— Les sectes ont beaucoup d'argent. Les télévangélistes récoltent des millions, malgré les scandales qui ont éclaté.

— C'est ce que m'a dit Valris ! Mais je lui ai fait comprendre que ce n'était pas notre genre !

— Vous avez beaucoup de temples, et quelques immeubles très luxueux en Israël. J'ai vu des photos. Vous ne me semblez pas si pauvres que ça !

— Nous n'avons pas un sou à gaspiller, je vous en donne ma parole ! D'ailleurs, là n'est pas la question. Même si nous avions de l'argent, ce n'est pas pour favoriser les projets de Valris que nous le distribuerions !

— Quels projets ?

— Allons, allons ! Vous le savez bien ! S'en mettre plein les poches ! Inventer des balivernes quelconques, prétendre lancer un vaste programme éducatif, et bloquer l'argent sur son propre compte en banque ! Il a quelque chose derrière la tête. On sent qu'il a un besoin urgent d'argent. Il a fini par me menacer : si je ne convaincs pas mes amis de lui fournir une somme considérable, il mettra fin à notre présence ici. Et il ne parlait pas seulement de Jean et moi, mais de nous tous. Vous croyez qu'il pourrait mettre sa menace à exécution ? Nous faire tous expulser ?

— J'en suis certain. Votre femme et vous, ça ne poserait pas l'ombre d'un problème ! Vous vous retrouveriez dans le prochain avion. Il n'aurait qu'à signer un petit bout de papier. Avec les Haïtiens, en revanche, il ne se donnera même pas la peine de respecter les formes. Pouvez-vous obtenir ce qu'il demande ?

Hooper secoua la tête. Des gouttes de sueur perlaient à son front. Il contenait difficilement sa colère.

— Non. Et je n'ai pas l'intention d'essayer. Nous nous contenterons de prier. A moins que vous ne connaissiez quelqu'un de haut placé, qui puisse intercéder en notre faveur. On m'a dit que votre amie, Mme Hammel, est la sœur du chef de la police. C'est vrai ?

— Oui, c'est vrai. Mais je ne crois pas qu'Angelina ait une quelconque influence sur son frère.

— Un de mes amis d'ici prétend qu'ils sont très proches l'un de l'autre.

— Il se trompe.

— Professeur, nous avons beaucoup à apporter à ce pays, de mille façons. Mais pas de l'argent. Je vous en prie, demandez à Mme Hammel d'intervenir auprès de son frère.

— Je lui en parlerai, je vous le promets.

— Faites-le, professeur. Nous avons intérêt à nous serrer les coudes. Aujourd'hui, c'est moi qui ai besoin de vous, mais l'inverse pourrait arriver.

— Je ne vous suis pas. Pourquoi aurais-je besoin d'aide ?

Hooper lui lança un regard furtif, s'approcha très près de Reuben.

— Qui sait, professeur ? Tout le monde a besoin d'aide. Passez me voir. Vous savez où me trouver.

Reuben abandonna Hooper sur le pas de la porte et entra dans le *péristyle.* Angelina était au milieu de l'enceinte ; tête nue, sa robe dénudant ses épaules et dévoilant la naissance de ses seins, la peau luisante de sueur, elle dansait avec Mama Vijina une parodie d'accouplement aux mouvements lents et sensuels. Ses hanches ondulaient langoureusement au rythme des tambours. Reuben ressentit pour elle une nouvelle flambée de désir. Son image effaça toutes les autres images qui le hantaient ; le corps ondoyant et lascif le fascinait.

Il baissa un instant les yeux sur ses mains, et vit qu'elles étaient couvertes de sang. Un rapide coup d'œil le rassura : personne ne le regardait. Le spectacle qu'offrait Angelina se mit à le dégoûter, ses contorsions, ses expressions bestiales lui répugnèrent soudain.

Il sortit du *péristyle* en courant. Hooper n'avait pas bougé. Reuben l'ignora et se précipita vers sa voiture. Angelina avait laissé les clés sur le contact. Il mit le moteur en marche et s'éloigna, pied au plancher, accompagné par le lancinant battement du sang qui cognait à ses tempes.

53

De violents coups à la porte tirèrent Reuben d'un profond sommeil. La veille au soir, la domestique de Mama Vijina, qui répondait au nom de Dieudonné, lui avait ouvert. Domestique était sans doute un bien grand mot : c'était une parente, une tante ou une cousine, qui avait quitté Les Cayes cinq ans auparavant pour s'installer à Port-au-Prince et vivait chez Mama Vijina en échange de menus travaux dans la maison. Elle était percluse d'arthrite et n'assistait aux cérémonies *vodoun* que lorsqu'elles se déroulaient chez Mama Vijina, en présence de quelques voisines venues lui demander son aide.

Il ne s'était pas endormi dès son retour du *houngfor* de Bois-Moustique. Après s'être perdu plusieurs fois en chemin, il était rentré dans un état de surexcitation nerveuse qui l'avait empêché de trouver le sommeil. Obstinément, mais en vain, il avait essayé de chasser de son esprit les scènes auxquelles il avait assisté : l'obscurité et les flammes des torches, la fine peau tendue des tambours, les portes qui s'ouvraient entre deux mondes, la transformation de Mama Vijina, les transes d'Angelina.

On frappait de plus en plus fort. Personne n'était encore revenu de la cérémonie et Reuben ne savait pas à quelle heure elle se terminerait. Angelina lui avait dit qu'elles duraient parfois plusieurs jours, et même des semaines. Pourtant, ils avaient l'intention d'aller aux Archives le matin même.

Il entendit le pas de Dieudonné, et sa voix, criant d'attendre une minute. Affolé, il se demanda s'il s'était passé quelque chose au *houngfor*. Et se rappela tout à coup les événements de la veille. Il regarda ses mains. Elles étaient propres : il s'était arrêté en chemin, au bord d'un ruisseau, ou d'un caniveau, il ne s'en souvenait plus, pour les laver du sang qui les avait rougies.

On frappa à sa porte. Dieudonné dit quelque chose qu'il ne comprit pas. Reuben repoussa ses draps et se leva. Il ne portait qu'un pantalon. Une seconde plus tard, sa porte s'ouvrait à la volée et deux hommes entraient en trombe. D'un seul coup d'œil, Reuben reconnut les lunettes noires et le costume beige.

Debout, dos à la pièce, Bellegarde regardait par la fenêtre. Il n'y avait rien à voir, sinon une cour vide, pavée, aux murs en briques. Mais s'il fermait les yeux, la courette se peuplait de souvenirs : lumières, bruits de pas, voix, celle de Loubert, la sienne, mille autres, coups de feu, silence, puis le vide à nouveau et du sang sur les pavés, en attendant que la pluie en effaçât les traces.

Il se retourna enfin et regarda attentivement Reuben. La situation évoluait plus vite qu'il ne l'avait prévu. Il prit place à son bureau.

— Je vous en prie, professeur Phelps, asseyez-vous.

Il y avait un siège, cette fois-ci, une chaise métallique à l'assise en plastique. Reuben obéit.

— L'hôtel ne vous convenait pas, finalement ?

— Pardon ?

— Le Choucoune. Vous n'y avez passé qu'une nuit. Il est pourtant confortable, et je sais qu'Angelina aime le confort. N'est-ce pas ?

— C'est trop cher pour mes notes de frais. N'oubliez pas que je suis en congé sabbatique. De plus, Mama Vijina est une source inestimable.

— Une source ? Ah, je comprends ! Pour vos recherches, évidemment ! Où en êtes-vous, à ce propos ?

Reuben haussa les épaules.

— Comme prévu. Depuis mon arrivée, j'ai découvert une petite chose, pas très importante en soi, mais qui me mènera peut-être plus loin. (Il s'interrompit un instant, hésita.) Pourquoi m'avez-vous fait venir ici, major ? Vous devez être un homme très occupé, qui ne perd pas son temps en bavardages.

— Mais voyons, professeur, je vous avais pourtant dit que je me réjouissais d'avance à l'idée de nos petites conversations. L'auriez-vous oublié ?

— Non. Je n'ai pas oublié. Alors, pourquoi suis-je ici ?

Au lieu de répondre, Bellegarde poussa une feuille de papier vers Reuben. C'était une photographie en noir et blanc de la tête et des épaules d'un homme.

— Connaissez-vous cet individu, professeur ?

Reuben fit non de la tête.

— Vous êtes sûr ? Regardez de plus près.

— Non, je ne l'ai jamais vu.

— Il est vrai qu'à vos yeux, nous nous ressemblons tous, n'est-ce pas, professeur ?

— Vous m'offensez, major. Non, je n'ai jamais vu cet homme. Ou je l'ai oublié.

— Votre mémoire vous joue des tours, professeur. On vous a vu lui parler hier soir, à Bois-Moustique.

— C'est impossible, répondit Reuben, atterré. Je n'ai parlé à personne.

Bellegarde leva le sourcil.

— Vraiment ? Pourtant, vous lui avez dit quelques mots. Ou c'est lui qui s'est adressé à vous, mon agent n'est pas catégorique. Toujours est-il que vous l'avez suivi dehors.

— Je suis sorti, en effet. Pour prendre un peu d'air. Et en revenant, j'ai discuté quelques instants avec Doug Hooper, un missionnaire américain qui est arrivé ici par le même avion que nous. Je n'ai rencontré personne d'autre.

Bellegarde s'empara de la photographie et la replaça dans un dossier qu'il rangea dans son tiroir.

— Quel dommage, professeur ! Quel dommage, vraiment !

— Pourquoi ?

— Parce que vous auriez pu nous aider. L'homme dont je vous ai montré la photographie a été retrouvé mort, ce matin, à moins d'une centaine de mètres du *péristyle* de Bois-Moustique. Vous ne vous rappelez toujours pas l'avoir vu ?

Reuben secoua la tête.

— Absolument pas.

— Mon informateur prétend qu'il y avait du sang sur vos mains, quand vous êtes revenu dans le *péristyle*.

Les mains de Reuben étaient posées sur le bureau depuis le moment où il avait regardé la photo. Il y jeta un coup d'œil inquiet. Et s'il restait des traces de sang séché sous ses ongles, par exemple ? Mais non. Elles étaient propres. Il n'avait pas dû ménager sa peine, la veille.

— Du sang ? C'est grotesque. Tout ce que j'ai vu hier soir, c'est du sang de poulet.

— Vous ne m'avez pas demandé comment la victime était morte. C'est curieux, surtout de la part d'un homme comme vous, qui passe sa vie à poser des questions. Des petites questions de ce genre-là. En général, les gens s'exclament : De quoi est-il mort ?

— Je n'ai aucune envie de le savoir.

— On l'a égorgé. Quelqu'un lui a tranché la gorge avec une lame bien aiguisée. Nous n'avons pas encore retrouvé l'arme du crime.

— En quoi cela vous concerne-t-il ? N'y a-t-il pas de brigade criminelle, à Haïti ?

Bellegarde se gratta le menton. Reuben remarqua qu'il flottait sur lui une odeur de lotion après-rasage à la girofle.

— Vous semblez très au courant des usages de mon métier, professeur ! Sachez qu'ici, c'est moi qui décide de ce qui me concerne ou non. (Bellegarde s'interrompit et pianota sur son bureau.) On a peut-être tué cet homme pour le voler. Il s'était scotché quelque chose autour de la taille. De la drogue, sans doute. Ou une arme. Quelque chose qu'il souhaitait dissimuler aux regards, en tout cas. Possédez-vous une arme, professeur ?

Reuben craignit le pire : il avait mis le pistolet dans un tiroir, dans sa chambre. Avaient-ils fouillé ? Utiliseraient-ils l'arme pour lui coller ce meurtre sur le dos ? Avait-il intérêt à reconnaître qu'il avait une arme, qu'il l'avait apportée des Etats-Unis ? Mais il n'était même pas certain de la marque du revolver, qu'il n'avait pas pris le temps d'examiner correctement.

— Bien sûr que non. Que ferais-je d'une arme ?

— Ou de la drogue ? Vous vous droguez, professeur ? Beaucoup de vos compatriotes le font.

Reuben avait affreusement chaud. Il n'y avait, dans le bureau, ni air conditionné ni ventilateur.

— Vous avez l'intention de prétendre que vous avez trouvé de la drogue sur moi ? Pour avoir une excuse pour m'arrêter ?

— Quelle raison aurais-je de faire une chose pareille ? J'ai assez de problèmes comme ça, assez de gens à arrêter, à interroger. Si vous vous imaginez que j'irais jusque-là, vous vous accordez trop d'importance, professeur ! Nous ne sommes pas un Etat policier, mais un pays de liberté. Nous n'aimons pas que nos prisons soient surpeuplées.

— Et maintenant, suis-je libre ? Libre de me lever et de m'en aller ?

— Bien évidemment. Peut-être trouverez-vous le temps, dans la journée, de passer signer une déclaration sur votre emploi du temps de la nuit dernière. Nous ne vous retiendrons que dix minutes, un quart d'heure au maximum. Disons, cet après-midi ?

Reuben acquiesça. Il avait envie de sortir de cet endroit, il se sentait mal. Le siège riveté au sol était toujours là, dans le coin de la pièce. Bellegarde surprit le regard qu'il lança au fauteuil, mais ne dit rien.

Reuben se leva difficilement, il manquait d'équilibre. Un petit déjeuner lui ferait du bien.

— Dites-moi, professeur, comment était Angelina, hier soir ?

— Angelina ?

— A-t-elle dansé ? L'avez-vous vue ?

— Je crois que... Oui, elle a dansé.

— Qui incarnait-elle, cette fois-ci ? Le serpent

Damballah ? Le féroce Ogoun-ferraille ? La sensuelle Erzulie ?

Quelque chose se noua dans l'estomac de Reuben.

— Je ne sais pas, murmura-t-il.

— Vraiment ? J'aurais cru que vous l'aviez souvent vue danser. Mais peut-être se retient-elle devant vous. A moins que la *loa* ne se montre moins généreuse avec elle en votre présence ?

— Que sous-entendez-vous ?

— Rien, professeur. Absolument rien. Je ne suis que son frère. Vous êtes un ami de son mari. Vous en savez beaucoup plus que moi.

Reuben ne répondit pas. Il sortit en claquant la porte. Dans le couloir, il faisait encore plus chaud.

54

L'arme avait disparu, comme put le constater Reuben en ouvrant le tiroir où il l'avait rangée la veille au soir. Les munitions n'étaient plus là non plus. Il se demanda si Max attendrait l'après-midi ou s'il allait envoyer des hommes l'appréhender sur-le-champ.

Angelina et les autres n'étaient pas rentrées. Il n'y avait pas de téléphone au *houngfor,* aucun moyen d'entrer en contact avec elle, sauf y aller.

Il regarda par la fenêtre de sa chambre. Un homme surveillait la maison, debout sur le seuil d'un immeuble de l'autre côté de la rue. Il fallait qu'il réfléchisse sérieusement. Qui avait tué Macandal ? Le crime avait-il été perpétré dans le but de l'impliquer dans une sale affaire, ou n'était-ce qu'un malheureux hasard ? On ne l'avait pas tué pour le voler, sinon l'assassin aurait trouvé l'arme, et l'aurait prise. A moins que Reuben ne l'eût dérangé avant qu'il n'en ait eu le temps ? C'était possible, mais son instinct lui dictait le contraire.

Il ne s'était pas écoulé plus de deux minutes avant que Reuben ne suive Macandal à l'extérieur. Dans ce court laps de temps, on avait agressé l'Haïtien, on lui avait tranché la gorge. Cela laissait supposer qu'on ne voulait pas que les deux hommes se rencontrent, se parlent. Et donc que Macandal avait découvert quelque chose, ou quelqu'un.

Reuben descendit et demanda à Dieudonné de lui préparer quelque chose à manger. Les Hooper seraient-ils déjà rentrés ? Quelqu'un avait dû parler de l'arme à Bellegarde, qui n'aurait pas pu deviner tout seul ce qui était scotché sur le mort. Reuben était persuadé que Hooper avait vu l'arme. Or Hooper avait besoin de s'acheter les bonnes grâces d'un homme haut placé. Désespérément besoin. Cela suffisait-il à justifier qu'il eût trahi un compatriote ? Sans doute. Le respect de la loi et de l'ordre était le premier enseignement qu'on lui avait inculqué. Dénoncer un éventuel délinquant n'empêcherait certainement pas Hooper de dormir.

Dieudonné lui apporta une assiette de bananes vertes cuites, deux œufs et une tasse de café qu'il ingurgita à toute vitesse. Oui, se dit-il, il allait rendre une petite visite à Hooper, lui parler, peut-être même lui faire comprendre qu'il travaillait pour le gouvernement et en appeler à son sens civique et à sa loyauté.

Il se mit en route, en essayant de retrouver le chemin qu'il avait suivi avec Locadi. Parcourir seul ces rues n'était pas rassurant. Il savait qu'on le suivait, mais n'y pouvait rien. Des gamins le harcelaient, pour essayer de lui vendre n'importe quoi, ou lui offrir leurs services de guide. Leurs frères aînés lui proposaient des femmes, de la drogue, des garçons. Pourquoi ces gens attribuaient-ils le goût du vice à tous les Blancs qu'ils croisaient ? La réponse était évidente : les Blancs avaient de l'argent, et, sans argent, on a fort peu de chances d'être vicieux.

La librairie n'était plus qu'à une centaine de mètres. Il se passait quelque chose. Il y avait un attroupement, et des meubles sur le trottoir. Les affaires auraient-elles déjà démarré ?

Jean Hooper était dehors, avec un groupe d'Haïtiens et Amirzadeh, l'Iranien. A voir l'état du magasin, on aurait cru qu'une bombe y avait explosé. La vitrine était brisée, les livres éparpillés, les rayonnages arrachés.

Jean leva des yeux rouges et gonflés sur Reuben. Elle était couverte de poussière. Une manche de sa robe de dame patronnesse était déchirée. Elle le considéra pensivement quelques instants puis lui tourna le dos et reprit son travail.

Doug Hooper sortit.

— C'est arrivé la nuit dernière. Nous sommes rentrés tard, parce qu'il y a eu un petit problème au temple vaudou. Et voilà ce que nous avons trouvé. C'est Valris, à tous les coups.

— Vous allez le payer ?

— Je n'ai pas d'argent pour le payer.

— Il essayera peut-être de négocier.

— Négocier quoi ?

— Je ne sais pas. Tâtez le terrain.

Hooper jeta un regard autour de lui. Il se pencha et ramassa une poignée de plaquettes aux couvertures ornées de visages souriants, de différentes couleurs, toutes races confondues et unies pour la paix dans le monde. On les avait sauvagement piétinées.

— Oui, peut-être, dit Hooper.

— Il est inutile de rouvrir la librairie si vous ne le faites pas.

— En effet. Mais d'abord, nous allons prier. Prier ouvre parfois bien des portes, vous savez.

Reuben allait s'en aller lorsqu'il se souvint de la raison de sa visite.

— Quel genre de problème y a-t-il eu à Bois-Moustique ?

— A Bois-Moustique ? Ah ! Vous parlez du temple vaudou. Un type s'est fait descendre, apparemment. Pas rassurant, hein ? On lit des trucs sur le vaudou, sur les meurtres rituels, et hop, un type se fait trancher la gorge. On l'a découvert tôt ce matin, dans les buissons. Nous avons passé la nuit là-bas, on ne savait pas comment rentrer. Il va falloir qu'on s'achète une bagnole ! Toujours est-il que la police est venue, a interrogé tout le monde. Personne n'a rien vu, évidemment. Ils ont emmené votre amie la prêtresse. Mais Mme Hammel, ils l'ont laissée tranquille. Elle est restée là-bas, pour mettre de l'ordre, mais elle a dit qu'elle ne tarderait pas.

— Vous leur avez parlé de moi ? De notre conversation ?

Hooper prit l'air interloqué.

— Ne me dites pas que vous êtes mêlé à cette histoire ?

— Mais non. Simplement je crois que quelqu'un a dit à la police que je portais une arme, et que vous avez vu hier soir que j'en avais une. Leur en avez-vous parlé ?

— C'est bien possible, oui. Je suis désolé, j'espère que ça ne vous a pas attiré d'ennuis. Mais mon devoir est d'être honnête. Il fallait que je leur dise ce que j'avais vu. Or, je vous ai vu sortir, et revenir avec une arme.

— Que leur avez-vous raconté encore ?

— Rien de plus ! protesta Hooper.

— Ecoutez-moi bien, Hooper. Je suis ici pour

une raison très particulière, qui n'a rien à voir avec vous, et je ne veux pas que vous vous mêliez de mes affaires. Si ça peut vous rassurer, je vous garantis que je travaille pour la bonne cause. (Du menton, Reuben désigna la librairie dévastée.) J'espère que ceci vous servira de leçon. Ici, il ne faut se fier à personne, ni aux gens qu'on ne connaît pas ni aux autres, d'ailleurs. Restez dans votre domaine, vendez vos livres, convertissez ces pauvres diables, et oubliez-moi, c'est d'accord ?

Hooper, le visage rouge de colère et de gêne, hocha la tête. Reuben le soupçonna d'être intraitable, comme le prouvait l'affaire de l'aéroport. Comment Hooper allait-il réagir au saccage de la librairie ? Affronterait-il Valris ?

— Il faut que je m'en aille, maintenant. Si je peux vous aider, je le ferai, mais je ne vous promets rien. Cela dit, je suis d'avis que vous devriez quitter le pays.

Hooper ne répondit pas. Reuben serra la main d'Amiradzeh et échangea quelques mots avec Jean Hooper, qui semblait très inquiète, comme si elle savait quelque chose que les autres ignoraient. En partant, il écrasa du talon un morceau de verre brisé. Le beau rêve des Hooper avait volé en éclats. Il se rappela les fragments épars de photographies, par terre dans sa cuisine, souvenirs transformés en confettis, rêves bons à jeter à la poubelle. Reuben leva les yeux sur le petit groupe de gens qui s'affairaient dans la librairie. Doug Hooper le regardait s'éloigner. On aurait dit un homme qui rêve que le monde se désintègre tout autour de lui et qui s'aperçoit, horrifié, qu'il ne peut pas se réveiller.

Reuben comprenait parfaitement ce qu'il ressentait.

55

Angelina revint à midi passé, avec Mama Vijina et Locadi. La police avait gardé la *mambo* pendant quelques heures, mais n'avait retenu aucune charge contre elle. Mama Vijina était populaire, et son arrestation n'aurait aucune utilité. Angelina était silencieuse, elle avait l'air épuisée par ses excès de la nuit précédente, physiquement comme moralement. La sensualité débridée qu'elle exprimait la veille en dansant avait totalement disparu de ses traits. On aurait dit qu'elle avait remis son masque de vierge.

Après s'être brièvement reposée, elle accompagna Reuben au commissariat de Pétionville, où il fit sa déposition à un sergent quasi muet, dans une pièce du rez-de-chaussée. Lorsqu'ils ressortirent, il lui parla de Macandal.

Ils se rendirent ensuite à la Poste centrale, place d'Italie. Son contact avait été tué, on lui avait subtilisé son arme : Reuben se sentait très vulnérable. Il voulait téléphoner à Sally, bien que cela fût contraire à ses instructions. La jeune femme se montra assez brusque. Elle lui sembla inquiète et promit de le recontacter. Cette fois-ci, il n'y aurait pas de bévue. Quand? demanda Reuben. Bientôt, dit-elle, très bientôt. Reuben raccrocha.

La poste n'était qu'à quelques pas des Archives, situées derrière la cathédrale épiscopale. L'immeuble qui les abritait n'était pas entretenu depuis plusieurs années. Que des documents ou des livres aient pu se conserver dans ce lieu tenait du miracle. A leur arrivée, ils trouvèrent portes closes, mais parvinrent, à force de questions, à se faire indiquer la maison du conservateur, à une rue de là.

C'était un petit homme ratatiné au bras paralysé et au dentier mal adapté qui répondait au nom de Minot. Il occupait le poste de responsable des Archives depuis la nuit des temps. Le gouvernement lui versait un salaire de misère, inchangé depuis des décennies, et de temps à autre il parvenait à grappiller quelques crédits pour maintenir l'institution en vie, dans l'indifférence générale. Ici, l'histoire s'écrivait avec le sang des vivants. Les livres et les manuscrits des dix-septième et dix-huitième siècles étaient l'œuvre des colons. Pourquoi des descendants d'esclaves s'y seraient-ils intéressés?

Minot leur apporta les journaux dont Rick avait dressé la liste dans son cahier. Les collections étaient complètes, mais dans un état épouvantable. Le responsable leur apprit que Rick lui avait écrit au début de l'année pour lui demander plusieurs choses, dont ces journaux.

Les publications étaient mensuelles ou hebdomadaires, et leur pagination n'excédait pas douze feuillets. La pile de documents était relativement basse. Mais l'encre était délavée, le langage archaïque et les références souvent obscures. Reuben, handicapé par la pauvreté de son français, faisait de son mieux ; il parcourait les articles en essayant de repérer un des noms mentionnés dans le cahier de Rick. Trois heures plus tard, ils n'étaient pas plus avancés qu'au début de leurs recherches.

La chance sourit à Angelina. Un titre : « *Mystère maritime près du Cap* », attira son attention. L'article, paru dans *Supplément aux Affiches Américaines* du 30 juillet 1775, tenait les promesses de la manchette :

« *Gaston Maniable, capitaine des* Cinq Cousines, *négrier fraîchement arrivé de Nantes en passant par la côte guinéenne, a maintenant présenté un rapport sur son voyage aux fonctionnaires du port du Cap, rapport qui contient le récit suivant...* Nous reproduisons le récit du capitaine en raison de son extrême curiosité et afin qu'il serve de leçon à ceux qui éprouveraient la tentation de traiter les esclaves avec une indulgence coupable et inclineraient à oublier que les barbares n'ont pas encore subi les effets bienfaisants de la civilisation. »

Débarrassé de ses fioritures et digressions, le récit de Maniable était captivant. Captivant et bouleversant.

« *Mon brick, les* Cinq Cousines, *bateau de cent cinquante tonneaux équipé en mars dernier par les armateurs d'Havelooze de Nantes, a quitté Ouidah, sur la côte guinéenne, le 5 mai, après y être resté ancré trois bons mois, dans l'attente d'un contingent complet de Noirs de l'intérieur du pays.*

« L'équipage était constitué de six *officiers mariniers* : moi-même, mon second, M. Nairac, un lieutenant, un enseigne, un navigateur et un chirurgien ; trois *officiers non mariniers* : un quartier-maître, un bosco, un charpentier ; sept matelots dont deux mousses. Tous ont été témoins des événements que je vais décrire ; mes officiers sont des hommes fiables avec qui j'ai souvent navigué. Leurs témoignages personnels suivront mon récit.

« Après avoir quitté l'Afrique, nous avons fait route vers les îles de l'Ascension, en profitant des courants portants. Puis nous avons viré au nord pour rejoindre les Antilles en prenant soin de ne pas approcher des côtes brésiliennes, infestées de pirates portugais. Nous espérions atteindre Saint-Domingue, notre destination finale, avant la saison des ouragans. Depuis la dernière guerre, seuls les navires anglais abordent désormais à la Martinique.

« Mi-juillet, nous sommes entrés dans la mer Caraïbe et le 20 de ce même mois nous approchions de notre destination. Encore une journée de navigation et nous serions au Cap.

« A midi, nous avons calculé notre route au soleil, et constaté que nous étions à 18° de latitude Nord ; nous avons aperçu une île, dont nous avons supposé qu'il s'agissait de Navassa. Un bateau nous avait précédés, un petit navire qui suivait apparemment la même route que nous, mais à vitesse réduite. Il soufflait un fort vent de sud-est, qui nous contraignit à virer vers l'ouest, en direction du navire inconnu. A la nuit tombée, nous étions en vue, mais comme il était plongé dans l'obscurité nous avons considéré qu'il était plus prudent d'attendre le matin.

« L'aube venue, nous avons constaté qu'il s'agissait d'un senau anglais et qu'il convenait de faire preuve de nos intentions pacifiques. L'équipage s'étonna, cependant, de voir que la grand-voile et le hunier d'artimon n'étaient pas convenablement gréés. On m'appela sur le pont, pour que je le constate par moi-même. Nous redoutâmes une épidémie ou une rébellion d'esclaves. Peut-être fallait-il porter secours au senau.

« Je regardai à la lunette : il n'y avait personne sur le pont. On lisait clairement le nom du bateau : le *Hallifax,* de Liverpool. J'avais entendu parler du senau et de son capitaine, un certain Briggs, à Cabinda. Il avait fait le triangle au moins dix fois. »

— Le triangle ? interrompit Reuben.

— Le voyage complet des négriers : d'Angleterre en Afrique, d'Afrique aux Antilles, des Antilles en Angleterre.

— Je vois. Continue.

— « Nous jetâmes l'ancre et mîmes une yole à la mer, avec six hommes à son bord, placés sous le commandement de l'enseigne Castaing et armés, de crainte qu'ils n'eussent à affronter une mutinerie ou une rébellion d'esclaves. Ils se hissèrent à bord du *Hallifax* et entreprirent une fouille du bateau.

« Une demi-heure après, les hommes étaient de retour. Ils n'avaient pas découvert âme qui vive sur le navire. Je m'y rendis moi-même. Le senau était intact, comme si équipage et esclaves s'étaient évaporés. Il y avait à bord d'amples provisions de bouche et de l'eau potable pour un mois. Le journal de bord était sur la table du capitaine. Je l'emportai, bien qu'il fût incomplet.

« Nous prîmes le senau en remorque, dans le but de le ramener à Cap-Français, car nous supposions que ses armateurs seraient heureux de retrouver un navire en parfait état, apte à reprendre la mer. Je laissai trois hommes à son bord, au gréement et à la barre. Le vent avait tourné, il soufflait maintenant du sud-ouest et nous ouvrait la route de Saint-Domingue.

« Le lendemain matin, le 22 donc, survint le premier ouragan de la saison. Constatant que nous ne pourrions ramener les deux bateaux à bon port, je me résolus à récupérer mes hommes et à abandonner le *Hallifax* à son sort et aux éléments. Nous arrivâmes le 23. Et je n'entendis plus jamais parler du *Hallifax,* dont je suppose qu'il sombra corps et biens. »

Angelina cessa de lire. Le document était posé sur la table, entre eux, vestige poussiéreux d'une époque révolue. Maintenant qu'ils disposaient d'une date, ils n'eurent aucun mal à trouver maintes références au naufrage du *Hallifax* dans d'autres journaux. Il y avait eu enquête, des exemplaires du rapport du capitaine Maniable avaient été envoyés à Paris et communiqués en Angleterre. Le *Hallifax,* son équipage et sa cargaison d'esclaves avaient été considérés comme perdus en mer.

— C'était donc le *Hallifax,* murmura Angelina.

— Je n'en suis pas certain. Le rapport de Maniable ne correspond pas à ce que tu m'as raconté. La position du bateau, sa direction, l'absence de tout signe de rébellion à bord. Or, nous savons qu'il y eut une révolte, que l'équipage et quelques esclaves furent massacrés. Ça ne colle pas.

— Mais il y a trois des noms que nous cherchons, dans ce rapport. Maniable, Nairac et Castaing, l'enseigne.

— En effet. Mais cela peut signifier tout à fait autre chose.

— Nous avons peut-être négligé certaines pistes. Et si la réponse ne se trouvait pas dans ces documents ?

Reuben réfléchissait à toute allure. Si ce qu'ils

cherchaient avait été à la disposition de chacun dans des archives telles que celles-ci, la vérité aurait éclaté au grand jour depuis longtemps. Il devait y avoir d'autres documents. Ils allaient avoir besoin d'aide.

Le directeur nettoyait son dentier dans un minuscule bureau, à l'arrière du bâtiment. Il le remit en place, sourit et se mit à leur disposition. Il les suivit volontiers jusqu'à la table où ils avaient entrepris leurs recherches, heureux que l'on s'intéressât à ses humbles trésors.

Il lut à son tour, jusqu'au bout, et se tut pendant de longs instants. Puis, soudain, il eut un sourire de triomphe.

— Nairac ! dit-il. Mais bien sûr ! Attendez-moi quelques minutes. Je reviens.

Son absence se prolongea. A son retour, il était couvert de poussière et portait sous le bras une boîte en fer qu'il posa cérémonieusement sur la table avant d'en épousseter le couvercle. Sur une étiquette marron à demi effacée, ils lurent le nom de Nairac.

Minot et Angelina en sortirent de nombreux papiers, factures de chargements, contrats, lettres, qu'ils parcoururent attentivement sous l'œil dubitatif de Reuben.

La lettre était tout au fond de la boîte, comme si on l'y avait cachée. A l'instant même où elle aperçut la signature de Gaston Maniable, Angelina comprit qu'ils avaient trouvé ce qu'ils cherchaient.

Le feuillet était plié en trois ; des débris d'un cachet de cire y adhéraient encore et, sur un rabat, une adresse, quelque part en France, était indéchiffrable.

— Elle est datée du 26 janvier 1776, dit Angelina. « Mon cher Nairac, je suis en bonne santé physique, j'ai regagné mon foyer et je vis entre ma femme bien-aimée et mes très chers enfants. Votre lettre, cependant, n'a fait que raviver ma profonde détresse morale. Je doute beaucoup de reprendre un jour la mer. Quant à vous, vous agirez au mieux de vos intérêts et de ceux de Mme Nairac. L'affaire que vous savez ne me laisse pas de répit. Depuis lors, le sommeil me fuit, malgré d'incessantes prières. Ma chère épouse ne sait rien, et mon état l'inquiète. Mais je ne veux pas la mettre au courant, de peur que toute paix la quitte, elle aussi.

« Nous emporterons notre secret dans la tombe, fidèles à notre serment. Si l'on apprenait la vérité sur ce que nous avons vu à bord du *Hallifax,* c'en serait fini de notre œuvre commune. Plus aucun navire ne partirait vers l'Afrique, pas un esclave ne jouirait d'un instant de sécurité aux Antilles. Pire encore, vous ne l'ignorez pas, cela troublerait à jamais la paix des esprits.

« J'ai une faveur à vous demander. Dans mon journal de bord, je m'en suis tenu à la version que nous avons établie avec l'équipage, celle qui est mentionnée dans mon rapport officiel sur ce voyage. Mais le journal de bord mentionnait les véritables coordonnées, Bancs de Formigas 75° 52' de longitude, 18° 27' de latitude, 14 brasses, du lieu où nous avons coulé le *Hallifax.* J'ai modifié ce passage, et indiqué une position plus au nord : 75° 54' et 19° 21'.

« J'ai également changé le jour où nous avons pris le *Hallifax* en remorque, afin que l'on croie que cela s'est passé la veille de l'ouragan qui nous a touchés le 22. S'il surgit le moindre doute quant à ces précisions, puis-je compter sur une confirmation de votre part ? Vous pourriez par exemple dire que j'avais commis quelques erreurs, car j'étais atteint de fortes fièvres. Il est peu probable que cela se produise, mais mon employeur a engagé un certain M. Gradis pour superviser les registres, et on le dit très méticuleux.

« Si vous repassez par Nantes, ne manquez pas de venir nous voir. Le pauvre docteur Le Jeune est reparti en mer, il a embarqué sur la *Cigogne,* au Havre. Mais ce n'est plus l'homme que vous avez connu. Il ne peut effacer de son esprit la vision du Sauvage présidant à son abominable festin. Et tout le reste, qu'il n'est point besoin de vous rappeler. Nous avons eu raison de l'envoyer par le fond. Mais il n'y reposera pas en paix. Aucun d'entre eux ne reposera jamais en paix.

« Arnaud vous envoie ses amitiés, ainsi que Castaing. Tous tiendront parole. Que Dieu vous bénisse, et vous accorde la paix qui se refuse à mes vœux. »

56

Ils franchirent le canal de la Gonave sous un soleil éblouissant. La houle s'accentua, et les vagues ballottaient leur petit bateau comme si c'était un jouet d'enfant. De loin, la mer semblait uniforme et calme mais cette apparente sérénité était illusoire : elle était agitée de mille courants impétueux et les flots se brisaient violemment sur les flancs de leur frêle embarcation. Pourtant, si l'on regardait derrière soi, ce n'était que la surface sombre d'un lac inerte qui s'offrait aux yeux.

A en croire les lettres à demi effacées gravées sur la coque du bateau, il s'appelait *Fanchette*. Même son propriétaire actuel ignorait l'origine de ce nom, qui se perdait dans la nuit des temps. Pont et coque à la peinture écaillée, cuivres ternis, la *Fanchette* ne payait pas de mine. Seul un œil averti reconnaissait sous ses apparences trompeuses une robustesse bien supérieure à celle des prétentieux bateaux de plaisance en fibre de verre qui sillonnaient, le dimanche, les côtes de Floride.

Le patron de la *Fanchette* était un Suédois de cinquante-cinq ans qui avait débarqué à Port-au-Prince en 1969, pour deux semaines. Il n'était jamais reparti. Sven Lindström avait été conquis par la mer et le soleil, le rhum bon marché et la gentillesse de ce peuple bon enfant. Chaque année, à Noël, il se promettait de rentrer chez lui pour retrouver sa femme et ses enfants, et guetter avec eux le retour de la lumière après la longue nuit. Bien différent, en cela du moins, du reste des hommes, Lindström se figurait qu'ils l'attendaient encore.

Le déclin de Lindström fut parallèle au déclin du tourisme à Haïti. Pendant des années, il avait fort bien gagné sa vie en baladant de riches Américains et de blafards Scandinaves assoiffés de soleil au large d'Hispaniola. Désormais, il pêchait pour son compte ; ce qu'il n'arrivait pas à vendre, il le mangeait ou le donnait à Sam, le chat du port, un matou borgne, affamé, rongé par les vers, au caractère épouvantable et aux griffes acérées. L'animal devait être centenaire, il vomissait régulièrement et souffrait de violentes diarrhées s'il avait le malheur de boire du lait. C'était un touriste américain du nom de Samuel Harris Latimer III qui, l'ayant trouvé sur les quais de Les Cayes, l'avait donné à Lindström dix ans auparavant.

Sam n'était pas la seule âme en peine qu'eût recueillie Lindström. Deux ans plus tôt, il avait découvert un gamin endormi dans son annexe. Le jeune garçon ne savait ni son nom, ni son âge, ni d'où il venait. Lindström l'avait prénommé August, comme Strindberg, et l'avait engagé comme mousse. Analphabète, irrémédiablement crasseux et maussade, August avait une douzaine d'années. Il était entièrement dévoué à Lindström, qui lui rendait bien son affection bourrue ; l'homme et l'enfant étaient unis par une étrange symbiose, une profonde sympathie.

Angelina avait connu le Suédois dans le temps,

avant Sam et August, et affirmé placer en lui tous ses espoirs : si quelqu'un était capable de retrouver l'épave du *Hallifax,* c'était bien cet homme.

Mais qu'en resterait-il ? Dans les eaux froides des côtes suédoises, les bateaux engloutis se conservaient pendant des siècles. Mais ici, les vers, qu'on appelait *teredos,* étaient capables de venir à bout d'une coque en vingt ans. Les eaux chaudes du Sud ne convenaient guère au bois, qui pourrissait vite. Et courants et marées se chargeaient de disperser les débris au fond de l'océan. Avec de la chance, ils trouveraient quelques clous.

A l'âge de quatorze ans, Reuben était allé trois années de suite passer ses vacances à Eilat, sur la mer Rouge, où il avait appris à plonger. Depuis, il n'avait plongé que rarement, et toujours en eaux tranquilles.

Il n'avait jamais oublié sa première sortie en mer, sur les eaux transparentes qui baignaient les côtes de la Jordanie, au loin. Si près et si loin à la fois. Il avait plongé, et d'un seul coup l'histoire et la géographie s'étaient évanouies : les poissons nageaient tout autour de lui, indifférents aux frontières délimitées par les bancs de corail qui recouvraient le sol. Il en avait gardé une certaine appréhension de la haute mer, une peur de s'y noyer, de se dissoudre dans des vagues qui emportaient tout sur leur passage.

La mort de Devorah avait encore aggravé sa peur des eaux profondes. Ce qu'on pouvait découvrir en s'y risquant le glaçait jusqu'aux os. Les noyés ne reposent pas en paix. Maniable le savait, Reuben aussi.

Ils avaient emporté un compresseur, pour recharger leurs bouteilles, mais Lindström avait insisté pour prendre des bouteilles de rechange, afin de ne pas être obligés de revenir au port en cas de panne du compresseur. Ils ne seraient que deux à plonger, dont un sans grande expérience, ce qui limitait de façon draconienne le temps qu'ils pourraient passer sous l'eau, surtout s'ils devaient descendre profond.

Mais il leur fallait d'abord trouver l'épave. Lindström ne disposait pas d'un équipement ultrasophistiqué, mais il avait emprunté un magnétomètre à un ami haïtien qui se livrait encore, de temps à autre, à la pêche au trésor, dans l'espoir de découvrir un jour autre chose que des bernacles ou des coraux. Dans le temps, ces eaux étaient infestées de pirates. Avec de la chance, et s'il savait où chercher, un homme avisé pouvait trouver une fortune en joyaux et en pièces d'or.

Ils avaient largement dépassé l'île de la Gonave. Le phare de la Grande-Cayemite ponctuait maintenant les côtes de la longue péninsule. Derrière les lumières, on distinguait les sommets des monts La Hotte qui se détachaient en bleu foncé sur le ciel clair. Des bancs de cumulus blancs paressaient sur les terres.

August était en bas, en train de remplir les bouteilles. Angelina était allée à l'avant. Sam, perché sur le toit de la cabine, se léchait les pattes en rêvant aux poissons colorés des lagons. Lindström barrait. Debout à côté de lui, Reuben surveillait le radar.

A cette vitesse, ils mettraient environ quinze heures à atteindre les Bancs de Formigas. Les indications de Maniable étaient précises, mais Lindström leur avait conseillé de ne pas accorder trop de foi à ses chiffres.

— Il faut interpréter. Maintenant, c'est facile, avec les instruments. Mais avant, plein d'erreurs. Une minute, dix minutes ! Et puis il y a le temps.

— Le temps ?

— Oui. Vents, orages, ouragans, comme parle Maniable. Marées. Courants. Dessous, ça bouge. Tout le temps. Tempête ? Le bateau bouge, va loin. Beaucoup tempêtes, par ici. Ouragans ? Un, deux par an. Deux cents ans ? L'épave peut aller n'importe où. Au fond. Et là, on ne trouve jamais.

— Vous pensez que nous perdons notre temps ?

Lindström souleva sa vieille casquette et se gratta la tête. Le Suédois ressemblait à un prince de l'âge de Fer, échappé d'une légende viking. Ses cheveux blonds étaient entièrement blancs depuis longtemps.

— *Neeeej.* Pas ça. Mais du temps. Beaucoup de temps. Des années. Pour moi, ça va. Vous avez beaucoup argent. Vous et moi, nous deviendrons grands amis, avec le temps.

Reuben soupira. Ils avaient peut-être eu tort de s'en remettre à ce vieux fou qui n'avait rien de mieux à faire dans la vie que de tourner en rond sur la mer, sous prétexte de chercher une épave. Avec ce qu'il avait touché pour la location de son bateau et ses services, il avait de quoi boire tout son soûl, se nourrir de poulet frit pendant des mois, et gaver son chat de homard thermidor. Heureusement que Reuben et Angelina n'avaient pas des années devant eux. Ni des mois. Ni même des semaines.

A la proue, Angelina contemplait la mer, fascinée par les vagues éclaboussées de soleil, étincelantes dans cette immensité verte.

— Vents, orages, ouragans, comme parle Maniable, lui dit Reuben en imitant l'accent et la syntaxe sommaire de Lindström.

— Son créole n'est pas meilleur, répondit-elle en riant.

— Peut-on lui faire confiance ? Ce serait une bonne affaire pour lui, de nous faire tourner en rond pendant six mois.

— Nous ne sommes pas impuissants. Nous sommes capables de vérifier ses calculs. Mon frère m'emmenait souvent sur son bateau, quand j'avais quinze ans.

— Max ?

— Oui. Nous n'avons jamais rien trouvé. Pas d'épaves, en tout cas. Mais nous avons déniché un canon, une ancre, des morceaux de chaîne. Quand on sait où chercher, on trouve de tout, dans la mer.

— Sauf des trésors engloutis.

— Mais il y en a, pourtant. Sûrement. Tant de navires ont fait naufrage, dans ces eaux : des galions espagnols, des corsaires anglais, des négriers français.

— Nous, ce n'est pas un trésor que nous cherchons.

Elle secoua lentement la tête.

Reuben la regardait, perplexe. Etait-il possible que cette femme si calme fût la possédée qu'il avait vue se donner en spectacle deux jours plus tôt ?

Comme si elle lisait dans ses pensées, Angelina posa sur lui un regard triste.

— Tu condamnes, n'est-ce pas ? Je parle de Bois-Moustique.

— Je... Je ne sais pas. Je n'ai pas compris grand-chose, tu sais.

— Quand tu m'as vue danser, tu es parti. Des gens me l'ont dit, après.

— Macandal...

— Ça n'a rien à voir. Tu condamnes encore. Tu

me considères comme une droguée, comme une putain !

— Tu reconnaîtras que...

— Tu as pris ça pour une orgie, n'est-ce pas ? Tu t'es dit que nous allions forniquer, tous ensemble, frénétiquement, comme des sauvages libérés de leurs inhibitions.

— On m'a dit...

— On t'a parlé du vaudou, de chèvres sacrifiées, de l'accouplement bestial de corps noirs, plongés dans une luxure effrénée... (Elle s'interrompit, contempla la lente houle.) Tu salis tout ce que tu vois.

— Angelina, tu me fais dire des choses que...

— Que quoi ? Ce n'est pas ce que tu as pensé ? Tu n'es pas resté, n'est-ce pas ? Tu ne voulais pas voir ça !

— Tu étais... Mama Vijina et toi, vous étiez... On aurait dit un couple en train de faire l'amour.

— Et ça t'a excité, c'est ça ? Tu aurais bien voulu prendre sa place, et te rouler par terre avec moi ? Ecoute-moi bien, Reuben. Il te reste beaucoup de choses à apprendre. Ce n'était pas une orgie, c'était une cérémonie sacrée. Si quelqu'un perd la tête, va trop loin, se déshabille, le *laplace* l'emmène hors du *péristyle,* jusqu'à ce qu'il se soit calmé. Les dieux sont étranges. Ils prennent possession de nos corps, ils empruntent nos émotions, ils nous chevauchent comme si nous étions des montures. Parfois, c'est très sombre, à l'intérieur de nos vies, et la *loa* survient, et tout s'éclaire, on brille, il y a des étoiles et des soleils, et des éclairs, qui parcourent nos corps. Je ne peux pas t'expliquer. Je ne peux que te dire ce que je ressens.

Elle s'interrompit. Sous ses yeux, le mouvement de la mer s'amplifiait.

— Parfois, c'est de la colère, parfois du bonheur ; il arrive qu'on ait envie de fumer un gros cigare et d'éclater de rire au nez des gens. Alors, c'est Sin Jak. Et parfois c'est du désir. Il n'y a rien de mal à ça. C'est quelque chose que les gens éprouvent normalement. Il ne se passe jamais rien de mal. Tout reste toujours très moral. Mais, en dansant, les sentiments profonds montent à la surface, tout ce qu'on enfouit, ce qu'on cache. Tu n'es pas obligé de trouver ça bien. Je ne te le demande pas. Mais j'aimerais que nous soyons amis. J'aimerais que tu me fasses confiance.

Le bateau roulait et tanguait sur la mer qui les encerclait de toutes parts, les emprisonnait dans une immensité d'azur. Reuben regarda par-dessus bord. Ce serait si facile de disparaître, ici, de basculer dans les vagues, de laisser la mer résoudre tous les problèmes.

— J'ai été élevée dans le refus de tout ça. Nous étions civilisés. Nous étions des Français, presque des Blancs. Le sang qui coulait dans nos veines était plus français qu'africain. A quinze ans, je lisais Huysmans, Rimbaud et Gérard de Nerval dans ma petite chambre tapissée de papier fleuri. Tu te rends compte ? Tu imagines l'hypocrisie de tout ça ? Moi, au crépuscule, sur mon balcon, et récitant de la poésie jusqu'à ce que l'obscurité me fasse taire ? *Je suis le ténébreux, le veuf, l'inconsolé, le prince d'Aquitaine à la tour abolie...* (Angelina se tut, penchée sur l'écume des vagues.) J'étais une gamine gâtée et prétentieuse, poursuivit-elle à voix basse. Sans désir. En moi, tout était noir.

— Que s'est-il passé ?

— J'ai appris à danser. Un soir, je suis allée voir les sauvages, nos voisins, avec Max, pour me sentir supérieure, pour éprouver le pouvoir de mon obscurité contre celui de leur lumière. Mais je me suis perdue. Je suis devenue le pantin des *mystères*. Le désir est venu plus tard.

— Avec Richard ?

— Richard, bien sûr, dit-elle en prononçant le prénom à la française. Richard est venu. Il m'a touchée. Mais je n'ai pas éprouvé de désir. Il m'a touchée ici — sa main effleura ses seins — et là — sa main se posa légèrement entre ses jambes. Mais je n'ai ressenti aucun désir. Le désir n'existe pas, chez vous. Votre civilisation l'a aboli. Mon père l'a aboli.

— Ton père ?

— Tu ne savais pas ? Je ne te l'avais pas dit ?

Mais Angelina savait qu'elle ne lui en avait jamais parlé.

— Mon père m'a touchée le premier, bien avant Rick. Mais sans désir, sans feu. Ses mains étaient froides, c'était un vieillard, très civilisé.

Reuben l'entendait, voyait ses mains bouger, l'écume de la mer mouiller ses joues, ses yeux ; mais dans sa folie, dans sa judaïté, dans son souci d'une osmose globale, dans son rêve d'une angoisse différente, moins intime, dans l'obscurité sans amour où il se débattait, il ne la crut pas. Avec Devorah, cela n'avait jamais été comme cela.

— Prenez votre quart, professeur, c'est l'heure ! appelait Lindström.

Alors, Angelina se détourna, s'essuya les yeux et sourit de sa stupidité.

57

Les Bancs de Formigas sont en fait le sommet d'une montagne sous-marine, à trente-quatre milles au nord-est de la Jamaïque. Leurs bords sont escarpés, et plongent dans des eaux profondes. A une dizaine de milles de là, les fonds deviennent insondables. Comparés aux Pedro ou à d'autres, ces Bancs sont minuscules, mais on pourrait y couler une flottille entière de petits bateaux et ne jamais la retrouver.

Au bout de trois jours, Reuben se prit à penser que Lindström avait peut-être raison. Même si c'était bien là que le *Hallifax* avait été coulé, il avait pu glisser depuis longtemps. La *Fanchette* allait et venait, scannant les eaux au sonar et au magnétomètre par bandes d'environ deux cents mètres de long sur vingt de large. Il leur fallait environ une heure par trajet, et ils en avaient quasiment fini de cette première exploration des Bancs. Ils avaient plongé trois fois, brièvement, pour découvrir deux vieux bidons d'huile, un amas de boîtes en fer et une épave récente, qui figurait d'ailleurs sur les cartes. Lindström était un compagnon expérimenté et un excellent pédagogue, mais Reuben éprouvait toujours la même angoisse des profondeurs.

Le sonar ne pourrait sans doute pas localiser une épave aussi ancienne que celle qu'ils cherchaient. Son principal avantage était de leur éviter de se jeter sur un obstacle imprévu. On ne pouvait se fier entièrement aux cartes, fort incomplètes.

Ils comptaient surtout sur le magnétomètre, un outil destiné à détecter tout objet métallique. Or, les bateaux en bois ont de tout temps comporté de nombreux éléments métalliques : canons, chaînes, épées, lingots d'or et d'argent, dont la présence sur un négrier était cependant improbable. En revanche, s'y trouveraient forcément, en abondance, chaînes et menottes.

De temps en temps, Lindström branchait le pilote automatique pour aider Reuben ou Angelina à lire les indications. August s'était installé à la proue, qu'il ne quittait que pour faire du café ou préparer les repas. Sam somnolait sur le pont, levant de temps à autre un œil sur un oiseau qui s'enfuyait à tire-d'aile.

Après le premier jour, ils ne parlèrent plus beaucoup. Le monde où ils évoluaient était silencieux, ils n'apercevaient que rarement la terre. Il n'y avait pas de lumières, pas d'autres bateaux. La nuit, lorsqu'ils jetaient l'ancre, ils observaient les derniers rayons de soleil s'évanouir à l'horizon, comme s'ils glissaient de l'autre côté du monde.

— Excuse-moi, dit soudain Angelina. (Le soleil était au zénith. Ils venaient de terminer leur repas.) J'ai été injuste. Tu n'as aucune raison d'adopter mon point de vue. Je suis toujours une petite fille gâtée et prétentieuse.

— Je n'ai jamais su quoi penser de toi, c'est

tout, dit Reuben. Ni ce qu'il fallait croire ou ne pas croire. C'est très mystérieux, pour moi.

— Pour moi aussi. Mais cela je le comprends, et ça ne me dérange pas. Ce qui m'ennuie, c'est que tu me juges.

— Je n'y peux rien. C'est une question d'éducation. De plus, c'est une attitude qui m'aide dans mon travail. La plupart des gens que je fréquente sont des ordures. Des maris qui tuent leurs femmes, des enfants qui battent leurs parents à mort, des parents qui fracassent la tête de leurs enfants contre les murs. Il faut que je juge. Je ne peux pas me permettre de comprendre, de compatir. Ça me tuerait.

Elle ne répondit pas tout de suite. Muette, la mer elle non plus ne dispensait ni compassion ni pardon. Elle tuait au hasard.

— Je te plains, dit-elle enfin.

— Oui, tu as raison.

Pourtant, en dépit de ses dénégations, Reuben savait qu'il connaissait la pitié, qu'il était en proie au doute, et que doute et pitié le tuaient. Il voulait l'aimer, transformer ses doutes en une confiance absolue, sa pitié en un sentiment tendre, déterminé. Mais personne ne lui avait jamais montré ce chemin.

Lindström leva l'ancre et lança le moteur. La mer s'allongeait devant eux, n'avait aucune signification, n'exerçait aucune fascination, pourtant ils étaient en son pouvoir, ils savaient qu'elle pouvait à tout instant se retourner contre eux et les garder pour toujours. Comme la mort, comme n'importe quelle mort.

Deux heures plus tard, ils avaient creusé leur dernier sillon. Les Bancs de Formigas, qu'ils avaient voulu défier, les renvoyaient, les mains vides, à leur futilité. Lindström coupa le moteur et jeta l'ancre.

— On dirait bien qu'il n'y a rien, dit-il.

Reuben hocha la tête.

— On peut recommencer, si vous voulez. Equipement pas fantastique, hein ?

— C'est inutile, dit Reuben. C'était un coup d'épée dans l'eau. Même si nous avions découvert l'épave, cela n'aurait sans doute servi à rien. Rentrons.

Lindström acquiesça. Puis il se ravisa.

— Une chose possible, dit-il. Maniable trompé de position. Le *Hallifax* coulé au Grappler.

— Où ça ?

— Bancs de Grappler. Je montre.

Ils descendirent dans la petite cabine malodorante de Lindström. Sur la table, le chat dormait sur une pile de cartes étalées. Il en ouvrit une et leur désigna les Bancs de Grappler, quelque part entre la Jamaïque et Formigas, au sud-ouest.

— On peut être là en huit heures, dit Lindström. Qu'en pensez-vous ?

Que pouvaient-ils en penser ? Ils étaient venus de si loin ! Autant aller jusqu'au bout. Ils seraient de retour à Port-au-Prince le lendemain soir.

Il était exactement trois heures quarante-sept lorsque le magnétomètre s'affola. Le sonar indiquait des masses irrégulières. Lindström arrêta le moteur et ordonna à August de jeter l'ancre.

Reuben revêtit à la hâte sa combinaison de plongée, aidé par Angelina. Puis Lindström fixa les sangles de la bouteille dans les bretelles de sa veste et passa autour de sa taille la ceinture de plombs.

— Alors, qu'est-ce que vous en dites ? demanda

Reuben à Lindström, qui lui répondit par un haussement d'épaules fataliste.

— On verra bien.

— Que dit le sonar ?

Lindström étudia attentivement son instrument pendant trente secondes avant de revenir lentement vers Reuben.

— Peut-être il y a quelque chose. Des pierres de lest. Attends-moi.

Reuben cracha dans son masque, étala la salive, le plongea dans l'eau et l'enfila. Il était nerveux. Son cœur battait trop vite. Il fit l'effort de calmer sa respiration. Sa bouteille était pleine, mais il ne voulait pas gaspiller inutilement le précieux oxygène. Près de lui, Angelina fixait une bouteille d'air comprimé sur le dos de Lindström.

Ils étaient prêts. Reuben prit son détecteur de métal et s'engagea sur le plongeoir. Angelina se pencha et l'embrassa sur la joue.

— Bonne chance, dit-elle.

Son embout bien en place, Reuben respira deux fois pour vérifier que tout était en bon état de marche. Il recula et se laissa tomber dans les vagues. Le monde disparut.

Des poissons le frôlaient sans manifester la moindre curiosité. Quelque part au-dessus de sa tête, Lindström sauta à l'eau à son tour. La lumière vibrait, s'intensifiait. Reuben se sentait environné par les ombres sans repos des noyés.

Une végétation dense l'entoura soudain de mille bras qui cinglaient l'eau comme des fouets, libérant des milliers de poissons affolés. Le fond était inégal, accidenté. Il gravit une petite montée et se trouva subitement devant une étendue plate recouverte de centaines de petites sphères. Lindström ne s'était pas trompé : ils avaient localisé un trésor de pierres de lest. Les courants avaient joué aux billes jusqu'à ce que les cailloux ronds se soient creusé leur nid dans le sable. Un instant plus tard, le Suédois en ramassait un dans le creux de sa main et dessinait un O du pouce et de l'index, pour signifier : Tout va bien.

Trente secondes plus tard, Lindström découvrait autre chose, sans doute ce qui avait affolé le magnétomètre : un enchevêtrement de chaînes tellement rouillées qu'elles étaient difficiles à identifier. Rien ne semblait réel ni normal dans cette lumière sous-marine.

Les chaînes s'étaient agglomérées en masses compactes, indistinctes, d'où émergeaient cependant, par endroits, des maillons parfaitement identifiables : les fers et menottes d'un bateau d'esclaves. L'un d'entre eux avait retenu, par quelque hasard horrible, les os d'une main et d'un bras humains.

Ils passèrent vingt minutes à aller et venir, détecteur de métal en main, à la recherche de quelque chose qui leur permettrait d'identifier l'épave. Reuben trouva un astrolabe, Lindström ramassa une baïonnette rouillée. Ils détectèrent plusieurs morceaux de métal qu'il allait falloir nettoyer avec soin avant de percer à jour leur nature. Ils les déposaient dans les sacs qu'ils avaient emportés à cet effet.

La bouteille de Reuben était presque vide lorsqu'il l'aperçut. Qu'était-ce donc ? Une pièce métallique, assez grande, qu'il réussit, avec l'aide de Lindström, à détacher à coups de couteau de la masse où elle s'était sédimentée. Reuben décida de la remonter. Il la saisit fermement et entama son ascension. Le morceau de métal pesait de tout son poids, comme s'il éprouvait de la répugnance à remonter à la surface.

Sous son épaisse croûte de bernacles et de corail, ils reconnurent le tube d'un canon. Angelina se mit au travail, en suivant les conseils de Lindström. Petit à petit, elle le débarrassa des éléments qui s'étaient collés à lui au cours des siècles. Une heure plus tard, il était nettoyé et révélait son secret. L'armurier y avait gravé un blason, deux noms et une date : Hallifax, Liverpool, 1751.

58

— Qui donner lait à putain de chat ? (Lindström entra dans la cabine comme une furie.) Chat chier partout ! Horrible ! Bordel !

Angelina mit une main devant sa bouche en roulant des yeux. Elle avoua qu'elle avait essayé d'entrer dans les bonnes grâces de Sam, qui entretenait une haine farouche envers les enfants, les femmes et les policiers en uniforme, et jetait des regards noirs à Angelina depuis qu'elle était montée à bord. Elle avait déniché une boîte de lait en poudre dans le placard et lui en avait préparé une soucoupe. Du lait en poudre, s'était-elle dit, ne lui ferait aucun mal. Erreur !

— Bateau petit ! tonna Lindström. Chat chier partout ! Catastrophe !

— Je vais nettoyer, dit Angelina en se levant pour monter sur le pont avec une grimace de contrition.

Sam était à la proue, l'air aussi intraitable que jamais. La nuit tombait lentement ; la mer, éclaboussée par les derniers rayons du soleil, était rouge sang, étincelante. Angelina fit signe au chat, qui se détourna dédaigneusement.

Lindström vint prendre place à côté de Reuben.

— On a problème, dit-il.

— La diarrhée du chat ? fit Reuben en souriant.

Lindström secoua la tête, la mine grave.

— Non. Problème vrai. Sérieux.

— Qu'est-ce que c'est ?

— La radio. Cassée.

— Comment ça ?

— Comment ça ! Cassée. Voilà. *Kaput.* Il faut rentrer.

— Ne pouvez-vous pas la réparer ?

Lindström fit non de la tête.

— Vieille radio. Pas de pièces.

— On en a vraiment besoin ?

Reuben avait l'impression qu'ils ne s'en étaient jamais servis depuis leur départ.

— Pour naviguer, non. Mais pour la météo, oui. C'est important.

— Vous croyez que le temps va changer ? Apparemment, il fait très beau.

— Non. Temps va changer. Saison des tempêtes. Demain, sale temps. Très sale temps, peut-être. C'est énervant, de pas savoir. Dangereux.

— Allons à la Jamaïque. Ce n'est pas bien loin. Une trentaine de milles.

— Oui. Possible. Mais police, à la Jamaïque, pose beaucoup de questions. Voit drogues partout. Pourquoi vous venez ici ? Pourquoi vous venez de Haïti ? Et hop, en prison !

Reuben soupira en tendant la main pour prendre une canette de bière haïtienne à peine buvable.

— J'aimerais que nous en finissions d'abord. On a fait le plus dur, on a localisé l'épave.

— *Ja*... Mais bateau petit. Vous prendre bateau plus grand. Presque plus d'essence.

— Je voudrais tout de même redescendre. Encore une journée, et on s'en va. D'accord ?

Lindström fit la grimace, puis haussa les épaules.

— D'accord. Une fois. Ce soir. Ou demain matin.

Reuben acquiesça. Il n'avait d'ailleurs pas le choix. Si seulement il savait ce qu'il cherchait !

Le rayon lumineux perçait les ténèbres qui enveloppaient Reuben. Il souffla, libérant un jet de bulles qui montèrent lentement vers la surface. C'était un tunnel, une fois encore ; l'impénétrable nuit le cernait de toutes parts, l'étreignait. Il ferma les yeux, mais ce fut pire encore : sous ses paupières se mouvaient des ombres blanches qui rampaient impitoyablement autour de lui. Mieux valait encore se concentrer sur les poissons, sur les récifs de corail de cette jungle d'un genre nouveau. Peu à peu, il recouvra la raison.

Le plus difficile était de garder le sens de l'orientation : parfois, il n'y avait plus ni haut ni bas, ni avant ni arrière, ni gauche ni droite. Lindström et lui étaient reliés à la *Fanchette* par de longs cordons ombilicaux, mais les cordes pouvaient s'enchevêtrer, se perdre dans l'obscurité. Le bateau avait beau être très éclairé, on ne le voyait pas de partout.

Soudain, les ombres s'immobilisèrent, l'eau trembla, éparpillant son rayon de lumière en milliers d'éclats. Reuben cligna des yeux et enleva instinctivement son masque. Il retint sa respiration jusqu'à ce qu'il ait l'impression que ses poumons éclatent. Fantôme tapi dans les ombres, victime d'un horrible accident enfermée dans un cercueil qui ne lui correspondait pas, l'épave du *Hallifax* lui apparut, emprisonnée dans une sorte de ravin.

Il n'en restait pas grand-chose. La plupart des

gréements avaient disparu, ainsi que les mâts, la proue et la quasi-totalité des ponts. Les algues s'enroulaient comme des lianes sur les débris où pullulaient des éponges. Des créatures aux longues pattes et aux yeux exorbités s'enfuirent à son approche.

Malgré sa combinaison étanche, Reuben grelottait. De répugnance, de dégoût. Qu'avait donc découvert Maniable, pour décider de couler le navire et de quitter ces lieux maudits le plus vite possible ? Que transportait-il, dans ses cales, dissimulé sous des bâches ? Quelle était la nature de ce qui, des siècles durant, était resté tapi sous la mer, en attendant que survienne celui qui lui rendrait la liberté ?

Reuben savait qu'il aurait dû attendre que Lindström le rejoigne mais son impatience, sa curiosité furent plus fortes que sa peur. Maniable et ses hommes avaient dû couler le bateau par la proue, car l'arrière était mieux conservé. Il distingua les vestiges de la barre et, parmi les algues, un grand trou rectangulaire sur lequel il braqua son rayon lumineux. La cavité béante ouvrait sur les ruines du couloir qui menait aux cabines des officiers.

Equipé comme il l'était, Reuben éprouva quelque difficulté à se glisser dans l'étroite ouverture. Il y parvint cependant, conscient de l'erreur qu'il commettait en se lançant dans son exploration sans attendre Lindström. S'il lui arrivait quoi que ce soit, le Suédois ne le retrouverait peut-être jamais. Il vérifia le niveau de sa bouteille ; vingt minutes d'oxygène, constata-t-il. Son exploration serait courte.

L'escalier était pourri depuis longtemps. Seule subsistait une rampe métallique que Reuben longea jusqu'en bas. Le rayon de sa lampe révéla un grand espace vide et Reuben se crut à nouveau en pleine mer. Il entra dans la cabine, vide à l'exception d'une lanterne rouillée qui était miraculeusement restée accrochée au plafond.

Il avisa une autre porte, sur le mur opposé, et traversa la cabine à la nage, suivi par une traînée de bulles. Le *Hallifax* était un petit bateau : les officiers mangeaient et dormaient sans doute dans ce lieu confiné, s'y réfugiaient pour échapper aux intempéries, les uns sur les autres, étouffant en été, souffrant de fièvres, partageant leurs angoisses. L'équipage était certainement logé au niveau inférieur, dans des conditions pires encore. Et dans la cale, entassés, aux fers, les esclaves mouraient comme des mouches.

La pièce dans laquelle il s'apprêtait à entrer était sans doute la cabine du capitaine. Le rayon lumineux de sa lampe révéla les restes d'un crâne humain, sur un tas de débris. Puis un autre. Puis des ossements : un bras, une cage thoracique, aussi blancs que le ventre d'un requin. Des dents.

Qu'avaient donc découvert Maniable et ses hommes ? Une scène comme celle qui avait eu lieu dans l'appartement d'Angelina, à Brooklyn ? Des cadavres empilés dans un funeste corps à corps ? Rien d'étonnant, alors, dans leur décision de couler le *Hallifax.* Mais pourquoi avoir gardé le secret ? Pourquoi n'en avoir parlé à âme qui vive ? Y avait-il eu autre chose sur le bateau ?

Reuben aperçut, parmi les débris, une sorte de boîte. Il s'en approcha. C'était un grand coffre métallique, apparemment intact sous une épaisse couche de rouille et de coquillages. Il se souvint des paroles d'Angelina : « Ils brisèrent le cercle en deux et mirent l'un des morceaux dans la chaloupe, pour qu'il les accompagne dans leur exil. L'autre moitié fut laissée sur place, avec le *nkisi* d'or et les livres des dieux volés à Tali-Niangara. » Reuben essaya de soulever le couvercle, mais deux siècles d'incrustations protégeaient le secret de la boîte.

Sa jauge d'oxygène, qu'il consulta rapidement, lui interdisait de remonter le coffre tout seul. Il faudrait revenir avec Lindström. Reuben rebroussa chemin, le cœur battant.

Où donc était le Suédois ? Il l'avait quitté un quart d'heure plus tôt, pour explorer un autre secteur. Reuben eut beau scruter les ténèbres, il ne perçut pas le moindre signe de vie. Peut-être était-il remonté ? Reuben décida de l'imiter.

C'est alors qu'il aperçut un éclair lumineux, du côté de la proue. Lindström avait donc découvert le bateau, lui aussi. Reuben agita sa lampe de droite à gauche, mais le Suédois ne répondit pas à son signal. Il recommença, sans plus de réponse.

Son compagnon était peut-être absorbé dans une tâche quelconque, ou lui tournait le dos. Reuben nagea plus vite, taraudé par l'angoisse : et s'il lui était arrivé quelque chose ? La mer, dans ces parages, recelait bien des dangers. Il aperçut soudain une traînée de bulles et braqua sa lampe dans cette direction.

La plus grande des trois ancres du *Hallifax* avait cloué Lindström sur le lit de l'océan. Le Suédois avait sans doute remué quelque chose et l'ancre s'était détachée de son nid pour lui emprisonner les jambes sous sa masse imposante.

Il respirait, mais semblait à peine conscient. Reuben pesa de tout son poids contre l'ancre, qui ne bougea pas. Il tâta le sol autour du corps de son compagnon, dans l'espoir de pouvoir creuser pour le sortir de là, mais ce n'était hélas pas du sable, mais du roc. Reuben souleva la tête de Lindström pour jeter un coup d'œil à sa jauge d'oxygène, car les plongeurs ne respirent pas tous à la même vitesse. Il ne restait à son compagnon que cinq minutes d'air comprimé.

59

Reuben n'envisagea pas un instant d'échanger leurs bouteilles : la sienne était presque vide également. Lindström n'avait peut-être plus que quelques instants à vivre. Et lui guère plus. Il attacha un bout à l'ancre et donna un coup de pied pour remonter aussi vite que possible, en respirant régulièrement.

Une fois à la surface, il arracha son embout et leva son masque sur le haut de sa tête. La *Fanchette* se balançait doucement sur les flots, à un mètre de lui. Reuben appela Angelina, qui apparut bientôt, suivie d'August.

— Tu es resté longtemps, Reuben. Sven t'a pourtant dit qu'il ne fallait pas prendre de risques. Où est-il, d'ailleurs ?

Reuben se hissa sur le bateau, hors d'haleine.

— Pas le temps... Vite, deux bouteilles, une pour lui, une pour moi. Dépêche-toi.

Angelina ne perdit pas une minute : elle adressa quelques mots en créole à August et un instant plus tard ils remontaient tous les deux sur le pont avec une bouteille chacun. Angelina aida Reuben à changer la sienne.

— Je le remonte dès que possible, lui expliquat-il durant ces préparatifs. Sven est peut-être blessé. Prépare la trousse de secours, fais-lui un lit dans la cabine.

Puis il sauta directement à l'eau en tenant fermement la deuxième bouteille, retrouva le bout qu'il avait noué à l'ancre et entama une descente qui lui sembla durer une éternité. Il était certain qu'il s'était écoulé plus de cinq minutes, mais n'osait pas regarder sa montre. La vie de Lindström dépendait de celui qui avait rempli sa bouteille. S'était-il montré généreux, pour une fois ?

Enfin, il vit la lampe de Lindström, signal de détresse dans les ténèbres enveloppantes et sinistres. Un fin jet de bulles jouait paresseusement dans le rayon lumineux. La bouteille d'oxygène rendait son dernier souffle.

Reuben posa la bouteille de rechange près de la tête du Suédois, qui était encore assez conscient pour l'aider. Sur un signe de Reuben, il retint sa respiration. Reuben lui ôta son embout et mit rapidement le nouveau dans sa bouche. Lindström aspira l'air avidement ; enfin, il n'avait plus besoin d'économiser l'oxygène comme il le faisait depuis si longtemps. Sa main se posa sur le poignet de Reuben, qu'elle serra.

Reuben aida le Suédois à enlever le gilet où étaient accrochées les bouteilles vides, ce qui lui permit de s'installer plus confortablement. Il arracha ensuite deux grosses éponges d'un rocher et les glissa sous la tête du blessé, en guise d'oreillers. Il ne pouvait faire plus pour le moment. Il fallait s'occuper de l'ancre d'urgence.

Elle était grande, très lourde, solidement encastrée. Reuben essaya de la basculer, mais il comprit vite l'inanité de ses efforts. Seul un treuil soulèverait un tel poids. Un outillage que la *Fanchette* était bien loin de posséder.

Le ventre et les cuisses de Lindström étaient prisonniers de l'ancre. Reuben s'assura rapidement que son ami, qui avait peut-être des os brisés, ne perdait pas de sang, ce qui eût été fatal sous l'eau. Car Lindström allait devoir rester là longtemps : son seul espoir de survie était que Reuben trouvât de l'aide à la Jamaïque.

Deux heures et demie pour y aller, une heure pour acheter ou emprunter un treuil, deux heures et demie pour revenir. Entre cinq et sept heures d'attente, d'agonie !

Sur la *Fanchette,* il leur restait une dizaine d'heures d'oxygène en bouteilles. Lindström, contraint à l'immobilité, saurait l'économiser. Il serait obligé de rester seul, car une autre présence gaspillerait le précieux oxygène. Reuben descendrait toutes les bouteilles, les poserait à sa portée, et le Suédois n'aurait rien d'autre à faire qu'à attendre leur retour. Mais Reuben ne pouvait s'empêcher d'envisager le pire : si Lindström perdait conscience et ne changeait pas de bouteille au bon moment, il périrait noyé, étouffé. Comme Devorah. Reuben ferma les yeux pour repousser les images d'une main blanche disparaissant dans les vagues, de rides sur l'eau froide, de vide et de ténèbres. Lorsqu'il rouvrit les yeux, Lindström le regardait.

Reuben avait pris de quoi écrire sous l'eau. Il griffonna rapidement un message sur son ardoise.

« Vous souffrez ? »

Lindström fit oui de la tête.

Reuben effaça le premier message et en écrivit un autre.

« Vous ne saignez pas. »

Lindström hocha de nouveau la tête. Il comprenait.

« Impossible soulever l'ancre. Besoin d'engins. Vais descendre les bouteilles qui restent. Ne dormez pas. Compris ? »

Oui, fit Lindström.

« Nous allons chercher un treuil à la Jamaïque. Revenons immédiatement. Ce ne sera pas long. Pas moyen de faire autrement. Ne vous inquiétez pas. »

Reuben écarta son crayon, conscient de l'énormité de ce qu'il avait écrit. Comment le Suédois ne s'inquiéterait-il pas ?

Lindström tendit la main vers le crayon. Reuben le lui passa, ainsi que l'ardoise.

« Mieux de me tuer. Pourrai pas attendre aussi longtemps. Je veux pas rester seul ici. Peur. »

Reuben avait un couteau noué autour du mollet. Il pouvait abréger les souffrances de Lindström, lui éviter des heures d'angoisse et de douleur. Mais il fit non de la tête. Lindström se remit à écrire.

« Gardez Sam. Vieux chat stupide. Mais le garder. Promettez. »

Je vous le promets, répondit Reuben en hochant la tête.

Le Suédois reprit l'ardoise.

« Le gamin. August. Eduquer. S'en occuper. »

Reuben joignit le pouce et l'index. Lindström lâcha l'ardoise et le crayon. Le sort en était jeté. Les deux hommes ne se dirent pas au revoir.

L'atmosphère était rouge sombre, menaçante, humide. Un vent de sud se leva, qui vira en une demi-heure en vent d'ouest. Le temps qu'ils distinguent le phare de Folly Point, à l'est de Porto Antonio, le vent avait changé deux fois encore de direction. La mer se creusait.

— Je n'aime pas ça, Reuben, murmura Angelina. Ça ne me plaît pas du tout. (C'étaient les premiers mots qu'elle prononçait depuis leur départ des Bancs de Grappler. August barrait, Reuben et elle surveillaient le sonar et le radar.) Sven aurait dû nous parler de la panne de radio plus tôt, nous aurions peut-être pu faire quelque chose. J'ai bien l'impression qu'un ouragan s'annonce. On pourrait avoir de sérieux ennuis.

Ils avaient laissé une des bouées phosphorescentes orange de la Fanchette devant les Grappler, à l'aplomb exact de l'endroit où gisait Lindström. Un bout la reliait à l'ancre qui emprisonnait le Suédois ; il perdait conscience de temps en temps, rêvait alors du phare de Norrköping, et se réveillait au fond des eaux. La douleur dans sa hanche était presque insupportable. Il ne sentait plus ses jambes. Et le nombre de bouteilles pleines posées à côté de lui diminuait inexorablement.

Reuben leva les yeux de l'écran.

— On dispose de combien de temps avant que ça ne se gâte pour de bon ?

— Je ne sais pas. On demandera à quelqu'un quand on sera à Porto Antonio. Mais à en juger par mes quelques expériences des ouragans, ça ne sera pas long.

— On ne peut pas le laisser là-bas, dit Reuben après s'être tu pendant quelques instants. Je lui ai promis de revenir. C'est de ma faute, s'il est coincé là-dessous.

Angelina ne répondit pas. Le phare de Folly Point apparaissait et disparaissait, sporadiquement englouti par une vague plus haute que les autres.

Ils mirent une heure à arriver au port. Y entrer

par ce temps, et dans une obscurité quasi totale, relevait du miracle. Ils jetèrent enfin l'ancre, en eaux profondes, et Reuben et Angelina se rendirent à terre avec l'annexe, laissant le bateau à la garde d'August. Il tombait une pluie épaisse, qui crépitait sur la mer comme des salves de coups de feu.

Il n'y avait personne sur les quais, ni dans les bureaux du port. La zone portuaire semblait déserte. Trempés jusqu'aux os, ils se dirigèrent vers la lumière la plus proche. Cela faisait trois heures qu'ils étaient partis.

Reuben poussa la porte d'un bar barricadé contre l'orage. Un juke-box fatigué diffusait un reggae, interprété par un groupe de musiciens local. « Babylone tombera cette nuit, avec tous ses enfants, noirs ou blancs. » Quelques hommes étaient debout autour du juke-box, des canettes de bière à la main. De vieux quarante-cinq tours des années soixante étaient suspendus à une corde, au plafond. Un comptoir, trois tables et des chaises complétaient le mobilier. Les murs étaient ornés de posters de Bob Marley et de Yellowman.

Le disque s'arrêta. Tous les yeux se fixèrent sur les arrivants. Autour du juke-box, on entendit marmonner et rire. Les hommes étaient tous jeunes, costauds, il n'y avait que deux femmes, des prostituées, et une serveuse d'âge mûr, qui essuyait des verres derrière le bar. Deux dockers buvaient du rhum blanc et de la ganja à une table. L'un d'entre eux déshabilla Angelina du regard.

— Nous avons besoin d'aide, dit Reuben.

Quelqu'un mit une pièce dans le juke-box. La musique reprit.

— Je vous dis que nous avons besoin d'aide. Un homme est coincé sous l'eau aux Bancs de Grappler. Il nous faut un treuil. Qui peut nous indiquer où en trouver un ?

Ses paroles se noyèrent dans le fracas de la musique. Les jeunes gens lui tournèrent le dos ostensiblement. Les dockers plongèrent le nez dans leurs verres. Les racoleuses se regardèrent.

Angelina jura à haute voix et marcha sur le juke-box raccordé à une prise de courant à mi-hauteur du mur. Elle tira sur le fil pour débrancher l'appareil. La musique cessa d'un seul coup. Un des hommes saisit Angelina par le bras. Elle lui lança un regard qui le glaça.

— Il vous dit qu'on a besoin d'aide, déclara-t-elle. Nous arrivons à l'instant des Bancs de Grappler. Nous devons y retourner, pour sauver un homme. Nous n'avons pas de temps à perdre. Alors, à qui s'adresse-t-on ?

Le silence se prolongea. Un des dockers prit la parole.

— Personne ne sortira en mer cette nuit, ma petite dame. Votre type doit être mort, à l'heure qu'il est. Ça va taper, cette nuit. Ça va taper très fort. Et ça ne fait que commencer. Vous n'écoutez donc pas la radio ? Il y a un ouragan qui vient droit sur nous.

60

La violence de la tempête s'intensifiait à chaque instant. Sous l'œil attentif de ses compagnons, qui avaient cessé de rire, le docker emmena Reuben et Angelina jusqu'à la porte et leur indiqua une rangée de petites lumières, à leur droite. Il s'agissait, leur dit-il, du bureau de navigation de Bridge Street. Peut-être trouveraient-ils là quelqu'un qui pourrait les aider ou les renseigner sur l'évolution du temps.

Poussés par les rafales de vent, trempés jusqu'aux os par une pluie diluvienne, Angelina et Reuben coururent maladroitement vers les lumières salvatrices. Ils entendirent quelque chose de lourd tomber tout près. L'asphalte glissant, balayé par l'averse furieuse, rendait leur course périlleuse. Aveuglés, assourdis, ils se tenaient par la main, comme des enfants, autant pour se rassurer que pour garder l'équilibre.

Le bureau de navigation n'était qu'une cabane en bois reliée par un câble au poteau téléphonique le plus proche. La porte était fermée à clé. Reuben sentait les secondes filer entre ses doigts, les minutes s'enfuir. Il s'acharna sur la porte en bois, la secoua, frappa de toutes ses forces contre le mince panneau.

— Mais quoi, mais quoi ! fit enfin une voix. Je suis occupé !

Reuben redoubla ses coups. La porte s'ouvrit enfin à la volée, sur un homme de petite taille en chemise et en pantalon.

— Voyez pas que je travaille, non ? Qu'est-ce que c'est que ça, de taper comme un malade !

Reuben ne perdit pas de temps en vaines explications. Il repoussa le petit homme et entra, suivi d'Angelina.

— Allez-vous-en ! s'écria l'occupant des lieux. C'est pas un abri !

Mais, comme le constata bientôt Reuben, sa colère n'était pas motivée par leur intrusion, ni par les flaques d'eau qui se formaient à leurs pieds ; leur arrivée avait interrompu son tête-à-tête avec une jolie fille aux grands yeux et au décolleté prometteur, assise devant une machine à écrire, et qui avait l'air de s'être rajustée à la hâte.

— Ecoutez-moi, je vous en supplie, s'exclama Reuben en sortant de ses poches les liasses de billets de banque qu'il avait estimé imprudent de laisser chez Mama Vijina. Tenez ! C'est pour vous ! Je vous donnerai tout ce que vous voudrez ! Mais aidez-nous.

Les yeux de l'homme tombèrent sur l'argent, se levèrent sur Reuben, puis sur Angelina.

— Asseyez-vous, dit-il enfin.

Lorsque Reuben lui eut expliqué ce qu'ils voulaient, l'homme fit une grimace.

— Même le petit Jésus, il n'irait pas marcher sur les eaux cette nuit, dit-il enfin. L'ouragan arrive, et vite !

— Quand sera-t-il là ?

L'employé du bureau de navigation les renseigna volontiers. L'ouragan s'était formé au sud de la république Dominicaine, deux jours plus tôt. Il suivait une route régulière depuis, augmentant de violence au fur et à mesure qu'il avançait vers l'ouest, à une vingtaine de kilomètres à l'heure. On l'attendait dans ces parages d'ici deux à trois heures.

Reuben s'adressa à Angelina :

— Qu'en penses-tu ? On a une chance ?

La jeune femme réfléchit avant de répondre :

— Pas vraiment. Même à terre, un ouragan dévaste tout. En mer, cela dépasse tout ce que tu peux imaginer. On peut y survivre, si on ne heurte aucun récif, si l'on n'est pas drossé sur des rochers, si les pompes fonctionnent convenablement, si l'on n'embarque pas plus d'eau que le bateau ne peut en supporter. Oui, c'est possible de survivre. Pour Lindstrom. Lui, il pourrait naviguer en plein ouragan. Mais toi, August et moi...

— Si nous n'essayons pas, il mourra.

— Je sais. Mais il risque de mourir de toutes façons. Si ça se trouve, nous le sauverons une fois, puis il finira par se noyer avec nous.

— Je suis prêt à courir ce risque. Tu resteras à terre avec August. Ce serait stupide qu'on se fasse tuer tous les trois.

— Il n'en est pas question. Tu es incapable de manœuvrer le bateau tout seul. Et je ne vois pas comment tu pourrais à la fois plonger et surveiller la *Fanchette*. Qu'August reste ici. Moi, je t'accompagne.

Reuben voulut protester, mais se ravisa. Il préféra s'adresser à l'employé, qui les contemplait avec incrédulité.

— Vous voulez cet argent ?

— Je ne sortirai pas en mer cette nuit, pas même pour un million de vos dollars.

— Je ne vous demande pas de venir avec nous. Je veux que vous me trouviez un treuil. Pour soulever l'ancre.

Le Jamaïcain leva un sourcil.

— Un treuil ? Cette nuit ? Vous êtes cinglé, ma parole !

— Je suis prêt à l'acheter, à le louer, à le voler. Le temps passe.

— Ça doit vraiment être un treuil ? demanda le Jamaïcain.

— Je n'en sais rien. Quoi d'autre ?

— Un bon vieux cric, si vous voulez mon avis. Un bon cric, et vous soulevez cette ancre en deux temps, trois mouvements.

Reuben hocha la tête.

— J'aurais dû y penser ! Où peut-on en trouver un ?

Le Jamaïcain sourit largement.

— Venez avec moi.

Le rideau de pluie effaçait les lumières de Porto Antonio, dont on avait maintenant du mal à croire à l'existence. Le phare clignota une dernière fois et s'évanouit à son tour. L'obscurité était désormais totale, une obscurité comme Reuben n'en avait jamais connu. Une obscurité que la pluie, le vent et les vagues rugissantes rendaient vivante, palpable.

Leur frêle embarcation escaladait les murs d'eau qui se dressaient devant elle, dévalait ensuite des pentes vertigineuses, ou creusait sa route au beau milieu de la vague, embarquant alors des tonnes d'eau. Le retour serait beaucoup plus long que prévu.

Ils avaient refait le plein à Porto Antonio, au garage d'un ami de leur guide, un certain Winston, chez qui ils avaient également trouvé un cric. Reuben avait payé l'essence et le cric, mais personne n'avait accepté un centime de plus. Quand ces hommes avaient compris que Reuben et Angelina prenaient la mer pour tenter de sauver un ami, ils n'avaient plus ménagé leur soutien. La famille de Winston les avait accompagnés jusqu'au quai. L'employé du bureau de navigation, qui répondait au nom de Byron, dénicha deux pêcheurs qui les aidèrent à transporter l'essence et le cric sur la *Fanchette.* On leur avait donné des vivres, on leur avait promis de prier pour eux dans l'église de la paroisse. Mais personne n'avait pu trouver de radio.

Désormais, ils étaient livrés à eux-mêmes. Confinés dans l'étroite cabine, ils résistaient de leur mieux. Ils avaient tous les trois vomi jusqu'à ce que leur estomac soit complètement vide. Tremblants, frissonnants, ils guettaient les creux monstrueux qui se jouaient de leur bateau, fétu de paille au milieu des éléments déchaînés. Parler était inutile : le fracas de la mer, du vent et de la pluie emportait les paroles au moment même où elles étaient prononcées.

Reuben consulta son chronomètre. 02. 11. 03. Il restait quatre heures d'oxygène à Lindström. Cela faisait deux heures qu'ils étaient partis. Contre le vent, qui semblait souffler de partout à la fois, il leur faudrait encore trois bonnes heures pour parvenir à destination.

Cela n'en finissait pas. Le vent les claquait de sa main de géant, la pluie s'acharnait sur l'océan, les vagues hautes comme des maisons les ballottaient, la nuit paraissait éternelle, il n'y avait pas de lune, pas d'étoiles, le vacarme les assourdissait, la nausée leur tordait l'estomac, la peur ne les quittait pas, la migraine battait comme un marteau à leurs tempes douloureuses, leurs mains et leurs bras tremblaient ; pour seul rempart contre l'enfer, ils disposaient de quelques centimètres de vitre délavée.

Presque cinq heures après avoir quitté Porto Antonio, une vague monstrueuse les souleva jusqu'à sa crête. Et ils virent une lueur. La lumière blanche de la bouée de la rive sud des Bancs. Ils se précipitèrent tous les trois vers le petit hublot, n'en croyant pas leurs yeux. Si la bouée de sauvetage accrochée à l'ancre qui retenait Lindström prisonnier était toujours en place, elle n'était qu'à un mille et demi de distance, au nord-ouest. Il suffisait de l'atteindre. Lindström disposait encore d'une heure d'oxygène.

Vingt minutes de plus, et ils la voyaient, minuscule lueur d'espoir dans les ténèbres épaisses. Il fallait s'en rapprocher. S'ils restaient trop loin, Reuben ne pourrait pas localiser l'épave à temps. Ils virèrent de bord plusieurs fois, la perdirent de vue, la retrouvèrent. La violence des éléments les maintenait à un mille de la bouée. Avec du temps et de la patience, ils finiraient par l'atteindre. Mais les deux leur faisaient défaut.

Reuben enfila sa combinaison étanche et Angelina l'aida à fixer la dernière bouteille sur son dos.

La porte s'ouvrit sur le déluge. Reuben saisit le cric et sortit. Le vent le précipita contre le bastingage. Angelina le suivit. Tous deux se tenaient solidement à des bouts. Angelina parvint à nouer plusieurs longueurs de corde autour d'un étançon. Si par malheur les nœuds lâchaient, Reuben n'aurait aucune chance de retrouver le bateau. Il attacha autour de sa taille l'autre extrémité de la corde.

Angelina l'embrassa doucement sur les lèvres, un baiser au goût de sel. Tout était salé, dans cet univers hostile contre lequel ils luttaient. Elle aurait voulu le prendre dans ses bras, mais n'osa pas desserrer sa prise sur l'étançon.

— Bonne chance ! cria-t-elle.

Mais ses mots s'envolèrent sur les ailes du vent. Reuben lui fit un dernier signe de la main, et sauta.

61

Il s'enfonçait rapidement, à la merci de forces incontrôlables. Le rugissement de l'ouragan s'était évanoui en quelques secondes, mais il était toujours ballotté comme un bouchon par les eaux tumultueuses.

Au fond, les turbulences étaient moins sensibles mais la mer demeurait agitée d'un mouvement constant, vertigineux, qui le bousculait. Le cric souleva un nuage de sable en s'enfonçant là où Reuben le lâcha pour gonfler son gilet de sauvetage et accroître ainsi sa flottabilité. Il pouvait, maintenant, se passer le cric en bandoulière et nager sans être handicapé par ce poids supplémentaire.

Avant de plonger, il avait repéré la bouée phosphorescente, et nageait dans sa direction. Malgré sa flottabilité, le cric l'entraînait au fond, entravait ses mouvements. Reuben se propulsait surtout grâce à ses palmes : tête en bas, jambes tendues, il battait frénétiquement des pieds pour lutter contre les sombres entrailles de l'océan.

Reuben alluma sa lampe. Les fonds sous-marins s'offraient à ses regards, indifférents, infinis, parcourus de gros poissons au regard triste et attentif, ouvrant et fermant leur gueule sans relâche. A quelques mètres de lui, il aperçut le flanc gris d'un barracuda solitaire. Tout en continuant à nager, Reuben pria pour qu'il n'y ait pas de requins mangeurs d'hommes dans les parages.

Il avait abandonné tout espoir de la retrouver lorsqu'il distingua enfin la bouée qui signalait la position de Lindström. Ses forces décuplées par cet heureux coup du sort, il nagea plus énergiquement encore. Et s'il réussissait, malgré tout ?

Le rayon lumineux capta l'ancre, puis le corps de Lindström, allongé là où Reuben l'avait laissé. Le malheureux ne donnait aucun signe de vie.

Reuben s'agenouilla à ses côtés. Il était arrivé trop tard, finalement. Un examen plus attentif lui révéla que la mort du Suédois n'était pas due au manque d'oxygène. Il avait préféré se suicider en arrachant le tube de son masque.

En prenant la tête de son ami entre ses mains, Reuben s'aperçut que le tube n'avait pas été arraché, mais nettement sectionné. Il chercha le couteau de Lindström, mais en vain. S'acharna, fouilla le sable et la boue, sans résultat. Puis ses yeux tombèrent sur le mollet de Lindström. Le couteau y était toujours, dans son étui. D'ailleurs, vu sa position, Lindström n'aurait pas pu l'attraper.

Le Suédois ne s'était pas suicidé. On s'en était chargé pour lui.

62

Reuben ôta la bandoulière et laissa tomber le cric. D'un geste vif, il tira sur la valve de son gilet de sauvetage, qui se dégonfla. Pourquoi, dorénavant, perdre son temps à soulever l'ancre ? Que le vieux marin repose donc ici, avec le *Hallifax,* dans cet élément qu'il partageait avec les poissons et des morts anonymes. C'était sans doute le seul linceul qu'il eût choisi.

Du coup, Reuben se posa immédiatement une question : qu'étaient venus faire ici les assassins de Lindström ? Il était évident qu'ils n'avaient pas tué le Suédois pour le plaisir. L'homme ne pouvait leur nuire, sauf s'il avait vu quelque chose, ou quelqu'un.

On avait manifestement suivi la *Fanchette* depuis Port-au-Prince, et observé discrètement les faits et gestes de son équipage. Puis, lorsqu'on avait supposé que ses compagnons et lui avaient découvert l'épave, on avait attendu qu'ils s'éloignent pour plonger à l'aplomb de la bouée.

Reuben s'attacha à l'ancre et nagea vers l'épave. Le paysage n'avait pas changé. Ici, il fallait des décennies, des siècles, même, pour que se produisent des changements. Il se glissa prudemment dans la cabine, puis dans la pièce aux ossements.

Le coffre avait disparu. Ces gens savaient ce qu'ils cherchaient. Angelina connaissait l'existence du coffre et les membres du Septième Ordre également.

Les assassins devaient être en route pour Port-au-Prince. Comme la *Fanchette,* ils étaient à la merci des éléments. Dans quelques heures, le coffre reposerait peut-être à nouveau au fond de l'océan, perdu pour toujours. Que contenait-il, en plus des objets en or de Tali-Niangara ? Un trésor provenant d'Europe ? Des bijoux, des pierres précieuses ? De précieux rangs de perles fines, le portrait d'une bien-aimée, morte depuis longtemps ? Les reliques ordinaires des damnés ?

Reuben traversa l'épave dévorée par la mer, seul, dégoûté, empli d'une culpabilité qui lui pesait davantage que les bouteilles qu'il portait sur son dos, et qui le tirait vers le fond en même temps qu'elle le maintenait en vie. Son père et sa mère n'étaient-ils morts que pour cela ? Une poignée de babioles de la Côte d'Or, un verrou rouillé, une mèche de cheveux d'un amoureux ? Dans un recoin de la cabine des officiers, une murène étirait son long corps flexible. Reuben donna un coup de pied et retrouva bientôt l'immensité des eaux profondes.

Remonter à bord de la *Fanchette* fut l'exploit le plus périlleux de toute l'expédition. Le bateau avait tourné en rond, en restant le plus près possible de la bouée. Il avait nagé vers lui sous l'eau, en se laissant guider par sa lumière. Mais, pour grimper à bord, il fallait revenir à la surface, où les conditions avaient sévèrement empiré.

Après avoir regonflé son gilet de sauvetage,

Reuben envoya par le fond la bouteille d'oxygène et ses divers instruments de plongée. Pour respirer, le tuba accroché à son masque lui suffisait. Il ne lui restait plus qu'à regagner le bord d'un bateau qui gîtait sous l'assaut des vagues avant que ses forces ne déclinent.

Des vagues gigantesques s'emparaient de lui et le projetaient contre la coque du bateau. Contusionné, fatigué, il se ressentait des efforts épuisants que son corps avait accomplis depuis des jours et des jours. Ses mains glissaient sur l'échelle sans arriver à s'en saisir, toujours la mer le renvoyait, à bout de souffle, à plusieurs mètres du bastingage. Ses forces s'amenuisaient, chaque nouvelle tentative semblait devoir être la dernière. Alors qu'il s'agrippait une fois encore à l'un des barreaux de l'échelle, une vague plus violente que jamais le précipita contre la coque, arrachant du même coup le tuba d'entre ses dents. En luttant pour reprendre son souffle, Reuben vit la *Fanchette* s'écarter de lui. Il avala de l'eau, toussa, cracha, avala encore.

Soudain, quelque chose traversa les airs pour se poser sur l'eau, à quelques brasses. Angelina l'avait enfin vu. Elle s'était précipitée sur le pont, au péril de sa vie, et lui lançait la deuxième bouée phosphorescente au bout d'une longue corde. La bouée se redressa d'elle-même, étincela dans la nuit pour le guider vers elle. Il s'efforça de l'atteindre, malgré le courant qui semblait l'attirer vers le fond. Et tout d'un coup elle fut dans sa main, solide, parfaite comme une pierre précieuse entre ses doigts en sang. Il la tenait et ne la lâcherait pas.

Angelina tirait, assise sur le pont, les pieds contre le bastingage, tandis qu'August lui passait un bout autour du corps et l'amarrait solidement au mât. Reuben toucha la coque, sa main saisit le premier barreau de l'échelle et il entreprit de se hisser à bord.

Personne ne prononça un seul mot lorsqu'il s'effondra sur le pont et rampa vers un abri. Il était seul, et c'était la réponse à toutes les questions qu'ils auraient pu poser. Ils le suivirent dans la cabine et refermèrent la porte sur eux. Reuben essaya de se lever en se tenant au gouvernail, et s'écroula au travers du poste de pilotage. Le pont bascula sous ses yeux, le monde entier bascula.

Il était à genoux et vomissait, les poumons en feu, la gorge brûlante. Puis il fut pris d'une quinte de toux inextinguible, dont il crut mourir. Reuben leva les yeux. Angelina et August le regardaient, il voulut leur dire à quel point il était malheureux, mais une nouvelle quinte de toux le fit taire. Il releva les yeux encore une fois et vit Sven, ses cheveux blancs flottant dans le courant, puis englouti par les éléments qui le tiraient vers le fond, là où tout finit, là où tout recommence.

63

Washington DC
Dimanche 18 octobre
9 h 30.

Washington n'avait jamais paru aussi hostile. L'ouragan était passé, dévastant les terres épuisées, désolant les cieux arides. Le Potomac charriait boues et alluvions des Alleghenys. Sally essuya la buée sur son pare-brise. Les rues défilaient rapidement. Elle avait oublié le fardeau de solitude qui pouvait, ici, peser sur les épaules.

Il était temps de bouger. L'ASC ne pouvait plus contrôler seule le Septième Ordre. Ses responsables avaient décidé de réunir des membres sévèrement sélectionnés des divers services de renseignement, des gens en qui ils pouvaient avoir confiance. Les invitations avaient toutes été lancées de façon strictement personnelle, et aucun des participants ne savait qu'il rencontrerait des collègues.

La conférence aurait lieu chez Sutherland Cresswell, le directeur de l'ASC, basé à Washington. Il avait été tenu au courant de chaque étape de l'enquête, mais, vu les récents développements, il avait fini par se résoudre à solliciter l'assistance d'autres services.

Le choix n'avait pas été facile, car si tous savaient que Forbes/Smith et ses supérieurs avaient infiltré des agents dans toutes les agences de renseignement, ils ignoraient jusqu'où ils avaient grimpé dans la hiérarchie. L'ASC possédait les noms de vingt-huit individus recrutés par le Septième Ordre et installés par ses soins à des postes de pouvoir. Cinquante-trois personnes étaient soupçonnées d'y être affiliées ; onze autres d'en subir l'influence directe. Cresswell était persuadé que Forbes en contrôlait beaucoup plus, grâce à des indiscrétions concernant leur vie privée ou publique.

L'ASC avait fini par dresser une courte liste, composée de gens que connaissaient personnellement Cresswell, Sally et l'équipe de New York. Tous les noms avaient été passés au crible par chaque membre de l'équipe avant d'être entrés dans un ordinateur, afin d'éliminer ceux qui avaient entretenu des rapports suivis avec des gens connus pour appartenir à l'Ordre ou soupçonnés d'y adhérer. Il resta cinq personnes : Mike Fordham, du comité directeur de la CIA ; Joel Garrison, secrétaire du National Intelligence Council ; Chris Markopoulos, membre de la Direction des Opérations de la CIA ; Grace Sala, de la National Security Agency ; et Kevin McNamara, du FBI.

On s'était efforcé de donner les apparences les plus banales à la réunion. Sutherland Cresswell habitait une grande maison, à la campagne, sur la route d'Annapolis. Il avait proposé que l'on se retrouvât un dimanche, afin d'être sûr de la disponibilité de chacun, et de faire passer l'invitation pour purement amicale. Si le temps le permettait, il était prévu de déjeuner autour d'un barbecue. Sa femme et ses enfants seraient présents. Mike Fordham et Hastings Donovan amèneraient leurs rejetons, qui avaient à peu près le même âge que ceux de leur hôte. Joel Garrison et Kevin McNamara viendraient avec leurs épouses.

Sally arriva parmi les derniers. L'allée était encombrée par de nombreuses voitures. Sutherland attendait ses invités sur le perron. La maison était éloignée de la route, protégée par de hauts arbres au feuillage rouge et or et dressée sur une épaisse pelouse couverte de feuilles mortes. On apercevait de temps à autre une silhouette derrière un arbre : un homme qui soufflait dans ses mains, ou murmurait quelques mots dans un micro, avant de s'évanouir à nouveau dans la nature. Rien n'avait été négligé pour la sécurité.

On entendait les cris de joie des enfants, qui jouaient dans le jardin, derrière la maison. Une cheminée fumait doucement. Lorsque Sally descendit de voiture, une odeur de feuilles mortes brûlées lui rappela son enfance dans le New Hampshire. Elle ne remarqua pas le bref éclair que provoqua le soleil en se reflétant sur de puissantes jumelles, au sommet d'une petite colline proche de la maison.

Sutherland avait choisi comme salle de réunion sa bibliothèque, située au deuxième étage. La plupart des personnes qui s'y trouvaient étaient inconnues de Sally, et étrangères les unes aux autres. Le petit groupe de l'ASC s'était réfugié dans un coin. Presque personne ne parlait.

Cresswell avait fait fouiller la maison le matin même, de fond en comble, par des agents de sécurité qui se trouvaient maintenant dehors et qu'il avait choisis personnellement. Il les avait accompagnés dans leur ronde, pour s'assurer qu'ils ne négligeaient aucun détail.

Les derniers à arriver furent les McNamara. Kevin suivit Cresswell dans son bureau, stupéfait, comme tous les autres, de se trouver en si nombreuse compagnie. Le visage grave, Cresswell ne répondait à aucune question. Des voix d'enfants, venues du dehors, égayaient la pièce austère, justifiant la mission de ces hommes et de ces femmes. Pour eux, cela valait la peine de se battre, pensa Cresswell.

Il prit place en face de ses invités. Jamais, de toute sa longue carrière, il n'avait ressenti une telle tension. Durant les heures à venir, ces hommes et ces femmes seraient amenés à prendre des décisions dont dépendaient l'avenir de son pays et d'autres nations ainsi que le sort et même la vie de nombreuses personnes. Cette responsabilité et les graves craintes qu'il éprouvait pesaient lourdement sur ses épaules.

— Mesdames et messieurs, je désire tout d'abord vous prier de m'excuser de vous avoir attirés ici sous un faux prétexte. Vous aurez certainement deviné que j'avais de bonnes raisons d'agir de la sorte. Je suppose que vous ne vous connaissez pas, sinon de vue, ou de réputation. Je vous prie donc de vous présenter tour à tour.

Cette formalité expédiée, Cresswell alla droit au but :

— Dans quelques instants, Sally Peale, directrice de l'ASC pour la région de New York, vous exposera la situation. Ecoutez-la attentivement. Tout ce qu'elle vous dira a été vérifié et avéré par moi, et par les plus fiables des collaborateurs de l'ASC à Washington. Les informations de Mlle Peale sont exactes. Et je crois qu'elle en a tiré des conclusions irréfutables. Ne vous laissez donc pas aller à l'incrédulité, écoutez-la jusqu'au bout. Ensuite, vous poserez toutes les questions que vous voudrez. (Il s'interrompit, chercha Sally du regard.) A vous, dit-il.

Sally parla pendant plus d'une heure, à des interlocuteurs tout d'abord sceptiques puis médusés. Elle disposait de documents, de photographies, de sources vérifiables. Grâce à des transparents qu'elle avait préparés sur son ordinateur, elle démontra sa thèse, chiffres, cartes, dates, réseaux de connexions à l'appui. Cependant, les mots et les images n'étaient que le vernis de ce qui était caché, comme un fond de teint appliqué sur le visage d'un cadavre. Dans cette pièce inondée de soleil, éclairée par des rires d'enfants qui jouaient dans la douceur de l'air automnal, de très anciens démons remontaient au jour.

— Il y a un an, dit Sally, nous avons mis en place une unité de surveillance à Haïti. Quatorze personnes en tout, principalement des Haïtiens et des Haïtiens-Américains de la deuxième génération, nés à Brooklyn ou à Miami. Il y a quinze jours, douze d'entre eux ont été assassinés : des opérations séparées mais simultanées, à Port-au-Prince, à Cap-Haïtien ou dans de plus petites localités. Un des Américains a réussi à s'échapper. Le quatorzième de nos hommes, un Haïtien que nous appelions Macandal, a été tué à son tour il y a neuf jours, au cours d'une cérémonie vaudou dans la banlieue de Port-au-Prince.

« Le survivant, Felix Simon, s'est débrouillé pour rejoindre Miami et prendre contact avec nous.

Malheureusement, il a été sérieusement blessé ; il est encore à l'hôpital. Autrement, il serait ici, et il vous raconterait lui-même ce qu'il sait. Je me suis entretenue avec lui avant-hier, et j'ai pu me faire une idée assez précise de ce qui semble se tramer actuellement.

Sally fit une pause. Elle but une gorgée d'eau. Dans la pièce, la tension montait. Les cris et les rires des enfants qui jouaient dehors s'étaient estompés.

— Comme vous ne l'ignorez certainement pas, poursuivit-elle, la situation politique à Haïti est extrêmement instable depuis que le général Cicéron a pris le pouvoir. Dans la plupart des villes, des groupes d'opposants se sont formés. Financés par Cuba. Avec le temps, il est plus que probable que Haïti bascule dans le camp communiste, de façon radicale. Certains d'entre vous ne seront peut-être pas d'accord avec cette analyse, mais malheureusement, cela ne change rien à la situation.

« Le Septième Ordre est convaincu de l'inéluctabilité d'une révolution communiste si rien n'est fait pour l'éviter. Plutôt que d'attendre que Cicéron soit renversé et que leurs propres projets soient ajournés *sine die,* ses chefs ont choisi l'action préventive. Ils ont un candidat à la présidence, le général Valris, qui est actuellement ministre de la Défense. Nous avons... (Sally hésita un instant avant de se lancer dans la partie la plus difficile de son exposé.) Nous avons actuellement deux personnes à Haïti. Ce ne sont ni l'un ni l'autre des agents entraînés. L'un est officier de police à New York, l'autre est une femme, une Haïtienne, dont le frère est chef de la police intérieure de Cicéron.

« Le lieutenant Abrams et Mme Hammel ont été envoyés à Haïti pour servir d'appât.

Sally ferma les yeux. Ses collègues et elle avaient, d'un commun accord, décidé de ne pas dire toute la vérité à l'assemblée ici réunie. Mais elle voyait des poissons menaçants, noirs, aux dents acérées, qui nageaient dans des eaux troubles.

— Nous supposons que le poisson a mordu. Hier, le président Cicéron a décrété le couvre-feu. Ses troupes sillonnent les rues de plusieurs villes. Les principaux aéroports sont fermés. Et nous avons perdu le contact avec nos deux agents. Selon nos informations, Warren Forbes est également sur place. Je suis personnellement convaincue qu'il attend l'ordre d'agir. C'est à nous de jouer, maintenant, et de lancer une action décisive. Voilà pourquoi nous vous avons convoqués aujourd'hui.

Sally se laissa tomber sur une chaise, épuisée, les mains tremblantes. Toutes les personnes présentes avaient les yeux fixés sur elle. Un rapide coup d'œil à sa montre lui apprit que l'heure de déjeuner était passée de dix minutes. Elle se demanda pourquoi la femme de Sutherland n'avait pas téléphoné pour leur proposer de passer à table, comme le lui avait demandé Sutherland qui ne souhaitait pas que la séance du matin s'éternise. Il était vital que tous les participants soient reposés et en pleine possession de leurs moyens avant d'entamer la difficile discussion qui aurait lieu dans l'après-midi.

Sutherland consulta sa montre lui aussi, vaguement inquiet, sans en comprendre les raisons. Dans la pièce, tout semblait normal. Sally se releva pour clarifier un ou deux points de détail. Il sentit ses poils se hérisser dans sa nuque. Que se passait-il ? Pourquoi était-il aussi nerveux ?

Sally en termina et se rassit. Emeric Jensen se livra à quelques commentaires. Quelqu'un posa une question. Sutherland Cresswell ne l'entendit pas, car il se concentrait sur son étrange pressentiment, pour tenter d'en comprendre le motif. Soudain, les pièces du puzzle se mirent toutes en place. Ce n'était pas un bruit qui l'avait alerté, mais l'absence totale de bruit. Les enfants jouaient dehors, on les avait entendus courir, crier, rire. Depuis quand n'entendait-on plus rien ?

Sa femme les aurait-elle fait rentrer dans la maison pour déjeuner ? Mais la maison était parfaitement silencieuse, elle aussi. Trop silencieuse. Pour lui qui y vivait depuis quinze ans et en connaissait le bourdonnement habituel, ce calme était anormal.

Sans dire un mot, il se leva et se dirigea vers la fenêtre qui donnait sur le jardin.

Le temps s'arrêta, reprit sa course, en accéléré, puis s'arrêta de nouveau. Il entendit battre son cœur, et une éternité s'écoula entre chaque pulsation. Des voix s'élevèrent, derrière lui, sans qu'il comprît ce qu'elles disaient.

— Sutherland, ça va ?

Sally s'approchait de lui. Apparemment, il ne l'entendait pas. Que regardait-il ? Pourquoi ses mains étaient-elles ainsi crispées l'une sur l'autre ? Elle le rejoignit. Il était livide. Sally suivit son regard, braqué sur le jardin.

— Oh mon Dieu !

Les enfants étaient allongés dans l'herbe, couchés là où le gaz les avait atteints. Suzie Cresswell était là également — Sally reconnut son chandail rose. Et les deux petites filles de Donovan, Ellen et Linda. Deux adultes se trouvaient au milieu des enfants.

Un homme vêtu de noir, portant un masque à gaz, se frayait un chemin parmi les corps allongés.

Il avait à la main une arme munie d'un silencieux et il achevait ses victimes une à une, d'un coup de feu dans la nuque. Les corps sursautaient et s'immobilisaient.

Sally courut à sa place, attrapa sa veste, posée sur le dossier d'une chaise. Des visages curieux se levèrent vers elle. Certains bondirent sur leurs pieds. Elle saisit son téléphone mobile et appuya frénétiquement sur un bouton.

— Gary ! Robert ! Vous êtes en bas ? Vous m'entendez ?

Elle essayait d'alerter l'équipe de sécurité, dont elle connaissait chaque membre par son prénom.

— Pete ! Vite ! Répondez, pour l'amour du ciel !

Des pas retentirent dans le couloir, devant la porte du bureau.

La dernière chose qu'elle entendit, qu'ils entendirent tous, fut le vacarme que fit la porte en explosant. La dernière chose qu'elle vit fut un homme en noir, mitraillette au poing, qui s'encadrait dans le trou béant provoqué par l'explosion.

64

Port-au-Prince, dévasté, dominé par ses collines ravagées, tentait de panser ses plaies sous un pâle soleil. La mer caressait le rivage avec gourmandise. Les eaux calmes succédaient à la tempête, la lumière à l'obscurité, le silence à la fureur, la décomposition à la mort. Seule la mer, houleuse et sale, bougeait encore, charriant algues, flaques d'huile et débris indéfinissables.

La *Fanchette,* sa ligne de flottaison dangereusement basse, approchait du port. Un oiseau filait dans le ciel clair, il piqua sur le pont et l'effleura de ses ailes blanches. Le petit bateau avait embarqué beaucoup d'eau, ses pompes avaient rempli leur office, du mieux que le permettait leur faible puissance. Reuben et Angelina, debout, muets, égarés, regardaient les eaux se séparer devant eux. L'ouragan s'était joué d'eux pendant plus de vingt-quatre heures, qu'ils avaient passées à veiller et à dormir à tour de rôle.

Par trois fois, Angelina s'était réveillée en hurlant, sans personne auprès d'elle pour la réconforter. August avait longuement contemplé l'océan avant de sombrer, lui aussi, dans un sommeil proche du coma. Reuben avait traversé, solitaire, des ténèbres où régnaient des dieux qu'il n'avait jamais aimés et auxquels il n'avait jamais cru. Ni ses parents, ni Devorah, Lindström ou Danny, tous ses morts, n'étaient venus lui tenir compagnie. Mais il voyait les vivants, Sally, Forbes et Max Bellegarde, qui évoluaient en d'étranges pas de danse, et Douglas Hooper, ensanglanté, héroïque, la peau grise, tournoyait au milieu d'eux, un collier de tracts en flammes autour du cou.

— Où vas-tu aller, August ? demanda Angelina. Que vas-tu faire, maintenant ?

Le jeune garçon haussa les épaules. Sans Lindström, il n'avait plus de foyer, plus de travail, plus d'avenir. Angelina regarda ses vêtements déchirés, ses pieds nus et sales. Quel âge avait-il ? Douze, treize ans ? Ce n'était qu'un mousse, sans patron et sans bateau, car la *Fanchette* serait certainement mise en vente pour rembourser les dettes de Lindström.

— Tu devrais venir avec nous, dit-elle.

Il haussa de nouveau les épaules. Le vieux matou était dans ses bras, et il caressait machinalement sa fourrure salée.

— Sam aussi, ajouta-t-elle.

Mais combien de temps pourraient-ils garder le jeune garçon ? On ne les autoriserait jamais à emmener August aux Etats-Unis. Mama Vijina trouverait peut-être une solution.

August hocha la tête. Il avait appris à ne pas refuser la générosité des gens riches et, à ses yeux, Angelina et Reuben l'étaient, fabuleusement. Il savait accepter le peu que la vie lui accordait avec une feinte humilité, mais rien n'avait étouffé sa soif de liberté, ni la puissance de ses revendications.

Ils jetèrent l'ancre et regagnèrent le quai à bord

de l'annexe, laissant leur équipement à bord. Le port était désert, comme si l'ouragan avait découragé toute velléité de travail. La tension était palpable, une tension qui n'existait pas lorsqu'ils étaient partis. Et qui n'était pas uniquement due aux éléments déchaînés.

La Peugeot les attendait là où ils l'avaient garée. Des mares d'eau stagnaient encore dans les rues saccagées qu'ils parcouraient lentement. Le vent avait déraciné des arbres, abattu des clôtures, libéré des poules, démoli des maisons, arraché des toits et des pans de mur. La chaussée était encombrée de gravats et de débris divers. Toutes les fenêtres bâillaient, vitres brisées. Reuben songea aux Hooper, à leur magasin mis à sac. Simple anticipation de l'ouragan, se dit-il en s'interrogeant anxieusement sur leur sort.

Mama Vijina les attendait. Quelqu'un lui avait signalé le retour du bateau. Il n'y avait plus ni électricité ni téléphone mais Port-au-Prince fonctionnait selon d'autres principes. Il ne fallait ni journaux ni radio pour que circulent les nouvelles. Lorsqu'on voulait être informé, mieux valait écouter la rumeur.

Ils mangèrent un peu, en feignant un appétit qu'ils n'avaient pas. Quelqu'un parlait d'amour en termes évasifs : amour des *mystères,* amour de l'océan, amour de la mort. Les senteurs des hibiscus, des bougainvillers et des amandiers, subtiles, singulières, rescapées de la tempête, leur montaient à la tête. Dans les rues, hommes et femmes ramassaient les miettes de leurs vies passées, comme ils l'avaient déjà fait si souvent. On parlait de pénitence.

L'enquête sur la mort de Macandal n'avait pas

progressé. La police l'avait identifié : un certain Otard Le Sauveur, trente-cinq ans, griffon de Las Cayes, employé au ministère de la Culture, au casier judiciaire vierge. Il laissait une femme — une *femme caille* — et trois enfants à Port-au-Prince et une autre femme — une *femme placée* — à Carrefour. On recherchait son assassin, mais on n'avait aucune piste.

Lorsque ses amies, les femmes qui parlaient d'amour et de solitude, furent parties, Mama Vijina entraîna Reuben et Angelina à l'écart, pour leur annoncer de graves nouvelles. La situation politique était tendue, on parlait de renverser le gouvernement, d'opposition, de couvre-feu, de sang qui coulait dans les rues. Les élections, qu'on attendait depuis si longtemps, n'auraient pas lieu. Le peuple était sommé de s'unir loyalement derrière son chef et protecteur, le président Cicéron, les fauteurs de troubles seraient exécutés sans jugement. La nuit passée, des graffiti étaient apparus sur les murs, et la peur étreignait les habitants de sa main de fer. L'amour et la solitude. Les seules issues, plus que jamais.

August disparut peu après le petit déjeuner. Il avait laissé Sam, qui miaulait désespérément et refusait de se nourrir. Locadi entra, vêtue d'une robe à fleurs, et l'emmena. Le chat griffa et se débattit. Angelina lui donna le chapeau de Lindström, en espérant que la relique calmerait le matou, mais Locadi refusa, car les chats, dit-elle, n'étaient pas des chiens.

Ils montèrent se reposer, dormir un peu. Angelina eut du mal à trouver le sommeil. Dès qu'elle fermait les yeux, la pièce se mettait à vaciller et la nausée menaçait. Elle relevait alors les paupières et fixait un élément stable jusqu'à ce qu'elle retrouve une sorte d'équilibre. Elle s'assoupit enfin et rêva de l'odeur de la vanille, et du goût amer et doux à la fois du chocolat chaud à la française.

Elle se réveilla à midi passé, dans une pièce obscure mais parsemée de points lumineux. Un bruit l'avait tirée du sommeil, et la peur s'empara d'elle.

Une ombre immobile se tenait au pied de son lit. C'était Reuben, qui la regardait silencieusement.

— Je n'ai pas pu dormir, dit-il enfin. Le lit bougeait sans arrêt, tout bougeait.

— Je sais, dit-elle d'une voix encore ensommeillée.

— Tu dormais. Je t'ai regardée.

— Longtemps ?

— Oui. Longtemps.

— J'ai rêvé de mon père.

— C'était vrai ? Ce que tu m'as raconté, sur...

Reuben, incapable de formuler ce qui lui faisait tant horreur, ne put terminer sa phrase.

Elle ne répondit pas. Vrai ou pas, elle rêvait de mains qui sentaient la vanille, d'une barbe de vieillard contre sa joue.

Reuben s'assit au bord du lit. Angelina était nue sous le drap fin, alanguie par le sommeil. Il n'y avait plus aucune gêne entre eux, l'orage avait balayé toutes les défenses, toutes les barrières ; ils étaient morts, et ils ressuscitaient.

Elle se redressa et le drap tomba, dévoilant ses épaules et ses seins, nus, vulnérables. Reuben se pencha vers elle, lui caressa la joue et le cou de ses longs doigts. En soupirant, elle se tourna vers lui : le sommeil cédait la place à l'excitation, la mort à la résurrection. Reuben posa ses lèvres sur son épaule. Elle ne s'était pas lavée. Sa peau avait un goût de sel.

Il se glissa dans le lit, à ses côtés. Elle lui passa les bras autour du cou, l'attira contre elle.

— Ça aussi, c'est une danse, murmura Angelina.

— Je ne comprends pas.

— Laisse-moi t'expliquer, dit-elle.

Elle repoussa le drap et se serra, nue, contre lui. Quelque part, un tambour résonna. Dans la rue, un chant d'amour monta, comme les vagues de la mer.

65

La fumée mit longtemps à se dissiper. Cendres et suie recouvraient la rue, de l'eau noire courait dans les gouttières, des gens se regroupaient, regardaient. Il avait été difficile d'approcher suffisamment la voiture-pompe, et la pression de l'eau avait été trop faible. Les voisins avaient essayé de prêter main-forte en apportant des seaux d'eau, mais l'incendie était trop violent pour céder à des armes aussi dérisoires. Les flammes avaient également ravagé les maisons voisines, qu'il faudrait peut-être démolir.

Ils avaient appris la nouvelle de l'incendie peu après s'être réveillés. Locadi était revenue en hâte, pour leur annoncer qu'il y avait le feu rue des Casernes et qu'il ne restait rien du magasin des Américains.

Sans même prendre de petit déjeuner, ils s'étaient précipités sur les lieux. Reuben se sentait curieusement responsable des missionnaires, bien qu'il éprouvât encore une certaine réticence à l'égard de Doug. Pas de la peur : il ne pensait pas que l'Américain pût lui nuire, mais une sorte de pressentiment, comme si le désespoir de cet homme, sa quête d'un absolu, risquaient de lui attirer des ennuis.

Les Hooper n'avaient subi aucun dommage corporel mais ils étaient abasourdis par l'énormité de la catastrophe qui les frappait. Ils avaient tout perdu, y compris leurs vêtements, jusqu'à leur pâte dentifrice et leurs plaques de chocolat. Reuben les trouva debout, serrés l'un contre l'autre dans la rue grise de cendres, en train de contempler les ruines de leur entreprise ; ils semblaient prier en silence, comme si leur dieu avait le pouvoir de réparer les dommages causés par le feu.

Jean lui expliqua qu'ils étaient rentrés assez tard la veille au soir, après avoir participé à une sorte de réunion, qu'ils appelaient un « festin », malgré la frugalité des agapes en question : café, biscuits et prières. Ils s'étaient endormis après que Doug eut pris ses cachets contre la douleur. Vers trois heures du matin, des cris les avaient tirés de leurs rêves paradisiaques. Ils avaient vu les lueurs des flammes et s'étaient précipités dehors. Doug avait reconnu l'odeur caractéristique de l'essence, qu'on avait répandue dans toute la librairie.

Doug, hagard, échevelé, s'approcha de Reuben.

— C'est l'œuvre de Valris, dit-il. Il a de nouveau essayé de m'extorquer de l'argent. Pas plus tard qu'hier, il m'a lancé un ultimatum. J'ai refusé. Et voilà ! Il payera, je ferai ce qu'il faut pour ça !

Jean Hooper agrippa le bras de son mari.

— Assez de bêtises, maintenant, Douglas Hooper. Soumets-toi à la volonté de Dieu. C'est lui qui nous envoie ce fléau, pour nous mettre à l'épreuve. L'Assemblée nous aidera.

Mais Doug ne voulait pas de paroles d'apaisement, ni qu'on fasse miroiter sous ses yeux le mirage du sacrifice.

— Nous sommes lessivés, Jean, tu ne comprends pas ? Dieu nous mettrait peut-être à l'épreuve, mais il ne nous lessiverait pas. A quoi bon ? Tout cela est de la faute de Valris et de ses sbires. Mais compte sur moi pour lui montrer de quel bois je me chauffe, de quel bois se chauffe un brave citoyen américain ! Il ne m'oubliera pas de sitôt !

Reuben prit Douglas Hooper à part.

— Suivez le conseil de votre femme, monsieur Hooper. Ne laissez pas Valris vous tendre un piège. Vous le regretteriez. Nous ne sommes pas en Indiana. Ce type peut vous faire jeter en prison, ou assassiner, si ça lui chante. Personne ne lui demandera de comptes. Il se passe quelque chose, dans ce pays. Vous n'avez pas remarqué ? On dit qu'il y aura le couvre-feu, ce soir. Des gens ont été arrêtés, tabassés. Deux personnes sont mortes en prison. Vous êtes complètement vulnérables, ici. Personne ne défendra vos intérêts. Oubliez Valris. Oubliez Haïti. Limitez les dégâts avant qu'il ne soit trop tard. C'est sans doute votre dernière chance.

Hooper ne répondit pas. Il était hors d'atteinte.

Reuben soupira et s'adressa à Jean Hooper.

— Où allez-vous habiter ?

Elle désigna un petit groupe d'hommes et de femmes, debout près de la librairie.

— Nos amis nous accueilleront, murmura-t-elle. C'est notre seule famille, désormais.

— Allez-y tout de suite, alors. Et prenez le premier avion en partance.

Jean lui jeta un long regard pensif.

— Merci pour vos conseils, professeur. Mais nous sommes venus ici dans un but précis, et nous y resterons tant que Dieu ne nous donnera pas le signal du départ. Ne vous inquiétez pas pour nous. Pensez à vous, plutôt.

Lorsqu'ils retournèrent chez Mama Vijina, August les y attendait. Locadi avait préparé du poulet frit, des haricots et des aubergines, qu'il dévorait comme s'il jeûnait depuis un mois. Angelina lui trouva l'air fatigué. Non. Plus que fatigué. Désespéré. On lui aurait donné cinquante ans, et non douze ou treize.

Ils s'attablèrent eux aussi, et prirent conscience de leur faim. La veille au soir, ils avaient bavardé avec Mama Vijina, écouté la radio, la télévision d'Etat et les deux chaînes soi-disant indépendantes. Reuben était allé à la poste, pour téléphoner à Sally. Mais on lui avait annoncé que toutes les communications internationales étaient interrompues.

Le bataillon Dessalines, le plus important corps d'armée du pays, était consigné. La garde présidentielle avait été doublée. Toutes les permissions avaient été annulées. Le général Nord Laguerre, chef d'état-major interarmées, avait été convoqué au palais présidentiel, où il s'était longuement entretenu avec le président et le général Valris. De nombreuses arrestations avaient été effectuées dans toutes les villes du pays. Max avait pris la parole à la radio, pour justifier ces mesures coercitives, et annoncer d'autres actions.

Ils étaient allés se coucher, avaient fait l'amour, puis veillé jusqu'à l'aube ; une longue conversation, à cœur ouvert. Mais ce matin, le souvenir des tendres confidences et des caresses s'était évanoui, et un goût de cendres leur emplissait la bouche.

August mangeait en silence. Personne ne lui

posa de questions. Angelina le regardait dévorer. Il termina son assiette et posa sa fourchette.

— Je les ai trouvés, dit-il enfin. Ceux qui ont fait ça.

Sa bouche était maculée de sauce. Angelina l'essuya avec son mouchoir, sans qu'il se recule.

— Ceux qui ont fait quoi ? demanda-t-elle.

— Ceux qui ont tué le capitaine.

Elle avertit immédiatement Reuben de ce que lui confiait le jeune garçon.

— Fais-lui dire ce qu'il sait, exigea Reuben.

August hésita quelques instants avant de reprendre la parole.

— Ça n'a pas été facile. J'ai posé des questions à plein de gens. Sur les quais, c'est la pagaille. L'ouragan a tout démoli. Mais je voulais savoir qui d'autre que nous était revenu au port pendant la tempête.

— Comment pouvais-tu être sûr qu'ils étaient revenus à Port-au-Prince ?

— Ils nous ont suivis, non ? Donc ils venaient d'ici. Ils n'allaient pas rentrer ailleurs. Il y a eu trois bateaux ; j'ai leurs noms. Les deux premiers, on les connaît, c'est des pêcheurs du coin. Mais le troisième, c'est le bon. Il s'appelle le *Quinquin*. Même genre de bateau que la *Fanchette*. Il est rentré avant-hier. Le capitaine, c'est un certain Gro Moso. Il avait à bord trois passagers que personne ne connaît.

— Quel genre de passagers ?

— Deux Noirs et un Blanc. Le Blanc, on ne devrait pas avoir de mal à le retrouver. Il a une grande cicatrice sur la joue droite.

66

Des coups frappés à la porte les réveillèrent peu après minuit. Reuben sortit machinalement du lit, encore à moitié endormi. La violence des coups redoubla. Il enfila son pantalon et prit son nouveau revolver dans le tiroir de sa table de nuit. August s'était procuré l'arme chez un marchand du Marché de Fer. C'était un vieux Czech CZ 75, qu'il avait fallu démonter et graisser avant de pouvoir y glisser un chargeur, pas le genre d'arme à laquelle on pouvait vraiment se fier, mais la seule disponible ce jour-là dans toute la ville. On frappa encore, avec une insistance renouvelée. Il entendit un bruit de pas dans la maison.

Angelina se redressa comme un ressort.

— Ce n'est pas la police, murmura-t-elle.

— Comment le sais-tu ?

— Ils ne se donneraient pas le mal de frapper, ils enfonceraient la porte.

— Qui est-ce, alors ?

— Smith ?

— Ça ne vaudrait pas mieux ! Mais pourquoi préviendrait-il ?

Ils avaient passé l'après-midi à interroger les contacts d'August sur les quais pour retrouver la trace de l'homme à la cicatrice, mais sans résultat. Au contraire, les gens à qui ils s'étaient adressés avaient évité leur regard et éludé les questions.

On frappa à la porte de leur chambre.

— Qui est là? demanda Angelina.

— Vijina. Venez vite.

Reuben alla ouvrir la porte. Mama Vijina se tenait sur le seuil, dans sa vieille robe de cotonnade imprimée, l'air hagard.

— C'est l'Américaine. Elle est avec un homme que je ne connais pas. On dirait qu'elle a des ennuis. Je ne comprends rien à ce qu'elle raconte.

Angelina traduisit les paroles de Vijina à l'intention de Reuben, s'enveloppa dans un drap et se leva.

— Descends, lui dit-elle. Je te rejoins.

Jean Hooper se trouvait dans la petite pièce où Mama Vijina exposait la collection d'images et de figurines dont elle avait besoin pour répondre aux sollicitations de voisins ou d'amis venus la consulter. Elle s'était assise sur le siège que se réservait d'habitude Mama Vijina, une chaise haute aux montants sculptés, tapissée de velours rouge. Amirzadeh, très pâle, se tenait à ses côtés. Debout sur le pas de la porte, Locadi les observait en silence.

La missionnaire avait une mine épouvantable, pire encore que celle qu'elle affichait en début de journée, après l'incendie qui avait ravagé leurs biens. Elle avait pleuré, et le peu de maquillage qu'elle utilisait avait coulé sur ses joues. Elle bondit sur ses pieds en voyant entrer Reuben.

— Vous n'auriez pas dû venir ici, gronda ce dernier. Vous courez un risque terrible en sortant dans les rues. Ils tirent à vue, sur tout ce qui bouge.

Vous ne savez donc pas qu'ils ont décrété un couvre-feu ?

Il ignorait les raisons de sa brusquerie envers elle. Il avait envie de la secouer, de lui insuffler un minimum de bon sens. Peut-être aussi qu'il réagissait à la frayeur qu'il avait éprouvée quelques instants auparavant, en entendant frapper.

Jean Hooper avala sa salive nerveusement et ferma les yeux. Ses lèvres remuèrent sans qu'aucun son n'en sortît. Reuben avait envie de la battre. Elle mettait tout le monde en danger, elle était venue chez eux, comme si elle croyait qu'il lui suffisait de prier pour se rendre invisible. Et l'Iranien ? Il était assez vieux pour avoir appris à se montrer un peu plus raisonnable !

Elle leva sur Reuben des yeux vides.

— Doug a été arrêté, dit-elle enfin. Il est en prison. Dieu sait ce qu'on lui fait subir !

— Comment le savez-vous ? Il y a un couvre-feu. Votre mari devrait être chez lui.

— On m'a appelé, dit Amirzadeh. On m'a dit que la police avait arrêté Doug, et qu'il était à Pétionville.

— De quoi l'accuse-t-on ?

— Je peux le lui dire ? demanda l'Iranien à Jean Hooper.

— Mais oui. D'ailleurs, je vais le lui dire moi-même. (Elle hésita cependant à poursuivre, puis se lança :) Professeur Phelps, Doug a... il a tué cet homme.

Le cœur de Reuben bondit dans sa poitrine. Angelina entra dans la pièce, Locadi sortit préparer du café.

— Le général. Celui qui était censé nous aider. Le traître à ses vœux. Le Judas. Valris. Doug a tué Valris. Ils disent que Doug a tué Valris.

Le traître à ses vœux ? Que voulait-elle dire par là ? Y avait-il un sens caché derrière ses paroles ? se demanda Reuben. Angelina s'approcha d'elle pour la réconforter, mais elle écarta la main qui se posait sur son épaule.

— Il faut que vous le trouviez, que vous le sortiez de là. Il le faut.

L'Iranien avait gardé son calme, comme s'il était habitué à ce genre de situations, comme si le chagrin et les tourments étaient pour lui monnaie courante. Il égrenait un chapelet entre ses longs doigts.

— C'est vrai ? Doug a tué Valris ? demanda Reuben.

Amirzadeh haussa les épaules, fataliste.

— Je ne sais pas, dit-il enfin dans un anglais scolaire. C'est ce qu'ils prétendent. J'ai eu l'impression qu'ils le croyaient. Pourquoi mentiraient-ils ? Il n'y a aucune raison.

— Vous étiez là ? Vous avez vu Douglas partir ?

— Non. Je suis arrivé il y a une demi-heure, après avoir reçu le coup de téléphone.

— Pourquoi avez-vous amené Jean ici ?

— Je lui ai dit que votre amie Mme Hammel est la sœur de Bellegarde. Elle pourra peut-être nous aider. Elle, ou vous, qui êtes américain. On vous écoutera peut-être.

— Vous auriez pu venir tout seul. Il était inutile de risquer la vie de cette femme en lui faisant braver le couvre-feu.

Amirzadeh se contenta de hausser les épaules à nouveau.

— Il ne lui est rien arrivé, n'est-ce pas ? Je pense que nous devrions prendre des mesures.

Jean regardait Reuben comme si elle ignorait qui il était et ce qu'elle faisait en ces lieux. Mais elle se contrôlait un peu mieux. La crise était passée.

— Vous croyez à cette histoire, madame Hooper ? Votre mari avait mauvais caractère, je vous le concède, mais...

Reuben comprit soudain pourquoi il avait tant de mal à croire à ce récit. A ses yeux, Douglas Hooper n'était pas un adulte. Il ne buvait pas, ne fumait pas, ne jurait pas, ne faisait peut-être pas l'amour. Les gens très pieux étaient parfois des enfants déguisés en grandes personnes. Apparemment, Doug Hooper avait grandi !

— Depuis hier soir, il ne décolère pas. Vous l'avez entendu, il a proféré des menaces. De terribles menaces. Il ne connaît pas le pardon. C'est un homme qui n'aime rien ni personne, ni moi ni Dieu. L'incendie l'a exaspéré. Ça pourrait être vrai.

— Ils ont dit qu'il avait une arme, ajouta Amirzadeh.

— Quel genre d'arme ?

— Ils n'ont pas précisé. Un revolver, peut-être ?

Reuben se tourna vers Jean Hooper.

— Votre mari possédait une arme ?

— Non. Il n'y a jamais eu d'arme chez nous. Et ici, je ne vois pas comment il s'en serait procuré une. Madame Hammel, je vous en supplie, faites quelque chose. Parlez à votre frère. Il faut qu'il sorte de prison, et que nous poursuivions notre mission. C'est l'avenir de notre foi qui est en jeu.

C'était son unique souci. Sa mission. Doug et sa soi-disant victime lui étaient parfaitement indifférents. Quant à Reuben, qui se moquait bien de l'implantation bahá'í à Haïti, il craignait que les incartades de Doug n'aient de funestes conséquences.

— Nous ne pouvons rien faire ce soir, madame Hooper. A cause du couvre-feu. Ces soldats ont la détente facile. Ça ne servirait à rien qu'Angelina ou moi nous fassions tuer.

— Je peux vous aider à passer les barrages, intervint Amirzadeh.

— Beaucoup trop dangereux, rétorqua Reuben. Ils tirent à vue.

L'Iranien leva la tête en faisant claquer sa langue.

— Je suis pharmacien. Des gens peuvent avoir besoin de médicaments, même pendant le couvre-feu. Il peut y avoir des malades, des mourants. J'ai un sauf-conduit. Il y a une croix rouge sur ma voiture. Nous passerons, croyez-moi. Ce n'est pas la première fois qu'il y a un couvre-feu à Haïti.

— Je vous en prie, plaida Jean Hooper, allez avec lui. Mme Hammel et vous, vous êtes notre seul espoir. Si vous attendez demain matin, Doug sera peut-être mort. Ils prétendent qu'il a tenté de tuer un ministre.

Pour une fois, Jean Hooper réfléchissait à peu près logiquement. Reuben se tourna vers Angelina.

— Qu'en penses-tu ? Max t'écoutera ?

Elle haussa les épaules.

— Je ne sais pas. Je peux essayer de lui parler. Si M. Amirzadeh se charge de nous amener à Pétionville sains et saufs, je suis toute disposée à le faire. Mais je ne vous garantis pas qu'il me recevra.

— Bien, dit Reuben. Courons le risque.

67

Les rues étaient plongées dans le silence caractéristique du couvre-feu. Un silence qui se faufile sous les porches, entre par les fenêtres entrouvertes, s'infiltre par les trous de serrure. Parfois, il est tendu, comme avant l'explosion d'une bombe, avant des coups de feu ou la mort d'un enfant. Parfois, il est doux comme celui d'un homme et d'une femme qui vont faire l'amour. Ou encore, triste, comme si du temps avait passé, et qu'ils allaient se disputer.

Reuben le sentait, qui s'enroulait autour de lui, pour le cerner, le protéger contre sa peur. Ils étaient à mi-chemin de Pétionville. Amirzadeh avait arrêté la voiture et éteint son moteur. Tous les silences du monde pesaient maintenant sur leurs épaules. Ils avaient déjà franchi deux barrages. L'Iranien brandissait son laissez-passer et expliquait que le docteur Phelps avait été appelé au chevet du général Valris, chez lui, à Pétionville. Les soldats, qui avaient entendu parler de l'attentat, ignoraient l'état de santé du général. Plutôt que de prendre le risque d'être responsables d'un retard peut-être fatal, ils préféraient faire signe de passer à la Volvo d'Amirzadeh.

L'Iranien avait décrit à Reuben les forces dont disposait chaque barrage de police. Rien n'avait été laissé au hasard, et il approuvait les mesures prises pour lutter contre d'éventuels désordres. Pour lui, comme pour les Hooper, les désordres de toutes sortes étaient éminemment condamnables.

La Volvo roulait dans le centre de Pétionville, au milieu de luxueuses villas et de haies d'hibiscus aux fleurs écarlates comme des taches de sang. De gigantesques insectes blancs, affolés, voletaient dans la lumière des phares. Assise à l'arrière, à côté de Reuben, Angelina lui serrait la main de toutes ses forces.

De nombreuses voitures de police, ainsi que des véhicules militaires, stationnaient sur la petite place. Les moteurs de deux Panhard AML ronronnaient devant l'hôtel Choucoune, où personne, ce soir, ne faisait la fête. Des soldats, à peine des adolescents, fumaient nerveusement en scrutant l'obscurité. Seuls les locaux de la police étaient éclairés. Deux sentinelles en gardaient l'entrée.

Cette fois-ci, le discours d'Amirzadeh fut inopérant. Angelina sortit de la voiture et parla aux soldats en créole. Reuben, les mains moites, la surveillait depuis la voiture en se demandant ce qui leur avait pris d'accéder à la requête d'Amirzadeh.

Mais Angelina ne portait pas simplement le même nom que son frère. A New York, elle n'était personne, une simple femme de professeur, une métisse. Ici, elle jouissait du prestige de sa famille et imposait sa loi avec l'assurance de celle qui connaît les règles du jeu. Un des gardes se précipita dans le bâtiment et en ressortit moins de cinq minutes plus tard pour faire entrer Angelina et Reuben. L'Iranien attendrait dans la voiture.

Max les reçut dans une vaste pièce du rez-de-chaussée, aux murs recouverts de cartes et de panneaux d'affichage. Sur une table, un plan de Port-au-Prince, déplié, localisait les barrages et les postes de contrôle. Max hurlait des instructions au téléphone. Il ne leva pas les yeux. On lui passa un mémo, sur lequel il jeta un coup d'œil avant de le lancer sur son bureau.

— Bonsoir, Angelina, bonsoir, professeur, je vous attendais. Vous êtes venus voir votre ami Douglas Hooper, je suppose. Ce pauvre M. Hooper ! Il n'est pas très en forme, en vérité ! Avouons qu'il s'est montré particulièrement impulsif. Non. Pas impulsif. Stupide. Incroyablement stupide !

— Est-il vrai qu'il ait tué quelqu'un ? demanda Angelina. Un ministre du gouvernement ?

Bellegarde hocha la tête. Un soldat lui apporta une grosse enveloppe scellée. Il signa un reçu et la posa dans un coin.

— Je vous prie de m'excuser, dit-il, mais ce soir, comme vous le voyez, nous sommes surchargés. (Il s'interrompit un instant, comme s'il cherchait à se rappeler de quoi ils parlaient avant l'irruption de son subordonné). Oui, dit-il enfin, c'est vrai. Il a tiré sur le général Valris. Il s'était débrouillé pour entrer dans sa résidence, j'ignore comment. Le garde du corps de Valris l'a intercepté après les coups de feu. Il a pris une sacrée raclée, à mon grand regret, mais le capitaine de la garde a limité les dégâts. Il s'est douté que cet homme m'intéresserait. Un Blanc, un Américain, qui commet un meurtre à Haïti ! Ça m'intéresse, évidemment. Au plus haut point.

Reuben se pencha en avant.

— Vous avez certainement compris qu'il ne

s'agit pas d'un crime politique, et que Hooper n'obéissait pas à des instructions. Valris s'est montré très dur avec Hooper. Il l'a menacé, puis il a fait détruire et incendier sa librairie. Hooper est un imbécile, comme vous l'avez dit vous-même. Mais politiquement, c'est un grand naïf.

— Oui, je suis au courant de tout cela. Mais pour le moment, je ne peux pas me permettre de me demander qui est naïf et qui ne l'est pas. Nous sommes en pleine crise politique, comme vous avez dû le remarquer. Je me fie à ce que je vois. Un citoyen d'un pays qui n'entretient pas de relations diplomatiques avec le mien, un Américain armé d'un revolver chargé, s'introduit chez le ministre de la Défense et tire sur lui. Ce n'est pas négligeable, n'est-ce pas, professeur ? A moins que vous ne soyez, vous aussi, un grand naïf ?

Angelina intervint brusquement.

— Voyons, Max, tu as dit toi-même que Hooper s'était conduit comme un imbécile. Crois-tu vraiment que s'il s'agissait d'un complot, la CIA utiliserait un bon à rien de ce genre ?

— Qui t'a parlé de la CIA ?

— Personne. Mais tu y penses, n'est-ce pas ?

Bellegarde haussa les épaules.

— Pas forcément.

Il n'ajouta rien. Son regard tomba sur l'enveloppe, qu'il ouvrit, et dont il parcourut le contenu avant de la reposer sur la table.

— Je voudrais le voir, dit Reuben. Lui parler. Où est-il incarcéré ?

— Hooper ?

— Evidemment.

— Ici même, bien entendu. Mais je ne suis pas certain d'être d'accord pour que vous le voyiez.

— J'aimerais connaître sa version des faits.

— C'est bien naturel. Qu'en penses-tu, Angelina ? On les laisse se voir ?

— Je pense que oui. S'il y a des questions par la suite, au cas où Hooper mourrait, le professeur Phelps pourra témoigner qu'il l'a vu vivant lorsqu'il était entre tes mains. D'ailleurs, j'aimerais le voir, moi aussi.

Bellegarde refusa d'un geste.

— Non, petite sœur. J'ai des choses à te dire. Reste ici. Je vais demander à un de mes hommes d'accompagner le professeur auprès de M. Hooper.

Bellegarde appela, et l'homme au costume beige, le dénommé Loubert, se présenta. Il traversa la pièce en souriant à Reuben. Bellegarde dicta ses ordres.

— Venez avec moi, déclara Loubert.

Reuben le suivit jusqu'à la porte. Angelina et Max le regardèrent s'éloigner sans mot dire.

68

On avait jeté Hooper dans une des cellules du sous-sol. Les portes n'avaient pas l'air très solides, les barreaux étaient minces, mais les hommes retenus ici n'étaient pas assez en forme pour envisager de s'évader. Une odeur d'urine et d'excréments stagnait dans l'air moite. Reuben hoqueta en entrant dans la cellule étroite qu'éclairait une ampoule de faible puissance.

Il y avait des toiles d'araignées au plafond et des traces de sang sur les murs. Sur la paillasse qui constituait l'unique mobilier, Reuben distingua une silhouette couchée sous une mince couverture.

Les soldats de Valris n'avaient pas tué Hooper, en effet. Mais ils avaient laissé si peu de vie au pauvre corps disloqué que la différence était purement formelle. Lit et couverture étaient maculés de sang.

A moitié inconscient, Hooper regarda Reuben s'asseoir au bord du lit, en essayant de lever le bras pour se protéger de la volée de coups qu'il s'attendait à recevoir. Son bras était cassé, sa main manifestement écrasée.

— C'est moi, Doug, Myron Phelps. Je viens vous aider, je vais essayer de vous sortir de là.

Hooper tourna la tête. La blessure de sa joue s'était rouverte. Il avait les deux yeux fermés, le visage contusionné, les lèvres éclatées. Lorsqu'il ouvrit la bouche pour parler, il exhiba des gencives en sang ; on lui avait brisé presque toutes les dents à coups de crosse. Reuben grimaça en s'apercevant qu'on lui avait arraché la moitié de l'oreille gauche.

La colère s'empara de lui.

— Pourquoi ne l'avez-vous pas emmené à l'hôpital, nom de Dieu ? s'exclama-t-il en tournant un visage courroucé vers Loubert. Vous êtes des sauvages ? Vous voyez bien qu'il a besoin de soins !

Loubert fit semblant de ne pas comprendre. Appuyé contre le mur, il se nettoyait les ongles. Même ici, il n'enlevait pas ses lunettes noires.

— Phelps... murmura Hooper d'une voix brisée. Qui ? Je ne me rappelle pas...

— Ça n'a pas d'importance. Je vais vous sortir d'ici, vous emmener à l'hôpital. Je ne les laisserai pas vous garder.

— Personne... personne ne parle... anglais...

Hooper tenta de changer de position, mais la douleur fut si insupportable qu'il se laissa aller en arrière, presque évanoui. Reuben supposait qu'il avait plusieurs côtes cassées. Il avait peur de le toucher.

— Je vous en prie, dit-il, ne bougez pas. Je vais dire à Bellegarde qu'il vous faut de la morphine, et un bon lit. Amirzadeh est dehors. Il a des médicaments dans la voiture.

Hooper tendit vers Reuben une main faible.

— Approchez... Plus près... (Reuben se pencha sur l'Américain.) Jamais... eu... de revolver... Voulais... lui parler... Pas le tuer... Je vous en supplie... Croyez-moi !

— Je vous crois. Ne vous inquiétez pas, je vous crois.

Reuben tendit la main et toucha doucement le cou de Hooper, qui ne portait pas de traces de coups. Le malheureux pleurait. Reuben prit un mouchoir en papier et essuya doucement les larmes qui coulaient de ses yeux fermés. Où était donc le dieu de Hooper ? Où était Dieu ?

Son attention fut attirée par un bruit. Il leva la tête et aperçut Max Bellegarde, debout sur le seuil. Loubert s'écarta pour laisser entrer son supérieur. Max avait changé. Il n'y avait plus rien d'affable dans son attitude.

— Que vous a dit M. Hooper, lieutenant Abrams ? Quel genre de mots doux vous a-t-il susurrés ?

Reuben ne remarqua pas immédiatement que Bellegarde l'avait appelé par son vrai nom. Lorsqu'il s'en avisa, il eut l'impression que la foudre l'avait frappé. Max était-il au courant de sa véritable identité depuis son arrivée, ou Angelina avait-elle parlé ?

— Il n'a jamais eu d'arme. Il dit qu'il voulait parler à Valris. Et je le crois.

Bellegarde claqua des doigts. Un policier en uniforme surgit de l'ombre et lui tendit quelque chose. Le major exhiba un Browning Hi-Power, enveloppé dans un sac en plastique.

— Vous reconnaissez cette arme, n'est-ce pas, lieutenant ? On l'a trouvée sur Hooper, au moment de son arrestation. Elle porte ses empreintes. Et les vôtres, ajouta-t-il.

— C'est un mensonge ! Hooper n'a jamais vu cette arme. Vos hommes l'ont prise dans ma chambre. C'est vous qui avez tout manigancé.

— Vous reconnaissez donc que cette arme vous appartient, lieutenant. Bien. Voyons si M. Hooper s'en souvient également.

En trois longues enjambées, Bellegarde traversa la pièce et s'immobilisa au pied du lit de l'Américain, qu'il saisit brutalement par les cheveux pour l'asseoir. Reuben fit un pas vers le major mais un déclic, derrière lui, stoppa net son élan.

— Ne faites pas l'idiot, lieutenant. Loubert vous tuerait sans l'ombre d'un remords.

Max lâcha le revolver, qui tomba sur le lit. Il tenait la tête de Hooper d'une main. Il approcha l'autre de la bouche du malheureux.

— Quel dommage ! s'exclama-t-il. Il va falloir s'occuper de vos dents !

Impassible, le major introduisit ses longs doigts dans la bouche du supplicié qui hurla lorsqu'il saisit une dent entre le pouce et l'index et la fit bouger d'avant en arrière jusqu'à ce qu'elle cède. Du sang gicla sur le menton et la poitrine de Hooper. Bellegarde répéta la manœuvre sur une deuxième dent. Hooper perdit conscience.

Max jeta un regard autour de lui. Il semblait déçu par l'évanouissement de sa victime.

— Nous avons tout le temps, lieutenant. Ma femme et mes enfants dorment tranquillement. Ils savent que je ne rentrerai pas à la maison tant que le calme ne sera pas revenu. Et maintenant, vous allez me dire la vérité. Cette arme vous a été remise par une agence gouvernementale américaine, l'ASC, pour qui vous travaillez provisoirement. Vous l'avez donnée à M. Hooper, qui est, lui aussi, un agent américain. Hooper devait s'en servir pour remplir sa mission, assassiner le général Valris, notre ministre de la Défense. Malheureusement pour lui et pour vous, mais heureusement pour mon peuple, Hooper a été arrêté après avoir accompli son forfait. C'est bien l'idée générale, n'est-ce pas ?

Reuben ne répondit pas. A quoi bon ?

— Vous ne dites rien ? Quel dommage ! Hooper sera exécuté dans la nuit. Des aveux de votre part lui auraient peut-être valu un sursis. Peu importe. La vie de M. Hooper n'a pas la moindre importance pour moi. Mais vous, lieutenant, vous m'intéressez. Vous et les gens pour qui vous travaillez.

Le major se releva. Sa tête touchait presque le plafond, où grouillaient d'immondes créatures aux pattes démesurées.

— Parfait, poursuivit-il. Abandonnons donc M. Hooper à son sort. Nous avons mieux à faire.

Bellegarde s'immobilisa tout près de Reuben.

— Un long voyage nous attend, cette nuit. Je vous demanderai d'être patient. Très patient.

Hooper était couché sur son lit comme une épave dérivant au fond de l'océan. Sa couverture était tombée par terre, le privant ainsi de cette fallacieuse protection. Rêvait-il ? se demanda Reuben. Et s'il rêvait, était-ce de l'enfer ou du paradis ?

Bellegarde guida Reuben jusqu'à la petite place encombrée. La voiture d'Amirzadeh avait disparu. Une radio crachotait, un char passa devant le Choucoune. Aucune trace d'Angelina. Loubert attendait au volant d'une grosse Mercedes noire.

— Où est Angelina ? Si nous allons quelque part, j'aimerais qu'elle nous accompagne.

— Angelina ? fit Bellegarde. Vous devez vous tromper. Je ne connais pas d'Angelina.

Max ouvrit la portière de la voiture et poussa son prisonnier dedans. Reuben le défia un instant du regard, puis s'exécuta. Où était Angelina ? Le regardait-elle partir, dissimulée dans l'ombre épaisse ? L'avait-on enfermée dans une des cellules du sous-sol ? Max prit place à côté de lui et ferma la porte, en silence. Loubert lança la voiture dans la nuit.

69

Ni pluie ni vent : un ciel vide noir, sur des paysages désolés. Toutes sortes de silences se chevauchaient; le silence du couvre-feu, le silence des champs déserts, le silence de la nuit, celui qui précède l'aube d'un nouveau jour. Personne ne les arrêta, personne ne les interrogea sur leur destination : Bellegarde avait fait prévenir de son passage. Et il tenait le pays entre ses mains, aussi facilement que s'il se fût agi d'une pomme tombée d'un arbre. Une pomme au cœur pourri.

Ils roulaient vers le nord. Après Bon-Repos, ils obliquèrent vers l'ouest en longeant la côte, en direction de Saint-Marc. Reuben somnolait à l'arrière de la voiture. Lorsqu'il ouvrait les yeux, il voyait Bellegarde, assis, les mains sur les genoux, parfaitement réveillé, qui regardait son reflet dans la vitre.

La nuit appartenait aux militaires. Ils croisèrent une foule de soldats, assis sous des porches ou appuyés contre leurs barricades, soufflant dans leurs doigts pour se réchauffer. Une fusillade éclata au loin. Ils traversèrent Saint-Marc sans s'arrêter. On aurait dit une ville fantôme, vidée de ses habitants à la suite d'un fléau. Portes et fenêtres étaient hermétiquement closes.

Le jour se leva, sous un ciel menaçant. Ils dépassèrent les taudis de Gonaves et prirent le chemin des monts de Balence. Reuben se frotta les yeux, encore incrédule. Pourtant, il avait deviné où l'emmenait Bellegarde.

Petite-Rivière se détachait rêveusement dans une vallée sombre, cernée de collines. Reuben reconnut la propriété dès qu'il l'aperçut, au détour d'une petite route sinueuse. Il en émanait un puissant parfum de corruption, et la senteur d'une époque à jamais révolue. Les prairies étaient nues et désolées. De l'ancienne et luxuriante plantation, il ne restait que des arbres étranges, aux formes maladives. On aurait dit qu'un sorcier amer et vaincu lui avait jeté un sort, qui perdurerait jusqu'à la nuit des temps.

Murs délabrés, toits percés, chevrons et poutres tombés : le temps et la nature n'avaient pas épargné Petite-Rivière. Les araignées avaient tissé leurs toiles à la place des portes et des fenêtres béantes. Depuis combien de temps la propriété était-elle dans cet état ? se demanda Reuben. Angelina y était venue avec Rick, mais quand ? Douze ans plus tôt ? En douze années, un lieu ne tombait pas ainsi en décrépitude. Le processus avait dû commencer bien avant.

La Mercedes rebondissait sur une piste cahoteuse guère plus large qu'un sentier, à moitié dissimulée par la végétation qui l'envahissait. Le soleil, plus vif désormais, inondait la petite vallée d'une chaleur humide. Des papillons aux couleurs pâles voletaient entre les arbres, irréels messagers d'espoir et de paix. Les anciennes pelouses avaient cédé la place à des mauvaises herbes de la taille d'un homme.

— Venez avec moi, lieutenant, dit Bellegarde en posant une main sur le bras de Reuben.

Il n'avait fourni aucune explication sur la façon dont il avait appris la véritable identité de Reuben, qui n'avait posé aucune question.

Ils se frayèrent un chemin à travers les ronces et rejoignirent une sorte de sentier menant à une porte encore debout. Bellegarde ouvrait la marche, suivi de Reuben et de Loubert qui ne semblait pas ressentir la fatigue de la longue route.

L'intérieur de la maison était en plus mauvais état encore. On avait l'impression que personne n'y avait pénétré depuis des décennies. Qu'était donc devenue la famille dont avait parlé Angelina ? L'escalier au bois pourri, mangé par les termites et l'humidité, s'était effondré. Une mousse verdâtre, dont les failles laissaient apparaître quelques pierres nues, recouvrait les plâtres.

Apparemment, Bellegarde connaissait le chemin. Il guida Reuben le long d'un couloir, jusqu'à une immense pièce sans aucun meuble, aux fenêtres murées. La lumière y pénétrait cependant, par des trous dans le plafond où subsistaient quelques vestiges d'élégantes moulures, aux détails irrémédiablement dévorés par l'humidité.

Reuben suivit Bellegarde dans une pièce plus petite, froide et sombre. L'Haïtien l'attendit devant une porte ouverte, et lui tendit une lampe tempête.

— Tenez, vous en aurez besoin.

Loubert alluma celle de Reuben pendant que Bellegarde s'occupait de la sienne avant d'en donner une troisième à Loubert.

— Il n'y a ni gaz ni électricité, lieutenant. Ne perdez pas votre lampe, l'avertit Bellegarde.

Reuben s'était assez approché pour voir que la porte près de laquelle s'était arrêté Bellegarde donnait sur une volée de marches en pierre. Max s'y engagea sans hésitation, en brandissant sa lampe devant lui. En quelques instants, sa clarté fut littéralement avalée par les ténèbres. Loubert poussa Reuben en avant.

C'était un escalier en colimaçon, enroulé autour d'un étroit pilier central. On ne voyait plus Bellegarde, mais on entendait le bruit de ses pas sur les marches. Reuben posa sa main droite sur le mur, pour ne pas perdre l'équilibre, la lampe dans l'autre. La pierre était usée, et le milieu des marches creusé par le passage de nombreuses générations.

Reuben se doutait de ce qu'il trouverait au bas de l'escalier. Bourjolly avait sans doute expérimenté ici la première de ses chambres souterraines. Qu'avait-il donc accompli en ces lieux, avec l'aide d'esclaves venus d'Afrique ? Le spectacle qui allait bientôt s'offrir à ses yeux épouvantés dépassait en horreur tout ce qu'il aurait pu imaginer.

70

La lumière vacillante des lampes tempête révéla un vaste champ de pierres tombales sous un plafond bas. Un peu plus loin, l'espace s'ouvrait sur une forêt de piliers ceints de colliers métalliques, soutenant des arches aux voûtes étroites. Reuben eut l'impression d'entrer dans le chœur d'une sinistre cathédrale, que le soleil ne réchauffait jamais.

Bellegarde, ombre parmi les ombres, l'attendait.

— Ils savaient qu'ils ne retourneraient jamais à Tali-Niangara, dit-il, donc ils ont construit ici une ville souterraine, où ils pourraient communiquer librement avec leurs dieux. Ces caves existaient, ainsi que les tunnels qui les reliaient. Les ancêtres de Bourjolly les utilisaient comme celliers. Il a dépensé une fortune pour les agrandir, pendant les années qui précédèrent la révolution. Ses successeurs poursuivirent son œuvre : ils creusèrent, réparèrent, construisirent sans relâche. Il y a des kilomètres de tunnels, et des caves naturelles immenses.

Reuben frissonna. Pourquoi Bellegarde l'avait-il amené ici ? Le major soupira, et lui jeta un regard curieux.

— Allons-y, dit-il. C'est le moment de retrouver de vieux amis.

Loubert dut pousser Reuben pour qu'il suive son guide. Le style de ces constructions rappelait à Reuben les tombes et les temples de l'ancienne Egypte, dont il avait admiré des photographies. Bellegarde avançait toujours, sans regarder ni à droite ni à gauche.

Ils parvinrent dans une sorte de clairière : plus de piliers dans cette salle, ouverte comme la place d'une ville, où l'on entendait comme des murmures de voix étouffées. On n'apercevait pourtant nulle trace de vie, aussi loin que portât le regard. Mais, en baissant les yeux, Reuben fut soudain saisi de frissons.

Ils se tenait sur une dalle de pierre percée de dix-neuf trous de la taille d'une pièce de monnaie. Une dalle identique à celle qu'il avait vue à Brooklyn. Et des sons filtraient par les trous qui y étaient ménagés.

Bellegarde s'immobilisa et regarda Reuben.

— Ça vous intrigue, n'est-ce pas, ces bruits ?

Comme stimulé par sa voix, on entendit une sorte d'aboiement, qui s'interrompit bientôt pour être remplacé par un sanglot humain.

— Ils nous entendent, dit Bellegarde. Ils entendent nos voix et ils essayent de nous répondre. Ne craignez rien, lieutenant. Ils ne peuvent vous faire aucun mal. Ce stade est dépassé depuis longtemps.

— Qu'est-ce que c'est ? demanda Reuben.

Le volume sonore augmentait. Chaque parole qu'ils prononçaient semblait jouer le rôle de signal, et provoquait, sous les dalles, un effort accru pour se faire entendre. Il y en avait des dizaines, des centaines, peut-être, toutes percées de trous.

— Mais qu'est-ce qui fait ce bruit ? s'exclama-t-il, à bout de nerfs.

Il crut alors percevoir une voix quasi humaine, qui marmonnait quelque chose qui ressemblait à des mots.

— Les serviteurs des dieux, répondit Bellegarde. A Tali-Niangara, les enfants que l'on offrait en sacrifice aux dieux étaient placés dans des trous comme ceux-ci. On leur apportait à manger et à boire, régulièrement. Ils restaient en vie, si l'on peut appeler ça une vie. Les plus jeunes oubliaient le monde extérieur ; ils grandissaient dans leurs trous, et ne connaissaient rien d'autre. On envoyait les rejoindre ceux qui avaient déplu aux dieux ; c'était plus dur, pour ceux-là : ils ne pouvaient pas oublier la vie qu'ils avaient menée auparavant. Les trous étaient toujours pleins. On remplaçait immédiatement les morts par de nouveaux serviteurs.

Reuben était figé d'horreur. Ainsi, c'étaient des êtres humains qui produisaient, sous ses pieds, ces vagissements, ces gémissements. Il se souvint en tremblant de ce que lui et Danny avaient vu dans le trou qu'ils avaient ouvert, à Brooklyn. Il entendit gratter, racler, et s'interrogea avec angoisse : qu'avait donc vu Danny, dans le tunnel ?

Ils traversèrent rapidement le sol de dalles, tandis que le murmure s'amplifiait et s'évanouissait enfin. Cette horreur sans nom n'affectait en rien Bellegarde et Loubert, mais Reuben ne pouvait plus la supporter. Il s'éloigna en courant, les mains sur les oreilles.

Ils s'engagèrent dans un tunnel obscur, très semblable à celui qui menait à la bibliothèque de Bourjolly sous l'immeuble de Brooklyn. Bellegarde s'y aventura le premier et fit signe à Reuben de le suivre. Ils parcoururent environ cinq cents mètres avant de s'arrêter devant une porte en bois. Bellegarde frappa. Une voix étouffée répondit. Max tourna une poignée de fer et entra. Reuben et Loubert l'imitèrent.

On aurait juré qu'un génie avait transporté par magie la bibliothèque de Bourjolly : les mêmes livres, les mêmes boiseries sur les murs, les mêmes tableaux, le même globe terrestre, et au centre de la pièce, le pentacle qui attendait que le touchât la main d'un sorcier.

Les doigts crispés sur les pages d'un livre ouvert sur son bureau, Bourjolly, vêtu des vêtements dans lesquels il était mort, était assis sur une chaise, immobile.

Il y avait une seule différence : un grand tableau était accroché au-dessus du bureau. Il représentait, dans un style réaliste et moderne, la scène illustrée par la gravure du livre que lisait Bourjolly. La résurrection. Les tombes éventrées, les cadavres décomposés qui se relevaient, l'horreur peinte sur leurs visages. A l'encontre de l'original, les visages étaient noirs et non blancs et les choses qui léchaient et suçaient leurs chairs sortaient de trous semblables à ceux que venait de voir Reuben quelques minutes auparavant. Au bas du tableau, on pouvait lire : la Nuit du Septième Jour.

— Ne vous affolez pas, lieutenant, vous n'êtes pas le jouet d'une hallucination.

La voix venait du fond de la pièce. Une silhouette se détacha de l'ombre et s'avança. Reuben sentit ses cheveux se dresser sur sa tête : c'était Smith.

Le canon d'un revolver était appuyé contre la tempe de Reuben. Loubert ne désirait pas courir le moindre risque. Smith tendit la main et remit en place une mèche des cheveux blancs de Bourjolly, d'un geste naturel.

— Quelle réussite, n'est-ce pas ? (Smith désigna de la main tout ce qui l'entourait.) Démonter et transporter tout cela en quelques jours, et tout remonter dans sa propre chambre, comme s'il avait attendu ce retour depuis des siècles !

— Pourquoi m'avez-vous amené ici ? demanda Reuben. Vous avez ce que vous vouliez. Je ne vous sers à rien.

Smith sourit.

— Asseyez-vous, je vous en prie, lieutenant. Nous nous connaissons suffisamment pour ne plus faire de cérémonie.

Loubert prit Reuben par le bras et le força à s'asseoir sur une chaise. Smith s'installa en face de lui. Bellegarde et Loubert restèrent debout.

Smith sortit deux grandes enveloppes d'une serviette en cuir et sourit à nouveau. Un sourire qui n'avait rien de chaleureux. En fait, il montrait les dents, comme une bête sauvage qui s'apprête à fondre sur sa proie.

— J'ai cru comprendre que vous aimiez la photo, dit-il. L'art de l'observation et de l'altération. Comme tous les arts, sans doute. Et comme la science, avouons-le franchement. Mais la photographie possède le pouvoir de fixer un moment, pour l'éternité. Un moment, ou une personne. Figée pour toujours, comme un insecte dans de l'ambre. Un tableau ne possède pas cette instantanéité. Ce sourire, ce froncement de sourcil, ce regard indigné, cet aveu de haine ou d'amour.

Smith hésita un instant puis sortit de l'enveloppe un paquet de photos.

— La photographie et la mort présentent des affinités étonnantes, poursuivit-il. Les morts survivent grâce à leurs photos.

Il mit sous les yeux de Reuben une photo de Sally Peale, puis, sans un mot, la laissa tomber sur le sol. La deuxième était également de Sally, mais une Sally différente de celle qu'avait connue Reuben : criblée de balles, éclaboussée de sang, le visage pétrifié d'étonnement. Toujours silencieux, Smith lui montra un gros plan du visage de Sally.

Smith fit passer sous les yeux de Reuben le paquet entier de photos, une par une. Sutherland Cresswell, sa femme et ses enfants, vivants, puis morts. Emeric Jensen, Hastings Donovan et ses enfants ; tous ceux qui avaient participé à la réunion de Washington. Si c'étaient des personnes que Reuben ne connaissait pas, il déclinait leur identité. Il passa ensuite à une autre série de photos.

Danny souriant, Danny allongé sur une dalle. Une vieille photo du père de Reuben, lors de son arrivée en Amérique, et une autre, méconnaissable, rougie par le sang. La mère de Reuben, vivante, puis morte. Rick Hammel dans l'exercice de ses fonctions d'enseignant, puis victime d'un meurtre. Sven Lindström au soleil, et Sven Lindström tel que Reuben l'avait vu pour la dernière fois, sous l'eau. Et, pour terminer, Devorah lors de leur mariage, puis une photo de sa tombe.

Smith laissait tomber les photos au fur et à mesure ; un petit cimetière de papiers brillants s'accumulait aux pieds de Reuben, qui se souvint des morceaux de photos qu'il avait ramassés chez lui, sa galerie de portraits personnelle, réduite en pièces par Angelina.

— Regardez bien, lieutenant, murmura Smith.

Ce n'est pas un cours, que je vous fais. Je veux que vous vous souveniez de tous ces visages.

Il rassembla les photos et les remit dans l'enveloppe. Puis, d'une deuxième enveloppe, il sortit un unique cliché qu'il posa sur les genoux de Reuben.

Davita, assise sur une chaise, et Smith, impassible, à côté d'elle. Le sang de Reuben ne fit qu'un tour ; il voulut se jeter sur Smith mais Loubert le rappela à l'ordre du canon de son arme.

— Ne vous inquiétez pas, dit Smith. Elle va très bien. On ne lui a fait aucun mal. On ne lui en fera pas, d'ailleurs, si vous vous montrez coopératif. Mais si vous refusez...

Smith sortit une autre photo, qui représentait une dalle percée de trous. Reuben mit quelques instants à comprendre l'abomination de la menace qui pesait sur Davita. S'il n'acceptait pas les conditions de ses ennemis, Davita finirait sa vie dans un de ces ignobles trous, réduite à l'état de bête humaine.

— Pourquoi ? murmura-t-il. Pourquoi moi ? Pourquoi Davita ?

— Le hasard, répondit Smith en haussant les épaules. C'est vous qui êtes là, à un moment où je peux me servir de vous. Si vous m'aidez, votre fille terminera sa vie à la lumière du jour. Cela ne dépend que de vous.

— Que voulez-vous que je fasse ? demanda Reuben d'une voix blanche qui n'exprimait plus aucun sentiment, ni haine ni mépris.

— Je veux que vous tuiez quelqu'un.

Reuben retint son souffle. Une douleur lancinante lui vrillait la boîte crânienne, il sentait monter la nausée.

— Qui ? Qui faut-il que je tue ?

— Le président, dit Forbes. Le président d'Haïti.

71

Elle est assise dans une flaque de soleil. Le rayon est oblique, il tombe sur elle à travers la vitre teintée d'une haute fenêtre. Il est chaud, des particules de poussière dansent dans le cône de lumière, il se pose sur sa joue, il sent la vanille.

Dans le temps, son père lui achetait des glaces. Max avait dix-sept ans lorsqu'il les avait surpris, Angelina, les yeux à moitié fermés, tremblante, mangeant une glace, et son père, la main sur le haut de sa cuisse, sous sa jupe jaune.

Les hommes en uniforme de coton, les hommes armés, aux yeux durs, étaient venus chercher son père le lendemain. Elle avait cru que Max l'avait dénoncé à cause de ce qu'ils faisaient ensemble, et qu'on l'avait arrêté pour cela. Plus tard, beaucoup plus tard, elle avait appris la vérité sur ce qu'il leur avait dit, et pourquoi. Il avait fallu que Rick le lui prouve pour qu'elle admette que Max avait joué son avenir contre la trahison de son père. Par colère, par indignation, par méchanceté, par ambition, par jalousie.

Le soleil qui brillait ici était bien réel. Max l'avait fait conduire chez lui, dans sa maison sur les collines. Elle attendait son retour. Elle avait peur.

La jalousie, plus que toute autre raison. Max la voulait pour lui. Et Angelina l'avait toujours su, l'avait toujours un peu souhaité. Max était un homme puissant ; il le serait bientôt plus encore. Sa trahison avait payé.

Un cercle d'or était posé sur ses genoux, un disque plat, soigneusement réparé. Les fines soudures étaient presque invisibles. On aurait juré qu'il n'avait jamais été brisé en deux. Du doigt, elle le caressait inlassablement, jouissant de sa dureté, de sa valeur immense, de son pouvoir. La lumière jouait sur sa surface polie.

Il était une fois...

Elle sourit. Il était une fois une ville au milieu de la forêt. Elle sourit encore. Le vieux conte de fées que lui racontait son père avant que Max ne le fît arrêter, son seul réconfort. Le sourire s'évanouit. Il allait se passer quelque chose de terrible.

Tali-Niangara n'était qu'un souvenir, une ruine au cœur d'une forêt immense et inexplorée. Les ossements de ses rois étaient depuis longtemps tombés en poussière dans leurs cassettes en ivoire. Mais le symbole de leur pouvoir avait été arraché à la mer. Les dieux allaient bientôt renaître.

Angelina exposa le disque à la lumière. Elle se rappelait l'histoire d'Aladin et de sa lampe merveilleuse, du génie qui surgissait des entrailles de la terre dès qu'on l'effleurait. Inutile, désormais, d'avoir recours à la magie. Que les autres croient aux pouvoirs des dieux ancestraux. Avec le cercle d'or, sa puissance ne connaîtrait plus de limites.

Quatre heures et demie. Max n'allait plus tarder à rentrer.

72

Il régnait dans la cathédrale une odeur forte, mélange de cire, d'encens et de senteurs plus archaïques, plus lourdes, comme celles qui émanent des chairs décomposées dissimulées par la peau intacte d'un saint mort depuis longtemps. L'église était relativement récente, ses parties les plus anciennes dataient de la fin du dix-neuvième siècle, mais elle avait une certaine patine. Quelque chose de plus vieux que les icônes qui s'y trouvaient, de plus vieux que ses vitraux, de plus vieux que la chrétienté elle-même, quelque chose de primitif s'accrochait à ses pierres. Au sommet de l'une des tours jumelles, une cloche solitaire appelait au service des morts.

Dans le transept, le prêtres et leurs assistants préparaient les attributs du rituel à venir. Le cercueil ouvert, drapé dans un drapeau haïtien, était posé sur des tréteaux, dans un nid de fleurs rouges et blanches.

Le matin même, les prêtres étaient allés chez le général Valris, ils l'avaient aspergé en chantant le *Si Iniquitate* et le *De Profundis,* puis ils l'avaient précédé dans l'église. Caché, Reuben avait assisté aux divers préparatifs.

Doug Hooper avait été enterré dans une fosse commune, en pleine nuit. Jean avait été jetée à bord du premier avion à quitter Haïti dès la fin du couvre-feu. Le département d'Etat avait nié que Hooper fût en rien mêlé à un complot américain visant à l'assassinat du président Cicéron, et protesté contre l'exécution de son ressortissant. Personne n'y avait accordé la moindre attention. Les funérailles du général Valris étaient la pièce maîtresse du dispositif ; il s'agissait de laisser libre cours à la tristesse populaire, et de proclamer la victoire. Le couvre-feu était supprimé, l'état d'urgence était levé. Tout risque de coup d'Etat était écarté. En apparence en tout cas.

Une dizaine de mètres au-dessus de la nef, Reuben, appuyé contre un mur où s'ouvraient des fenêtres à claire-voie, luttait contre la migraine tenace et lancinante qui le maintenait éveillé. Il s'était introduit dans l'église la nuit précédente, grâce à la complicité de deux des plus proches collaborateurs de Valris. Pour seule compagnie, il n'avait eu que ses sombres pensées, et la petite lumière rouge qui brillait sur l'autel.

Il pouvait s'évader, certes, mais à quoi bon ? Où irait-il ? S'il n'était pas sur place à midi, pour tirer sur le président Cicéron, Smith mettrait sa monstrueuse menace à exécution. Il en était parfaitement capable.

Reuben avait vite compris le but que poursuivaient Smith et Bellegarde. Puisqu'ils ne disposaient plus de Hooper, ils allaient se servir de lui pour prétendre que c'était bien la CIA qui avait fomenté cet attentat contre le président Cicéron. La présence de Hooper dans le pays était un pur hasard, qu'ils avaient décidé d'exploiter. Aujourd'hui, Reuben tuerait le président. Il serait découvert et arrêté, mort ou vif. Mort, probablement.

On dénoncerait publiquement ses liens avec l'ASC, sa participation à l'assassinat de Valris et le complot américain serait démasqué devant la presse internationale. On lui découvrirait sans aucun doute des complices, qui seraient arrêtés à leur tour, et fusillés. Bellegarde n'aurait plus qu'à attendre que le pouvoir lui tombe entre les mains comme un fruit mûr.

Reuben avait assemblé et vérifié son arme, un fusil de tireur embusqué, semi-automatique. L'assassinat devait présenter tous les indices d'un acte soigneusement préparé, doté d'un matériel adéquat. Qu'il ignorât tout de ce genre d'armes n'avait pas la moindre importance : Reuben ne pouvait pas se permettre de rater sa cible. Smith n'avait pas manqué de lui expliquer les conséquences d'un éventuel échec. Ils tueraient Davita sans l'ombre d'un scrupule.

L'enterrement allait débuter dans un quart d'heure. Les fidèles commençaient à se rassembler dans l'église, où les rejoindraient les dignitaires et le président. Reuben ferma les yeux pour lutter contre la douleur.

La cathédrale se remplissait lentement ; on avait allumé des cierges, on faisait brûler des bâtonnets d'encens, un rayon de lumière entrait par une fenêtre latérale et tombait avec une perfection quasi théâtrale sur le lit de fleurs où reposait le cercueil du général.

A la suite des anonymes entrèrent les parents de la victime puis enfin les dignitaires de l'Etat, par ordre d'importance : le directeur de la Banque d'Haïti, le président de la chambre de commerce, le chef de la police, le recteur de l'université, des juges, des avocats, des journalistes.

Puis ce fut le tour des généraux, du commandant de la garde présidentielle, de l'amiral de la minuscule marine haïtienne, des représentants du corps diplomatique, que suivirent le nonce apostolique et les membres du gouvernement.

La procession s'interrompit un instant. Les gens prirent place. Des gouttes de sueur perlaient au front de Reuben, qui se sentait mal, de douleur et d'appréhension. Il n'était pas un assassin, mais aujourd'hui, qu'il tirât ou non, il serait la cause d'une mort violente. Et c'était Davita qui payerait de sa vie s'il cédait à son envie de se lever et de hurler.

L'évêque de Port-au-Prince fit son entrée. Une voix annonça l'arrivée du président. Les fidèles se levèrent. Le président, vêtu de noir, flanqué de gardes en grand uniforme, parcourut lentement le couloir central de la nef. Un brassard noir ceignait son bras. Par un interstice entre les pierres, Reuben contempla l'homme qu'il devait tuer.

Max Bellegarde, en uniforme de gala, le bras ceint d'un brassard noir, suivait le président. Il n'était pas seul. A ses côtés se tenait non pas sa mère, non pas sa femme, mais sa sœur Angelina, toute de noir vêtue, en deuil, comme la première fois que Reuben l'avait vue.

La cloche s'arrêta à mi-parcours ; son tintement se prolongea en un écho qui résonna longuement sous les voûtes silencieuses. Les rues, où toute circulation avait été interdite depuis le début de la matinée, étaient désertes. On aurait dit une ville morte, sur laquelle planait l'ombre menaçante d'un oiseau de proie aux ailes déployées.

Dans la cathédrale, s'éleva le tintement clair d'une toute petite cloche. Les prêtres, le visage solennel, noyés dans un nuage d'encens, allaient commencer la messe de requiem.

Elle s'était assise à côté de son frère, au premier rang, parmi les généraux et les diplomates, visiblement agitée, tournant sans cesse la tête, de-ci, de-là. Le cherchait-elle ? se demanda Reuben. Savait-elle qu'il était vivant ? Max lui murmura quelque chose à l'oreille. Le sang se glaça dans les veines de Reuben. Que devait-il faire ? Rien ne l'avait préparé à affronter une telle situation.

La messe se déroulait, en un mélange de latin et de français. Ce n'était pas le premier requiem auquel assistait Reuben. Depuis qu'il s'était engagé dans la police, il ne se passait pas d'année sans qu'un ou deux de ses collègues ne se fissent tuer dans l'exercice de leurs fonctions. En majorité, c'étaient des Irlandais, des Italiens ou des Polonais. Il connaissait mieux le rite catholique que les paroles du *kaddish.* Reuben se surprit soudain à pleurer : il pleurait parce qu'il n'avait pas récité le *kaddish* sur la tombe de son père, ni sur celle de sa mère. Il n'avait pas de frère, c'était lui qui aurait dû leur rendre ces derniers devoirs. Et si Davita mourait, elle aussi ?

Il s'appuya contre le mur, tout en regardant et en écoutant. Les voix s'élevaient, les silhouettes des officiants se déplaçaient comme dans un rêve. Visages noirs, mains noires, voix noires, célébrant un culte qui leur était profondément étranger. Ils auraient dû danser, se dit Reuben, danser au son de leurs tambours. Dieu ne devrait pas être si lointain, ni son fils si éthéré, ni leurs visites si rares et si triviales.

La cérémonie se terminait enfin. L'évêque prononça l'absolution, les officiants se dispersèrent. L'assemblée se figea, en attente. Valris reposait dans son cercueil, devant l'autel, témoin muet de la violence des temps.

Reuben vit Cicéron se lever et se diriger vers l'autel. Le président, un petit homme au regard triste, avait l'air fatigué. Il resta longtemps debout, face à la congrégation, en silence. Quelqu'un toussa. Cicéron se lança dans son discours, une apologie en créole. Reuben ne comprenait pas un traître mot. Mais quelle importance ? se dit-il.

Il visa la tête de Cicéron, un millimètre au-dessus du nez. Que la trajectoire de la balle déviât un peu n'aurait aucune conséquence : à cette distance, il était impossible de rater son coup. Reuben songea à Danny, à son père, à sa mère, à Devorah, à tous ses morts et à ses futurs morts. A Davita. A un trou sombre et funeste. Il ferma les yeux et murmura les premières paroles du *kaddish* : « Que son nom soit glorifié et célébré dans un monde qu'il a créé à son image. » Il ouvrit les yeux et visa. Que lui importait la vie de Cicéron ? Il baissa son fusil. C'était impossible. Il n'était pas un tueur.

Une seconde plus tard, un coup de feu retentissait dans la nef bondée.

73

Le silence qui succéda au coup de feu fut si profond, si total, qu'on aurait dit la fin du monde. Puis la panique commença, et s'amplifia. Le corps de Cicéron, parfaitement immobile, était à terre, disloqué comme un pantin couché sur les marches de l'autel. Personne ne s'en approchait.

Des gardes du corps armés avaient accompagné le président. De toutes parts, se levaient des hommes en civil ou en uniforme, brandissant une arme, scrutant la foule pour découvrir l'auteur du coup de feu meurtrier.

Pour Reuben, l'assassin était parfaitement visible : de l'autre côté du péristyle, quasiment en face de lui, le visage foncé. Loubert se tournait maintenant vers lui ; leurs regards se croisèrent. Loubert leva son arme et visa Reuben, puis il appuya sur la détente. Sans résultat. Son arme s'était enrayée.

Reuben n'hésita pas : il tira trois fois. Deux de ses balles atteignirent Loubert, qui s'effondra ; son fusil lui échappa des mains, tomba sur le sol de pierre.

Les fidèles réunis dans la cathédrale s'étaient égaillés en toute hâte. Il ne restait dans l'église que les gardes du président et plusieurs dignitaires du régime que les soldats s'efforçaient d'entraîner hors de la nef, à l'abri des balles. Des pas retentirent sur la pierre de l'escalier menant à la cachette de Reuben, qui jeta son fusil et se leva, les mains sur la tête. S'ils constataient qu'il était sans défense, les soldats ne tireraient peut-être pas.

Max Bellegarde, seul et sans arme, apparut en haut des marches.

— Tout va bien, lieutenant, dit-il. Je m'attendais à votre réaction. Venez. Avec moi, vous ne risquez rien.

— Que se passe-t-il ? demanda Reuben. Vous allez trop vite pour moi. Une mort chasse l'autre.

— Je suis président, maintenant, fit Max. J'ai la situation en main. Descendez, Angelina vous attend.

— Elle va bien ?

Max lui lança un regard étonné.

— Pourquoi n'irait-elle pas bien ? Angelina va toujours très bien, avec moi, répondit-il, ambigu.

Les deux hommes descendirent. Max ouvrait la marche, le fusil de Reuben à la main, et Reuben le suivait comme un mouton qu'on mène à l'abattoir. Il commençait à comprendre le rôle qu'on lui avait réservé. L'escalier menait au transept ; une lumière sirupeuse tombait sur le cercueil ridicule, qui évoquait désormais une figure de carnaval.

Sur l'escalier d'en face, deux hommes de la sécurité descendaient le cadavre de l'assassin du président. Un troisième homme portait son arme. Il s'approcha de Max et lui remit le fusil que celui-ci échangea avec l'arme de Reuben.

Angelina se tenait près du corps du président. De l'ex-président, plutôt. Un homme de haute taille, vêtu d'un sobre complet de couleur sombre, était à ses côtés. Smith. Ou Warren Forbes. Son nom n'avait aucune importance. Ses cheveux étaient soigneusement coiffés, et il portait un anneau d'argent à l'index de la main droite.

— Pourquoi, Angelina ? demanda Reuben.

Elle ne répondit pas. Elle semblait en état de choc, indifférente, absente, et tenait dans sa main un disque en or, étrange et familier tout à la fois.

Angelina fit un pas vers Max et lui tendit le cercle d'or, le talisman des dieux de Tali-Niangara. Celui qui le possédait désormais serait plus qu'un simple président. Il fonderait une dynastie. Max le prit et l'éleva devant lui. Le métal étincela de toute sa maléfique puissance. Ce sceptre en main, Max parcourut la cathédrale du regard, tel un vainqueur dans un temple conquis.

— Il appartient à Max, murmura Angelina. L'un des prêtres venus à Haïti sur le *Hallifax* était le fils du roi. Et notre aïeul. Max est roi, de droit. Cette nuit sera la Nuit du Septième Jour.

Reuben comprit soudain qui avait peint la toile qu'il avait vue dans la bibliothèque de Bourjolly, à Petite-Rivière.

A Haïti, je peignais tous les jours, lui avait déclaré Angelina. Qu'avait-elle peint d'autre ?

Un doux sourire flottait sur le visage d'Angelina. « Quand je serai roi, tralala, tu seras reine... » disait la comptine de son enfance.

Reuben contemplait cette femme qu'il avait aimée, qu'il désirait encore. Max était son frère, il ne pouvait pas être jaloux de son frère.

Elle s'approcha de lui en silence, le même sourire aux lèvres, le prit dans ses bras, se pressa contre lui.

— Vite, dit-elle, dans ma poche gauche ! Dépêche-toi.

Il caressa son dos, et plongea sa main dans la poche du léger manteau qu'elle portait sur sa robe de deuil. Ses doigts se refermèrent sur la crosse d'un petit revolver.

— Vite, Reuben, souffla-t-elle.

Il regarda par-dessus son épaule. Smith était à quelques pas. Il ne soupçonnait rien. Reuben prit l'arme et tira deux fois. Les deux balles s'enfoncèrent dans la poitrine de l'homme, qui cria de douleur. Reuben pensa à son père, et tira deux fois encore. Angelina le serrait dans ses bras, de toutes ses forces. Smith, la chemise couverte de sang, s'écroula. Reuben pensa à sa mère et tira encore. Nul ne s'interposa. Smith agonisait, maintenant. Il rampait sur le sol. Reuben tira une dernière fois, dans la tête. Angelina murmura :

— Ça suffit, maintenant, Reuben. Assez.

La vengeance n'était pas douce, elle n'avait pas goût de miel. La vengeance n'était rien. Angelina lui prit le revolver des mains. Le petit automatique était chargé de sept balles. Il en avait tiré six. Elle le serra plus fort encore et l'embrassa sur les lèvres, avec passion.

Puis elle posa l'arme contre le front de Reuben.

— Je t'aime, Reuben. Je t'aime plus que mon père. Plus que Max. Tu comprends ?

— Non, dit-il.

Ce refus s'adressait à tous, mais surtout à elle, surtout à Danny, surtout à ses parents et surtout à lui-même.

— Non, répéta-t-il.

Il n'avait rien d'autre à dire.

Elle l'embrassa encore, en un baiser d'une violence sans pareille. Et, en même temps, appuya sur la détente, les yeux grands ouverts. Grands ouverts et vides, absolument vides.

Achevé d'imprimer sur les presses de

BUSSIÈRE

GROUPE CPI

à Saint-Amand-Montrond (Cher)
en juin 2007

POCKET - 12, avenue d'Italie - 75627 Paris Cedex 13

— N° d'imp. : 70916. —
Dépôt légal : juin 1999.
Suite du premier tirage : juin 2007.

Imprimé en France